U0932811

亲爱的陌生人

【上】

柳暗花溟 作品

LIUAN HUAMING

北京联合出版公司
Beijing United Publishing Co.,Ltd.

图书在版编目（CIP）数据

亲爱的陌生人：全二册 / 柳暗花溟著. -- 北京：北京联合出版公司, 2016.7（2018.1重印）
ISBN 978-7-5502-8251-3

Ⅰ. ①亲… Ⅱ. ①柳… Ⅲ. ①长篇小说－中国－当代 Ⅳ. ①I247.5

中国版本图书馆CIP数据核字(2016)第168245号

亲爱的陌生人：全二册
作　　者：柳暗花溟
监　　制：薛　婷
责任编辑：徐秀琴
策划编辑：樊　秀
装帧设计：壹　诺
绘　　图：三　乖

北京联合出版公司出版
（北京市西城区德外大街83号楼9层　100088）
北京嘉业印刷厂
字数590千字　710毫米×1000毫米　1/16　31印张
2016年9月第1版　　2018年1月第2次印刷
ISBN 978-7-5502-8251-3
定价：60.00元

目 录
Contents

目 录
Contents

楔子

死人湾。

凌晨，无星无月的阴沉天。

苍穹中仿佛有一个看不见的黑洞，把所有光线都吸走了，令这天与地黑得彻底。连水波的反光都乌蒙蒙的。若非水流声在死寂的夜中特别清晰，甚至会让人感觉这里就是个巨大的坟场。

闷热的夜，尸臭像浓稠的雾气，弥散不开，充斥在方圆一里之内，令人作呕。

咚咚咚。

捞尸人老董建在水边的破棚屋处，蓦然传来敲门声。

“这三更半夜的……送钱的来，找尸的来，有冤有仇莫要来。冤有头，债有主，与我无关喽。”老董放下酒杯，劣质酒的强烈气味直直冲上他的印堂，壮了他的胆，也绊了他的脚。

他踉跄着打开门，举起手里的煤油灯。

没办法，上游虽然建了水电站，但电缆可没拉到河边。水流只把那些沿岸落水的、轻生的浮尸，还有大量的被人们扔到水里的垃圾，统统冲到了村边的回流湾里。所以，河里见到尸体太寻常了，他也才做起了捞尸的营生。

有钱人找来，多要点儿。没钱的，几百块也行。无主的，几乎占了近一半，那是要上报当地派出所的。

现在，他泊在河边的小船后头，就用绳子拉着好几具尸体。有月光的时候，会看到白白的一片在水中沉浮，像从阴间游上来的烂鱼。

“找尸？”老董问。

他身材瘦小，来人却高，哪怕他把手中的煤油灯抬高，也只照到那人的下巴。

“我得先看看。”来人压低的声音嘶哑，明显是捏了嗓子变声的。

“泡了这么多天，人都变形了。再说天又这么晚了，看不清楚。不如，你明天早上来？”老董试探了下，因为这么晚来找尸体的，少见。

“先给我看看你扒下来的东西就行。”

老董怔了怔。没想到这个人懂一点儿规矩。做他们这行的，尸体捞上来会先搜随身东西。一般来说，身份证件早就让水冲没了，就算有手机也指定坏了。但手机卡可以取出来，放在自己手机里，方便家属或者警方联络。没人找，他们就没钱赚。至于贵重的东西嘛……凭良心了。

“若你捞到我要找的人，他的戒指应该很值钱。但你留着就贱价了，我拿走会补偿你。”来人似乎会读心术，老董一犹豫，那人就先开了口。

老董也看得出来，淹死的那人不是好死的，这人也不地道，十之八九涉及命案。不过他可不管这些，这世上阴私的事多了去了。他只是个捞尸人，没人愿意搭理，是见了都要退避三舍的“脏邪之辈”。所以没有亲朋好友的他，钱是心里唯一牢靠的东西。如果能借此让死者入土为安，也是他积了阴德。

于是他犹豫片刻，转身回屋，取出那个戒指。应该是钻石吧？清理了青苔和泥巴，其实还挺漂亮的。

来人转过身，就着自己的小手电，看了看戒指，随后就递了个纸包过来。

老董大略一看，就知道至少有三四万。

行，这趟真不赔。

“他就拴在最后面那串。”老董走出屋外，好像说的真是死鱼。其实因为那人身上好东西多，穿的衣服都是高级货，所以他印象深刻。

他带着来人走到水边，奋力拖出那具因浸满了水而变得死沉死沉，而且因为接近腐烂而变得巨大的尸体。他絮絮叨叨地解释：“我让他脸朝下趴着呢，省得不好看。再说，横死的人也不能见了日月，说不定要诈尸。”

“我不怕尸体，我也不怕鬼。”来人声音冷冷的。

“我怕。”老董眼珠子一转，不着痕迹地往后撤了一步，保持警惕，“我们有行规的，趴在水里、躺在水里的都能捞，就是立在水里的不能碰。这个人就是立在水里的，远远看的时候就像是在河里站着。这种死鬼怨气大，为了捞他，我的船差点儿翻了。若不是我水性好，说不定这河里就多条水鬼了。”

“那你还捞？”来人轻哼，讽刺的意味很明显。

“为了钱嘛。”老董龇牙，“见不得光的，自然有人想捂起来，绝不能上报到公安那儿。所以我的风险大，收费自然就高。”

他不怕来人杀人灭口，每天做这种营生，他五感又灵，邪力又大，等闲人不是对手。何况他养的几只狗没有叫，证明没有其他人跟过来。

狗是通灵的，他的狗还受过训练，如果只有来寻尸的人，它们便不会发出声响，免得惊到了“客户”。

来人没说话，只是捂着口鼻，蹲下身查看那浮尸。也不知在尸体胸口处看到了什么，他很快就站起来："帮我把他搬到车上去，我再加两万。"

"痛快人办痛快事，就没有尾巴留。"老董几乎要赞扬了，"天这么黑，我什么也没看见，也没捞过立在水里的浮尸。"幸好，他刚才手里的煤油灯不曾举高。他真的没看清来人的面目，来人也很清楚这一点。其实他也有些好奇来人的身份，很少有人干着伤天害理的阴暗事，还没有半点儿惊慌的，就像在做理所当然的事。

这个人，要不是恨意深极了，就是胆子邪，还真让他有点儿发怵。于是他不多事，只按要求帮着把尸体抬到一辆小车上。

那车就停在距他的棚屋不远处，天黑，也看不清颜色，车牌还被黑布挡住了，只能估摸一下车型。应该是好车，发动机声音非常小。

"到此为止。"来人又拿了一沓钱给他，随即转身上车，再没多说一个字。

此时，沉闷许久的天空划过闪电，雷雨将至。

那骤然耀眼的亮光，令老董完全在无意中看到了来人的脸。

老董吃了一惊，连忙低下了头。好在来人没有留意到这些，很快开车没入黑暗之中。

他这笔生意，连半个小时也没有用到，似乎这一晚从来没有人找过他。

只是身边蓦然窜过几条黑影。

他养的狗不知为什么，突然离了窝，悄无声息地尾随那辆车子的亮光而去。

"不乱看，不乱问，不乱说。"他对自己重复着三句行规，趁大雨还未真正到来之前，他摇摇头，负着手，回到自己的世界了。

至于狗……它们是会保持沉默的。

第一章　跟踪霸道总裁

如果路小凡是机器人，在见到计肇钧的那刻，她的脑袋上一定会冒烟。虽然很可能是脑袋里面电线短路，但也许是燃起快乐的烟花，谁知道呢?

她的身体里、血管里，真的有电流在疯狂流窜！冰天雪地中，百花在瞬间开放这种事，也确确实实存在！

计肇钧，计氏财团的唯一掌舵者和继承人，用“钻石王老五”这种词汇来形容他，简直是对他的侮辱。他是高冷男神，情商、智商和个子都高，是根本不需要搭理人的那种。他的五官秒杀中外明星，身材嘛……穿衣显瘦，此时呈半脱衣状态，妥妥的有肉……肤色是恰恰好的古铜，随着走动，汗水顺着油光水滑的皮肤滚落。拳击短裤有点靠下，隐约露出人鱼线。肌肉完美的上半身上只搭着一对拳击手套和一条纯白色的厚实大毛巾。

霸道总裁嘛，怎么好意思没有霸道腹肌？那不科学！看看，就连普通毛巾都是Hammacher Schlemmer的，一条就要34.95美元。

据说，一见钟情是基因的天然选择。此刻，身处某高级健身会所的路小凡的基因，正对着走过来的计肇钧歌唱。可惜，人家的基因完全没有丝毫反馈，计肇钧甚至连迎上去的孙莹莹也没理会。

“计总，您也是这间健身会所的会员啊，好巧。”孙莹莹锲而不舍地追了上去，山寨娃娃音听得人浑身起鸡皮疙瘩，“您不记得我了？计氏去年投资了一部电影，我在里面演女三号。首映式上，我有幸还和您聊过的……”

“抱歉，没印象了。”计肇钧停下脚步，半转过头说。

他是如此礼貌优雅，却又那么冷淡疏离。随即，他点了点头，转身走了，再没给孙莹莹开口的机会。

孙莹莹尴尬地被甩在那儿。

路小凡则惊讶无比地站在孙莹莹身后，望着计肇钧消失的方向。

他离开时，顺手拉下挂在肩膀上的大毛巾。这个动作不仅展现了他肌肉线条的流畅美感，还令他左边背部和肋下都暴露出来。那里，有一块巨大而野蛮的伤疤！就像个狰狞的鬼脸！好似有妖魔潜伏在他身上，对着陌生人龇牙咧嘴。可他那样漫不经心，就干脆让那魔鬼般的伤口毫无遮挡地面对世人。这伤疤损伤了他的完美，却令他呈现出一种破碎的凌厉感。

是什么事故让他伤成这个样子？貌似，应该是重伤，甚至是致命的。

“别看了，当心看在眼里拔不出来！”孙莹莹推了路小凡一把，让为她抱着健身球、拎着功能饮料的路小凡趔趄了一下。

“警告你，不要有非分之想。”孙莹莹还没完没了，指着路小凡道，“这种档次的男人是看不上你的。不对，他们根本看不见你。人，要有自知之明。以你这样的条件，哪天幸运，不巧有瞎眼的草根男看上你，你就应该立即巴结上不放手。长得丑，就没资格挑男人。”

“她知不知道，丑字是对女性最大的刻薄！”回到租住的小房子里，路小凡忍不住对刘春力抱怨。

“跟她置什么气，当她说话是放屁好了！”刘春力同仇敌忾道，“孙莹莹是典型的心机女，在男人和公众面前纯真无害、岁月静好，私底下恶行恶状、拜金又厚脸皮。”

“可是，我也……不算丑吧？”路小凡站在镜子前，抚了抚自己的脸。

“呸，跟我共享部分遗传基因的人，怎么会丑？”刘春力来到她身后，扳起她微微垮掉的双肩，“看这五官，呃，至少很端正。”

“就是说我没缺鼻子少眼就可以了？”

“我是说，你捯饬捯饬也能让人惊艳。你没听过那句烂大街的话吗？没有丑女人，只有懒女人。”刘春力恨铁不成钢，“你再看现在的你，发型老土，衣服廉价，从不化妆，从头到脚就像你的名字：大路货，渺小又平凡。”

“你确定是在安慰我，而不是再插我两刀？”路小凡试图挣脱身后穿着紧身T恤，头发染得五颜六色的男人。

人和人不能比，看过计肇钧，现在……唉，恨不能自插双目。

刘春力按着她的肩膀，不让她回身，两人仍对着镜子，“我说得不对吗？你是大学毕业对吧？可这是出来混大城市的基本学历。中文系专业，但凡中国人就能读好吗？家世，就是平头百姓。全家人连个得疑难杂症的都没有，博人同情和眼泪都不行。性格？你就是个包子好吗？不懂得拒绝，老实、心软、不爱跟人计较，所以总受欺负，自个儿还老乐观，觉得都不错。除了做饭以外，你有拿得出手的吗？”

“你这是在插刀！”路小凡气急败坏，像被粘在网中的小鸟一样奋力张了两下翅膀，呃，胳膊。不过，身后那位虽然娘娘腔，却毕竟是男人，她那小身板哪里扛得过。

“别乱动，破坏情绪，我这么苦口婆心的，还不是给你灌心灵鸡汤？”刘春力深吸两口气，重新酝酿了一下感情才说，“大多数人都很平凡，但要努力活出自己的光彩来。懂？”

“就是说，我也可以变得美丽无比，让所有男人都爱我？”路小凡调皮地对着镜中的自己眨眨眼睛。丑小鸭什么的，其实还蛮励志的。

刘春力轻轻拍了她的后脑勺一巴掌："心灵鸡汤喝喝就算了，别当成真有营养的东西。想当女神可以啊，除非天赋异禀，其他都是要用钱堆出来的。化妆品、衣服、包包、美容护肤，从内衣到拖鞋，好看的哪一样不用钱？"

"那算了吧，我没钱。"路小凡认命地回身，跌坐在自己的小床上，"毕业快一年了，咱俩的助学贷款还没还完呢，不能再增加家里的负担了。"

"那要不……我帮你换个新发型？"刘春力双眼贼亮，"告诉你吧，发型对女性而言，比化妆还重要哦。"

路小凡抱住头，以肢体语言表示，绝对不会让他碰自己的头发。

哼，好好的中文系毕业的大学生，不去找份文员这种有前途的工作，非要当美发师。好吧，算他有理想。但，所有发型都能让他弄成洗剪吹造型，任何人在他手里都能成为城乡结合部的非主流。

交给他？是美容啊，还是毁容啊？

"喊，不愿意拉倒。我是看在亲戚的分儿上，才乐意为你免费服务的。"刘春力翻白眼。

路小凡不理，只把两人之间做隔断的板壁拉上。这样，小小的房间就分隔成了两个单独的世界。

刘春力的声音还不死心地从那边传来："别难过了，不就是骂你丑嘛。其实你只是普通而已，真不丑，那个心机女只是在朝你撒火。跟你讲，就算你今天过得很惨，也别介意，因为明天肯定还会更惨的。"

呼，气死了，他这是劝人向上？明明是杀人无形！

路小凡无奈地窝在自己的咫尺天地中，脑海里那个高不可攀的男人身影又模模糊糊地浮现出来。

计肇钧很晚才回到位于计氏总部大厦的办公室，没想到，还有人在。

江东明，三十岁左右的年纪，瘦削高挑，英俊斯文，只要开口说话就眉眼带笑，身上的衣饰永远那么精致，长着一张天生讨女人喜欢的脸和嘴巴，就算带点儿花花公子的气质，却也绝不令人讨厌，时任公司公关部经理。

陆瑜，二十六岁，浓眉大眼，身材魁梧，学历不高但为人忠诚，是计肇钧的秘书兼跟班，他最信任的人。

"有事？"计肇钧愣了一下后简单直接地问，同时瞥了一眼陆瑜。

陆瑜摊开手，且分辩且诉苦："老板，我实在没办法，是江先生非要在这儿等您。我级别不够，奈何不了公司高管，只好舍命陪君子，免得丢了东西什么的。"他说话很是不客气。

“表弟真是以公司为家。”江东明不理陆瑜的挑衅，直接接过话来。他站在那里，一手插在西装口袋里，一手随意轻划书柜的琉璃门，“怪不得计氏彻底交到你手上之后，业绩翻了三倍。”

“有事？”计肇钧再问，简直连半个字的废话都不愿意多说。

“何必这么冷淡呢，咱们以前可是很能玩到一处的。”江东明一脸完全不以为意的样子，“不过是一场事故，你居然变了这么多。”他打了个响指，又指着书柜道，“以前你房间里放的是酒柜，以前你也根本不爱健身，以前你更没有那么励精图治，以前……”

“以前，我不坐在这间办公室里。”计肇钧打断他，“再者，经历生死，人是会变的。你如果是为了说这个，我听到了，你可以走了。”

“真是不讲情面啊。”

“我说过，在这里只谈公事。”

“那……申请宣告死亡那件事，算公算私？”江东明抛出重磅炸弹，随后目光一闪，也不知是他的眼镜被灯光映照所致，还是心里动着什么念头。

计肇钧的身子一僵。

旁边的陆瑜也紧张起来，张了张口，却终究没有说什么。

“无论是公是私，也应该是公司律师来告诉我。”片刻后，计肇钧恢复了一贯的冷淡，平静地说。

“你该请个私人律师。”江东明耸耸肩，掩饰下心中的失望，“你知道，公司法务部门忙疯了的时候，我也是会帮忙的，我拿的可是法律学位，虽然现在并没有做本行。”他本以为计肇钧会有些失态的，毕竟都等了这么多年了。哪想到，计肇钧的冰山脸真是万年不变啊。

“现在我知道了，谢谢。”计肇钧坐到办公桌后，送客的意思明显。

江东明的目的达到，当下扔下一句：“你不找私人律师，是为了表现你心底无私吗？”说完，他哈哈笑了两声，不紧不慢地离开。

他前脚才走，后脚陆瑜就快步凑到办公桌前来，“老板，姓江的总是这么阴阳怪气的，要不要……”

“随他去，他翻不出花样来。”计肇钧摆摆手，“你先走吧，我还有些事没做完，今晚要留在公司。”

“又要通宵啊，不用这么拼命吧？”陆瑜满心不愿意，“就算身体好，也架不住这么糟蹋。”

“我会看着办的，你走吧。”计肇钧不耐烦地动动手指，指向大门。

陆瑜无奈，只得走了。

当屋里只剩下一个人时，计肇钧坚毅的脸庞像是碎裂了般，一下子露出了疲惫之态。

他捏了捏眉心，站起来，走到窗边。

计氏的总裁办公室非常大，占据了大厦的顶层。三百六十度的落地玻璃窗处视线良好，几乎可以俯瞰整座城市的夜景。而在那辉煌的灯火之后，是一种高处不胜寒的感觉。

“已经四年了啊……”他喃喃低语，盯着虚空中的黑暗。

仿佛，那里隐藏着阴险的魔鬼，狞笑着，打算随时跑出来，狠狠咬他一口。

相比起计肇钧，路小凡的生活虽然很辛苦，却简单明了。不过，这也是基于她乐观知足的天性而言，换另一个人来应付孙莹莹，也会有疲于奔命的感觉。

孙莹莹嫩模出身，后来转行做演员。可惜外形虽好，演技始终不行，混来混去也只是三线小明星。路小凡有幸，给孙莹莹经纪人的孩子做过家教，工作结束后便荣升为孙莹莹的私人助理。经纪人说，是看中了她为人踏实肯干，嘴巴又严。

刘春力翻译为：“包子性格，老实厚道，好欺负！”

孙莹莹私下里谱很大，两宫皇太后加起来也没有她那么难伺候。可能越是小明星，就越是如此吧。反正路小凡拿着助理的工资，却被当成超级玛丽使唤。

鞍前马后、端茶递水是常态，洗衣煮饭是兼职。至于孙莹莹大半夜想吃稀奇古怪的东西，把小助理从睡梦中吵起来，也是常事，小助理也只得颠颠地跑出去买，充当毫无怨言的搬运工。

刘春力常常气愤：“你说说，谁还敢和你比惨啊！她这是奴役你，你知道吗？就算养条狗，也需要基本的尊重！”

路小凡反驳他：“现在工作不好找，咱家还举债呢，记得吗？你又三天两头换工作，赚的钱不够交培训费的。信不信我今天辞职，下个月咱们就交不起房租？”

每当这时候，刘春力就没词了，却还要嘟囔一句：“大不了咱们大桥下面睡纸箱去。”但他心里也知道，那样是不行的。

其实路小凡也不满意自己的生活状态，谁还没个梦想呀，可她只能咬牙忍耐着。正像一部外国动画片里说的那样：她活得战战兢兢，不是因为天生胆怯，而是因为爱得太用力。

她心里充满爱，其实很多人都是这样，所以包子就包子吧。不过，此时当她听到孙莹莹布置的新任务后，实在是淡定不起来了。

“眼睛瞪那么大干吗，我说的事很难理解吗？”孙莹莹精致的妆容差点裂掉。

“可是……我没做过啊，我不会呀。”路小凡挣扎。

“这有什么难的？”孙莹莹用一种看白痴的目光看她，“知道狗仔为什么叫狗仔吗？就是说他们做的是连狗都能做到的事。超级容易的，只要凭着嗅觉，盯紧了猎物，耐心等待就可以了。总之，我要在第一时间知道计肇钧什么时候要去哪儿、和谁在一起、去干什么。”

“这样不好吧？”这是跟踪啊，盯梢啊，“侵犯别人的隐私。”路小凡试图说服孙莹莹放弃这种很不道德的念头。

孙莹莹却一刀斩断她的反抗之念：“能做就做，不能做就回家吃自己吧！”

虽然路小凡答应了下来，但内心还是很纠结。

有压力怎么办？找春力！

“啊，姓孙的有病吧？”刘春力破口大骂。

正当路小凡以为他也觉得跟踪计肇钧的事不靠谱时，他的关注点却在：“你是助理，凭什么干狗仔的活儿？得加钱！”

“你太让我失望了！”路小凡怒斥。

“失望个毛线！拿破仑说得好，‘目的永远证明手段是正确的。’孙莹莹演艺事业是走到头了，趁着花样年华嫁入豪门才是正经的选择。她积极拓展自己的人生，这有什么错？”

道理似是而非，但总觉得哪里不对。路小凡抓抓头发。

“孙莹莹花大价钱雇狗仔，私下打听某人的消息；宁愿付高额会费，也要进入那家健身会所；连日去健身却不运动，而是打扮得花枝招展。这是为什么？事情明摆着的。”刘春力见路小凡还发愣，弹她的脑门，“笨！想想某某商学院……”

为了钓凯子！路小凡恍然大悟。

“这是追求幸福吗，明明是捕猎好吗？可是爱情不是应该认真爱着对方，和对方一起幸福吗？”

“物质年代了小朋友！你那种动物性的恋爱观给我省省，别停留在以为互相释放个诱惑的气味，感觉对了就可以生娃的低级趣味阶段。”

“我坚信有真爱存在，可是只有少数幸运儿才能遇到！”路小凡执拗起来。

“真爱太矫情了，只有你这种走文艺小清新路线的妞才追求。”刘春力以一种过来人的神情摸摸路小凡的头，又咂咂嘴，“不过也难说，指不定你这种蠢萌的，会有物质极大丰富、心灵非常空虚的男人喜欢。”

“好像你多有经验似的，其实你也没恋爱过几回。”鄙视，鄙视，鄙视到死！

“架不住我看得深远，人性透彻啊。”刘春力摊开手，根本不接受打击，但他很快又露出很八卦的神情，“我一直没什么兴趣，现在突然好奇想知道了，孙莹莹要追的男人到底是谁啊？”

“计肇钧。”

只是说这三个字而已，只是念他的名字而已，路小凡灵魂深处就似有什么东西拱动了一下，热烘烘的，像可爱的小奶狗往主人怀里钻的那种感觉，心都酥了。

那天能撞见他，现在想来，自然是孙莹莹的处心积虑，但于她而言，真的是意外邂逅，那之后她终于明白什么叫一见钟情。

心动了，就像寂静无人的雪山顶上，无意中吹过最微小的风，传来最轻巧的震颤，响起最微弱的声音。你几乎感觉不着，也预料不到。可正是这最不经意的发生，却引来猛烈的大雪崩，带来吞噬及毁灭一切情感的力量。你根本来不及做出应对，整个人都蒙了，之后会很长时间处于浑浑噩噩状态。

在见到计肇钧之后，路小凡就是这样。

“计—肇—钧！”耳边，响起刘春力的尖叫。

“发什么疯病啊？你认识他？”路小凡下意识地摸摸耳朵，魔音穿脑也就这个程度了，瞬间就打消了她的所有绮念。

“怎么会不认识！这年头，连马云和刘强东都走偶像路线了，更别提颜值高到逆天、芳龄才二十八的计大少了。”刘春力相当兴奋，“现在的富豪比明星还受民众关注好吗？看不出来，孙莹莹的胃口还真大啊，找最好的下手！”说着，他又在逼仄的屋里转了两圈，一把搂住路小凡的肩膀：“哪，小凡，大家亲戚一场，我讲义气，回头跟你一起去偷窥……呃，不，一起去执行监视任务。”

“没工资的！”

“能近距离观察计肇钧，我可以免费！为了他，我真想马上变成个女的啊，哈哈。孙莹莹啊孙莹莹，你以为这条路上只有你一个人吗？一大拨美人正在接近！不对，连美男也在路上！”

“不带你去！”

“为什么？”

“不为什么，就是不带！”路小凡气呼呼地甩脱刘春力的手，谈话结束。

路小凡没想到孙莹莹居然如此下本钱，不仅给她弄了辆小车开以方便跟踪，还给她配备了专业的相机，最后更是给她在计肇钧家对面租了房子。

路小凡在大学时参加过摄影兴趣小组，虽说赞助的相机不怎么样，但她对此道颇有研究。她拿到手的相机还不算太高档，机身是单反的，镜头等效焦距400mm，拍野生动物有点短，可是偷拍一个离得不远的男人足够了。

计肇钧在本市最豪华也是最昂贵的地段有一套单身公寓，他平时独居在这里，只有周末才回远在城市边缘的计家大宅。该公寓楼装修豪华，小区安保严密，可谓动中取静。他住的五号楼呈L形，孙莹莹租的房子在走廊底，刚好可以拍到他家。

于是，在接下来的一个多月里，路小凡的人生里就只剩下了计肇钧。

计氏总部大厦她是进不去的，但她每天早上开车，跟着计肇钧到公司，然后等在外面，顺便为自己买点生活必需品什么的。他若出去办事，她就跟上，再然后前后脚回到公寓。她像野外摄影师拍野鸟一样，把计肇钧摄入镜头之中。她渐渐发现，这样观察他的生活，侵犯他的私人领地，就像慢慢接近了他、了解了他似的。

她觉得，孙莹莹是得不到这个男人的。

计肇钧的生活枯燥、单调，甚至是辛苦的。他每周工作六天，每天在公司待的时间都会超过十小时，之后不是泡健身房，就是独自回来。

他身边，没有出现过特别的女人。

这样工作狂式的正经男人，应该找个门当户对的知性女子才般配。

“唉。”想到这里，她不由得叹了口气。据说光年是距离单位，她与计肇钧之间肯定相隔着一百万光年。

喜欢和爱，都是美好的情感，但她不会奢望把不现实变为现实。

伏到三脚架上的相机旁，她向对面望去。

他在。今天他回来得难得的早，此时正站在窗前喝咖啡，远眺。

夕阳西下，微风吹动浮云，橙金色的光芒洒向大地。

很美的黄昏景色。

只是这对路小凡来说不太美，因为太阳的余晖好巧不巧地照在相机的镜头上，随后诡异地反射到计肇钧那里。

计肇钧敏锐犀利的目光立即远远地扫过来。

糟了！

路小凡本能地迅速蹲下身子，心里吓得扑通乱跳。可随后她意识到，客厅是落地窗，她根本躲不了，而且三脚架还明晃晃地支在那儿呢！

这样的距离，计肇钧应该看不到吧？只是镜头的反光而已，说不定他只是“顺便”瞄了一下刺目的光源。就算计肇钧的眼特别尖，也应该看不清她的面目才对。可她这样，人家才看过来，她立马趴下，像被打到头的地鼠，很明显是做贼心虚，令人怀疑。

“路小凡，站起来，装成没事人就对了。邻居之间，应该打个招呼……”

她给自己做了半天心理建设，壮着胆，缓缓抬头。

咦，人呢？计肇钧呢？

她站起来，扒在玻璃上，努力瞪大眼睛望去。果然，那扇窗前已经没了人影。因为不能确定，她又回过身用相机看……

不在了！他走了！

呼，真是太好了，他大约是觉得光线刺眼，就离开了吧？看吧，明明是她疑神疑鬼，草木皆兵。真是无胆鼠辈，怕什么呢，他怎么会发现有人偷窥呢？

还没等她这口气彻底松掉，门铃突然响了起来。

路小凡吓了今天的第二跳，这次是真的跳了起来。

她是新租户，来的时间短，深居简出，谁也不认识。在这种高档小区，物业和保安不会随意骚扰住户，那现在是谁找她？门外的人是谁？

不会是计肇钧找过来了吧？他不会因为一道小小的闪光，就发现有人对他图谋不轨吧？不会吧？不会吧！

路小凡惊慌失措，一动也不敢动。可她不回应，门铃就响个不停。不知是不是她的幻觉，她总觉得那铃声里带着烦躁和愤怒，不把她揪出来誓不罢休似的。

装死，这时候只能装死！必须的！不然就真的死定了！

路小凡把心一横，打算做缩头乌龟。她才下定决心，门铃声却停了下来。从之前的喧闹到现在的安静，这么突然，连个合理过渡也没有，显得更吓人好吗？这过分的安静中，她甚至听到了自己的呼吸和心跳。

不知道过了多久，她觉得外面的人可能走了，于是犹豫了下，蹑手蹑脚地走到门边，鼓足了勇气，以极轻的力量按下了可视门铃的监控键。

蓦然，计肇钧的形象出现，毫无征兆！

他的帅脸阴沉着，似乎知道门后有人，严肃的眼睛直视，直把路小凡盯死。

路小凡赶紧捂住嘴，才没有轻叫出声。

她想转身就跑，却见计肇钧比画了个手势。她鬼使神差地靠近对讲机，哆嗦着轻点下对话键。

"不管你是谁，开门！"

"不然我就报警，说这间屋里有命案。"

"你不想上明早的新闻，就开门，快点儿！"

就算是这样，他命令式的声音仍然很好听。虽然隔着一道门，他强大的压迫力还是令路小凡只挣扎了片刻，就选择了顺从。在她的食指点到开锁键的瞬间，她猛然想到了什么，然后她以最快的速度跑进客厅，把相机连同三脚架一起搬到了浴室里。最后，还不死心地蒙上了浴巾，好像这样就能让相机隐形似的。

之后，她跑回来开门，明明喘得厉害，却努力屏住呼吸。她把门开了半尺宽的缝隙，躲躲闪闪地问道："请问……您有什么事？"

计肇钧穿着纯白色浴袍，站在门外。他大约是从公司回来后就洗了澡，此时浴袍的带子随意地系着，隐约露出胸膛。他的头发还半湿着，黑得发蓝。

可惜，这样的美男出浴图，路小凡无心也无胆欣赏。何况，美男像是一座移动的冰山，散发的寒气能在这夏令季节冻死人。

"你在偷拍我？"虽是问句，但语意肯定。

"没有！"白痴啊，回答得太快啦！

可惜她来不及反悔了，计肇钧伸手把门推开，径直往里走。不讲理，又霸道。

以前离得远，她还不觉得，如今面对面，路小凡才发现计肇钧有多高大，气场有多强势。他的人，就像能把她全部笼罩，再加上女人和男人天生的力量悬殊，她根本阻止不了。不，应该说她根本没时间反对，计肇钧已经走到了她的摄影点。

好险！还好她聪明呀，提前转移了物证。

路小凡暗中自得了一下，但很快，当计肇钧的目光扫视屋内时，她的心又揪紧了，结结巴巴地解释："那个……我才搬来，好多东西还没时间整理。"

整个房间空荡荡的，除了一套简陋的桌椅，就是一套直接铺在地上的白底绿碎花的被褥，旁边还有一个小小的旅行袋，实在不像是租房过日子的模样。好在她喜欢整洁，餐具和衣物没有乱丢。

计肇钧看了她一眼，明显不相信。随后他二话不说，走向浴室。

"喂喂，你干吗啊？你这个人怎么乱闯？哎，你别去那里啊。"路小凡试图阻拦，但她的小短腿怎能和他的大长腿相比？人家一步顶她两步。

几秒钟后，计肇钧在浴室见到了个蒙面东西，只一扯，三脚架和远焦相机就现了原形。

路小凡从门边挤进来时，正看到自己十块钱两条的Hello Kitty印花浴巾被扔在地上。

"我……我……其实我在拍夕阳……"她这解释真是此地无银三百两。

她抬眼看看计肇钧，他已经熟练地打开了相机，翻看起里面的照片来。

那里面，每一张照片都是他！

人赃并获，证据确凿！

计肇钧把相机从三脚架上取下来。

"别摔！别摔！"路小凡吓得立即阻止，"我错了，我下次再也不敢了。请把相机还我吧，这个虽然不算很高档，但也值四五万块，我可赔不起！拜托拜托。"她性子软，易妥协，承认错误一向很快。

但她明显是以小人之心度君子之腹了，计肇均根本没有摔相机的举动，只是轻巧地把储存卡从卡槽中取出来，之后把相机塞到路小凡手里，冷冷地说："立即从这里滚出去，我不追究。否则，你会倒霉。"

他大步往外走去，整件事处理得干脆利落，手段强硬，判断准确，直达目标，不多话、不多纠缠且不留余地，行事作风相当凌厉。他甚至都不问问路小凡为什么这么做，是为谁而做，像是根本不关心。

"这是警告，仅此一次。"当路小凡茫然失措地追他到大门边时，他生硬地扔下这句话，扬长而去。

整个过程，路小凡觉得，他都没有仔细看她一眼。大约，他都不清楚她长什么样子吧，是圆是扁，还是三角方块？

她不知道她是怎么离开的，她深信，计肇钧是说到做到的人。聪明的话，她最好不要捋虎须。可这样一来，她的工作任务算是失败了，她得对孙莹莹有交代。

“你被发现了？”果然，孙莹莹一听便奓毛，“你是怎么做事的？”

“那完全是个意外。”路小凡急忙解释，“不过，孙小姐放心，计先生不知道我是为谁工作的，牵连不到您。”

不是说这种档次的男人根本看不见她这种没有花香、没有树高的平凡小草吗？从之前被当场抓包的情况来看，计肇钧确实对她没有丝毫印象。

事情最悲哀的地方就在这里：孙莹莹这种女人说的话虽然刺耳，却是对的。

“牵连不到我？那可真好。”孙莹莹笑了，很美，却冷森森的，看起来大事不妙，“你以后也不会牵连到我了。赶紧给我滚，再也别出现在我面前！”

“孙小姐，没必要这样吧？”路小凡恳求道，“我不是故意的。”

“你这个笨蛋，在我面前转来转去会拉低我的智商！你说你有什么用？我还不如养条狗，至少我还可以打它。”

“虐待动物是不对的……”

“闭嘴，滚！”

“那……我这个月的薪水？”25号是发薪日，今天都24号了。

“事情搞砸了，你还有脸要薪水？”孙莹莹冷笑，“我给你三秒钟的时间，立即从我面前消失。还是，你想要算算浪费在计肇钧那边的房租？”

路小凡速度闪离。

那种地方，一个月的租金顶她三个月的薪水好吗？她虽然很委屈，可这次也只能两眼一闭，就这么认了。

伺候孙莹莹这么多日子，她根本没有私人时间，也没有私人物品，除了身上的包。她就这么被赶出了工作室。就像电影里演的那样，倒霉的女主角被辞退，抱着个纸箱，连个美丽又忧伤地走出来的机会也没有。更别提会有同事或者男主还是男二号什么的来安慰她了。

她，大路货色，渺小又平凡的路小凡，真的真的，一无所有。

抬头，夏日的阳光已经有些毒辣了，她却浑身发冷，感觉自己好像一条丧家之犬。她最受不了这四个字，好虐。她发现她受到了三重打击：一、丢了饭碗；二、白干了一个月没薪水；三、以后再也没机会见到真人版的计肇钧了。

一回到家，她立即开电脑打印了计肇钧的照片，弥补损失。

前几天她其实已经从相机的储存卡里导出了部分照片。刚才她想交给孙莹莹赎罪的，可惜对方不给机会。

那么，她干脆自己欣赏吧。至少，算是留下一个短暂遥远却美丽的梦。

她把打印好的照片一张一张贴在属于自己的那半边墙上。很快，她就像被计肇钧包围了似的：他走进计氏大厦、他坐在车里沉思、他孤单地在桌边吃简餐、他解开衬衫的纽扣在客厅中品酒、他在健身会所的拳击台上……除了卧室和办公室这两个极重要的地方，他所有的状态，她几乎都看过。

路小凡正望着照片发痴，一只手不知从何处伸出来，摸向她的额头。

“魔怔了？还是发烧了？”刘春力竟悄无声息地回来了。

路小凡惊叫一声，跌坐在小床上：“你要吓死我啊。”她按着自己的心脏，感觉那块肌肉先是停跳，而后狂跳，全身的血液都逆流了。

“喊，至于吗？”刘春力完全没有愧疚的意思，反而很鄙视，“从小就胆小，听鬼故事，就你一个人当真，怕得半夜睡不着觉。想象力丰富又容易接受心理暗示，我要是鬼，就专挑你吓。”

“你能不能正经一点儿！”路小凡气得跳起来，拍了刘春力一巴掌。

“世界上根本没有鬼。”刘春力抚着肩膀，发出咝咝的声音，眼睛却盯着墙上计肇钧的各色形象，“哎呀呀，原来你不是发烧，是发痴。”

“只是单纯地喜欢而已。”路小凡生气地张开双臂，试图挡住那些照片，“你别说得这么难听！”

她的眼睛有点儿湿，而且有些口不择言。换作平时，喜欢某个男人这种话，她会闷在肚子里，打死也不吐露。这一天，她很倒霉了好吗？就算她再说服自己要忍受，心里还是有深深的挫败感和委屈感。

就因为她是无钱、无权、无美貌、无人脉、无背景强的亲爹或者干爹的“五无”青年，她就活该受欺负吗？她就应该被高高在上的人践踏吗？

刘春力没注意到她的小小失控，歪了歪身子，继续盯着墙上计肇钧的照片，耸了耸肩道：“发痴怎么了？人不发痴枉少年！不过，你不会真的爱上他了吧？快告诉我你不会！”他没有看路小凡，下意识地对她说道。

路小凡忽然有一种破罐破摔的心情，干脆道：“怎么啦？我就是爱上他了！每天都关注他，眼睛里、耳朵里、心里都是他的生活。偏他还如此优秀，如果我还爱不上，那我的性倾向一定有问题！”

“你这是在质疑我的性倾向？”

“没有！”

“你这是玩暗恋？”

“没有！”路小凡想也没想地怒吼出来，心情突然轻松了。

她意识到刘春力是故意引她发火，好让她宣泄情绪。只是，堵在胸口的这口气出来了，她却忽然没了力气。

“你不用担心。”她放下胳膊，“我就是偷偷喜欢他一下下，不会真做傻事的。”既然让刘春力知道了，就别藏着掖着了。

“这还不叫傻事？”刘春力火大，“暗恋是病，得治！”

“我自己会恢复的。我是谁啊，路小凡，抗击打能力最强了。”路小凡努力露出笑容来，“人生不就是这样吗？不断地放弃和选择。求不得又如何？难道要去死？人生七苦嘛，佛都说过的。”

“你这应该算是工伤！毕竟是为孙莹莹盯紧计肇钧才引起的。”刘春力真是掉钱眼儿里了，“得要求赔偿！”

“还赔偿呢，我刚被炒掉了，这个月的薪水都没拿。”路小凡垮下肩，恨不能抽自己两嘴巴。她哪有时间自怨自艾伤春悲秋的啊。她得立即找工作，不然吃什么，住什么，拿什么还贷款？

路小凡强压下心中微微的酸涩，也不理刘春力了，立即进入了战斗状态。

爱情，对于她这样的小人物来说，其实是很奢侈的，要不起。

旁边的刘春力望着她在电脑前忙碌，望着她瘦小且脆弱却不得不挺直的脊背，不禁又是气愤又是发狠。

“我出去一趟，要捎点儿晚饭回来吗？”他拿了钱包，回身问。

“买凉面好了。”又便宜又能饱。

刘春力应了一声，见路小凡根本没有回头的意思，开门走了。

他直接来到孙莹莹的工作室，对前台小姐谎称他有孙莹莹成名前的艳照。因为经纪人不在，他很快就见到了孙莹莹本人。

“你是谁？如果想敲诈勒索，我会报警的。”孙莹莹尽管很生气，脸色不好，却还保持着她那温柔典雅的气质，娇媚的脸上毫无瑕疵。

“你要真这么理直气壮，我还进得来吗？”刘春力的轻蔑毫不掩饰。借口是他随便找的，他向来是口无遮拦，但一下就顶用，说明孙莹莹当真不干净。

“你到底要什么？”孙莹莹的话听起来强硬，实则是示弱，她心虚了。

“很简单，我要你叫我们家小凡回来继续工作。”刘春力摊开手，“就算你非要解除劳动关系，可以。但是按照《劳动法》，你至少得提前一个月通知，还要按比例给补偿金。”

“保安！”孙莹莹一听，立即跳起来叫道。

刘春力有备而来，半点儿不慌，不但没被吓到，还把脚架在桌上：“不用这么麻烦，你不肯跟我谈，说一声，我可以自己走。以我这小身板，也打不过身强力壮的保安。可我出了这个门，脚往哪里走，就不是你管得了的。我猜，我会直接去见计肇钧。我要告诉他，有人对他图谋不轨，还派了我们家小凡去盯梢，出了事，就把责任推给下属了。真㞞，有胆做，没胆扛，㞞得让人恶心。”

“你……讲不讲道理？”孙莹莹完美的面具终于碎裂，神色略显狰狞。

“你连国家法律都不怕，我干脆就不讲理了。理，是讲给明理的人听的。”刘春力冷哼，“小凡为你工作了快一年，每天二十四小时待命，全年无休。你虐待助理这件事要不要捅给记者啊？她好欺负，好在她还有亲人朋友给她出头。”

“是她自己工作没做好，我不养白吃饭的人！”孙莹莹目光闪烁，心里不断转着念头。她偷看刘春力，见他虽然奇形怪状的，但显然是个狠角色，不禁踌躇。

“我也不会再让她继续为你工作，和你比起来，周扒皮都是善人。”刘春力见好就收，“但是咱们得依法办事，我不敲诈你。这个月的薪水、一个月的通知期以及按法律规定的补偿金，你全付了，我就当刚才的话从没说过。你自然不怕我，但名声这个东西是损失不得的。再说，计大少可是眼里不揉沙子的主儿。”

孙莹莹犹豫。如果同意了，她就太丢脸了。

“做人嘛，最重要的是会衡量，能屈能伸才能成大事。”刘春力趁热打铁，“跟我拗脾气，后果你愿意接受吗？光脚的不怕穿鞋的，反正我没什么损失。”

“好！明天叫她来上班！至于你，快滚，别脏了我的地方！”孙莹莹又犹豫了一下，终于妥协，脸上露出施舍的神情，“反正我过几天就要到外景地去，也见不到她，免得让我讨厌。薪水、补偿金，就按你说的，本小姐还不在意这点儿小钱。”

“不是我说的，是法律说的。”刘春力站起来，“你做到后，我就不会把你的烂事捅给计大少和媒体。我是有品的人，说话算话。”

“你最好这样，不然……”

“别吓唬我，我不吃这套的。”刘春力已经往外走了，背对着孙莹莹挥动着爪子。

“但是，我突然想起一个问题。”刘春力走到门边，又停下来，“你放心地派我们家小凡去盯计大少的梢，是不是觉得她不会对你构成威胁啊？”

“她那么普通，真的令我非常有安全感。好花也要绿叶衬，当初雇她，就是因为她可以作为陪衬我的人出现在公众面前。”孙莹莹嘲讽道，“不扎眼的人，首先就不能入别人的眼，永远只能是配角。”

“做人别太嘴硬，会遭报应的。”刘春力扔下这句话，走了。

其实他明白，孙莹莹说的是现今这世上通用的真理。只是他不愿意听到别人那样侮辱小凡，本能地反驳一句罢了。

此时的路小凡正在电脑前挥汗如雨地投简历，哪想到突然得到了好消息，工作室前台打来电话，叫她明天继续上班，一个月后自动解除劳动关系。虽然工作还是丢了，但这宝贵的缓冲期，让她有时间找其他工作。最难得的是，不仅本月薪水保住了，还可以另得一个月的补偿金，简直是意外之喜。

当刘春力回来的时候，她觉得自己运气特别好，在刘春力面前嘚瑟了一下。

“我才出去买个凉面，你的人生就出现了转机，可见，你还是有希望的。”刘春力假装不知，还故意摆出个惊讶的表情。

这个丫头太容易满足了！嗯，好姑娘！

第二章　隐婚的黄金“单身汉”

第二天一早，路小凡怀着忐忑不安的心情来到工作室，都已经自带好了雨刷，准备挨骂了。哪想到孙莹莹在经纪人的陪伴下去外景地了，她留守工作室，处理一些闲杂事，一个月后拿着补偿金滚蛋就行。

她从来没有工作得这样轻松过。

这幸福简直来得太突然啊。

不过，她这种老实头不习惯偷懒，又觉得孙莹莹这次做事厚道，每天抢着做事情，把工作室打扫得亮闪闪的，最后还被保洁阿姨拉去谈人生，问她是不是要抢饭碗。

她只好收敛下感恩之情，百无聊赖中在工作时间找下家。不过正所谓祸不单行，福无双至，她被辞退得爽利，新工作却迟迟找不到，想当快递员都被性别歧视了。眼看一个月就要过去了，她琢磨着实在不行就先找个洗碗工、传菜员或者在街上发传单的活儿。

工作找一找还是有的，只是又苦又累钱又少的工作没人肯做而已。

“路小凡，我这边有个急活儿，你来吗？”西点学校的老师打电话给她，“学校承接了一个大型冷餐会，人手有点儿不够。明天下午到晚上，时薪，不低哦。”

“来来来。”路小凡一迭声地回答。

正如刘春力所说，厨艺好是她唯一的优点。难得的是，她是打心底里喜欢做饭。看着各色食材变成色香味俱全的美味，她会非常有成就感，心里也是莫名其妙地踏实起来。

“你上辈子肯定经历过饥荒，是饿死鬼投胎，不然怎么这么喜欢倒腾吃的东西呀？”刘春力一天不损她两句是不能活的。

“厨艺也是艺术！”路小凡非常坚定地这样认为。所谓艺术，就是要让人类感到美好，不管是看到、听到，还是吃进嘴里，都一样。

当时路小凡二话没说就花了钱去西式餐点夜校学习。她的表现出类拔萃，很得老师喜爱。这不，有兼职就会找她。而她只要听说有钱赚，那是无论如何也要参加的。或许还可以问问老师，有没有此类的长期工作，可以介绍给她。

可惜，这开心劲儿还没持续多久就灭了，她蹭老师的车到达宴会现场后立刻担心起来。她怎么也没想到，这次冷餐会是为计氏公司举办的，地点就在计氏的总部大厦。据说，这是公司成立的周年庆典。

路小凡很想打退堂鼓，因为很怕遇到计肇钧。她对他一见钟情，盯梢的时候又不专业地爱上了监视的对像。再这样陷下去，她真的拔不出脚来怎么办？可她实在是舍不得即将到手的劳动所得啊，要怎么办？

她纠结了半天，在换上雪白的工作服之后，蓦然想通了。

她是在后厨干活儿的人好吗？她只能和各式西点深情凝望。而计肇钧作为公司总裁，肯定是在会场上露面的，断不会到后厨来。虽说和她勉强也算是近在咫尺，可他们根本就是两个世界的人，一个衣香鬓影，一个油渍麻花，根本不相干的。

“路小凡，拿点儿巧克力碎过来！”二厨支使。

“路小凡，先别弄这些，待会儿做拿破仑，鲜奶油要现打，酥皮要现烘，因为那时奶油既轻盈又鲜浓，酥皮既香且脆还带点儿焦。奶油的冷和酥皮的温两者混在一起吃才是最佳口味！外面伺候的可是大老板，必须最佳。”大厨兼老师在这时候也不忘记讲课。

“真不知道明明叫 Mille Feuille，千层酥嘛，为什么中文翻译过来叫拿破仑。”跟她一样做帮手的小弟嘟哝。

“路小凡，把冰激凌装杯！”不知是谁又在吼她。

路小凡被使唤得团团转的时候，前面的宴会正非常顺利地进行着。她的思维都没往那边飘一丢丢，实在忙得顾不过来呀。

“路小凡，公司里还有员工坚守岗位。人家老板说了，让给送点儿吃的过去。”

“好！”路小凡得令，像送外卖的一样，麻利地拎着食箱出了后厨。

计氏总部大厦非常大，初入者会感觉是在走迷宫。路小凡细心，提前在手心里画了路线图。她按图索骥，顺利完成了任务。可惜在返回的时候，她手心出汗，路线图给糊了，于是她立即有些转向起来。

“应该是这边吧？”她对着一条通道自言自语，“似乎有个秘书处。不对不对，应该是总务处。”要命，怎么感觉到处都一模一样？这时候，连个保安都不见，不然她还可以问问路。

她犹豫片刻，决定顺着这条路走下去。偌大一个公司，就算大部分人在楼下大厅里，也不会一个人都不留在这里吧？到时候问问路就好了。

啊，她运气真好呀，才过拐角，就看到前面有个男人，正扶着墙站在那里。

路小凡惊喜，根本没看清那人是谁，直接扑了过去。

“劳驾，我去后厨，要向哪个方向走？”她拍了拍那个人的手肘。

接着她暗吸一口凉气，差点儿吓掉了魂。

计肇钧！

他怎么会出现在这里？他不是应该在宴会上吗？这里是哪里？

“我……我不是混进来的！我有正经的工作，不是跟踪你。”被计肇钧冷而锐利的目光一扫，没等人家开口，路小凡就主动招供了，“我……我……我消失就好了，立即，马上！”也不单是怕他追究，更多的是因为见到他就心慌。

她扭头就跑，也顾不得方向了。但走出没几步，她又停下来。因为刚才在照面的瞬间，她好像感觉到计肇钧有点儿不对头。

她僵硬地站在那儿，鼓了半天勇气才敢慢慢转回身。伴随着心脏擂鼓似的怦怦乱跳，她让那个原本八竿子打不着的男人再度进入了自己的视线。

计肇钧果然有问题！

他虽然仍然挺直脊背，但身子微微发颤，显然是在强撑。他的脸色非常差，苍白得近似透明。路小凡看过去的时候，正好有冷汗从他额头上滑下来。他倔强地紧抿着嘴唇，可明明需要扶着墙才能站稳。

“计先生，你怎么了？哪里不舒服吗？”她走过去，关切地问，却没敢碰他。

“我没事。”计肇钧皱眉，这时候还嘴硬。

“要我去找人吗？”他这个样子有点儿吓人，绝不会没事。

“不用！”他生硬地拒绝了，似乎不想让别人看到他这副模样。

路小凡仔细看了他一眼，脑海中灵光一闪，冲口而出：“计先生，我看你这样子像是低血糖啊。你快坐下，这种事可大可小，也是能出人命的。”

计肇钧还很年轻，经常泡健身房，身材强壮得很。看唇色，也不太像心脏不好的人。再看那熟悉的症状，那么十之八九就是了。而且他并没有反驳，证明她关于低血糖的判断是正确的。

“请你先坐下好吗？”她提议，无意中握了一下他的手。

他修长而骨节分明的手指冰凉，很符合低血糖的病症。

计肇钧不想服从，可架不住路小凡情急之下伸手来拉他。他本来就眼前阵阵发黑，腿软得走不了路，哪扛得住外力？于是，他只得顺着墙边坐下。

血糖过低，就要立即吃糖分高的东西缓解。路小凡看了看食盒，可惜甜点都送出去了，里面空无一物。她不死心地打开盖子再看，好极了，有一块指甲大的残余奶油！

她伸手一抹，奶油颤颤巍巍地沾在她的食指指尖上。

然后，她将手指伸到计肇钧嘴边：“计先生先吃这个，然后告诉我到后厨要怎么走，我立即给你拿一杯可乐来。那个东西，升糖超快的……”被计肇钧质疑且嫌弃的眼神一扫，她的声音蓦然低了下去，这才意识到自己的行为是多么不合适。

她这是让计肇钧吮她的手指吗？虽然是好意，可凡事经不起细想，怎么感觉这么暧昧呀？再说，他应该成天吃山珍海味吧？怎么会做出这种类似于喝酸奶舔瓶盖的举动？

尴尬之下，她做了更尴尬的事：手腕一转，自己把那块白白甜甜的小东西吃掉了。随后就后悔了，可是来不及了，路小凡尴尬得面红耳赤。

“不是给我的？”在这种情况下，计肇钧突然啼笑皆非起来。他身体很不舒服，可眼前这个笨女人竟然取悦了他，令他感觉好过了些。

路小凡懊恼不已，慌乱地收回手。无意间，她碰到了自己腰间的硬物，这才想起身上还有宝贝呢。

“计先生可以吃这个。”她掏出 Choc Mate。

“什么？”计肇钧再度嫌弃地皱眉。

“这是巧克力保温容器。”路小凡解释道，“巧克力保存的最佳温度是 5~18℃，温度有起伏，口味就会不对。我刚才给员工送点心，怕天气太热，半路上巧克力化掉，就将巧克力放在了这个保温器里，当场撒在点心上。”

计肇钧不动。

“快吃吧，很干净的。”路小凡非常诚恳地请求。

“这么多讲究。”计肇钧嘟哝了一句，接过 Choc Mate。

见计肇钧接受了帮助，路小凡这才略微镇定了一下情绪，观察起这个男人来。

怎么能有人长得这么好呢?

这个“好”字是整个人，是一切，并不只是单纯的脸好看。

他穿着得体的深色西装，纯色衬衣，手工皮鞋，袖扣、领带、腕表，无一不精致。即便是随意地坐在地上，两条长腿慵懒地伸着，肩膀也保持平直。整个人呈现出低调的奢华感，就像古董，安静中散发着价值连城的魅力。

路小凡再低头看看自己：穿着厨师助理的制服和球鞋，长发随意扎着，那形象要多猥琐有多猥琐。

“沿着走廊走，见到岔口就左拐，然后右拐，有电梯。”计肇钧低沉浑厚的男声响起，竟像香浓的黑巧克力般充满诱惑。

“啊？”路小凡怔怔地望着计肇钧，一时没有回过神来。她本来反射弧就有点儿长，何况现在她的心还在小鹿乱撞，能听见人说话已经很不错了。

“你不是要去后厨？”计肇钧眯了眯眼，“还是，你打算今晚就住在这儿了？”

“哦哦，我走，马上走。”路小凡终于回魂，跳起来就走。

“方向反了。”计肇钧提醒。

她又像被遥控了一样转回来，一边道谢，一边匆忙离开，还鞠了两个躬，走得跌跌撞撞，连 Choc Mate 保温器都忘记拿了。

计肇钧虽然以冷酷无情著称，散发冷气时能令生人勿近，但他还真是头一回看到有人在他面前慌张成这样。他确定自己今天并没有凶神恶煞，只能说那个狗仔姑娘实在太胆小了。不过他一次吃了这么多巧克力，虽然嘴里发苦，不喜甜食的胃也不舒服，却真的感觉好了些。

他站起来，认真地整理着衣服。这时，陆瑜快步走来。

“老板，你怎么还不下来，该你讲话了哦。咦，这是什么？”他看到计肇钧手里拿着小巧的保温器，“新型爆炸器？挺精巧的呀。好好奇。”

“你脑子里还能不能装点儿别的事？”计肇钧没好气地说道，随手把Choc Mate放进了口袋里，阻止了陆瑜伸过来的手，“走吧。”

计肇钧恢复了平时的镇定自若，好像刚才的虚弱只是幻觉。到了电梯处，他忽然问陆瑜：“刚才你上楼时，没遇到什么人吗？”

“没有啊。”陆瑜答得干脆。

计肇钧惯性地皱了皱眉。

如果狗仔姑娘没走错路，就肯定会和陆瑜乘同一部电梯。没遇到的话，是又迷路了吗？

“你去叫几个保安四处看看，今天来宾很多，免得闲杂人等乱走。”他貌似随意地吩咐道，一脚踏入电梯时又反悔了，“不，还是不用了。”

狗仔姑娘的胆子这样小，这样会吓到她吧？到底她帮助过他，不能恩将仇报。

“一会儿你去后厨，看看是哪家公司承办的年庆活动。然后……”他犹豫片刻，随着电梯的下行，又吩咐，“再查查有谁上过楼，送过吃的东西。”

“哦。”陆瑜心不在焉，还在想那被计肇钧放进口袋的是什么东西。

“你亲自查，别惊动别人。”

“哦。”

“是巧克力保温器。”计肇钧叹气道。

“啊？”

“你不是一直想知道这是什么东西吗？”计肇钧把Choc Mate拿出来递给陆瑜，“看完了还我，赶紧去做事。”

谁能想到，霸道总裁此时心里在哀号。有什么办法，谁让他最忠诚的手下是个好奇宝宝。如果不满足陆瑜的好奇心，他能神思恍惚好几天！于是，只能忍了。

“哎呀呀，现在什么工具都有啊，装个巧克力都搞得这么酷炫。”陆瑜摆弄着手中的东西，笑道，“老板，这个给我吧？怪好看的。”

“这是别人的。”计肇钧伸手夺回，“刚才我说的话，你听清了吗？”

叮的一声，电梯到了。

陆瑜行了个军礼，表示保证完成任务。

计肇钧点点头，稳步走了出去。

后厨里，路小凡回来了好久，还一直处于迷迷瞪瞪的状态，气喘吁吁的。

她和计肇钧说话了啊！虽然上次在公寓那边也碰过面，但那纯粹是人家训斥她。今天是连说了好几句，她似乎还摸了人家的手……

哎呀，那双手除了大而有力，微干冰凉，什么感觉也没有。为什么记忆这种东西不能像照片那样直观地存储呢？好遗憾。

她这样魂不守舍地犯花痴，都没注意陆瑜到后厨逛了一圈，也把保温器的事彻底忘掉了。直到工作结束，大家清点用具的时候，她才被追问。

“我没拿回来吗？”她发愣，完全不记得是半路掉了，还是遗落在计肇钧那里了。她脑海里仿佛有一团团棉絮状、热乎乎的东西在乱窜，堵住了脑回路。

“那是德国进口的，很贵。”老师惋惜地说。

路小凡听得心一抽一抽的，但很快就恢复了平静。丢了那东西，心疼总是难免的，但后果远没有想象中那么严重。

“我觉得你再这样下去，一定会不幸的。”隔着板壁，在黑暗中聊天时，刘春力警告她。

自从被刘春力发觉她的暗恋，路小凡干脆公开了心思。暗恋那么辛苦，没人分享心情，说不定会抑郁的。今天晚上经历的事情太多，回家时发现刘春力已经睡下了，也被她挖起来，诉说小秘密。

“能有什么不幸啊，我又不想真的与他有发展。”路小凡不担心。

从来，她拥有的就不多，所以她最大的本事就是懂得珍惜。现在，哪怕是一丁点儿开心，也够她品尝的了。就像当时的那一小块指甲大的奶油，不会因为是被碰掉的、被丢弃的、被忽略的，就不甜美。

“有个老港剧里有一句台词：找喜欢自己的人很容易，找自己喜欢的人就难了。”从这一点上来看，她多么幸运！

“屁！”刘春力嗤之以鼻，“如果找喜欢自己的容易，这么多的单身狗是哪儿来的？”

“你就会泼冷水。”路小凡不满地哼了一声。

“好好，那我给你点儿实质性的建议。”就算在黑暗中，也听得出刘春力在努力哄她，“你不是喜欢电影吗？我就用电影里的桥段来教你。下回再有机会见到计肇钧……”

“不会有下回的。”老天不可能总这么眷顾她啊。

“总之如果下回见到，你记得，一定要狠狠地在计肇钧面前摔个大马趴，知道吗？”

“你是在教我碰瓷？”路小凡霍地坐起来。

“呸！你脑洞还能开得再偏一点儿吗？”刘春力鄙视，“看看电影《五十度灰》，看看《小时代》，女主都是普通女孩，扔人堆里都拣不出来的。结果呢，在第一次见到高富帅时，一下摔趴在男主的西装裤前，最后都麻雀变凤凰了。所以说，灰姑娘丢水晶鞋这种事已经太老土了，都流行摔跤，知道吗？嘴啃泥、狗吃屎那种。”

路小凡被逗得笑起来。

“别笑，严肃点儿！”刘春力故意板着声音，“这个题目叫：如何吸引高富帅的注意。人家有钱帅哥就喜欢你们这种蠢萌的人，说白了，就是智商低的。所以你千万记得，下回见面一定要摔跤啊。舍不得摔疼，套不着男神。”

“不理你了。”路小凡重新躺下，躺在她那一米宽、弹簧已经吱吱响的床上。

现在是夏夜，她却莫名其妙地想起一句不恰当的话：春风沉醉的晚上。

第三天一早，她正打算去老师那里交赔偿巧克力保温器的钱时，收到了一个快递。

寄件人地址是计肇钧的公寓，快递的东西正是那只失踪的Choc Mate。

他怎么知道她的地址的？在接到快递的那一刻，她先是疑惑惊讶，随后，就是一种又是惊吓又是窃喜的感觉。

想想也是，她作为厨师助理去计氏工作，计肇钧想要查她轻而易举。重点是，她似乎被他注意到了。哪怕只是他还了个东西这么简单，至少证明她在他心里留下了印象，就算很快就会消逝，她也非常开心。

他知道了她的地址，不会突然跑来找她吧？那她可尴尬了，这种鸡笼似的地方，怎么能让神龙落下脚？

不不不，他不会的。

果然，计肇钧没来找路小凡。

不过他的电话打来了。

看到是个陌生号码，路小凡接通的时候犹豫了一下。不过，当那边传来计肇钧的声音时，对方没报名字她就知道是谁了。

她惊讶得说不出话，害得计肇钧连续说了三遍“你好”。

“路……小姐？”显然，他没太认真地去记她的名字。

“是。”路小凡努力克制着自己不要结巴，“计先生，请问您找我是？”

啊啊啊，这不是做梦吧？他，计肇钧，居然主动给她打电话了！

路小凡嘴上冷静，心里早已欢呼雀跃，恨不能撒欢打滚。

“给你一个消息。”计肇钧的语气有些生硬。

啊，消息？什么消息？不是应该约一起吃个饭看个电影什么的吗？难道是股市内幕消息？他这种身份的人所说的消息，至少应该是那种档次的吧？那样的话，她可就发了。听说，某首富的司机就是在工作时偷听各种小道消息，结果在股市发了大财。

一时之间，路小凡脑洞大开。这也不怪她，毕竟计肇钧的行为太突兀。

计肇钧把路小凡的痴呆状态当成是她要听下文，于是继续说道：“明天，我的委托人会向法院申请宣告我妻子死亡的消息。你如果有钱投在股市，不妨买点儿计氏，会小幅上扬。”

“哦。”路小凡机械地应道。

计肇钧也不多说，直接挂掉了电话。

旁边的陆瑜纳闷：“老板，干吗放消息给别人啊？那个姓路的妞是谁，值得老板你特殊对待？”

“没什么特殊的，只是她帮过我。到明天下午，所有记者就都会知道这件事了，倒不妨以此还个人情，让她抢个头条。”小记者抢到这么劲爆的头条，对于升职加薪得奖金来说，是很有利的吧？

陆瑜一直偷看计肇钧，结果发现他的表情没什么波动，顿时觉得很无聊，眼睛里的八卦之光瞬间熄灭，改口抱怨：“严格说来，戴欣荣也不算是老板的老婆呀。当时那个状况，你们又没……”

“登记过，就算合法夫妻。”计肇钧打断陆瑜。他这个人向来如此，不决定便罢。决定了，就一条道走到黑，不犹豫，不反悔。

“目前公司经营平稳，我要离开几天，你帮我盯着点儿，省得有人浑水摸鱼。”

“老板放心！”陆瑜信誓旦旦，“申请宣告戴欣荣死亡的消息一出，整个新闻界就爆炸了，老板还是躲几天清净的好，这边的事就交给江东明。他不是公关部的头儿吗？人家还懂潜行来着，这么高大上，特殊时期就指望他露面了。不过，他会不会使坏？”

计肇钧摇头：“事关公司，他不会公私不分，也没那么愚蠢。他只是针对我罢了，不用理他。”

“我从来就不想理他。”陆瑜叹气。

与此同时，计氏大厦的地下停车场，江东明坐在车里，摇下车窗，正和个老保安说着什么。看起来似乎是有关停车的事，实际上并非如此。

“你是说，公司周年庆典那天，陆瑜去调查了一位姓路的厨师助理？”江东明露出好奇的神色。

“是。”老保安五十多岁的样子，很瘦，相貌平凡，但不经意间流露出精干之态，“我无法接近计肇钧，但以他如今的地位，很多事不方便出手，必然会指使陆瑜。我就盯着陆瑜，见那天他去找计肇钧，回来后就从庆典上溜了。后来我调查到，他是去打听一个姓路的年轻姑娘。”

“年轻姑娘？”江东明疑惑了片刻，笑起来，“咱们计总是出了名的不近女色。不，说浅了，他根本就是不近人情。但是一个厨师助理，想必也不会是什么惊艳美人。那就有意思了，难道有其他的目的？”

“是很奇怪。”老保安也皱眉，“可惜对方的负责人也不知道陆瑜查那个姑娘是要干什么。”

“老钱，你就盯紧这条线。”江东明发动车子，“咱们计总从来不做没有理由的事，说不定这就是找出他把柄的机会。”

老钱点了点头。

路小凡这边，根本就没想到自己会成为被关注的对象。半天了，她仍然保持着接听电话的姿势，现在整个人只觉得头顶轰隆隆，仿佛有雷要劈过来。

她没有猜错，他提了股票的事。可重点不在这儿，重点是计肇钧有老婆了！

她之前完全没听说过呀，难道是隐婚？可他这样的人，有什么必要对外界隐瞒？等一等，申请宣告死亡？

死亡？还是申请宣告的？就是说人莫名其妙地没了，失去了下落，几年都找不到踪迹，最后只好推定她死了。

这信息量太大了，路小凡完全目瞪口呆！

孙莹莹叫她偷窥计肇钧，她照做了。然后，她发现他形单影只，私生活像和尚一样素淡。就算是她，也偶尔会去酒吧玩玩，他却连夜生活场所都不去。她如果没记错，他手上没戴婚戒，身边也没有女人。所以，她就想当然地以为他是单身。那么，孙莹莹事先知情吗？她为什么用尽心机，要死要活地赖上人家？赶着当妾吗？又或许，计肇钧曾经娶妻的事，连神通广大的孙莹莹也不知情？还有，他老婆，不，他曾经的老婆到底是哪位？

他真以为她是狗仔啊，居然提前放消息给她。这算是另眼相看？在震惊过后，她有一种啼笑皆非的感觉。

原来，是人就有过去！只是计肇钧的过去，为什么那么神秘呢？

果然，有钱人的世界她不懂，太复杂的事也从来不适合她。她应该从这个不切实际的美梦中清醒过来，回到她原来的生活轨道。

但是，她做不到。

她不理刘春力的刺探，在自己的小隔间里自闭了一天，第二天晚上，她打开电脑，疯狂搜索关于计肇钧的新闻。

远远关注着他的事总还是可以的吧？她这样劝自己。

铺天盖地的，各大门户网站上全是计肇钧的消息。有的在财经版，更多的是在娱乐版。视频、照片、文字，不一而足，甚至连他在公司出席活动的旧闻都被拿出来填充版面。播放视频的地方，画面上全部被弹幕覆盖，根本看不清图像，网友就像打了鸡血似的，亢奋极了。

果然，公众人物的生活是大众最好的娱乐。这是个物质时代，商界精英自然成了最大的明星。何况，计肇钧还是偶像型的。

他年轻、英俊、多金，手握市值数十亿美元的公司权柄，而今又重新恢复了单身，天生的话题之王啊。

在记者的长枪短炮下，他仍然冷冰冰的，于是这成了他被攻讦的大好借口。毕竟是妻子死了，他为什么不伤心？哪怕已经时隔四年之久，哪怕他是那种情绪不外露的人，他不伤心就代表这其中一定另有隐情。

消息一出，幸灾乐祸的人有，破口大骂的人有，怀疑论者、阴谋论者更是比比皆是，计肇钧的人品数值降到了有史以来最低。

那么问题来了：既然计氏现任掌门人的品行如此不堪，计氏的股票怎么不跌反涨？股民的信心是从哪里来的？

路小凡没想到，计氏的股票竟跟计大少的“前妻”戴欣荣有关！

戴家不显眼，但毕竟是富豪之家。公司没什么名气，却是投资控股公司。重要的是他们多年前不知用了什么手段，得到了计氏相当一部分股权。而这部分股权作为嫁妆，被戴家最受宠的小女儿戴欣荣握在手里。她这一死，根据他们的婚姻财产协议，股权由计肇钧全部继承。自此计肇钧对计氏的掌控成为绝对，计氏的商业发展也被看好。

之前计肇钧一直是黄金单身汉的形象，连神通广大的媒体都不知道他已婚的事实。另一方面，若想通过法律宣告死亡，必须由利害关系人提出申请，而且必须是自然人离开住所下落不明达到法定期限，也就是四年，才可以向人民法院依法提出。经过新一轮的人肉深扒之后，媒体发现计肇钧和戴欣荣的结婚登记日也才四年多一点儿，就是说结婚后没多久，戴欣荣就失踪了！

仅仅一天而已，媒体竟能挖出这么多内幕。

基于以上，人们纷纷猜测这其中的蹊跷：计大少仗着自己身材高大英俊潇洒，诱惑戴欣荣，之后更是骗婚。得手后，杀掉妻子，夺回股份！

可是，为什么戴欣荣失踪四年，计家和戴家都没有声张？尤其是戴家，女儿没了，作为苦主为什么没有闹呢？

几个小时后，路小凡看遍了网上的各种奇葩言论，总结起来只有三点：一、计氏未来的继承人及掌门人隐婚；二、他老婆死了；三、他老婆是非正常死亡。

至于网上的那些猜测，路小凡绝对不信，她觉得那些完全是无稽之谈。

“你听说了吗，听说了吗？”刘春力从外面跑进来，一脸兴奋。

“计肇钧的事？”路小凡不满，“你这么高兴干什么？”

“生活太枯燥了嘛，全民娱乐的时代啊。”刘春力耸耸肩，“不要躲在角落里旁观，那样人容易变阴暗的。站好阵营，你肯定是挺计派，上论坛跟人掐架去啊。美少女战士嘛，男神就靠你保护了。”

“我不会跟人吵。”

“掐掐更健康。”刘春力无所谓地挥挥手。

路小凡犹豫了半天，才吞吞吐吐地说：“其实……之前他打过电话给我，说了他申请宣告前妻死亡的事，还叫我买股票来着。”

“那你买了没有？”刘春力跳起来问。

“没有。”

刘春力立即捶胸顿足。

路小凡也觉得自己当时有点儿奇怪。她和刘春力的助学贷款还没还完，家里又负债。虽说她不是贪婪的财迷，可对于钱还是很在意的。这次，她居然这么麻木，错过了发财的机会。她想，她最近可能是昏头了。

“你说计肇钧给你打电话？他怎么有你的号码？”刘春力后知后觉。

“公事而已。”路小凡恹恹地说道。

这几天，她觉得心里很烦，她一定是被自己的幻想和感觉蒙蔽了眼睛。但她就是觉得计肇钧不会是杀妻恶魔。他虽然冷淡，但应该不是坏人。她很想帮他，可她想不出能做什么，她连自己都保护不好，拿什么去拯救男神呢？那种无能为力的感觉令她非常沮丧。

为此，她做什么事都提不起兴致。幸好孙莹莹没回来，没人来找她麻烦。她不知道计肇钧此时正因为她心情愉悦。

“老板，在这件事曝光之前，媒体没有头条啊！”陆瑜的脑袋都要扎到手机里了，“您不是提前给一个姓鹿还是姓马的妞漏过消息吗？”他的手指还在那儿不断地翻屏，就跟通了电似的。

计肇钧的双腿架在桌子上，衬衣的袖子挽着，正一手抚着额头，一手拿着文件看。

他没抬头，也没说话，陆瑜的话让他心里有些舒服。虽然，他不知道路小凡为什么没报消息。

法院的那件事爆出之后，群情激奋，千夫所指，各方的反应都在他的预料之内。他凡事笃定，唯独路小凡……脱轨了。

“奇怪的女人。”陆瑜低声嘟哝一句，马上又转了话题，“老板你还是避避风头吧，虽然不怕他们，可成天被那么多人围着，也挺烦的。”

计肇钧终于抬起眼，啪一声把文件合上：“今晚就走。”

天黑的时候，在陆瑜的掩护下，计肇钧熟练地摆脱了狗仔们的紧盯，中途在陆瑜家门外换了一辆车，向远方开去。

川流不息的城市街道上，他孤单地前行。辉煌的灯火就像他不确定的心意，明明灭灭，快速闪过，却又反复浮现。在路过一家蛋糕店的时候，某个地址清晰地出现在他的记忆里。他犹豫了一下，还是把车子掉了头。

在偏远的城郊结合部，路小凡租住的破旧楼房前，计肇钧停下他的SUV。

他和他的车与这个地方显得那么格格不入，可他很是自在，就连那嘈杂浑浊的空气都似有熟悉的感觉。他下车走了走，又不知自己要寻找什么。他自嘲地笑了笑，打算离开。刚好这时，路小凡拎着刚买的两份凉面回来了。

“计……计先生……”

路小凡愕然地望着眼前的男人，吃惊不小。她很奇怪，为什么计肇钧无论何时何地出现，她总是不会认错，好像身体里有雷达，会自动反应。

“这几天，你有重要的事做吗？”计肇钧走过去，问得突兀。

“没有……吧？”路小凡怔怔的，不知道对方是什么意思。

“那好，跟我走。”计肇钧直截了当。

在路小凡还没明白怎么回事的时候，他已经把那两份凉面拎了过来，直接丢到旁边的垃圾桶里，然后把发呆的某人推上车。

直到车子驶离这片区域，路小凡才小心地问：“我们去哪儿？”

“不会绑架你的。”

直到车子在国道上奔驰，路小凡才第二次问：“要去的地方，很远吗？”

“远。”计肇钧认真开车，盯着路面，“忘记问了，你身份证带了吗？”

“就在钱包里。”路小凡下意识地摸摸自己的编织小手包。

她是出门买晚餐的，自然要带钱包啊。

直到车子行驶了两个小时，计肇钧给车子加油时，路小凡再一次问：“需要我离家很长时间吗？”

“几天吧。”

路小凡只“哦”了声，就跑去加油站旁边的电话亭打电话。

“你凉面买到美国去了？可是美国那里有凉面吗？”路小凡才叫了一声刘春力的名字，那边就在电话里吼开了，“我要饿干了，你回来收我的木乃伊吧。”

“没买着。”事实上，买回来的凉面被计肇钧丢进了垃圾桶。

为了印证自己的话，路小凡的肚子咕咕咕地连叫三声。她也很饿好吗？为了排遣郁闷的情绪，她白天大扫除，体力消耗很大的。

“没买着就回家吃泡面。你到底野哪儿去了？”刘春力仍然火大，“也不带着手机，我在附近跟疯子似的折返跑，也没见着你人！你现在在哪儿，赶紧给我滚回来！要不，我去超市买点儿速冻水饺来吃吃？”说到后来，刘春力的声气明显弱了。

路小凡不禁露出微笑。

她知道刘春力不是因为饿而发脾气，是担心她的安全。可他提心吊胆了这么长时间，最后还要关心她吃什么。这种温暖的感情，正是她前二十几年，不管多辛苦也要努力生活的巨大动力。

“你放心吧，我没事，真的很安全。不过我要离家几天，你别担心。”路小凡和声细气地说，“也别总吃冷冻食品，去楼下的小餐馆包几天饭，很划算的。”

“等等，你要干什么去？”刘春力警惕起来。

“你别管了，总之别大惊小怪的，也不许惊动家里。就这样了，过几天我就回来。不多说了，拜拜。”她果断挂掉电话。

她不知道要怎么和刘春力解释。她心中忐忑，没注意到电话没有挂好。

远在家里的刘春力快疯了，对着发出忙音的手机连讲出一串来：“别不多说啊。你说啊，你倒是说啊，你这死丫头，到底要干什么去啊？天生的笨蛋，别让人卖了还帮人数钱！”他急得乱抓头发，突然意识到查来电显示，然后重拨回去，对方却一直占线。

“坏了，她可别让人给拐卖了。”刘春力额头上的青筋凸出半寸高，看起来像要爆开似的，“不行，得报警。”他连钥匙都忘了拿，直接冲去派出所了。

加油站这边，路小凡打电话的时候，计肇钧一直透过车窗玻璃望着她。

她是多傻气的姑娘，他说走，她什么也不问，就跟着走了。

她又是多平凡的姑娘，长得不算美，穿得又旧又过时，头发就那么随意散在肩头。可不知是不是加油站灯光的原因，此时此刻，她笑起来的样子格外动人。

他好半天才意识到，她微笑的时候，他的嘴角竟然也跟着上扬，多年来都紧绷着的心，都似变得放松和宁静了。

他看着她进了加油站的小卖部，出来的时候拎着个大塑料袋。

“我买了点儿吃的东西。”她献宝似的，有点儿讨好地笑着，又很是局促，“虽然只是些速食品，但我不知道计先生还要开多久的车。如果长时间不吃东西，低血糖再犯了就太危险了。”说完，她自己的肚子又连叫几声。

路小凡别过脸。

计肇钧觉得有些好笑，却假作没听见，一边把车开进车道，一边问：“都是什么？拿出来吃吃看。”

“就是饼干啊，小包装的糕点啊，一些饮料和水。方便面要到有热水的地方才能吃，啊，还有糖果和能量棒。”路小凡低着头，窸窸窣窣地在袋子里翻，神情看起来特别专注温柔。

“计先生吃饭不按时，时间长了，难怪会有低血糖。”她的语气里带了些批评和教育。

“这是你长期监视我得出来的结论？”计肇钧问。

第三章　共同居住

路小凡很不好意思。

毕竟，她之前偷窥在先。

计肇钧见她低下头，心又软了软，指了指后座道："我包里有吃的东西。"

路小凡连忙服从命令，欠身向后，想把那个孤零零躺在后座的包拎过来。哪想到这时候车子有点儿颠簸，她一时没有站稳，整个人撞向了方向盘。

车子猛然向侧打滑，幸好计肇钧反应迅速，紧急调整方向，骤停在路边。

"对不起对不起，我不是故意的。"路小凡连忙支撑起倒在计肇钧身上的自己，慌乱之中，爪子直接按在了人家脸上，"这个……也对不起。"

计肇钧深吸一口气，压下了火："别总是对别人道歉。"忽然，她这种小心翼翼中带点儿惧怕的样子令他不爽，"我开车不稳，分神了，也有错。"

"是。呃，不是啦……"

"你为什么不系安全带？行车期间不能随意站立不知道吗？很多不起眼的小事，都是大事故的诱因。你想拿东西，不能请我先停车吗？你这样突然就站起来，我还以为出了什么事。至少，你也要提醒我一声。"

"哦。"路小凡咬了咬嘴唇，别过脸。

"你想笑？"计肇钧敏锐地发现气氛不对。

"没有！"路小凡断然否认，但声音发颤。

"有什么好笑的？幸好光线够好，路上又没人。"

"真没有笑！"

"说，笑什么？"

"你……计先生……"经不住两句威胁吓唬，路小凡招了，"你一本正经地分析责任，表情还那么严肃认真，让我突然想起了小学的班主任……"

本来她是有些惊惶的，一来因为车子的意外状况，二来是怕计肇钧发火。但是不知为什么，计肇钧和小学老师的脸在脑海中重叠了起来，让她控制不住想笑。

高冷男神画风突变，霸道总裁秒变唐僧，叫她怎么忍得住不笑？

"你觉得我是在教训你？"计肇钧的面子有点儿挂不住。

“没有没有。”路小凡双手连摆，努力板起脸，“计总教训得是。”

“你老师长得很帅？”

“噗……”

“有那么好笑吗？”计肇钧火了。

有啊有啊。路小凡心说。但看到那张帅脸半点儿笑纹也没有，帅哥周身的温度又下降了至少十度，她连忙调整情绪。

想想，是可以理解的。任谁被嘲笑，都会火大。何况计肇钧本来就是个不苟言笑的人，两个人还没有熟到能开玩笑吧？再者他这种男人端着习惯了，她突然这么不着调，也实在是很尴尬。

“要不，先吃东西？”她试探着询问。

“先吃点儿东西！”他命令。

两人几乎同时开口。

路小凡心想都是肚子惹的祸。她只要吃不饱，胆子就会变大，会做很多不可理喻的事。人家是喝醉误事，她是饿肚误事。看吧，刚才还饿出了幻觉。

计肇钧心想难道是自己饿过了头，才会如此多话？要不是他刚才有意控制住，后果会一发不可收拾。

“看看有什么吃的。”计肇钧长臂略伸，本想把路小凡丢出车，最后却是把后座的旅行袋拿了过来。

路小凡认命地执行任务，但翻了半天发现里面除了一些衣物，根本没有半点儿可入口的东西。

“没有。”她举手报告。

“没有？”

“真没有，不然计先生自己看？”她把包略举了举，敞着口示意。

一定是陆瑜！计肇钧暗骂。这小子做什么什么不行，吃什么什么没够。整理了几件破衣服，就说是为他准备好了一切？回去一定要收拾这小子。

路小凡已经把自己从加油站带来的塑料袋拎了出来：“先吃这些吧？”虽然口味不太好，但总比没有强。

她的及时解围，令何时何地都习惯大局在握的计肇钧不那么尴尬了，他只低低地“唔”了声，动作僵硬，高傲地表示勉强接受建议。

随后他发现，路小凡很会照顾人，且非常自然又不做作。递给他的吃食，总是拆好了包装，小心地露出要咬的部分，让他拿起来方便又不会脏手。他这边才吃了一口，她那边已经把矿泉水拧好了盖子，就放在他随手可拿的地方。甚至，旁边还备了餐巾纸。

有时候，体贴他人是一种良好的教养。

而这种被温柔对待的感觉，他从小到大都没有尝过。

以前是没有机会，现在是根本再无可能。

但这种感觉真好。

再看旁边，路小凡也开吃了，非常安静和专注。难吃的超市食品，她居然也能吃得那么津津有味，令他也食欲倍增。

漆黑的夜里，除了路灯一路向前延伸，连天上的星月都无光。

高速公路上偶尔有零星的车子掠过，就像飞速奔跑的游魂。

两人略填饱肚子，身体内的激素水平迅速恢复正常，心情也趋于平静，两人终于恢复正常。

计肇钧径直开车，酷酷地沉默着，路小凡也不多嘴，纯粹一副包子样。两人都保持着安静，直到后半夜，他们进了邻市的机场。

“我们要去哪儿？”当计肇钧找路小凡拿身份证买机票时，路小凡才惊疑。

“现在知道怕了？”计肇钧邪魅一笑，“晚了。”

他大步向前走，路小凡被动地跟在后面小跑，被他那一笑弄得心乱如麻。

等拿到机票的时候，路小凡才发现他们要飞去祖国的西北地区。

“要去干什么？”她终究做不到完全不闻不问。

这一回，计大少终于给了个准信儿：“度假。”

度假？度假带她干吗？

“为什么带我来？”路小凡壮起鼠胆，终于发问。

头等舱的休息室里环境清幽，沙发舒服，还有服务人员伺候，令路小凡不自觉地放低了声音。她以前到离家很远的地方上大学，最讨厌的就是寒假的时候正赶上春运，她经常只能买到站票回去。机票很贵，她很少买，哪怕是打折的经济舱。

现在这情况，她真心有些不适应。

计肇钧忽然俯下身来对路小凡说：“你说呢？”

咫尺之间，气息相闻。路小凡屏住呼吸，很没种地错开了视线，慌乱不堪。

“你脸红什么？”计肇钧的声音很近，呼出的热气喷到她的耳朵上，“带你来是因为——”他拖长了声音，“得有人做饭！我讨厌陌生人在我身边转，也讨厌自己弄吃的，更讨厌吃得不好。你，大概可以吧。”

哦，原来是带个工作人员，或者说是带个保姆。路小凡明显松了一口气。

计肇钧没有错过路小凡脸上的任何微小表情，她的反应令他诧异，他忍不住挑挑眉。这个傻姑娘，居然再度从他预计的轨道中脱出。

他是个成熟且精明的男人，身份地位令他时刻身处花丛。他很清楚地知道，路小凡喜欢他。喜欢他的女人太多了，这根本不稀奇。稀奇的是，路小凡好像只是“喜欢”他而已，从不妄图与他发生些什么，或者从他这儿得到什么。他故意让她误会，又说出不堪的真相，算是对别人自尊心的打击了。实话说，身为男人，这样做真的很无耻。

可她呢？似乎并没有被侮辱和被伤害的感觉。

无欲则刚。这姑娘不是傻瓜，只是压根没有多想。

“那……带薪吗？”路小凡又问了一句。

计肇钧正进行着复杂的心理活动，突然被这么一问，心里防线瞬间崩溃。行，他服了她。

路小凡见计肇钧没回答，以为被鄙视了，有些讪讪的。不过，她并不羞愧，她凭自己的劳动赚取利益，是正当的。再说，这也刚好证明她的厨艺得到了认可。

“你总这么乐观吗？”计肇钧驴唇不对马嘴地问。

“我应该悲观吗？”路小凡愕然反问。

计肇钧没回答，只抬腕看了看他的水鬼表：“走吧，到时间登机了。”

他把她扔在后面，自顾自往外走。他知道，她会跟上的。

他看似什么都拥有，却总觉得紧张和压迫。而路小凡一无所有，却乐天知命，随遇而安。怪不得，她让他感到舒服。到现在他才明白，他是出来躲清净的，为什么忽然想要把路小凡带在身边。原来，他也害怕孤独。

陆瑜这次做得不错，安排的接机的人是计氏分公司的，也是可信任的。那人只负责把一辆全地形越野车交给他们的计总，之后迅速闪人。那人一直低眉顺眼的，连路小凡是谁都没问，更没有多看一眼，职业素养非常高。

路小凡本以为计大少度假，肯定是住超五星酒店，如果有七星，必是七星级大酒店的总统套房。她这种小人物没见过世面，这次也跟着享受一回。哪想到经过几小时的颠簸，车子开到了一处不知名的山脚下，然后她又被带着爬了两个小时的山路。

此处的山路不是铺好台阶的，而是山民们踩出来的那种小路。

到了半山腰，他们在一片树林后停了下来，眼前是一套精致的木屋。

路小凡简直惊呆了。这里仿佛世外桃源，虽说是木屋，虽说在山间，却非常精致，石阶、门廊、斜顶和落地的玻璃窗，漂亮极了。草地修剪得整齐，四处都很干净。虽然没有菜地、花园和动物，却有一口水井，显然是常年有人打理的。此处倒像是个隐士的隐居地，而且是那种很小资很有钱的隐士。原来这才是真正有钱人的世界，哪里是超五星和七星比得了的？

“赶紧做饭吧，我饿了。”

路小凡正怀着诗情画意，计大少很煞风景地来了一句。接着，他大步踏上台阶，拿了钥匙，开门进去。

“真是的，这地方适合修仙好吗！要飞升，就得辟谷！”路小凡低声嘟哝，第一次对她的男神产生了不满。

木屋的造价应该非常高，外围是充满野趣的篱笆小院，内部的装饰和装修看似朴实自然，到处散发着原木的气息，其实各显精妙设计，更不用说家具用品全是高档货了。

总之，这里的总体风格是中国风，低调奢华风，如果不饮着茶下几盘围棋，不写毛笔字，不画点儿山水，不作诗赏雨吟月，都会觉得很不好意思，辜负了这山居景致似的。

房子在结构上是一层，总共三居，另外有两个极大的厅，各自对着房前屋后。路小凡自动自发地把最小的房间认作自己的。卫生间倒是在室内，设备也很先进，有抽水马桶、太阳能热水器和漂亮的浴缸，可惜厨房另设在屋后的院子里。

对了，这里没有电，也没有一应电器。

没有电话，手机也没信号。

没有煤气，只有早准备好的柴火，看来做饭是要烧灶的。

没有暖气，但厅里有花式繁复的古典熏笼，难道冬天过来要烧炭取暖？好在现在是夏天，门窗上配了纱窗，只要防了蚊虫就不会太难过。

这样的条件令路小凡在最终的惊艳后，产生了一种与世隔绝感，好像穿越了时空。这对于习惯了现代生活的她来说，感觉不方便又新奇得很。

“没有食材怎么办？”在简略参观了房子之后，路小凡立即举手报告。

巧妇难为无米之炊，她就算有心大显身手，目前也没办法了。

“往下走两公里多一点儿，有个村子，那里可以买到食材。”计肇钧已经麻利地换好了家居服——质地很好的 polo 衫、牛仔裤，很适合山地行走的单靴。

“两公里多一点儿”，听起来很远的样子。还好她穿着类似于运动装的短袖 T 恤、长裤和球鞋，方便行走。

“顺便，你也买两件换洗的衣服。”计肇钧边说边往外走，看也没看路小凡一眼，却注意到了这些细节。

路小凡当下高兴起来，乖乖地跟在计肇钧身后。

山路和平地不一样，很难走。尽管路小凡从小辛苦生活，体力很好，还是累得气喘吁吁，计肇钧不得不几度放慢脚步等她。

他熟悉地穿过交叉纵横的小路，七拐八拐，上上下下地走了四十多分钟后，到达一个规模不小的村子。

“多买点儿吧？省得来回跑。”计肇钧决定。

“天气热，容易坏啊。”那里又没有冰箱。

“有井。”

是哦，有井。据说井水天然保鲜，短期储存食物是没问题的。但，这么多东西拎回去也是问题，肉蛋菜加上米粮油盐，很重的。

于是，计肇钧又高价买了辆坏掉的自行车。虽然不能骑了，但推着载物还是可以的。之后，路小凡挑了几件土布女服，两人这才往回走去。

“要不要在农家先买点儿现成的吃的？”路小凡提议。

他们到达山居的时候已经是中午了，折腾到现在，已经下午一点多了。她倒是很抗饿，跟骆驼似的，但计肇钧娇弱的胃受得了吗？

“难吃，不买。”

那就是宁愿饿着也不能委屈了嘴巴呗？真难伺候。路小凡腹诽。

在回程时，路小凡努力加快了速度。计肇钧看到她的头发都被汗水打湿了，心想这个姑娘真是温柔又善良，总是在为别人着想。

回到小屋后，路小凡顾不得洗脸换衣，麻利地和好面，调好馅，打算做个鸡蛋馄饨面，再配个小葱拌豆腐的时候，问题来了——她不会生火！

“起开，笨死了。”肚子饿的“猛兽”开始烦躁，计肇钧对她才产生没多久的好感迅速消散。

他生火的技术相当高超，很快就把灶烧热了。为了避免因肚饿而多话，他干脆主动参与劳动，把暂时不需要的食材放进干净的铁桶，吊到井下冰着。

路小凡在一旁偷偷观察着他，觉得这画风相当喜感，穷人家的女孩子离了现代化设备就没办法生存，反倒人家正经的富家大少具备相当高的生存技能。

难得的是，他做这些活儿的时候，身上还能保持整洁。

她一边洗锅做饭，一边回忆刚才计肇钧的动作，决定以后自己动手做这些。毕竟她被带来就是要做饭的嘛，她的本职工作必须做好。

令她格外愉快的是，虽然缺少调料，但因为食材新鲜得不得了，井水品质上佳，最大程度地保证了她厨艺的发挥。

这从计肇钧的食量上看得出来，他已经连吃了两大碗，去盛第三碗的时候，发现路小凡还没吃，于是犹豫了一下丢下碗筷，说去饭后散步。

“你不要乱跑。”他临走时吩咐，“这么大座山，又人烟稀少，丢个把人，几年找不到也可能。”

除了肚子饿的时候，路小凡都很胆小，她闻言很认真地点头答应。不知为什么，她突然想起失踪的戴欣荣，他的前妻。她不会是在这山里丢的吧？

这个想法吓到了她，害得她努力了半天才把这念头压下去。其实，她也没时间四处逛，匆匆吃过饭后要收拾厨房。之后她又四处打扫了一下，争取让老板对她的服务更加满意。

眼看天近黄昏，计肇钧还没回来，她越等越不安，干脆先回到自己的小房间，洗澡换衣服。

可能是因为太疲乏了，加上精神一直不放松，洗过澡后，她在床上躺了一会儿，连头发也没擦干，就睡着了。

她再睁眼时，外面阳光灿烂。

她有瞬间的疑惑，还以为是从自己租屋的小床上醒来的，开口就想问刘春力几点了。几秒钟后，周围的环境令她迅速回忆起一切，她猛然坐起。

天哪，她是做饭的，居然没做晚饭，就这么睡到了这个时候！那计肇钧吃的什么？怎么没叫醒她？以他的脾气来说，应该直接把她从床上拎起来，丢到院子里才对。

她再看身上，盖了一床被子。她想起昨夜迷迷糊糊间，是觉得冷来着，后来也不知怎么就暖和起来了。山间的夜，温度很低，是计肇钧照顾的她？

他们单独相处，一起买东西，一起做饭吃，还睡在同一屋檐下，算不算同居？

啪啪的声音从窗外传来。

路小凡从与计肇钧伪同居的暗喜中回过神来，暗骂自己没出息。

她选的小房间是阴面，正对着后院的厨房。她站起来，从窗帘的缝隙中循声望出去，然后一动不动地站了片刻，用手抹了抹下巴。

晨光中，计肇钧在劈柴。

劈就劈吧，干吗出那么多汗？出汗就出汗吧，干吗裸着上身？裸就裸吧，干吗动作这么有韵律，干吗带着汗渍的皮肤在阳光下闪着迷人的光泽？就连左肋上那个魔鬼脸似的伤疤都生动起来。还有，肌肉有必要伸缩得那么完美吗？大腿有必要满是力量感吗？这令他看起来就像一头矫健的猎豹，充满了野性的魅力。

她明明是草食女，可如今她似乎要向肉食类进化了！

她悄悄退回床边，坐下，努力让怦怦乱跳的心平静下来。然后快速换上昨晚洗干净现在已经干了的衣服，跑到后院。

计肇钧正好已经劈完柴。

于是路小凡刚才欣赏了他的背面和侧面，如今又不客气地浏览了一下正面。

"计先生，对不起。"她脸红，低头。

纯洁的计肇钧还以为她是愧疚，扔掉斧子道："不是告诉过你，不要没事总道歉吗？"

包子虽好，白白软软，热气腾腾，看着就可爱，大约尝起来味道也不错。但总这样，人会缺乏自信的。

奇怪了，为什么他一见到她，总是会想到吃的东西？计肇钧默然。

"可是，我昨晚睡过去了。还有……谢谢计先生……的被子。"路小凡继续检讨自己。

"你来是为我服务的，冻病了岂不麻烦？"计肇钧做出很嫌弃的样子，"我去洗澡，你把柴火搬到厨房里去。"

路小凡答应了声，又追上计肇钧问："现在要不要做早饭？"

"你这是在说废话吗？"

"那你昨晚……"

"我在厨房找到几个甜丝丝的小圆饼，勉强能吃。"其实是很好吃。

"哦，那是芝麻糖饼。"路小凡听到计肇钧没有饿肚子，心情立刻变好了，"计先生有低血糖的症状，那就绝对不能长时间不吃东西，随身还要备着升糖快的小零食。之前我看计先生的饮食非常不定时……”说到这儿她闭了嘴。

“你对这种病症很熟悉？”计肇钧问。

“我妈有低血糖症，还经常忘记在口袋里放糖果什么的。有一次，差点儿出大事。”路小凡想起妈妈，鼻子倏然一酸，眼眶发热。为了掩饰，她只好低下头。

“对不起，我不知道。我……不该问的。”计肇钧怔了怔，抱歉道。

路小凡听他的声音整个放低了，茫然望向他。见他有些无措，突然意识到一件事：“你……计先生，你不会以为我妈死了吧？”她惊讶地问。

“难道没……”

“当然没有啊。”路小凡连忙纠正，“低血糖症虽然有些危险，但平时饮食保持规律的话，也不是要命的大病啊。”

“那你表情这么沉痛。”静默了数秒，计肇钧突然吼了句。

“那……那我是想我妈了……”路小凡解释，但没什么底气。

“赶紧做饭，谁让你闲聊的！”计肇钧大步往屋里走，“从现在开始，三餐加夜宵按时做，不要影响我早晨去爬山！”

望着计肇钧气得有些僵直的背影，路小凡想笑。

这位霸道总裁其实挺心软的呀。

远在深山的二人，纵然有些小误会，整体气氛却是平静的。城市里的情况就激烈多了。

陆瑜那边再也周旋不下去了，终于被媒体发现计肇钧失踪了，全体狗仔发誓要掘地三尺把人找出来。江东明自然也知道了这件事，可惜他同样不知道计肇钧的去向，只能派老钱去查。

刘春力这边急得想撞墙，两眼不断盯着手机，跟派出所耗上了。

“你们到底立不立案？”他的小瘦胳膊冲着警察连挥，“人命关天，若是我家小凡真出什么事，我要告你们不作为！”

“按法律规定，人员失踪超过 24 小时才立案。如果是少女和儿童走失，就没有这个限制，一经报案，我们警方会立即帮助寻找。”警察都要烦死眼前这个娘娘腔了，却不得不耐着性子解释，“路小凡已经二十三岁，本人大学毕业，智力至少是正常的吧？何况她之前打过电话给你，并不是无故失踪啊。”

“我们小凡容易轻信别人，万一是被拐卖了呢？”刘春力的嗓子都哑了。

“被拐卖的人，怎么有机会打电话回家，而且语气轻松？”

“总有例外的吧？”

“好好，算你说得有理。”警察做了个向下压的姿势，息事宁人地说道，“可是我们已经有了行动，按你说的电话号码找到了那个加油站，由当地派出所配合调查。

虽然那个加油站没有录像设备，但据工作人员讲，前天晚上确实看到过疑似路小凡的姑娘。不过她是跟个男人在一起的，没有被胁迫，还买了一些吃的东西，显然是出于自愿。”

“她……她要是被糊弄了呢？”刘春力就是无法放心。

“你知道我们警力有多紧张？”警察也急了，“在你胡搅蛮缠的时候，有多少事等着我们去做，有多少人比你需要警察？你这是在浪费警方资源！”

刘春力一时语结，因为他确实没有更多的证据。但他就是理智不了。

“那你把那个加油站的地址告诉我总行吧？”他想了想，哼了一声，“我自己去找，这总不碍你的事，不浪费警方资源了吧？”

警察唰唰唰写了个地址。

刘春力看了一眼，跟忍者神龟似的，噌一下就消失了。

警察无力地摇摇头，刚坐下，旁边又走出一个人来，正是江东明暗中联络的那个老保安，老钱。

“什么情况啊？”老钱问，很熟稔的样子。

“八成就是一个小姑娘离家出走。”警察无奈地说道，“这人缠了我们整整一天一夜了，简直有被迫害妄想症。”

“真没问题？”老钱试探地问。

“真没有。”警察扒了扒头发，“看起来倒像是跟个男人私奔，或者来什么一场说走就走的旅行。现在的孩子不懂事，被心灵鸡汤都灌得忘记责任了！”

“刚才听了一耳朵，说在什么加油站经过？哪个加油站啊？”

警察把写着地址的纸给老钱看，不禁纳闷：“老钱，你问这个干什么？”

“好奇。”后者笑了。

当天晚上，江东明就得到了老钱的消息。这一次两人见面，是在江东明家里。

“咱们的计大少真带着路小凡去了邻市？”江东明有些惊讶，“真是奇了怪了，他和那个姑娘到底是什么关系？之前没有过半点儿蛛丝马迹啊。”

老钱摇了摇头，也表示不解：“幸好之前我从陆瑜那儿注意过这姑娘，不然没人能逮到计肇钧的行迹，他很谨慎，有相当强的反侦查能力。”

“那他现在在哪儿？”江东明问。

老钱再度摇头：“我去那个加油站问过，计肇钧开着一辆黑色 SUV，这辆车并没有登记在公司或者他个人名下。我查了下，名义上是属于陆瑜的。”

“那就是他的掩护用车。”

“嗯。”老钱点了点头，“我又找朋友调了高速公路收费站的录像看，可以肯定的是，他们去了邻市的机场。”

“就是说除了公安机关，没人找得到他了？”江东明叹了口气，说不清是叹服还是无奈，“他若从本市机场走是不行的，有狗仔长期埋伏在那儿，就等着逮名人呢。”他突然想到一种可能，“他不会跑了吧？”

“他为什么要跑？”老钱反问，目光闪烁。

江东明打了自己的嘴一下：“这种话真是白痴。他是计氏唯一的继承人，坐拥这么大个商业帝国，一呼百应，要什么有什么。现在连戴家的那部分股权也拿回来了，正是他春风得意马蹄疾的时候，提防着马失前蹄才对，怎么会离开？”

老钱沉默。

“是我太急了。”江东明安静了片刻才说，“我坚信他有问题，他一定会露出马脚的。我有一个不太厚道的主意。你刚才说有个叫刘春力的，跟计肇钧身边那个姑娘住在一起，他是什么人？”

老钱张了张嘴，想起他在加油站时看到刘春力正在逼问工作人员，看得出来刘春力性格冲动。

此时此刻，刘春力正在逼仄的租屋里困兽似的转圈，嘴里不住地念叨着：“小凡回来！小凡不要冲动！”

他从加油站那里猜到路小凡十之八九是跟计肇钧在一起。不然，她哪里认识开着高档车的大帅哥？还欢天喜地地跟着人家走？好了，现在他倒是不担心她的生命安全了，却担心她和计肇钧会发生什么。

小凡虽然不是美女，但是也很可爱。孤男寡女，偷偷摸摸，她这种小白兔被人家嚼巴嚼巴，根本连皮都不用剥，骨头渣子就不剩了。

可是他无从知道他们去了哪里，只能在这里干着急，又不敢报告给家里。万般无奈之下，他只得祈祷，期望出现奇迹。

“王八蛋计肇钧，你要是胆敢动我们家小凡，老子跟你没完！”他对着墙暴跳，可很快就泄了气，换为埋怨路小凡，“死丫头，有异性没人性，你就不知道打个电话回来啊，想急死我啊这是。”

他真的冤枉了路小凡，不是路小凡故意要断绝消息，只是因为她目前住的地方没办法与外界联络。还好，小白兔根本没被吃掉，而是正在给大灰狼做辣子兔丁。

她算是明白了，计肇钧纯粹是来放松身心的。早饭后，他就去山涧那边溜达一圈。午饭后就睡觉，也不怕存了食。天才擦黑，他就目光灼灼，吓得她赶紧做晚饭。

她使出浑身解数，终于得到他满意的一点头。等洗过碗，她正打算偷偷溜回屋里，他的声音却传了来：“过来陪我坐会儿。”

他姿态随意地半倚在木屋前廊的双人摇椅上，旁边的铁桶里烧看一种什么草，熏得凶猛的山蚊子都不敢靠近。

路小凡磨磨蹭蹭地走过去，自动自觉地坐在附近的台阶上。那形象，怎么看怎么像个窝囊的粗使丫头，很有旧社会的感觉。

“坐到我身边。”计肇钧的声音再次传来，“你想让我对着你的后脑勺说话？”

那意思是要她跟他并排坐在摇椅里？路小凡站起来，心怦怦乱跳。

她觉得计肇钧并无他意，但离这么近，架不住她有其他不好的想法啊。万一她把持不住，一定会被他丢进山里喂狼的！

“我站会儿就好了。”她慢吞吞地走过去。

“你怕我对你图谋不轨？”计肇钧问，轻哼了声，“过来，坐下！”

路小凡非常不擅长拒绝他人，何况这人是气场强大的计肇钧。于是，她只能小心翼翼地坐下，尽量往后缩。

她那种生怕沾上他一丁点儿的态度，令计肇钧有点儿恼火。他突然用力，摇椅大幅度摆动。

路小凡没提防，惊叫了一声，下意识地反手抱住身边的人。

“你这是主动的意思？”计肇钧微低下头，神情之间是淡淡的嘲弄、小小的调笑，衬着深山里漫天璀璨的星光，恍如梦中人。

路小凡像是被蛊惑了一样，仰首，怔然地望着他。

“抱在一起不觉得热吗？放手，坐好。”他轻轻扶她起来，神情淡定，以不经意的语气问，“那件事，你为什么没抢头条？”

“什么……头条？”路小凡茫然。

“关于那个申请宣告死亡的消息，我不是提前一天透露给你了？”计肇钧抬头望着深蓝色的苍穹，轻呼出一口气。

“因为我不是记者。”路小凡终于明白他说的是什么。

计肇钧惊讶：“那你为什么跟踪我？还特意租了我附近的房子偷窥。”

“我……我……”路小凡不知怎么解释，“是工作，但不是新闻工作。”

“为谁工作？”计肇钧并不太意外，因为躲在暗处想抓他把柄的人太多了，他身边就潜伏着一个江东明。

路小凡有些为难，不敢看身边的男人，支支吾吾道：“虽然没有签特别的保密协议，但还是不说了吧。”毕竟，当初是她被抓包了，严格说起来，是她的失误。如今，她不能因为自己的失误再连累别人。尽管孙莹莹很坏，她也不能因为对方恶劣，自己就跟着失去品格。

她很怕计肇钧继续逼问她，因为她可抵挡不住他的压力。他凶一下她，她肯定就招了。他若肯对她施展一下魅力，她能立马叛变。

好在，计肇钧并没有。

计肇钧有点儿哭笑不得，他还以为他拿自己的新闻还了人情，结果是他搞错了。当初看她拿着相机，开着辆小破车，鬼鬼祟祟地到处跟着他，就以为她是狗仔，是为了跑新闻。不过她这么老实，问什么都如实回答，无害到这个程度，只能说雇她的人真是个笨蛋。

“你没生气吧？”路小凡小心翼翼地觑着计肇钧的脸色。

计肇钧自嘲地一笑，望着天空，并不直接回答，而是又问：“你这样轻易就跟着我来到深山老林，也是为了工作吗？”

“没有没有！”路小凡连忙摆手，有些发急，生怕对方不相信似的，“那个任务已经结束了，我……我……我就是来做饭的，还是你硬拉我来的。”

“你不怕我？”计肇钧饶有兴致地回过头来。

怕？是有点儿怕啦。但这种怕不是恐惧的意思，是有些情怯。是他那样高高在上，带给她强烈的自卑感。是她心中偷偷爱慕着他，所以她紧张、惶惑。

她摇摇头。

“为什么不怕呢？”计肇钧忽然认真起来，说得半真半假，“你应该怕。我有杀妻的恶名，大家都说我让她活不见人死不见尸。”他慢慢伸出手，搭在路小凡的肩膀上，大拇指划动，若有似无地擦过她的颈动脉，“这样，你也不怕吗？还敢不问青红皂白，不跟家人朋友有所交代，就跑到这样荒无人烟的地方。如果我把你也杀了，就埋在后山，恐怕很久很久也不会有人知道吧？”

路小凡也觉得自己应该怕。孤男寡女在一起，并不只有干柴烈火这一种结局，还有可能尸骨无存。可不知是不是她给自己催眠了，总觉得计肇钧眼波深处有着若有似无的苦涩和自厌自弃的神情，让她想要拥抱他，而不是尖叫着跑开。

“我觉得，你……计先生不是坏人。”她不知道该怎么说，所以这话听起来是那么苍白无力，真诚得有点儿可笑。

“不要从外表相信人啊姑娘。”计肇钧呼出一口气，也不知自己感觉轻松个什么劲儿。

这姑娘真的像白纸一样单纯。在这个复杂而功利的社会，她是怎么养成这种性格的？跟她相处，他完全不需要戒备和提防。

“就像你喜欢的 Hello Kitty。”他再度用力，使摇椅轻轻晃动起来，“你是喜欢那种小猫形象吧？我记得你浴巾上就是那个图案。”他的眼睛往下瞄，“你的袜子也是。”

路小凡下意识地微微缩脚，又想起自己那条欲盖弥彰的廉价浴巾，突然有些怪异的感觉。他居然记得那浴巾上的图案？他是记性特别好，还是对她有些特别感觉？

“因为凯蒂猫很可爱啊。”她想了想，理所当然地说。

“可你知道，为什么 Hello Kitty 没有嘴巴吗？”计肇钧扯动嘴角，看起来有些邪魅。

“为什么？”路小凡还真不知道，也没注意过，“大概就是那种简笔画法？”

“这是因为一个传说，一个来自日本的传说。”计肇钧张开双臂，修长的手指搭在椅背上，“你要听吗？”

第四章　从此萧郎是路人

故事是这样的：

日本战国时代有个将军，他女儿长得非常难看。他嫌弃自己的女儿，把她扔在后花园里，让她自生自灭。女孩就这样孤独地长大，陪伴她的只有一个布娃娃。她每天抱着这个娃娃，形影不离。

随着年龄增长，女孩越来越绝望，尤其是她意识到了父亲的厌恶，于是就在屋里上吊自杀了。由于根本没有人注意到她，她的尸体一直未被发现。而那个娃娃就在她的脚下，仰望着女孩伸出的舌头、突出的眼球和慢慢灰败腐烂的脸。

人死了，头发却还在长，当女孩的头发长到盖住娃娃的时候，将军才知道女儿已经死了，就把她埋葬在樱花树下。然而不久后，仆人传言，说每到夜里女孩自杀的房间里都有笑声传出。将军知道后，就去房间查看。

将军推门进去，发现屋里没人，屋子中央有个娃娃，对他露出笑容。将军感到惊恐，命人找来了工匠将娃娃改成了一个猫脸的玩偶，放在神龛里。娃娃没有嘴，这样它就再也发不出声音了。

很多年后，一个外国商人看到了这个娃娃，误以为这是一个拥有异国风情的吉祥物，于是大量将猫脸娃娃复制出售。很快，这猫脸娃娃风靡全球，这就是 Hello Kitty 的故事。

“这样，你还喜欢那个没有嘴巴的小猫吗？”讲完，计肇钧侧过脸来问。

路小凡暗吸了一口凉气，感觉心都揪起来了。

暖心宠物秒变恶灵娃娃，她感觉全身的汗毛根根倒竖！夜风吹来，草木发出簌簌声响，就好像低沉的笑声。

“这是你编了吓唬我的。”她的手脚都冰凉了，不满地找借口反驳，“我听说凯蒂猫是小谷川的杰作。她本人说灵感来自某神社。”

“也许你说得对。”计肇钧煞有介事地点头，“传说嘛，传来传去，往往会扭曲到背离原来的事实。”

路小凡小鸡啄米似的点头。

她这口气还没松，计肇钧却又说：“你听说过一九九九年发生在香港的公仔玩偶人头案吗？真实发生的哦。”

“不想听。”路小凡站起来要走。

计肇钧轻巧地拉了她一下，她本就腿软，于是又坐了回去。

“与鬼魂无关的，别怕。”计肇钧的声音轻且柔，听起来像安慰，却毛毛地划过路小凡的心头，“一个二十三岁的姑娘被三个男人抓走，遭到他们的囚禁，残酷虐待，然后又碎尸。尸体的头就塞在一个大号的 Hello Kitty 玩偶里。”

“啊！”路小凡轻叫出声，双手下意识地交握，护在喉咙下方。她只觉得脚上像针刺般，好像袜子上的猫头正反过来舔她的皮肤，令她恨不能立即脱掉袜子，扔得远远的。

啊，有什么东西在爬她的头发！路小凡惊到了，猛跳。

这时，计肇钧笑了起来。

路小凡愣住，这才发现刚才是计肇钧的手指在拨弄她的发梢。

“计先生，这一点儿也不好玩！”难得的，她生气了。

“原来你也会发脾气啊。”计肇钧不动如山，甚至伸长了四肢伸了个懒腰，“你觉得哪个更可怕呢？怨灵鬼魂，还是残酷的凶手？听说当年在审判这个案子的时候，一个凶手在法庭描述细节时，甚至还发出了笑声。”

“求你别说了！”路小凡捂住耳朵，她是真害怕了。

“人才是最可怕的，是不是？心里若是住了魔鬼，那他就比魔鬼还可怕。”计肇钧继续说道，声音忽然冷了，比夜色还凉，“所以小厨师，千万千万千万不要喜欢自己不了解的东西。说不定，外表越是光鲜内心就越是可怕呢？听说彼岸花似火，美得无法形容，可是它开在黄泉路上。”

咻的一阵冷风卷起，平地而来，打着旋儿，快速掠过。

接着，天空中轰隆隆传来闷雷的响声。山间的天气变幻莫测，前一刻还晴朗无比，月明星稀，后一刻就骤然阴沉，山雨欲来。

路小凡望着计肇钧寒冰般没有温度和感情的眸子，再不多说，直接快步回屋。

计肇钧则重新晃起摇椅，仰头望天。

这下子，不喜欢他了吧？这样单纯的姑娘，还是别裹进他复杂无比的人生了。

“他为什么这样？”回到自己小房间的路小凡，流下了泪水。

他是讨厌她，所以戏弄她？因为不在意，所以当小猫小狗似的逗逗？这真的有点儿侮辱人！听说男人有时候是会这样的，故意吓对方。可是，计肇钧是成熟稳重的高冷男神，不应该会这么无聊啊。再细细回想他的话，除了那些可怕故事的恐怖细节之外，他似乎还有其他意思。

警告她远离他吗？就像某些男人为了甩掉女人，故意表现得恶劣。他发现她喜欢他了？她表现得那么明显吗？也是，她从来不习惯掩饰情绪，两人又单独相处了这么几天，彼此连个缓冲也没有，她花痴的偷窥，他一定是发觉了。

她无法去责怪他，毕竟他用了这么婉转的方式。她只觉得自己很丢人，暗恋被对方发觉，还让人家拒绝靠近。她是不是该偷偷溜掉，再也不出现在计肇钧面前？可是，她不仅花痴还路痴，在计氏大厦都会迷路，何况是在深山里？

她在自怨自艾中，再度迷迷糊糊地睡去，但睡得极不安稳。

正如刘春力所说，她意志力不强，所以非常容易接受心理暗示。只要白天看过恐怖电影或者小说，当晚必然会梦到相关情节。何况，山里的暴风骤雨与平时她所经历的不同。

山风哀鸣号叫，房前的树枝被吹得拍打着屋檐，听起来就像有人在敲窗。

梦中，她看到她的 Hello Kitty 玩偶突然变成了披头散发的白衣女鬼。好巧不巧，她惊醒后，正看到乱摇的树枝影子映在墙壁上，就像个小巧的娃娃在墙上慢慢爬行。那低沉的滚雷声，听起来像有人拖着一只伤脚正一步步走向她的房间。

诡异的声音如催命符，那恐惧令路小凡没办法单独待在自己的房间。而客厅里隐约闪现的光芒，吸引着她直接跑了过去。

山间之夜哪怕是在夏季也阴冷，计肇钧不知何时点燃了壁炉。

火，仿佛生命的源头，欢快地跳动着，温暖了空气和光线，驱散了所有能躲藏在阴暗处的魑魅魍魉，逼走了所有的恐惧，甚至隔离了窗外风雨的肆虐，慷慨地给予人们保护，哪怕只是方寸之地。

路小凡犹豫了片刻，见计肇钧睡在壁炉前的长沙发上，一动不动，才敢蹑手蹑脚地走近。

阳刚至极的火气扑面而来，她暗暗舒了口气，目光落在那个男人身上。

他太高大，整个人把长沙发占得满满当当，一条薄薄的毛毯乱糟糟地搭在他的腹部，给了他凌乱、随意又慵懒的气质。他似乎睡得很沉，五官深刻的脸在火光的映照下忽明忽暗。

这样的他，少了攻击性，却仍然令人无法忽视，倒卧的山岳一般稳定，莫名地令她心安起来。

路小凡在噩梦中飘摇了半天的心，突然就踏实下来。她是个很会照顾人的姑娘，看到计肇钧的样子，上前帮他盖了毛毯。盖好后她及时住手，缓缓后退到对面的双人沙发上，尽量减少存在感地把自己缩进去。

他不知情，她才可以靠近他。否则，她就要走开。

她没细想，为什么计肇钧有舒服的房间不睡，却偏偏要到客厅里窝着。

计肇钧这样一个对自己很严苛的男人，永远也不会因为疲倦或者懒散而随意睡在某个地方的。他是经过她的房间，从没有关紧的门缝里看到她睡得极不安定，辗转反侧，忽然就有些后悔了，自己不该给白兔姑娘讲恐怖故事。

为什么要欺负她呢？这让他觉得自己非常不厚道。哪怕，这是为了她好，免得以后两人都麻烦。他当初带她过来就是个错误，他突然害怕寂寞，却没考虑到会造成的困扰。

她胆子太小，就算怕死，也不会半夜来敲他的门寻求帮助。于是，他只好待在能让她轻易找到的地方，以这种无言的方式道歉。

他一言不发，直到夜雨变缓，才睁开一点儿眼缝，从睫毛下偷窥路小凡。见她团成一个小球，委屈又可怜，迷迷糊糊地睡着了。他心里的罪恶感减轻了些，因怕吵醒她，他干脆也没动，翻了个身，真正入眠。

其实路小凡哪里睡着了呢？离喜欢的人那么近还能睡着，那得多大的心啊！她不敢动弹，就像怕打碎了这个梦似的。哪怕，这个美梦是跟随噩梦而来的。

小小屋檐下，两个人，两样心思，都在对方不知情的情况下为对方揣度。情绪明明翻腾不安，他们却在不知不觉中宁静下来。

风雨渐渐停息，窗上映出朦胧的鱼肚白。

半梦半醒的路小凡轻巧地起身，回到房间，穿好衣服，然后跑到屋外去，努力不惊动计肇钧。

雨后的山间空气清新凛冽，沁入肺腑中，似乎连灵魂都被洗涤了。远山如水墨画，天空青碧如洗，路小凡深深呼吸，只觉得精神振奋，心血来潮地跑去拿了厨房的梯子，慢慢爬到屋顶上去。

真冷，但足以让人清醒。

于是，她仿佛一下子想通了：世界那么大，她算哪根葱？

不要把自己想得太重要，也不要把自己的丢脸放大到天翻地覆的程度。不就是暗恋被对方发现了吗？不就是被隐晦地拒绝了吗？有什么呀？

爱是多么美好的感情，喜欢一个人是多么光明正大的事。她是偷偷把他放在心里呀，她是配不上他呀，被揭穿或者不揭穿，她还是她，也没少块肉。反正她不觊觎，不奢望，他们之间就不会有困扰。

“你在干什么？”计肇钧的声音从下面传来，带着点儿指责的语气。

“看日出啊。”路小凡望着天际那抹近乎透明的橙红色。

“在屋顶上看？”计肇钧后退几步对她说话，好让自己不用仰着脖子。

他从没有在这个角度看过路小凡，有些被惊艳到了。晨曦给她染上了明亮的色彩，令她不但不那么平凡了，还宛如山间的精灵。

“我路痴嘛。”路小凡有点儿不好意思，“山林里辨不清方向，万一图看风景而走丢，计先生还得带人找我。我妈常说，别只图自己高兴就给别人添麻烦。”

“好妈妈。”

“我妈最好了。”路小凡得意中站起来，结果身子一晃。

计肇钧在下面看得吓了一大跳，以为她要摔下来，下意识地伸手接。好在路小凡及时蹲下，重新把自己稳住。

“明天……”只说了两个字，他的声音就戛然而止。

“明天怎么了？”路小凡笨拙地向梯子移动了半尺，问。

“明天带你到那边山头去，天不亮就得出发。”计肇钧终于继续说，“跑到屋顶上？你是侮辱日出吗？”说完也不等路小凡回答，他直接回到屋子里。

对着浴室的镜子洗漱时，计肇钧忽然笑了出来。

路小凡是什么都写在脸上的人，她显然是可以坦然面对他了，他再刻意保持距离，反倒显得不大方。

“你是有点儿在意她吗？”他自言自语地问镜中人，“不然你管她是死是活。计肇钧，人在荆棘丛，不动即不伤。”他自嘲地甩甩手。

镜面，立即被水滴晕染得模模糊糊，混沌难明。

然后，有重物落地声传来，还有女孩子哎呀哎呀的惊叫声。

“又怎么了？”他忍不住吼。

“梯子……梯子倒了！我……我下不去了。”

计肇钧按按额角。

深山里宁静的清晨，居然有鸡飞狗跳的感觉，时光蓦然鲜活起来，是他前二十八年里绝少经历的。

在繁华喧嚣的大城市，此刻也不消停。

刘春力祈祷了半天也没什么用。他既不能再去麻烦警方，又不能报告家里，更不能甩手不管，想来想去，只有从本次事件的男主角计肇钧这边下手。

幸好，他还没全疯。顾虑到路小凡这一层，他并没有到计氏总部大吵大闹，也没有随便逮个人就逼问。而是经过缜密研究，最终确定了陆瑜这个突破口。

为什么呢？助理嘛，就是干脏活累活隐秘活的，路小凡之前就这样。何况据调查，陆瑜跟前跟后的，是计大少身边第一心腹。而计肇钧带着他们家无辜纯洁的小凡私奔，又在大批狗仔盯紧的情况下，必然会有帮凶才能成事。

显然，陆瑜就是帮凶！

可惜计氏总部安保严密，他没办法直接找上去，就只好用笨办法：死等。

下班后，陆瑜吹着口哨，神色轻松地开车出了地下车库。哪想到脚才要踩下油门，一个人影就冲他的车头直扑了过来。

“我靠，碰瓷碰到这儿来了！”陆瑜紧急刹车后，又惊又怒。

“告诉你啊，我有行车记录仪！”他跳下车，先吼。

其实他并没有。不过是先吓吓对方，表示他不是好惹的。另外，公司车库外面应该有摄像头吧？

陆瑜上下打量了一下碰瓷者，年纪二十五往下，头发染得五颜六色，身材虽瘦小但灵活，整体风格很是非主流。

这画风不对啊！碰瓷的不都走老弱病残风吗？那样才好引人同情啊，而不是这种看起来就欠抽的。

“你有什么仪，干我屁事！”刘春力白了个脸，嚣张地反嘴。

“你不是碰瓷的？”陆瑜好奇了。

“碰你个鬼。”刘春力脾气不好，“过来谈！”

在陆瑜愕然的目光中，他毫不客气地打开车门，坐进去，还对陆瑜吼：“等我抱你吗，还不进来？”

“这到底是谁的车啊？”陆瑜气不打一处来，人没进车，手臂先伸进去，揪住刘春力的衣领，“给我滚出……”

“你们家计肇钧把我们家路小凡拐哪里去了？”没等陆瑜说完，刘春力就翻了个白眼道，“趁早说实话，不然我报警！”

陆瑜僵住，那只手就保持着要拎刘春力而未拎的姿势。

山里没有通讯设备，路小凡不能对外联络，计肇钧自然也不能。所以，他是真不知道发生了什么事。此时刘春力一问，他只能发愣，更兼好奇。

老板带了那位路小姐去山里？那地方可是老板的心灵净化之所，但凡他有不开心的事，就要去住几天的。那就像是野兽独自疗伤的地方，从没有别的人能踏足，何况还是女人。但现在是什么情况？老板春心动了？不过那个路小凡长得很一般，也没什么个性啊。为什么是她？

他这样外表痴呆、内心澎湃的德行，让刘春力误会了，以为是被自己逮到破绽，当场就火了，一边试图拍下揪着自己衣领的手，一边开始口无遮拦：“快告诉我计肇钧去哪儿了？若不然我家小凡有什么变故，我管他是何方神圣，都饶不了他！哈，杀妻的丑闻还没过去，这又拐带起未成年少女了！”

“我警告你，不许胡说八道！”事关计肇钧和计氏集团的名声，陆瑜不能让刘春力就这么胡说，“再敢瞎说，我就让你这娘娘腔彻底变女人！”

“好啊，老子还省得做手术了！你来，你快来，不敢动手的，就是全世界娘炮们的公共孙子。”因为陆瑜的手指指着刘春力的鼻子，他张口露牙。

“你敢咬我？”幸好陆瑜躲得快，没伤到，但是气得不行。

于是两个智商上有硬伤的人，正事没提几句，就从车里打到了车外。

刘春力在武力值上当然与陆瑜相差很远，但陆瑜架不住他没完没了，而陆瑜又不便真的动手，两人很快就纠缠在一处。

刘春力颠三倒四，翻来覆去就一句话：“计肇钧在哪儿？”

陆瑜逮到机会，猛地把刘春力推出两米远，气急败坏地骂：“别过来了，要不然我真不客气了！”

“告诉我计肇钧在哪儿，老子立即闪人。”刘春力累得叉腰扶膝，“你以为我想知道姓计的那些破事？我是想找到我们家小凡。”

“我老板的行踪，我是不会泄露的！至于路小凡，别说我不知道她人去哪儿了，是不是跟我老板在一起，就算是，她都多大了？你管？你谁啊？她男朋友？”

“我是谁男朋友？看我口型，四个字：关你屁事！”刘春力叫，本想继续使用武力，不过刚才这通折腾，搞得他气喘吁吁，有点儿扛不住了，“你等着，先等我喘会儿。你不说，咱俩就没完！”

正乱着，后面有人不耐烦地按汽车喇叭。刺耳又突然的喇叭声，打断了前面两人的吵架节奏，令他们同时向后望去。

“怎么回事？这是聊天的地方吗？别占着车道不动地儿呀。”江东明从车窗里探出头，唯恐天下不乱地说，“大庭广众之下拉拉扯扯太不雅观了，怎么不干脆去开房？”

“别逼我殴打公司高层啊！”陆瑜感觉心里的邪火根本没地儿撒。

刘春力却明白，眼前这位帅哥是在讽刺他的战斗力。他打架的力量和技巧都渣得很，可谁让他脾气暴呢。没办法，在对上陆瑜这档次的，只能搂腰袭胸，加上猴子偷桃什么的，反正什么贱招都用上了。当事人可能还没反应过来，冷眼旁观的人就会觉得很难看。

可他刘春力是谁，从来输人不输阵的。他当下向陆瑜凑了凑，立即化干戈为玉帛，指着江东明问：“这货是谁？你们公司的二货牛奶蛋白？”

陆瑜不懂这六个字的原意，但他本能地感觉肯定不是好话，于是点头。不过他不想生事，还是把刘春力往旁边拉了拉，让江东明的车子过去。

“你再闹也没用，不如回家等，我老板后天就会回来了。”随后，看在临时一秒当战友的分儿上，也是见刘春力是真的为路小凡着急，陆瑜不禁动了恻隐之心，好歹给了点儿消息。

这是他和计肇钧早就约定好的时间，而计肇钧又是个绝对守约的人，所以一定会在那时候准时归来的。

路小凡与计肇钧又过了两天山居生活，终于还是回到了所谓的文明世界。

在山上的时候，他们心中都坦然，相处起来不能说非常和谐，但至少是愉快的。因此在经过长途跋涉，终于下了飞机后，两人都有莫名的失落。好像从一个平静安详的梦境中同时醒来，怅然中带些不真实感。

可身边的人可以证明，他们确实单独相处过几天几夜。

不过，当计肇钧走出通道，只看了外头一眼就侧身给路小凡扔下一句话：“离我远点儿！”说完，理也不理她，径直走了。

路小凡愣了愣，反应过来后，眼里瞬间又酸又热，感觉自尊心受到了强烈打击。

就算计肇钧话很少，但在山上还好好的，刚才在飞机上也态度和蔼，不至于变脸这么快吧？他知不知道他板脸的样子有多凶啊，那种要立即跟她划清界限、撇清关系的样子，实在是太伤人了！

她傻兮兮地站在原地，望着计肇钧高大的身影渐行渐远，努力忍下泪意，真想就此缩在某个黑暗的角落，再也不出来了。

这世上还有什么事，比让自己喜欢的人斥责和嫌弃更难过的？

然而她站在人群中，却无法顺从自己的意志，自有人流推着她被动地前行。等到她带着满腔委屈出闸口的时候，才明白计肇钧刚刚为什么判若两人。

接机的不是亲朋好友，而是大量蹲守记者！不，是海量。

现场就像饥饿的狼群见到一块鲜肉那么狂乱。各种刁钻的提问不绝于耳，长枪短炮闪得人眼睛都要瞎了。若非计肇钧鹤立鸡群的身高，他早就被淹没在狗仔的汪洋大海里了。更有长相和打扮出众的年轻姑娘，莫名其妙地被拦住拍照，还被问是否与计肇钧同机，对计先生感想如何等。

原来他凶她，是要保护她！

他没办法回头看她，但心里是照顾到她的！

路小凡孤零零地站在出口处，震惊到目瞪口呆。因为她土气不起眼的穿着，看起来就像机场工作人员，所以幸运地被记者们自动忽略了。她仿佛隔着一个世界，看着几米之外的人头攒动，感觉自己宛若一座孤岛。

被忽视是习惯和无关紧要的，重要的是她忽然有一种冲动，想跑过去保护计肇钧，让他从那团喧嚣中解脱。现在她算明白他为什么要在深山中修那座木屋了，他就是想要与世隔绝，哪怕只有几天的时间。

“真是疯了。”她自言自语，“他又不是明星，为什么要忍受这些？”

可惜她这边袖子还没挽好，准备冲过去的动作也没有做完，手腕一紧，就被一股力量死拉到附近的大廊柱下面。

“死丫头，你给我老实点儿！”刘春力低声怒喝。

“你怎么来了？”路小凡惊讶。

“我不来？我不来，你是不是继续跟着他跑？”刘春力咬牙切齿，“幸好你们没手拉手、肩并肩地出来，不然你是不是想祖宗十八代都给记者挖出来啊。”

“不是幸好，是他的安排。”路小凡忍不住为计肇钧说好话。

“算他还有点儿人味儿！否则我……”说到这儿，刘春力忽然退后两步，上下打量路小凡，又拉过她，从头到脚细看一遍，“告诉我实话，你们有没有……”

女性天生敏感，所以路小凡秒懂刘春力的意思，不禁涨红了脸：“没有……”

“真的没有？”刘春力本来就是想听到这个答案，但听到后又不能彻底相信，“真的没有发生不该发生的事？你不许骗我！”他怀疑的目光在路小凡身上来回扫，“多希望你是二维码，这样我一下就能揭皮看瓤，让你现出原形！”

“没有！真的没有！”路小凡涨红了脸，不满，“怀疑我就是了，为什么怀疑计肇钧？那个男人很高贵的，不是什么都吃！”

“你跟我嚷嚷什么，还有理了？哼哼，男人没有高贵不高贵一说，只有想不想要！你觉得自己做得对吗？也不说清楚状况，大半夜跟个男人跑了。你知道我多着急，差点儿大闹派出所，让人家把我拘几天。”

“我打过电话啊。”路小凡辩解。

“当时话说一半，还不如不说！”刘春力使劲点了一下路小凡的额头，“为了找你，我跑去城市边缘的加油站，还堵着陆瑜打架……”

“你跟人打架？”路小凡吃了一惊，反过来打量刘春力，“有没有受伤啊？”

他从小身体不好，又瘦弱，妈妈嘱咐过的，一定看顾好他。

“陆瑜是厚道人，没下狠手，倒是我没有客气。”刘春力有些得意，伸出两个爪子，做了个凭空抓挠的动作，露出了回味的神情，“下回再见面，得问问他是吃什么长大的，发育很不错啊，手感非常好。”

“路瑜是谁？”路小凡茫然，“也姓路？”

关于计肇钧身边的人和事，她完全不知道。

说起来，她偷偷爱着对方，可对方于她而言只是纯粹的陌生人。

“计肇钧的私人助理。人家那个陆，不是你那个路……”他说到一半，意识到自己跑题了，立即板起脸，“这不是重点，你别给我混淆视听！说，到底为什么跟那个姓计的跑掉？跑哪儿去了？去做什么？他真的没对你起坏心？”

“他要对我有坏心就好了。”路小凡用刘春力听不见的声音低声嘟哝，担心地看着前面那团人以计肇钧为中心缓慢地移动着，向停车场走去，就要离开她的视线了，“上了车，他就能离开了吧？天哪，记者们会不会追车？像当年对戴安娜王妃那样？那样很不安全的！”

“你又转移话题！”刘春力不满。

“他只是找个没人的地方待两天，我只是去给他当厨师的！”路小凡忍无可忍，吼了刘春力一句。

“呀，生气啊。太棒了，证明你说的是实话。”刘春力被吼得愣了一下，随即眉开眼笑，一只手拍拍胸口，心有余悸地说道，“我这颗悬了好几天的小心肝啊，终于可放下了。”

心情大好之下，他上前搂住路小凡因为生气而发抖的肩膀，换了苦口婆心的语气说道：“就算是去工作，也不能连着好几天没个电话短信给我啊，你发微信也行啊。难道说，在计大少的秘密基地他不许对外联络啊？小凡，你也得理解我，你妈把你交给我，我得对你负责是不是？那什么，私人厨师的话，工资不低吧？”

钱？那是她的梦好吗？

计肇钧习惯了发号施令，习惯了被人伺候，根本就没意识到这些细节，大约是平时有人帮他处理这些琐碎事。而她，根本故意忘记了这茬儿。

她不愿意她和他的关系中掺杂着利益关系。哪怕，她太需要钱，哪怕之前她还提过这样的话，可是经过几天的平淡相处后，她完全不那么想了。

人这辈子，有些纯粹的日子不好吗？可惜经此一别，只怕从此萧郎是路人了。

他，不会再来找她。而她的生命轨迹，终将完全与他背离了。

正像那首诗所说：你我相逢在黑暗的海上，你有你的，我有我的方向。你记得也好，最好你忘掉，我们在交会时互放的光芒。

不同世界的人，终究是不能站在一起的。

路小凡终于意识到他们几天的独守时光结束了，他和她的人生再也不会有任何交集。路小凡心乱如麻，被刘春力拖着，机械地向机场外走去。

计肇钧的影子在脑海中挥之不去，她不得不用力甩甩头，没把计肇钧甩掉，她又忽然想到另一个问题：“你怎么到这里来接我？”她和计肇钧去西北深山老林里住了几天，应该不会有人知道才对呀。

看刚才记者们的架势，似乎知道计肇钧是带了女孩子去的，所以本着宁可错杀也绝不放过的心态，对着各种面生的漂亮女生一通乱拍。

“我原谅你。”刘春力停下脚步，深吸了一口气，答非所问。

“什么意思？”路小凡不明白。

“你走了这么些天却不联络我这件事，我宽恕你，孩子。”刘春力装模作样地伸手摸了摸路小凡的头顶，“看来你真是与世隔绝了。”

“他……我们今天会回来，并且出现在这个机场的事，媒体提前得到消息了？”路小凡不傻，“可是，怎么会？”

“照理说不会。”刘春力抓抓下巴，“计肇钧对敌经验丰富，半途换车，还到邻市来乘飞机离开，连你都不能往回放消息，可见防着狗仔们呢。不过有道是日防夜防，家贼难防，指定是身边出了奸细。”

“陆瑜！”路小凡冲口而出。

计肇钧沉默内敛，谨慎冷漠。这样的人不容易轻信他人，也不习惯让他人太接近。可他毕竟需要有手下帮助做事，所以那位私人助理，泄密的可能性最大。

“不可能是他！”哪想到刘春力想也不想就反驳，“我虽然只见过他一次，但我这双眼不会看错人。那是个五行缺脑、阴阳皆二的小忠犬。为了找你，我那么逼问他计大少的下落，他也没透露半个字。”

“那是你给的条件不够。”路小凡不服气，“你肯定是威胁要咬人，可人家媒体能让他看到银两散发的光芒，谁招架得住？”

“你会为钱出卖我？”刘春力斜了路小凡一眼。

“那怎么可能？”

“会为钱出卖计大少？”

“我是那种人吗？”路小凡气呼呼的，这问题有点儿侮辱人啊。

“所以，陆瑜也不会。”

“你凭什么这么笃定？”

“这种神秘的直觉，你这种呆萌的人不会懂的。”刘春力哼了声，拉着路小凡继续道，“再说你管是谁泄密的，总之你没被牵连就好。”

“新闻上怎么说？”路小凡还是不放心，边走边问。

“挺难听的。”刘春力耸肩，“意思就是计大少狼心狗肺，不见旧人哭，只见新人笑。前妻下落不明，他就带着新欢双宿双飞去了。至于那个新人，肯定就是小三，这对狗男女在前计太还生死不明的时候就勾搭成奸了之类的。”

“这也太……”路小凡气愤，还有点儿心疼。

全世界，只有她知道他有多寂寞。

她亲眼看到的，他身边没有女人，她相信他一直如此。其实以他的年纪、财富和身体状况来说，根本不可能过这种禁欲的生活。

他能安静地看日出月落；能在小溪边垂钓，与流水相对无言；能坐在门廊上看书，整天也不动。就像个古人，一个修行者。

就在他刻意与人保持距离之时，孙莹莹之类的许多美女都千方百计地要跟他发生些什么，他若愿意，只要招招手，女人对他来说从来不是问题，犯得着杀掉妻子，再弄个情人来偷偷摸摸吗？

其实，有时候她也觉得他很奇怪，因为他超越了普通人对有钱人的认知。按说他有财有貌，想要什么都可以轻松得到，应该是幸福的吧？

“太什么太？太幸运了！”刘春力打断路小凡的神游状态，“如果不是看到新闻，我怎么可能在第一时间跑到这边来截到你？如果你傻乎乎地撞上去，成为绯闻女主角，那麻烦才是大了！”他又看了路小凡两眼，“咱们中国老祖宗的智慧真不是盖的，塞翁失马，焉知非福啊。果然长得不显眼也有好处，那些记者根本没留意到你。”

“你又要打击我的自信心！”

“肚子饱了才能有自信。”刘春力对路小凡的话嗤之以鼻，“咱没私家车，打车又打不起，还得坐公交车回家，晚饭之前能到就不错了。我要饿晕了，你得背我。”

“我懒得理你。”

“行行，你不理我，我理你行了吧？”

在刘春力的插科打诨下，路小凡终于暂时放下了计肇钧。

路小凡和刘春力都没注意到，江东明一直隐藏在不远处，暗中观察着他们的一举一动。

当他们二人走远时，江东明打开手机，翻到路小凡的资料。那是老钱调查所得，他对照上面的头像照片，足以证明刚才从机场走出的正是她。

“两人还真是在一起了啊。”江东明不禁露出玩味的神情，“这么平凡无奇的姑娘，怎么和我们计大少搅到一处的？”他想了想，好奇心更重了，“接她的人是前两天纠缠陆瑜的娘娘腔吧？哈，这可有意思了。”

正说着，江东明的手机响了。

江东明看看来电显示，嘴角扬起讽刺的笑意，故意等了几下才接听：“哎呀这么好，居然主动打电话给我。怎么样，约吗？”

“计肇钧的消息是你泄露给媒体的？”电话那边是平静的女声。

“我本来是想泄露给你的，可你又不肯理我，我只好出此下策。”江东明情绪饱满，用了撒娇的语气，“不过他身边出现女人，难道你不好奇吗？说起来我这算帮了你，有奖励吗？亲一下行不行？”

“再见。”对方要挂电话。

“别啊，别啊。若不关心，何必打电话来呢？你在媒体上是得不到有用的消息的，因为笨蛋媒体没逮到女主角。”

电话那边沉默片刻，才道：“该我知道的时候，我会知道的，我并不急。”

“是吗？可是我有预感，这次你会急起来的。”江东明咧嘴笑，一口白牙衬得他阳光明媚，眼睛里却闪烁着算计。

他并不觉得路小凡能入计肇钧的眼，两人在一处，只怕有其他事，但他唯恐天下不乱。

乱，才能让电话那头的女人作出于他有利的反应呀。

乱，他才能浑水摸鱼啊。

他正要再说什么，电话却被果断挂掉了。

“这女人真让人看不透，她到底想要什么呢？”他慢慢收起电话，笑着自言自语，“还是我计表弟有眼光，哪个正常男人要心机深的女人啊？”他笑的时候，整个人都散发出迷人的魅力，令几名路过的空姐不禁侧目。

但他对这些爱慕的目光完全不在意，将手中的车钥匙甩来甩去，吊儿郎当地去了停车场。这时候记者们已经追踪着计肇钧的车走了，他开起车来轻松无压力。在路过机场大巴站的时候，他看到路小凡和刘春力在排队。对面，停着一辆保姆车。

大巴区是不允许停私家车的，不知道是谁这么嚣张。他看到保姆车中的漂亮女人正从车窗探出头来，仿佛正恶狠狠地盯着路小凡。

他很奇怪，还以为是自己眼花了。直到开出好远，他才想起那个美女好像是一个三流小明星，名叫孙莹莹，之前计氏投资的电影她参演过的。

他忽然想起老钱给的资料中说，路小凡目前是孙莹莹的助理。

怎么，难道还有三角关系？那可真是太有意思了。

公司过几天貌似有个慈善晚宴，他计表弟要演讲的。作为公关部的头儿，他也需要参加。不过他的女伴一直不怎么固定……

“我真是太卑鄙了。”他踩下油门，欢快地向目标驶去。

相比江东明的一路顺风，路小凡和刘春力很晚才回到家。还没等路小凡趁着夜深人静缅怀一下自己逝去的爱情，工作室就打来电话，问她怎么好几天没上班。

对于路小凡这种为人实诚、拿一分工资出两分力的人来说，这个问题实在是很尴尬的。她莫名其妙地被计肇钧拉走，竟彻底忘记了请假这回事。幸好，孙莹莹这几天一直在外景地，没人会找她麻烦，明天赶紧去道歉好了。顶多，扣掉这几天的薪水。

然而令她万万想不到的是，第二天她一早来到工作室，孙莹莹已经在等她了。

“你知道现在一份好工作有多难找吗？”孙莹莹坐在沙发上，装模作样地修她那已经很完美的指甲。

路小凡则像个罪犯似的，低头耷肩地站在对面。

“你不珍惜机会就算了，居然趁我不在玩失踪，一周都不见人影。”

“对不起。”路小凡很真诚地道歉。

“工作室有规章制度。”路小凡补充道，“请孙小姐处罚我。”

“不然你以为呢？我还要表扬你吗？”孙莹莹目光一闪，“不过念在你平时还算勤恳的分儿上，只要你告诉我，你这几天去哪儿了，我可以考虑不追究。”

路小凡低着头，没看到孙莹莹眼里的刺探之意，但她自然不能说出自己的真实行踪，毕竟牵连到计肇钧。她心虚地说道：“谢谢孙小姐宽容，可是……确实是我错了，我愿意接受处罚。”

“嗬，还不承认啊！你想糊弄谁？说吧，是不是跟计肇钧在一处？”孙莹莹简直气不打一处来。

计肇钧是她孙莹莹看上的，因为她深知那个男人敏感高傲，所以才要玩循序渐进的手段，追得太猛怕起反效果。她才不要像他的其他追求者那样，死得难看。吩咐路小凡监视计肇钧，是因为她笃定路小凡就算天天围着计肇钧转，也不构成威胁。

小助理要身材没身材，要模样没模样，要经验没经验，怎么钓男人？何况还是那种顶级的优质男人。

可现在怎么样，她居然让个小助理挖墙脚了吗？她丢不起这个人！也不会让自己碗里的东西被其他人抢走！

“别瞒了，我看到你们一起走出机场的！”

路小凡吃惊，却仍然紧闭着嘴。

看她这样子，孙莹莹更气。

第五章　慈善晚宴

孙莹莹在外景地的工作并没有完结，但看到关于计肇钧的新闻后，她有非常不好的预感，便称病跑回来了。

知己知彼，方能百战百胜，她想着要亲眼看看她的敌人是何方神圣！

令她没想到的是，计肇钧身边并没出现什么美女，却冒出个窝囊废路小凡。她之前是半信半疑的，刚才诈了诈，路小凡的反应证实了她的猜测。

“真小看你了，整天摆出一副包子样，背地里爬床倒也利索。”她轻蔑地哼气。

“不是你想的那样！”事关计肇钧，路小凡再不能沉默，“计先生只是独自去度假，我是……我是找了个兼职，做他的生活助理！”

听她这么一说，孙莹莹才感觉舒服了，但终究咽不下这口气。计肇钧固然是看不上路小凡，可路小凡明显对计肇钧有好感。

她无法容忍路小凡，觉得自己受到了冒犯。在她看来，路小凡不配计肇钧，连暗恋他的资格都不配有。

“算了，你不自爱，我也懒得管你。”孙莹莹心中怨恨，却硬生生装出一副无奈又无力的样子。对路小凡，她有新打算。因为就在刚才，她接到了一个意外的邀请，正好可以把路小凡利用起来。

“三天后我有个活动，你陪我参加，算是……”孙莹莹啪地丢下指甲钳，“算是你最后一次为我工作，好歹咱们善始善终，大家面子上好看。你，可以走了。”

路小凡感觉有点儿不对头。因为以孙莹莹的个性来说，她犯下“如此罪行”，孙莹莹竟只是讽刺了她几句，对她算是高高举起又轻轻放下。不过她忙着关注计肇钧的消息，又忙着找工作，来不及细细琢磨这些。

电视新闻里，铺天盖地的全是对计肇钧新欢的猜测，媒体还挖出了很多计肇钧所谓的感情史，包括他与前妻戴欣荣的关系。各种说法，各种故事，算得上五花八门。开始时，路小凡还看得很认真，后来干脆当小说读了，甚至感到莫名欢脱。

她只能说，记者们太有想象力了。影视作品为什么还说创意匮乏呢？把记者们都拉去做编剧，银屏上必定狗血一片红。

明明，计肇钧失踪的几天里是和她在一起的，可记者们因为找不到明确的目标，她的身份竟被过度演绎，有青梅竹马版、恩怨情仇版、人妻逆袭版、香艳版、奇幻版以及罗密欧与朱丽叶版……她的相貌、出身、经历也编出了至少一百种版本，但哪一种都和她本人相距十万八千里。

“小凡，我看你是在沉默中变态了。”刘春力说她，“看着这些花边新闻，是不是偷着乐来着？毕竟，那几天有幸陪在计大少身边的是平凡的你。”

“才没有。”路小凡否认，心里却有着点点甜蜜感，这令她控制不住地弯起嘴角，“我就是计先生的生活助理，俗称厨师。”

“助理很了不起吗？那就站好你身为助理的最后一班岗。”刘春力轻哼，从路小凡的简易衣橱里翻腾出两件衣服，举着说，“今晚穿这件吊带长裙配这件复古小皮夹克去那什么慈善晚会，再搭配牛仔靴和合适的妆容，最有格调了。别看都是地摊货，可都是我辛辛苦苦淘出来的，品质还将就。”

“夏天还没过去，很热的好吗！”路小凡反对，“再说，我只是伺候孙莹莹去的，不是主角。身为超级绿叶，没必要那么讲究。”

“女孩子要随时打扮得漂漂亮亮，你哪知道什么时候会遇到你爱的人？灰姑娘故事的真谛是什么？不管多穷，姑娘们都要有漂亮的衣服，尤其是鞋子！要不然，怎么吸引王子的目光？”

“我没车接送，这天气穿皮夹克和牛仔靴出门，没到地方就得热死，那可真是吸睛了。”路小凡是现实主义者，怕刘春力再出馊主意，自己走到衣橱边翻。

其实她的衣服不多，可选择的范围实在很小。

“你们这些愚蠢的凡人，就是不懂时尚。你好歹也是做过明星助理的，难道不知道人家明星可以在深秋穿露趾凉鞋，三伏天的小礼服要搭皮草的？此生为了美，死都不后悔，何况只是热出一身痱子。”

“我又不是明星。”路小凡气馁地拿起一条裙子，“就这件了。”

“雪纺配碎花，不是孕妇就是大妈！”刘春力一副“我受不了你，不管你了”的神情。

“至少，你化个妆吧？”

身为女性，不管年纪多大，有不想打扮的吗？可路小凡没有时间，她只把自己收拾得干净整齐就匆匆出门了。因为按照孙莹莹的要求，她得先去工作室拿些东西，然后去孙莹莹的家，最后再一起去慈善晚会。这样一来，她几乎横穿了一次这座巨大的城市，哪还有时间顾及漂亮，没累到吐舌头就不错了。

她没想到的是，往常她服侍孙莹莹到了地方，就缩在外头等着就行，今天孙莹莹却非让她跟进大厅，贴身服务。

“这样可以吗？”路小凡看看自己的着装，局促不安。

“只当见见世面吧。”孙莹莹不在意地挥挥手，“以后你也没有这种机会了。”

路小凡服从了命令。当她身处豪华的宴会现场时，忽然觉得这里的女人都是倾城名花，就她一根小草，还是干枯缺水的那种。

“孙小姐，如果没什么地方需要我了，我还是先出去吧？”

“先去给我拿点儿饮料。”孙莹莹不理会路小凡的要求，说话的时候并没有看向她，而是在东张西望。当她眼尖地看到期待中的那个人出现时，立即这样吩咐路小凡。

路小凡无奈，只得领命而去。

她走到餐台，拿了一杯很漂亮的粉红色饮料，视线一扫立即被不远处的计肇钧吸引了过去。

计肇钧也在这儿？这是她没想到的。这是缘分还是有人故意安排？孙莹莹不会不知道吧？那为什么还要带她来？孙莹莹不是很讨厌她和计肇钧有任何交集的吗？

路小凡既疑惑又紧张，令她一时愣在那儿，目光不由自主地追随着那个人。

她看到的，永远是冷漠寡言又强势霸道的他。可此时，他得体优雅地微笑着，和风细雨地说着什么，穿梭在名流名媛之间，游刃有余。

哪一个，才是真正的他？

“怎么样？很令人着迷吧？”不知何时，孙莹莹来到她身后，不无嘲讽地低声说，“要不要上前问个好？”说着，做出要打招呼的样子。

“不需要！”路小凡急忙扭转身，“我们并不熟。”

突然间，她自卑了。她本来就不出色，再放在如此环境下进行对比……就算她没有任何企图，也不想让他看到她这么黯淡的模样。

“我还是先走了。”她放下酒杯。

“我叫你来就是让你看清楚的！”孙莹莹忽然变脸，伸手握住路小凡的手腕，手劲大得出奇，尖利的指甲陷入了她的手里。

路小凡挣不脱，又不敢做太大的动作，以免引人注意。

“看看他，是不是感觉很遥远啊？”孙莹莹脸上挂着笑，语气却恶狠狠的，“你这种生活在泥里的人，根本就不该觊觎！他就像是摆在橱窗里的宝石王冠，你再转世重生八百次也不可能属于你。你站在那儿看啊看，只能让王冠都染上穷气！你这样很讨厌、很碍眼，知道吗？贪心是很愚蠢的，做梦也要有限度。”

“孙小姐，你有必要说得这么难听吗？”路小凡有点儿生气了，泥人也有土性啊，“根本就不是你想的那样，我没有觊觎他！”

她的暗恋，是她内心最美好的秘密，却也是不能触碰的。刘春力知道就罢了，计肇钧隐约明白也没有办法，但倘若被别人揭穿，她会非常难堪。

“没有？那你还欢欢喜喜地跟他去度假？”孙莹莹冷笑，“别说什么生活助理的话，你根本就是想贴上去。可就算脸皮厚，也得看看是什么脸。有的人天生丽质，比如我。有的人长得天生励志，比如你。你以为哪个男人会因为姑娘心地善良就喜欢？那是最没用的品质了。古时候是英雄配美人，现在是有钱人配美女，这是资源优化。你算什么东西，居然敢往前凑？”

“那你去追他啊，干吗跟我过不去？”路小凡又气又羞恼，都快哭了。

孙莹莹却还不放过她，哼道：“居然还敢还嘴啊。好吧，到底共事一场，奉劝你一句话：人贵有自知之明，你这样的人，送上去让人家玩，他都嫌弃。就像男人抽烟，没带着自己的，可烟瘾又犯了，就只好在路边随便买一包不值钱的，无聊的时候点点，抽完连烟盒也扔了。就算将就，之后还要吐口水。”

“你的心真脏！而且嘴巴这么坏，是要折福的！”路小凡情急之下声音大了点儿，见有人看过来，奋力甩脱孙莹莹的手，转身要走。

孙莹莹身高腿长，一步就拦在她面前：“只要长得美，福气就会有。我是好心劝你，你还不领情哦。哈，你那点儿心思就写在脸上，连我都看得清清楚楚，你以为他不明白？就这样，你还敢往前凑吗，只能让人家为难吧？跟他出去几天又怎样，回来后他找过你吗，打过电话吗？没有吧？哼，这说明他想撇开这些，也根本没把你当回事。这样你还一脸心甘情愿的样子，你说你贱不贱！”

他不是这样的人！他没有讨厌我！路小凡迷迷糊糊地想。可是，再想想，在他们的相处过程中，确实是她在追逐，他从没给过任何反应，除了那一次隐晦的拒绝。

那么，她是让他困扰和厌烦了吧？那天在机场扔下她，他确实再也没有联系过她，连问她是否平安到家的信息都没一个。可话说回来，他为什么要关心她呢？他们两人根本不相干！

她明知道孙莹莹是在故意刺激她、伤害她、打击她，可对方的话像毒蛇，瞬间就吞噬了她的心，让毒液在伤口上流淌。再看看周围这奢华的美景、来往的高门美眷，更衬得她渺小，就像是整个世界的污点！他的污点！

“我倒不明白了，喜欢一个人和设计一个人，到底谁更下贱？”她嘴拙，说不出特别好听或者难听的话，但她不再掩饰内心对孙莹莹的鄙视，“你踩我有什么用呢？就算把我踩到泥里，你也不会高贵到配得起他！”

“你……你居然敢说我下贱！”孙莹莹完美的娃娃脸上出现裂纹。

“嘘，孙小姐，小声点儿，你还得在人前装岁月静好呢。”路小凡把食指放在唇边，吹了口气，神情平淡，“既然我不属于这里，那我走好了。再见了，孙小姐。”说完，路小凡再顾不得别的，一溜儿小跑着离开了。

孙莹莹气得咬牙切齿。

“对一个单纯的小姑娘，话何必说得那么狠呢？”孙莹莹正拼命平息着怒气，心里想着要如何报复路小凡，身边突然传来好听的男声。

孙莹莹没料到附近还有人在偷听，吓了一跳，一回头就见到一张笑眯眯的帅脸。

“江先生，您怎么在这儿，叫我好找。”她不确定江东明听了多少，嗓子不由得发干，“我太失礼了，其实……”

“没关系，我喜欢有什么就说什么的人，不虚伪。”江东明的笑容浅淡游移，让人看不出情绪和态度，“我就是觉得那姑娘怪可怜的，她是谁？”江东明明知故问。

“我的助理，前助理。”孙莹莹的真面目被发现，尴尬万分。

虽然她的目标是计肇钧，但江东明条件也很不错。重要的是，他不像计肇钧那么冷，接近起来容易多了。在接到江东明邀请她做女伴的消息时，她还真考虑了一下江东明，与其久攻不下计肇钧，不如退而求其次拿下江东明。

“你喜欢我表弟啊。”江东明似笑非笑地看了眼远处的计肇钧。

“江先生可不要听我的助理乱讲。”孙莹莹迅速回想了下，确定刚才并没有明确说要追求计肇钧的话，还有挽回的余地，于是干脆眼也不眨地撒起谎来，还努力做出娇嗔的样子，“是她有不切实际的想法，我骂醒她罢了。”

“为此不惜做恶人，孙小姐还真是……”江东明半真半假地叹息，之后不等孙莹莹再废话就转了话题，“我希望你不要因为我没去接你而生气，这个慈善晚会虽然不是计氏发起，但待会儿我表弟是要演讲的，我得提前安排很多事，时间上有点儿赶不及。”

“这有什么关系？”孙莹莹就坡下驴，“不过，要罚你补偿我。”

“那自然没问题。”江东明装作没有听出这话里的弦外之音，痛快答应，在孙莹莹暗喜的时候指了指她身后，“抱歉，恐怕我还得先失陪一下，我表弟叫我呢，大概有事情，我去处理一下就回来。”随即他点了点头，向计肇钧走去。

“你的秘密小情人让那边的心机女骂走了。”他凑到计肇钧耳边说，“当时眼泪汪汪的，都要哭了，看着真是让人心疼呀。”他说话时，脸上挂着亲近的笑意。

在外人眼里，他们是公司的两个高层兼亲戚，在亲密无间地说着什么私事。

“你有话能不能直说？”计肇钧保持着优雅的微笑，甚至还点了点头，语气却有些厌烦，“我听不懂的，你就没必要再说第二次了。”

“路小凡啊。”江东明骤然念出这个名字。

城府深如计肇钧，在听到这个名字后还是不禁愣了愣：“你怎么知道她？”江东明既然来挑衅，说明他已经调查清楚了，那就没必要隐瞒了。

“我是公关部的头儿，可得掌握公司总裁的所有动向。不然再有记者爆出什么‘前妻生死未卜，计大少带新欢秘密出游’之类的新闻，我会措手不及的。”

“是你捅出去的。”计肇钧从路过的侍者手中拿了一杯香槟，抿了一口，语气不是询问，而是确定。他知道江东明一直在暗中盯着他，试图找他的把柄，他到底还是大意了。他一直很奇怪他带路小凡去山区的事是怎么被媒体知道的，现在答案很明显了。那么江东明顺藤摸瓜地查到路小凡，也是情理之中了。

这让他警惕起来，是他太轻敌了，以后要格外小心。他有太多不能见光的秘密，身边群狼环伺。这算是路小凡立的功吗？她的贸然出现，令他发觉他的脚跟还没有彻底站稳。

这么想着，计肇钧情不自禁地环视了一下全场，想寻找那道熟悉的纤细身影。

“不用找了，我不是说过她走了吗？是被孙莹莹痛骂不要脸，气哭了跑出去的。”计肇钧一点儿微小的反应，都没逃过江东明的眼睛，于是他故意把路小凡的凄惨程度说得重了些。

计肇钧微微皱眉。

江东明却没有住嘴，绘声绘色地把路小凡和孙莹莹的对话描述了一遍，包括当时两人的神情和态度。他的记性之好，表达能力之强，令计肇钧深有现场既视感。

“孙莹莹怎么会来这里？”计肇钧问到关键点。

“我的女伴啊。”江东明半点儿不回避。

“很好，现在你连品位也让我鄙视了。”

“别急着鄙视，我是看不上这种女人的，太假了，她也就糊弄一下没眼光的男人还凑合。”江东明耸耸肩，“说起来，我还不是为了你？”

“你要把她介绍给我？”计肇钧冷笑，抬起拿着酒杯的手，指指对面。

孙莹莹本来就时刻关注着这边，见计肇钧向她“示意”，连忙也举举手中的酒，摆出最自然和诱人的姿势，心想要找个时机过去搭讪。

“我这种荤素搭配系的都看不上，你这种禁欲系的怎么会动手？”江东明哈哈大笑，好像很高兴。事实上，他就是很高兴。

“那天我去机场接你，无意间看到孙莹莹盯着路小凡。说句俗的，如果目光能杀人，路小凡早不知死多少回了。我想你今天有社会活动，就打算把这两个女人都带到现场，谁知道会发生什么有趣的事呢？哪想到不用我费心，孙莹莹就把路小凡带来了。这女人真是歹毒，知道从自尊心上彻底侮辱和打击人，才是让人最痛苦的。”

“你这样有意思吗？”计肇钧站得笔直，生怕自己掉头就走。

“有意思啊。”江东明认真地点头，“兄友弟恭什么的，在外界面前表演一下就行了，私下里谁不知道对方是什么样。人生一世，做事也未必只求好处，损人不利己也蛮好玩的。我扳不倒你，公事不论，就私事上恶心你喽。”

“好吧，我开始可怜你了。”计肇钧不但没有被江东明激怒，反而平静下来。

他忽然有了决定，把酒杯放到旁边的桌子上，打开手机，点了发送文件。

叮咚一声，江东明的手机响了。

“你这是什么意思？”江东明疑惑地看了看，之后挑眉望向计肇钧，“演讲稿为什么发给我？”

“你不是一直想取代我的位置吗？可惜，你是赢不了我的。但今天你例外。干脆你就代我作这个演讲好了。”计肇钧收起手机，眼角余光看到孙莹莹正风姿绰约地往这边走来。

"你是要追那只小白兔去啊？"江东明立即明白了，非常意外，"天哪，我们计大少难道玩真的，动真情了？"他以为以冷酷无情著称的计肇钧，不管多喜欢那姑娘，也不会在他面前暴露弱点的。所以，他才特意过来递消息，就喜欢看表弟内心挣扎、克制自己的模样。但，现在这是什么情况？

"这与真情假意无关。"计肇钧目光认真，"她取悦了我，照顾了我，从没伤害过别人，还很无辜。对我好的人，我是不会不管的。所以从这个角度来说，我还得谢谢你告诉我，让我知道她因为我在背后受了什么样的委屈。可怜的，她从来没对我吐露过半分。"说到最后一句，计肇钧的心蓦然软了。那么小心翼翼生活的姑娘，不该被这样对待。而且，既然江东明已经挖出了路小凡的身份，他再以不闻不问的方式保护就没有意义了。江东明虽然狡诈，行事却有分寸，所谋的也不是花边新闻。所以他干脆把与路小凡的简单关系放在明面上，对方反而不会再针对。

"我看错了你。"江东明承认错误的速度与路小凡有的一拼。

"因为你从来没有看对过。"计肇钧转身就走，扔下一句话，"公司形象的事，就交给你了。"

江东明张了张嘴，终究没有发声。计肇钧不按常理出牌，害得他有点儿思维混乱，真心需要重新理一理。

这时，孙莹莹正走到近前，微笑着想要开口搭讪。却只得到了计肇钧的一个背影。计肇钧甚至连个寒暄的机会也没给她，令她尴尬无比地站在那儿。

"计总这是……"她反应倒快，僵硬地笑问。

"咦，看起来要下雨。"江东明答非所问，也转身走了，同样毫不留情。

孙莹莹下意识地抬头望天花板。

计肇钧快步走出晚宴厅的时候，感觉胸口闷极了，心里饱含了一种湿漉漉的东西，无处宣泄。

他追出来，只是厌烦了那个地方，想看看路小凡到底怎么样了，并无具体计划。可是他一出门就犯难了，因为根本不知道要去哪里追。

她怎么走的？地铁？公交车？走路？打车是不可能的，那个小财迷舍不得钱。

他想了想，她家应该是向东的方向，干脆用笨办法，开着车沿路找。

他开得很慢，几次遭遇后面车辆的鸣笛抗议，可他不管，努力在街边的人群中找那个影子。但，一直开出很远也没见着人。直到天空飘雨，离路小凡的租屋还有一个街口的地方，他的眼帘里才映入了那个想找的人。

雨，并不猛烈，却细密，砸在他的车窗玻璃上，划出一条条纷乱的纹路，模糊了他的视线。

他打开雨刷，还有侧窗，心中有一种奇异的感觉，想把她看清楚。

只见路小凡站在一个路边支起的棚子下面避雨，来往行人跑来跑去，越发衬得她孤零零的。

她的头发和裙子有一点儿被打湿了，贴在脸颊和身上。旁边的摊子在现煮现卖粽子，滚热的蒸气和雨意的微冷在半空中碰撞，形成迷离的氤氲雾气。她就站在那雾气中，看起来柔弱而玲珑。

计肇钧觉得有什么击中了他，令他仿佛被钉在了原地。此时此刻，在他的眼睛里，她竟然是这朦胧灰色天地中唯一的亮色。

谁说她平凡？她独特的美丽，需要一双懂得欣赏她的眼睛。

有一天，我发现自怜资格都已没有
只剩下不知疲倦的肩膀
担负着简单的满足
有一天，开始从平淡日子感受快乐
看到了明明白白的远方，我要的幸福
我要稳稳的幸福
能抵挡末日的残酷
在不安的深夜
能有个归宿
……

街边不知哪个音响店，突然大声放起歌来，是陈奕讯的《稳稳的幸福》。那歌声穿透了雨帘，甚至穿透了时空，好像要把两个不相干的人缠起来。

路小凡平时是不会这么多愁善感的，可她一个小时前刚受到孙莹莹的打击和侮辱，心乱如麻，难过得无以复加。她都不知道自己是怎么坐车、换车，再走回来的，全身上下都被绝望和失落感笼罩，于是感觉这歌声像是为她而唱。

她做错了什么？她只不过是爱上了一个不该爱的人。就算她卑微渺小，可也有喜欢一个人的权利。何况，她连稳稳的幸福都从来不去奢望，只打算做一只朝生夕死的小虫，仰望蓝天白云。

难道，这样也不可以吗？

难道在她贫乏的人生中，连梦想的资格也没有？

就算她的外表如此平凡，她的生活如此挣扎，她的灵魂和她的心也是和其他人平等的啊！她的梦想就不能脱离一次现实，走到命运的最高处？

瞬间，路小凡泪流满面。

此时她突然不管不顾，哭得双肩抖动，声音哽咽。

一双脚悄悄站定在她面前。

感谢一年的明星助理生涯，令她熟知了很多小众奢侈品。Gaziano & Girling 的英国顶级定制皮鞋，不是什么人都穿得起的。

路小凡抬起头。

灰蒙蒙的天，密匝匝的雨，来人身材高大，在她跟前形成了巨大阴影，令她看不清他的脸，只好怔怔地仰望着他的影子。

计肇钧清清楚楚地看到了路小凡脸上的泪痕，他情不自禁地蹲下身，伸出手指碰了碰她的脸："哭什么呢？谁欺负你，你就欺负回去啊。"声音里有他自己都惊讶的温柔，"有我呢。"

路小凡闭了闭眼睛，再睁开，以确定不是自己产生了幻视。然后，她心头的钝痛因为眼前人的真实存在突然变成了锐痛。

他一定是知道她与孙莹莹的冲突了。这令她无地自容，她真想一逃了之，逃得远远的，那样就再不会难过了。

"我已经离职了，跟她再没有瓜葛。"她努力止住眼泪，想表现得坚强，"我明天就打算回家乡去。计先生来得正好，就当道个别。希望你以后一切都好。计先生要幸福，我……以后可能不回来了，再也见不到……"

"你的家乡在哪儿？"计肇钧很淡定，拉着路小凡站起身。

一个人蹲在地上就算了，两个人对着蹲，占了好大地方，挡人家做生意呢。

"很远。"路小凡哽咽着。

"不再回来了？"计肇钧的声音很轻，像是叹息。

"不回来！"

"真的啊？那就真的见不到了。"计肇钧突然笑了笑，"如果我想吃你做的饭却又找不到人，怎么办呢？"他左右看看，走到粽子摊前，拿了人家一只粽子，抽掉上面的红色小麻绳，抓起路小凡的左手，不由分说地把小绳系在她的无名指上。

他的手指修长，骨节分明，灵巧地将红绳打了个蝴蝶结。

"这样，干脆跟我走吧。"他握起她的另一只手，"有我，就没人敢欺负你了。"

路小凡完全蒙了。

这是什么意思？

"那么可以吗？"计肇钧问。

路小凡望着他深邃不可见底的眼眸，还是傻呆呆的状态。

"沉默是表示答应了？"计肇钧不禁向四周瞄了瞄。

他的外表太出众了，穿得又那样有品位，时间不长就吸引了很多人的注意，这让他有些不耐烦，皱了皱眉头。

"答应什么？"路小凡这模样说好听了叫呆萌，说不好听叫迟钝，"计先生是要……

请我做厨师？”

计肇钧简直不知说什么好了，只得无奈地解释：“路小姐，我这是求婚啊。”

啊？路小凡这次是彻底被吓住了。

求……求婚？计肇钧求婚？向谁求？她茫然地想着，甚至还向身边看了看。貌似这里就她一个适婚女子。

那么是她吗？可是为什么？为什么！

计肇钧要抚额了。

这位小姐的反射弧到底是有多长？一般情况下，女方不是应该高兴尖叫或者眼含热泪吗？

“我知道没有戒指，以后补给你。”计肇钧都被搞到语无伦次了，不禁揉了揉眉头，“难道非得让我跪下？”他双手叉腰，忽然感觉好累。

“你是……计先……什么意思？”好不容易，路小凡找回了声音。

“不是说了求婚吗？”卖粽子的大婶实在看不下去了，手里超长的木筷子敲得铁锅咣咣响，“我说姑娘，你就快答应了吧！你点了头，这位先生好给我粽子钱啊。小本经营，概不赊欠！”

路小凡瞪着计肇钧，连气都喘不过来了。

求婚呀！他向她求婚啊。是在开玩笑吧？可是不像啊，他那么认真。等等……

“我在做梦，我一定是在做梦！一定是的！”她开始慌张，分不清东南西北地转身，左手还保持着僵直的姿势。

刚转身，手就碰到了煮粽子的锅边，烫得她“呀”了声，迅速抽手。

那么疼，肯定不是做梦！做梦的话会醒的，可计肇钧还在，场景没变，那条红色小麻绳还拴在她那离心脏最近的无名指上！

“有没有烫到？疼不疼？”计肇钧见路小凡跳脚，连忙捉过她的手。

虽然长年劳动，可她的手保养得很好，小小软软肉肉的，摸起来很舒服，可惜手指烫红了，看起来好可怜。

计肇钧下意识地向伤口吹了吹气，还鬼使神差地印上了唇。

路小凡像咬钩的鱼一样张着嘴，好半天才想起来要呼吸，不然她能憋死自己。

“你倒是答应啊，年纪轻轻，咋这么磨叽呢？这小伙子长这么好，你犹豫什么啊？快答应，再给钱。”粽子老板娘再度乱入画面，还伸出大手要钱。

计肇钧摸摸身上。糟了，没带钱包。

幸好路小凡这时候反应倒快了，连忙从随身的双肩背包里拿出钱包，掏了一张粉红票子出来。

计肇钧随手夺过，递给老板娘：“不用找了。”

“那是一百块啊。”路小凡的目光追过去。

老板娘连忙收好钱，根本不与路小凡对视。

计肇钧气不打一处来，捏着路小凡的下巴，让她正视自己："现在，你这是答应了？"

路小凡胡乱点头，心里却想：早知道拿张十块的。

"没问题了吧？"

路小凡继续点头，有钱人真是浪费啊。

"那赶紧给我找点儿吃的，我饿了。"计肇钧拉着路小凡就走。

围观的人开始多了，他计大少何时这么丢人过？

半小时后，两人已经坐在了一间海鲜馆里。

"你……见到我，为什么总是饿啊？"路小凡到现在还是迷迷瞪瞪的，所以才有狗胆追问。

"因为每次都正好饿了。"计肇钧又恢复了冰冷模样，好像刚才那个人是幻象。

这样也蛮好的，至少见过他的温柔，可以放在心里好好封印，开心不开心都可以拿出来温存一下。

"你不是不爱吃鱼虾类的东西吗？"路小凡看看桌上的菜，又问。

她明明记得的，在山里时给他做个鱼，他都各种嫌弃。

这个男人特别难伺候，挑剔极了，可是真的好可爱哦。路小凡心里全是粉红泡泡，两眼恨不能往外一直冒桃心。

"谁告诉你我不爱吃鱼虾了？我只是不喜欢挑刺和剥壳。"

"我帮你啊。"

计肇钧板着脸，点点头，心里正是这个意思。

路小凡长得不算漂亮，可她就是有本事让他的心熨熨帖帖、酥酥软软的，让他感觉格外舒适安宁。或许他染了满身的罪恶，正要用她的纯洁无瑕才能清洗。

"还等什么？"他指了指面前的餐盘。

路小凡连忙动手。

她从小到大照顾别人习惯了，于是计肇钧吃了最近以来最舒服的一顿饭。饭后计肇钧送路小凡回家，一个才求过婚的男人居然沉默不语。

路小凡却自在得很，完全沉浸在自己的情绪里，不断偷瞄着计肇钧，告诉自己不要笑，因为那样显得很傻很花痴，可她仍然忍不住弯嘴。

到现在她还觉得在做梦，很不真实。梦想成真这种事，有的人一辈子也不能实现，对她来说来得太突然了。

"好了，到了。"

因为只隔一个街口，计肇钧并没有开车，两人就溜达着过来的。

"那……再见。"

路小凡一把拉住他。

“有事？”他半侧过脸问。

雨已经停了，雨后凉爽的微风缓缓吹拂，深蓝色的夜空和闪烁的街灯衬得计肇钧的眼睛有如天边的寒星。

路小凡瞬时沉醉，觉得快要淹没在那片纯黑之中了。于是她的话几乎没经过脑子就出来了："我们这是订婚了是吗？那么，好像还没有抱抱、亲亲。"

她看起来是在仰头望着他，目光里充满肯定。可其实，她是被自己的话给吓到了，目光盯着计肇钧身后的虚空之处。

她正想着怎么挽回刚才的话，计肇钧突然握紧她的肩膀，随即俯下头来。

温热的嘴唇就那么压上她的，没有深入，却很用力地贴紧，又揉了两下。

初吻，猝不及防。正如他的出现、他的求婚，都让她毫无准备。

路小凡没办法呼吸，很快又被抱进一个宽阔的胸怀，才顺过气来。大量雨后清新的空气骤然冲进肺部，可能负氧离子太多了，她大脑短路，丧失了语言功能。

“订婚，就应该这样？”他的声音从胸腔处透出来，浑厚好听到她不想离开。

那就，静静地再抱一会儿吧……她闭上眼睛。

“路——小——凡！”路小凡正用力汲取着计肇钧身上强烈的男性气息，耳边突然传来尖叫。

谁啊？声音太高亢了，听不出男女。咦，这个人好面熟，脸都气白了。

她迷蒙地笑，却被刘春力猛地拉出计肇钧的怀抱。

“干吗啊？”她不满地嘟哝。

“计肇钧，给我解释！”刘春力气急败坏，用力抬高手，指着计肇钧的鼻子。

刘春力刚才是去买夜宵的，他琢磨着小凡要应付那个极品孙莹莹，回来后肯定又累又饿，要给她补充补充。哪想到，在楼门口看到这样一幅画面。他们家小凡一定是被狐狸精附体了，整个人都恨不能吊在那个男人身上，还钻啊钻的。

“小凡会给你解释的。”计肇钧云淡风轻。他人高手长，伸手摸了摸隔在刘春力身后的路小凡的头发，施施然走了。

路小凡突然想起紫霞仙子说至尊宝的话："逃也逃得那么帅。"

他没有逃，但转身而行的样子实在太迷人了。宽肩膀，大长腿，走得那么有节奏感。

“你，给我擦擦口水，上楼去！”刘春力挥舞手臂，挡住了路小凡的视线，“你必须给我个解释，不然我明天就带你回家，把你关到天荒地老！”

第六章　甜蜜蜜

“他向你求婚？计肇钧求婚？向你？”路小凡坦白完毕，刘春力化身复读机，反复嚷嚷着这几句话，新染的金毛狮王般的头发，都快被他薅没了。

“干吗这么惊讶，难道我不值得吗？”路小凡不满。她嘴上这么说着，心里却心虚不已，她自己也觉得平凡渺小的她，配不上那么好的男人。

“是不是阔少无聊，跟别人打赌，比赛调戏平凡小妹，之后再把你甩了？再或者是电视台的什么整蛊节目吧？要不就是计肇钧脑子坏掉了！”刘春力立即想象开了，就是不能相信事实。

路小凡不说话。她觉得刘春力这样的表现很伤人。

“要不，明天我再去问问他，是不是开玩笑……”半天后，路小凡终于被打击到自信全无，进入了自我怀疑的轨道。

“不不，你等等。”刘春力却挥挥手，站起身，像便秘似的满屋乱转，还敲着自己的头，“不可能集体致幻吧？如果求婚的事是你太喜欢他，自己幻想出来的场景，那我看到他抱着你是怎么回事？不对，远远看去，貌似还亲了。亲了没，亲了没？小凡，说！”

“亲了。”路小凡的声音小如蚊蚋。

“那十之八九是真的了。”刘春力一脸受到打击的模样，“他那种人，不会那么无聊，也不会平白无故做没有意义的事。但是为什么啊？他之前没有表现出喜欢你吧？还是你这呆萌货根本没反应过来？这太突然，太没有逻辑了啊！”

刘春力细想想，当时计肇钧抱着小凡，很温柔的样子，好像很珍视怀中人。但有道是“童话里都是骗人的”，所以这说不通啊。

“啊啊啊，我不知道，你别问我了。”路小凡被逼得投降，“让我睡觉，如果这是个美梦，明天早上就会醒了！”

她倒在自己的小床上，又被刘春力给拎了起来：“不行，你给我说说。这若是真的，你是打算答应？”

“我已经答应了啊。”路小凡举举左手，那根小绳打的蝴蝶结还在，“这是物证，他亲手系上的。”

“我真服了你，一根破绳也美成这样！”刘春力恨铁不成钢。

“我又不是为了他的钱。”路小凡低声嘟哝，再次躺倒，再次被拎起来。

“不行，假若明天计肇钧没有反悔，你必须把戒指，不，把这条破绳子退回去！你不能跟他在一起。”

“为什么？”路小凡跳起来，“这种情况下，应该是条件好的一方亲朋激烈反对吧？我为什么相反？难道计肇钧还有配不上我的地方？”

“就是他的条件太好了，与咱们根本不是一个世界的人。我跟你讲，两个人差距太大，是不可能长久在一起的。”刘春力苦口婆心，“小凡，你喜欢他，我一直知道。可少女心思，喜欢一下就完了，千万别当真，不然最后伤的是你自己！”

“不相处一下怎么知道不可以？”路小凡突然执拗起来。

“我求求你清醒一点儿吧！”刘春力急得不行，“灰姑娘不是那么好当的！辛德瑞拉根本不是穷人出身好吗？她只是被后母欺压的富家大小姐，本身就带着公主范儿，所以她才能和王子在一起！”

路小凡嘴拙，不知道怎么反驳。但这话太刺激人，她的眼眶迅速红了，“我就不能拥有美好的东西，对不对？你是说因为我穷，我出身平凡，我就注定一辈子不能梦想成真？”

“别哭别哭，我知道我说得难听，可忠言逆耳啊。”刘春力抱住路小凡的肩膀，轻轻摇晃，“你想过没有，如果这段感情不成功怎么办？你得承认，任何感情都有这种可能吧？可是，若失败了，计肇钧只会被议论一阵，顶多算是走了弯路，说不定还传出豪门公子和贫民女的风流佳话。可你呢？你的人生就只剩下绝路了。阶层看不见，可始终存在。活在底层的人，永远比上层的人能走的路要少得多。小凡，你别毁了自己。人的眼光一旦高了，就没办法低下去。若你们最终分手，你要怎么嫁给平凡人？就算勉强自己，会幸福吗？那个后来的男人，说不定也会因为你这段经历而心生隔阂，日子怎么能顺当？你看那么多言情小说，琼瑶也好，谁谁谁也罢，这种情节少吗？”

“就算你说的都对。”沉默半晌，路小凡才开口，“我就是舍不得怎么办？我就是拗不过自己的心怎么办？”她鼻音浓厚，强忍住眼泪。

她心里有说不出的委屈。但她不得不承认，刘春力的这些话并不全无道理，他在逼她审视自己，审视这段突如其来的感情。

“计肇钧个大浑蛋，果然是王孙公子良心坏，他就没为你考虑过！”刘春力咬牙切齿地骂，他回头看看路小凡那纠结的模样，又心疼，伸手抚抚她瘦弱的背，“还是先洗洗睡吧，想必你这一天够累的。”

“我现在怎么睡得着？”路小凡抹了下眼睛，“再说，这些根本与他无关，你干吗只责怪他？”

“行，我不责怪，可你要安静地想想。”刘春力摇头，“也是我太急了。你说得对，不如我们把一切交给时间。也许，明天会不同的。”

明天，真的会不同吗？远在城市中心的计肇钧也心里没谱了。

自从十八岁生日，他做了那件影响一生的事情之后，他就逼自己做一个绝对冷静的人。现在他已经习惯掌控所有事情，让一切都在计划之内。

但求婚，绝对是计划外的。

他追到路小凡的时候，本来只想安慰她一下，最后变成这样，他也莫名其妙。在此之前，他甚至搞不清楚自己到底喜不喜欢这个姑娘，还是只是因为和她在一起，他感觉非常舒服。

而且，他还有资格再去爱一个女人吗？

他这是把不想伤害的人，拉进一个连他也拔不出脚的泥潭了吧？

与其说那场雨、那首歌、那个场景是为路小凡准备的，倒不如说她是为他而来。

当时他看到她蹲在那儿哭泣，忽然就心软到无力跳动，很想保护她，把她纳入自己怀中，不让她再面对风雨。

就像小时候，他抱养了一只小奶狗，可父亲一定要他扔掉。他软弱了，顺从了，结果亲眼看着那只小奶狗在雨地里瑟瑟发抖，最后死得孤单恐惧。

那时他看到路小凡，就突然生出了一股抗拒不了的念头：他要护着她，谁也无法阻挡！

那感觉如此强烈，强烈到他完全丧失了理智。但，他这是护她还是害她？

回到自己家中的那一刻，他平静理智下来的那一刻，他就后悔了。可是嘴唇上、怀抱中的感觉似乎还残留着，让他的心波动涟漪，无法平静。

他是男人，就该有担当和责任，既然说出了话，做出了事，就不能无缘无故地反悔和违诺。现在的难题是，他要怎么做才不会伤害到她？她一旦卷入计家的恩怨是非，就很难抽身出来。

他需要冷静地想想。他能想到办法保护她。他也可以得到稳稳的幸福。

“老板，你在想什么？”突然，有人小心翼翼地问。

计肇钧吓了一跳，他猛地抬头望去，只见陆瑜的头慢慢探了过来，浓睫大眼还闪啊闪的。

“你怎么出现？”他冷着脸问。这里是他家，就算是陆瑜，也不可以随便出入。

“上次老板去度假时给了我这里的钥匙，我好配合迷惑狗仔嘛。”陆瑜挥了挥手中的钥匙，同时仍然好奇地看向计肇钧，问题也仍然执着，“话说，老板发什么呆啊？我开门和走路不算没动静吧？我看老板这样子就像那个什么雕塑思考者。当然，脱了衣服更像。”

“你怎么会知道什么雕塑的？”计肇钧试图岔开话题。

“傅敏学美术的，她说的嘛。”陆瑜坐到计肇钧身边。

“别没事缠着小敏。”

“我追她啊，不缠怎么行？那么多女人缠老板，还不是因为想要追到？”陆瑜大言不惭，“除非老板你想要傅敏，不然我是不会放弃的。难道你真的想要？”

“闭嘴。”计肇钧夺过钥匙，“这里没你的事了，回自己家去。”

“哦，是。”陆瑜老实得很，“在此之前，能不能请老板告诉我，你刚才为什么发呆啊？”

问题，还是得问。想带跑他的思路，哼哼，就算是老板也不要想！当然，头还是要抱住的，毕竟别看老板是“名门闺男”范儿，武力值却是很高的。当初他得罪了人，被人修理得生不如死，要不是老板帮他扛，他都没办法活下来。所以老板不仅是他的老板，还是老大、大哥、救命恩人。这种亲密关系，双方自然不能有秘密，他有义务探听。

“你该去公安局，专门负责审问。”计肇钧无力。他太了解陆瑜了，若他不说出实情，这家伙会自己调查，然后把一点小火星搞成一场大火，尽人皆知。这情况他见识过多次，现在理智的做法是别给陆瑜机会。

“我向路小凡求婚了。”直接讲明白吧，反正陆瑜绝对忠诚，只要满足了好奇心，打死他也不会向外说的。

陆瑜倒吸一口凉气，整个人瞬间石化。

“不用太吃惊，是个意外。”计肇钧知道这件事太突然，连他自己也没想到，“但我打算负责。”

“我不吃惊啊，我是发愁。”陆瑜摊开手，“爱情本身就是冲动的嘛。”

“你懂什么爱情？”

“我不懂啊，但我感觉是这样。”陆瑜说得理所当然，“我听说爱情本身就是感觉，要不怎么有首歌叫《都是月亮惹的祸》。老板，你那边是什么惹的祸？”

是阴雨，是伤心的歌，是她的无助和无辜让他心疼了。计肇钧差点儿冲口而出，话出来却变成：“那你怎么这副表情？又轮到你发什么愁？”

陆瑜不是计维之。就算是计维之，敢管他吗？能管他吗？有什么资格和权力管他？计肇钧心中不禁冷笑。

“那是因为……因为……”陆瑜咽咽唾沫，“老板你不是单身啊。你……你没资格向别的女人求婚，更不用说订婚结婚之类的。”

“为什么？”计肇钧愣住，“关于戴欣荣，我不是经过了四年时间，向法院申请宣告死亡了吗？法院也受理了。”

“那是没错，但是老板你后来没向公司律师再详细了解一下吗？”陆瑜瞪大眼，“法院虽然接受了申请，可还需要公告一年才正式宣告啊。那是为了保护被宣告人的利益！在此期间，你还算已婚人士啊。”

计肇钧抚额。他真的不知道，也没有在意。他委托公司律师办理的，那天是江东明来向他转达的消息。

明白了！江东明是故意不提及细节，果然还是他疏忽了！

陆瑜还在滔滔不绝："所以，老板你这是让路小姐当小三！要么，就是见不得光的情妇。还有还有，被宣告死亡人如果回来，要求和原配偶恢复婚姻关系的话，如果配偶，也就是老板你，没有再婚，婚姻关系自行恢复。老板，路小姐那个人看起来挺单纯的，就算是喜欢你，好像也不是为了你的钱。前几天那些所谓的新欢同游的绯闻这么多，她一声都不吭，也没借机缠下来，更没有小动作。这种姑娘在这年头已经很少见了，你还是手下留情，只当……只当看在我面子上好了。"

"滚吧，你的面子不值钱。"计肇钧更无力了。他必须要好好想想，要怎么处理这段才确定的婚约关系。

路小凡才走到楼下，就看到计肇钧的车停在那里。

为了节省房租，她选择的租屋不仅处于城市的边缘，环境还很破烂，在美好的清晨里就充满着嘈杂和忙乱的气息。因此，计肇钧的豪车格外惹眼，引得很多人好奇地张望。

这情形令路小凡迟疑了片刻才快步走过去："计先生，您找我……有事？"

"进来。"他欠身，打开车门。周围那些探究的目光令他很不舒服。

路小凡迅速听从，等车子开出几百米，她偷瞄了下后视镜，正看到刘春力在后面因为追不上车而跳脚，暗中松了口气。

刘春力强烈反对她和计肇钧在一起，如果看到她也在车上，说不定会当场翻脸，那样大家都会很难看，也会很尴尬。

"你以后可以叫我阿钧。"沉默了一阵，计肇钧开口。

见路小凡在发愣，计肇钧无奈地追加一句："难道你想一直叫我计先生？"

"哦。"

"叫来试试。"

"那个……阿……阿钧。"路小凡结结巴巴的，很羞涩，很不习惯。

计肇钧忽然就有些泄气：她这个样子，怎么面对以后的复杂局面？真希望时间可以倒流，那他就不会求那个婚了。

他背负着沉重的秘密，哪有资格顺从自己的心意？他一时冲动，后果……然而又不能改变，不然真的会伤她很深。

"你生气了？"因为车内瞬间安静了下来。路小凡敏感地发觉是自己影响了计肇钧的情绪，不禁小心翼翼地问。

"没有。"计肇钧摇头，"只是你不用这样紧张，我不吃人的。"他很无奈，但也知道是自己给了她太大压力。

听到他声音压低，努力表现温和，路小凡深吸一口气，用力点头。他们原是生活在世界的两极，可突然之间关系变化到要紧密面对。其实，需要迁就的人不只是她。那她应该争气一点儿，不让他为难。

“阿钧，我们去哪儿？”她终于没有障碍地叫出了口。

“你这是要去哪儿？”计肇钧反问，瞄了路小凡一眼。

她今天小小地打扮过，穿着白色小西服配白色齐膝裙，脚上穿着同色的细带凉鞋，脸上略施粉黛。虽然衣服是廉价的，容貌也不惊艳，但她眼睛亮闪闪、水汪汪的，嘴唇粉嘟嘟的，清晨的阳光透过车窗，照在她脸上，令她整个人看起来柔软清新，似乎被光晕笼罩着，有毛茸茸的感觉。这让他很想把她拉过来，抚触传达他的爱。

“我去面试。”路小凡及时地回答。

这句话听到计肇钧耳朵里，令他心中那点点隐约的不爽很快消散。

“先去吃早餐。”计肇钧坚定地换了方向，把车子左拐。

他仍然不听意见，仍然是命令式的语气，因为知道她一定没吃早餐。好在路小凡习惯了计肇钧见到她就是吃吃吃，也没什么不满的地方。

“之前，你为什么监视我呢？”在餐厅里，计肇钧问。

路小凡正把一块煎得有点儿老的培根奋力切成小块，闻言刀叉一滑，发出刺耳的声响。

她尴尬：“怎么突然问这个？”她悄悄看看四周。还好还好，没人特别注意他们。同时，她把切好的培根放在计肇钧的盘子里。

计肇钧吃了一口，皱眉，又指指牛奶。

路小凡很配合地把牛奶加入计肇钧的咖啡杯里。

“因为想知道。”计肇钧抿了抿咖啡，再度皱眉。

这家餐厅装潢不错，可惜食物太差。这令他情不自禁想起山中的时光，那些天然食材经过路小凡的巧手调理，就成了可口的美味。

“是被孙莹莹指派？”他直截了当地问。

路小凡挣扎了一秒，考虑到自己已经辞职，干脆点头承认。

“没见过你这样实心眼儿的。”计肇钧似乎很嫌弃，心却软了。

他没猜错，孙莹莹居然敢暗中耍手段。他也没看错，路小凡心性厚道。厚道这两个字说来容易，做起来却难。她那样被欺负，却还保持品格，这样的姑娘有颗金子般的心。若非他……她真的值得他好好珍惜。

“那好，面试结束，你被录取了。”他拿餐巾沾沾唇，随后将其扔在桌子上。

“计先……阿钧……你要雇我？”情急之下，路小凡连换两个称呼。

“不行吗？你不是要找工作？”计肇钧脸色严肃，公事公办的样子，“还是你不愿意为我工作？”

“可是……”

“我的保姆不做了。”计肇钧打断路小凡，“我需要有人帮我打扫房间、洗衣服，还有最重要的是做饭。至于薪水……就按市价。”

“你以前用小时工，吃饭都是叫外卖的。”路小凡及时闭嘴，因为这些信息都是她偷窥得来的。

“不做算了。”他已经被养刁了胃口不行吗？

“做做做。”路小凡连忙应承，真心的笑意令她的脸颊染上淡淡的红色。

她忽然感受到他的心意，明白他在顾及她的自尊。他可以养她，那点儿小钱对他来说九牛一毛。别说她是他的“未婚妻”，就算他想包养几个孙莹莹那种级别的女人都毫无压力。

他却给她工作，并且没有优待。在没结婚之前，她本来就想坚决独立，不依附于他的。而他也确实需要照顾，两全其美，多好。何况，等到将来结婚，做这些也是她的分内事。

他外表看起来生硬冷酷，其实内心很温柔啊。

“你今天就上班。”计肇钧把昨晚从陆瑜那里拿回的钥匙给路小凡，顿了顿才又说，“至于我们的关系，我需要跟你再详细讨论一下。”

路小凡欢乐的心顿时咯噔一下：“我们没订婚是不是？昨晚是我的幻觉？”她很紧张地盯着计肇钧。

计肇钧握住她的手：“我们有婚约，不是假的。但是，暂时只能是……潜关系。”

什么意思？路小凡不明白。

计肇钧不得不详细解释给她听，关于法律上对于死亡宣告的程序和规定。

路小凡知道自己应该表现得大度大方，毕竟这不是计肇钧的错。但她无论再怎么努力，仍然无法控制失落的情绪，眼圈渐渐红了，逼得她不得不低下头去。

她就知道，她的人生不可能这么美好。如果说昨晚是突如其来的狂喜，此刻就像是从天堂跌入地狱。老天给了她一份人生大奖，不过才一夜时间就发现出错了，于是现在，他老人家决定把这奇迹般的幸福拿回去了。

“别哭。”计肇钧伸手轻托路小凡的下巴，望着她兔子般发红的眼睛，“她不会回来了，我也不会离开。”

他不擅长甜言蜜语，但这是他能给的最大承诺。不管遇到什么神秘事件，以戴欣荣的强势性格来说，是绝不会躲起来的。所以她的失踪，失去的就一定是生命。而他，若说之前还考虑过解除婚约的可能性，在看到路小凡此时此刻的反应之后，已决定顺着这条“错误的道路”走下去了。

生活在谎言中也没什么，这样的人不是很多吗？只要不伤害她就行了。他蓦然发现，不知从什么时候起，他开始忍受不了她明明很难过却拼命克制，永远试图不给别人带去困扰的懂事样子。

“不相信我吗？”他问。

路小凡摇摇头，但马上又用力点头，还慌乱地解释：“我的意思是，我不会不相信你，我信的，真的信的。”

“我知道。”计肇钧笑笑，“干脆我先送你回去，你明天再过来我家上班好不好？”他又想了想，站起身，在路小凡额间印下一吻，“你可以听我的话吗？”

高级餐厅里环境清幽，人也少。

但，人再少也有人啊。计肇钧本来就惹眼，他的举动更是吸引了众多目光。

路小凡只觉得眉心灼热，那温暖的触感透过她的皮肤，一直钻进她的灵魂深处。有人把吻说成是盖章，她觉得计肇钧这个章盖得特别有占有感，宣示主权似的。她整个人都变成了粉红色，迷迷瞪瞪地对着计肇钧点头。

“我说过，不许你习惯性地对别人道歉，你还记得吗？”

“记得。”

“要做到。”

“好。”

“第二，以后不要把自己的姿态放得太低。你很优秀，我计肇钧不会喜欢不及格的女人。你让我看到你，是因为你值得。”

“他说了‘喜欢’两个字！真的真的说了哦。”路小凡使劲摇晃着刘春力的手臂，兴奋地低语，“是喜欢啊。”

“你不用这么加重语气，我不聋！”刘春力掏掏耳朵。

吃了那顿不成功的早餐后，路小凡并没有让计肇钧送她回家，借口是计肇钧要准时上班，而她需要去买点儿东西。

计肇钧犹豫了一下，终究没有做出给路小凡一张卡之类的事。他知道这姑娘虽然温柔顺从，可也有她的坚持，那就是有底限的自尊。两人的环境相差太大，他太了解那种高贵的脆弱，所以选择不去触犯。那么，今后尽量对她好些，以此来弥补吧。他心里暗暗决定。

路小凡出了餐厅就直接跑到了刘春力上班的这家大型商店来。刘春力在里面的专柜卖化妆品，这是他新找到的工作。

“卖化妆品的都是女孩子啊。”当时她还质疑过。

“你孤陋寡闻，也有男的。”刘春力对这种论调嗤之以鼻，“再说，我的皮肤比女孩子都好，简直是活招牌！”

路小凡凑近一看，再摸摸自己有点儿缺水的脸，不得不承认还真是。

“最讨厌你们这些世俗的人了。”刘春力以这句话结束交谈。

现在路小凡来找他，满嘴说的全是计肇钧，眼睛里虽然没人，但也闪着计肇钧遗留的身影，这让刘春力很是焦虑。

“陷入爱情的女人，绝对零智商！”他敲了下路小凡的额头，让她冷静，“你看不出来吗？计肇钧光华闪闪，像天堂之门似的，事实上他是个坑，大坑，超级大坑！你掉下去就死活上不来了，懂？”

“我懂啊。”路小凡敛了笑，很认真地歪过头，与刘春力对视，“你昨晚说的那些话，我半宿没睡，反复想过了。”

“结果还是要犯傻？”他拿个按摩的小轮子在她脸上滚了两滚，“这黑眼圈，简直让人无法直视。”

路小凡闪开：“说实话，今早之前我心里都很矛盾。这世上最不靠谱的，可能就是这件事了。鸿沟不是那么好跨过去的，真的可能……粉身碎骨。”

“那你还一头扎进去！”刘春力气不打一处来。

“他跟我说，他不能对外宣布和我的婚约，因为他还不能算单身，这使我很沮丧，甚至绝望。可是他后来说的话，又让我鄙视自己。”路小凡呼出胸中的浊气，无意识地望着商场那金碧辉煌的装潢，“说好了是暗恋，说好了不觊觎真正的他，可到底还是我贪心了。所以我的爱情，真的没有自己想的那么纯洁。想想，他已经给了我无法想象的时光，我干吗要去管结局如何？”

“别玩只求曾经拥有，不在乎天长地久那套！很老套很过时知道吗？”

“我就是又老套又过时的人啊。”路小凡摊开手，“你不觉得吗？他完全可以否认这个婚约，反正只是一条拴在我手指上的绳子而已。而且你又极力反对，我还能如何？他却愿意解释给我听，还承诺不改变。这是他的真诚，证明他不是要我，所以我为什么不能为着我这辈子唯一的任性，为着他勇敢试一次？”

“你要怎么试？”刘春力气得头发都要竖起来了。

路小凡深吸一口气。

倘若这时候计肇钧在，会看到向来性格柔软、习惯逃避的姑娘，眼里有坚毅之色闪过。

“刚才，我看着他离开时，不安定的心突然安定了。然后我就对自己说：好吧，路小凡，你振作起来。无论生活如何打击你，也要笑着面对。说不定笑着笑着，好事情就真的来了！这世上，越美好的东西，越不容易得到不是吗？”这么说着，她真就展开了大大的笑容，那么明朗，差点儿晃了刘春力的眼。

“真不知道你到底爱上他什么！你又不图钱，难道就因为他长得帅？”刘春力知道已经没办法劝阻了，只得无力哀号，“难道这真是个‘老天有眼，还得看脸’的世界？”

路小凡笑：“你平时不也跟着我一起看动画片？”

“你这话题太跳跃了，我可不是二次元生物。”

“宫崎骏曾经说过：爱上某人，不是因为他给了你需要的东西，而是因为他给了你从未有过的感觉。”路小凡深吸一口气，“他就是给了我从未有过的感觉呀！有机会你一定要试试，跟过电似的，身上一阵麻酥酥，人就像喝醉了。我觉得吧，这应该就是幸福感。”

刘春力扳过她的脸看着，一脸惋惜地摇头：“屁！看你那花痴的眼神，老子都要起鸡皮疙瘩了。你说宫崎骏？好，咱们就说说这位动画界泰斗！他可还说过：世界上最美好的事情不外乎，我爱你，你也爱我。”

“我爱他啊。”路小凡肯定。

“废话，这是显而易见的！关键是，他爱不爱你？”刘春力恨铁不成钢。

路小凡沉默了。

她得对自己承认，她和计肇钧之间一直缺少点儿什么，他们之间还不够全情投入。其实，是她一直在喜欢他，一直情不自禁地追逐他的脚步。他从来没有过反应，却突然求婚，突然态度转变。

说实话，这有点儿吓到她。若非她真的一无所有，她甚至怀疑她能带给他什么了不得的利益，才让他纡尊降贵。

这是爱情吗？她真的说不清，她又没经历过。再说，每个人的爱情感觉是不一样的，她也没办法去咨询别人。她不能骗自己的心，她不确定他也是爱她的。但他有一种力量，让她相信，他在认真努力对她好。

一切发生得太快了，她直到现在还如同在梦中，来不及细细思索。但她告诉自己要走下去，不管沿途会遇到什么！她这一生没有过什么幸运，也许是她太贪心了，可是哪怕这条路的那边连着地狱，她也要去看一看！

“不是跟你说了，我对他一见钟情吗？”路小凡嘴角漾出微笑。

生活在底层的人，但凡乐观些的，都有一种苦中作乐的本事。坏事太多，尽量找到其中的好处，人会变得积极向上。通俗的说法是：开心是一天，不开心也是一天。生存不易，何必虐待自己。

“你很容易一见钟情啊。”刘春力上下打量路小凡，鄙视地轻哼，“别忘记你十三岁那年，青春豆蔻，情窦初开，遇到个小子就觉得自己初恋了，最后连人家是谁也不知道。”

“他是我的英雄！”路小凡坚决维护自己早年的爱情梦想，“初恋怎么了？现在是绝恋，不可以吗？”

“这话说的，听着像绝症。”刘春力赶苍蝇似的挥手，“现在连韩剧都不玩那一套了，还是神经病比较流行。你要得病，干脆就神经了得了。”

路小凡被刘春力逗得笑了起来。

一转头，刘春力暗叹了口气："拦不住了，真的拦不住了。那么，就想办法保护她吧！计肇钧，你给我等着。"

此时的计肇钧，正步入计氏总部的专用电梯，才站稳，江东明就从即将闭合的电梯门挤了进来。

计肇钧皱眉。

江东明笑道："别不开心嘛。彼此是亲戚不说，这部电梯是高层专用，我好歹也算吧？没有违反公司规定哦。"

"你是来找碴的。"计肇钧直截了当地说，同时按下楼层键。

"我是来关心你的。"电梯启动时，江东明说，"不知你昨晚去追小助理，结果怎么样了呢？哈，你该看看孙莹莹的脸，给打击得哦……好精彩。"

"与你有关吗？"

"照说没关系，所以我才说是关心啊。"江东明耸耸肩，"于公于私，如果你对小助理有什么特别想法，我是不是应该知道？"

计肇钧目光锐利地看了江东明一眼。

江东明仍然笑得优雅漂亮，心里却打了个突。他向来知道这个表弟不好惹，他却非惹不可！可真当那一位冷着脸时，还真让他有些发怵啊。

"你没告诉我，关于法院做死亡宣告，还需要一年公告期的事。"计肇钧上前一步，拍拍江东明肩膀上并不存在的灰尘，"我猜你会说，是我自己没有咨询清楚，虽然你既然代替公司律师过来，就有义务告知，但这确实是我的疏忽，因为我一直没有想过针对你。事已至此，我也不想再纠结。但亲爱的表哥，别逼得我失去容忍你的耐心。"

"这是警告？"江东明挑眉。

"理解正确。"计肇钧转回身，站姿笔直，有如商务精英的标准像。

他个子比江东明要高，肩膀比江东明也宽，他现在这样子看在江东明眼里，多少显得有些傲慢无礼，不可一世。于是，向来伶牙俐齿的江东明，居然一时沉默，没有说出俏皮又气死人的话来。

叮的一声，电梯到了。

江东明往外走，计肇钧则继续前往顶层，但在电梯关上门的瞬间，他的声音又冷冷传来："别去欺负路小凡，不然没有亲戚情分好讲。"

江东明转身，正看到电梯门在他面前合上。

"这是动真格的了？那就好啊。还怕你不玩真的呢！"江东明笑笑，从口袋中拿出手机，翻看相册。

灰暗的街上，阴雨绵绵，整个画面呈现出淡淡的青色。背景是热气腾腾的粽子摊，世俗无比的气息扑面而来。

拍摄照片的人技术相当好，像是受过专业训练。街上那么多避雨的行人匆匆而过，却全部成了模糊的背景，只有两个人的形象异常清晰。

路小凡微抬着头，神情不解而茫然，小脸上像是散发着淡淡的光晕。

计肇钧低着眉眼，神情难得柔软，无比认真地在路小凡的左手无名指上系上一段绳子。

江东明的指尖划过屏幕。下一张照片是豪华餐厅。

路小凡有些沮丧地坐着，计肇钧则从座位上欠起身，一手捏着路小凡的下巴，正在她额间印下那个吻。

“小助理何德何能？”他把照片放大，颠来倒去地盯着路小凡的脸，“怎么就让我们冷酷无情、不近女色的计大少动了真情呢？果然，不管什么样的女人都不能小看啊。”他自言自语着往办公室走，路过秘书的座位时露出招牌式的笑容，好像他没在谋划什么事似的。他刚在自己的椅子上坐稳，立即拨了个号码。

“老钱，照片拍得很好。你辞职吧，我另有安排。”他转动着老板椅，“从今天开始，你给我盯紧路小凡。计肇钧难糊弄，那个小助理应该好对付。”

电话那边沉默了一下，才传来老钱的声音：“江先生，不要伤及无辜。”

“做了计肇钧的女人，怎么无辜得起来？”江东明笑中有冷意，显露出淡淡的残酷，“不过你放心，她只是手段而已，不是我的目的，我也不会违背你做事的原则。事实上，这姑娘能早点儿离开才最好。”

“那你是打算利用媒体？”老钱又问。

“同一招，我从不用两回。”江东明神情狡诈地撇了撇嘴，“再说，他必定会有防备的，可我会让他防不胜防。”

他挂掉电话，闭上眼睛想了想，才打了第二通：“往后嘛，我可不当出头鸟了，表弟好可怕。坐山观虎斗，也挺不错的啊。啊，喂，亲爱的……”电话被接听后，他立即换了一副声线和表情，好像对方看得到他的真诚和倾慕似的。

江东明所料不错，计肇钧绝不会以为威胁两句，对方就会轻易放手。

计肇钧很清楚，江东明这么多年死盯着他，刺探着他，是想寻到他的漏洞，一举把他击败。无论是因为公司，还是因为戴欣荣，江东明都是他绝对的敌人。江东明很有耐心，就像一个非常合格的猎手，漫不经心地伏下层层杀机，只等他这只困兽落网。

之前尽管危险，他并没有动江东明，因为不觉得对方有机会下手。但现在路小凡出现了，说不定能成为江东明的突破口。

所以，不能把小白兔暴露在狼口之下。

他抄起手机，才发现根本没有存路小凡的号码。他从通话记录中调出资料，在姓名栏打上“小凡”两个字。他犹豫了一下，找到卡通小兔子的图片，置于头像上，又加了标志，把她的号码放在通讯联络人的首位。

超过了陆瑜和傅敏。

当他发现自己这样做很无聊时，嘴角浮上苦笑。他觉得自己莫名其妙，继而又更莫名其妙地有一种暖心的感觉，他情不自禁地摸了摸胸口，脑海中蓦然闪现山中的一幕。

“你就这么喜欢研究吃的？”某天他看路小凡在厨房快乐地忙碌，还小声哼着歌，忍不住问。

“吃的东西多重要啊，计先生不觉得吗？对于我们底层百姓来说，是民以食为天。”她的笑容不艳丽，却像山间的溪流般清澈，“对于计先生这种高大上的人来说是识‘食物’者为俊杰。”

“别篡改成语。”当时他说，心里却觉得好笑。

她呢？她也没反驳，就“哦”了声，而后继续做事，与世无争似的。

奇怪了，明明见到她没有多么心动的感觉，更不曾被惊艳到。可是，她怎么就悄无声息地接近了他的心呢？

“一定是因为她太傻，相处时不需要防备。”他走进洗手间，用冷水洗了把脸，对着镜中那个好似陌生的下巴还滴着水的男人说，“可是，有个人可以惦记也很好。”

他静默片刻，凑近镜中人：“有她在，或许你就不再是个幽灵了。”

他甩甩头，把脸擦干，目光恢复了冷静和深邃。

随后，他大步走回办公室，打电话。

“收拾一下，晚上我让陆瑜去接你。”不等那边的路小凡开口，他习惯性地发布命令，“你最近就住在我家，方便照顾我。需要说明的是，这不是同居，你知道那边有四个房间，所以不用太紧张，就这样。”

路小凡连一个音节也没发出，计肇钧已经挂断电话了。

她知道计肇钧说到做到，所以并不怎么担心，根本没想过反对或者提条件什么的。在她心里，所有的事其实都很简单，她的优点就是从来不会纠结太久。只是要怎么和刘春力说，确实是个难题。

最后，她习惯性地使用自己的方法：当鸵鸟！

具体就是：留书，走人。

好在她的东西本来就不多，没多久就收拾好了。给刘春力的短信也编写好了，放在草稿箱里，她拎着行李，只等坐进陆瑜车里之后，才点发送键。

这样，刘春力反对也来不及。对付这一位，她的主意倒是很正。

第七章　女朋友

公司的海外业务出了些问题，导致当天计肇钧忙碌到很晚才回家。

他开车进了小区，习惯性地抬头望向自家的窗口，感觉那里不再是冷冰冰、黑洞洞的，现在那个地方远远地就晕染开了温暖的灯光，透过晚夏的夜色，恍然照在他心底。

这让他惊愕了片刻，随后有了一种莫名的舒缓的感觉，似乎无尽的疲惫正被一双无形的手安抚着。

家，这是家！

每个人都有的，可他是个例外，或者说他永远是个外人。后来他有了自己的地方，却没有一个等他的人。

现在，他几乎瞬间就拥有了一切。可也正因为太突然、太快，少了些真实感和安全感。

计肇钧不自觉地停下车，就这么从车窗望向那灯光，眼神近乎贪婪。直到后面有人鸣笛，抗议他无故占道，他才回过神来，把车开进地下车库。

他有钥匙，却按了门铃。

在等待门开期间，他甚至有些忐忑，令他觉得自己十分好笑。可是当路小凡穿着家居的棉布裙子出现在门口，对他展露羞涩又温软的笑意时，他只觉得心瞬间安然落地了。

“什么味道？”清香，却浓郁，还有些甜丝丝的。

他抽抽鼻子，径直往里走。若不是努力板脸，他怕自己会舒服到直接叹出气来。

“我炖了鱼汤。”路小凡像个小跟班似的关好门，抢过计肇钧的公文包自己抱着，小跑着跟在后面，一脸殷勤和小小讨好地道，“有一种养生法是夏天温补，现在夏天还没过，我想不如吃点儿营养的。”

“但我今天过来得有点儿晚，鱼汤又费时，没时间准备别的，主餐只做了蛋包饭、烤猪颈条和蔬菜沙拉……啊！”路小凡只顾着说话，直接撞在了突然停下的计肇钧的背上，差点儿一个趔趄。

他的脊背宽阔而结实，好像背得起所有。

“对不起。”路小凡习惯性地道歉。

见计肇钧皱眉看过来，她想起他对自己的两点要求：不许经常道歉，不许把自己看得很低。于是又赶紧改口，“不对不起。”搭配着挺直的身体，表示自己很有自尊。

“你语文老师是教体育的吗？这是什么语法。”计肇钧绷不住，被逗笑。

路小凡只觉得天旋地转，因为她极少看到他笑，还笑得这么自然。

他这模样，真是好看！

而计肇钧心情大好，正直接向餐厅走去。

餐桌上，已经摆好了晚饭，凉温了鱼汤。算不得昂贵丰盛，却是温馨家常，红红白白绿绿黄黄的也很好看，越发引人食欲大增。

“先吃饭吧。”计肇钧发布着霸王的命令，人也已经坐下。

路小凡很想问他，要不要先换个衣服、洗个澡什么的，毕竟他的商务西装这么高级，弄脏了好可惜。只见他做了个很夸张的动作：脱掉外套，挽起衬衣袖子，路小凡选择了闭嘴。

他貌似饿坏了，也累坏了。

他每次见到她，总是要吃东西。

路小凡觉得这些有钱人也挺可怜的，想随意放松一下都难。尤其是计肇钧，他不仅工作辛苦，生活中似乎还封闭了自己，掩藏着说不得的秘密。

“很爱很爱你，所以愿意……”路小凡的手机不合时宜地响了起来。

她果断点了拒绝接听，之后干脆把手机关了。

不用看来电显示，她就知道是刘春力。她留书出走，早料到刘春力必定要找她理论。还好，上次没告诉他这里的地址，他知道她安好，又找不到她，顶多生一阵子气就好了。

“没关系吗？”计肇钧舀着鱼汤的勺子举在半空，问。

“房产推荐的。”她胡乱编了句瞎话，不敢直视他，于是只好夹菜。

她敢保证自己的智商是正常的，为了省去各种择校费和申请大学奖学金，她曾经是个学霸。但只要在他面前，她就会变得好傻，虽然可笑，却完全没办法。

一顿饭下来，计肇钧吃相优雅，但速度和量都很超常，害得路小凡要小心提醒他，晚餐属于鬼食，不宜过饱。而她自己，只忙活着伺候他了，都没怎么吃。不过她现在是保姆啊，能上桌和主人同吃吗？

“选好哪间房了吗？”计肇钧突然问。

路小凡伸手指指朝北的小间，那间紧邻着卫生间和厨房。

“那间是最小的，采光也不好，平时我丢杂物用的。”计肇钧当场否决。

可按房子的设计，那就是用人房啊。路小凡心中吐槽。而且他哪有什么杂物可丢，里面空得很，只一张小床和一个柜子，甚至还有一个小电视。面积虽然和她与刘春力租的房子差不多，至少能单独属于她。这么说来，她的住宿条件还是明显改善了的。

“朝西那间是我的书房，没有床给你睡，你只好住我隔壁那间。”路小凡心里正翻腾，计肇钧直接发话了。

路小凡心里一抖。

那间是客卧，不仅紧挨着主卧，巨大的阳台还是和主卧相通的。夏天如果不开空调，夜风又比较凉爽的话，阳台门全是敞开的吧？那要是半夜有个什么来来往往的，岂不是很方便？

“待会儿我帮你把东西搬过来。”计肇钧又说。

路小凡连忙抬头：“不用啦，我东西很少，我自己就可以的。”

“你是个姑娘，要习惯男人的帮忙。这是男人的风度，何况……”他抓住她放在桌上的手，“你是我的未婚妻，虽然还不能公布，但你自己不要忘记这一点。”

“你不后悔吗？”路小凡鼓足勇气，终于问，“我是说向我求婚。”

她不傻。她与他，一直是她在主动、在奢求、在幻想。而他的行为，明显是冲动之下做出的。

“你可以后悔的。”见他不说话，路小凡又慌乱地补了一句。

“那样做不是欺负你吗？”计肇钧玩味地看着低头的路小凡，“为什么要让别人随便欺负你呢？”

“这不是欺负，是我不想强求。”路小凡深吸口气，很认真道，“凡事，看的角度不同，想法也不同。感情这种事要心甘情愿才好，因为最在意，所以容不得假。”

“有道理。”计肇钧点头，“但就算如此，你也要记住不能让别人那么随意地对待。不是所有人都会珍惜别人的善良。这是个钢铁丛林，你得凶狠一点儿才行。不要轻易说原谅，不然你只会更不堪。”说到这儿，他想起了那个无法摆脱的女人，心里浮上明显的刺痛。

旧伤口总是不能痊愈，很可能会跟随一生。

恍惚间，眼前路小凡的脸，与那张苍白的脸重合了，很快又分割开。

不，她们不一样！路小凡善良厚道，温柔顺从，可骨子里有着韧劲和勇敢，以及乐观坚持。她很努力很认真地生活，对人的态度看似模糊，底限却无比清晰。或许，他就是看清了这一点才隐约有些喜欢她。她不争抢、习惯退让，其实是纯粹到接近真相。若与那个人有相同的遭遇，他相信路小凡会有不同的处理方法。

想到这一点，他的心境豁然敞亮了。

不会有相同的结局的！在路小凡身上不会出现悲剧！因为，他不会允许！在求婚那天晚上，他也曾后悔过，可不知为什么他总是贪恋她所带来的温暖，所以明知道会面临很大的问题，却依然想试着走下去，不放手。

“要不，你做点儿让我后悔的事试试？”他拍拍她的头。

这种威胁的话，都被他说得这样温柔，路小凡觉得简直不能更爱他了。

“明天……”她犹豫了一下。

“明天怎么了？”

“明天上午我得出去一下。”

“你在我这里是正当工作，在不耽误工作的前提下，你有自由。”计肇钧站起来，又收回迈开的长腿，“能否问问，你要做什么？”如果是买菜之类的，她应该不会特意说明吧？

路小凡犹豫了一下，最后还是决定说实话：“我得去趟孙莹莹的工作室，因为她还欠我一个月的薪水和法律规定的补偿金。虽然钱不是很多，但那是她应该付的。”

路小凡是很讨厌那个女人，也很怵要账这种事，可她的劳动所得不能舍弃。再说所谓的“钱不多”，也是相对而言。那些对于计肇钧是九牛一毛，对她可是很重要的。这个月的家用，她还没划到妈妈的卡上。

“我和你一起去。”明知道明天有很多事，明知道这样做很不理智，计肇钧还是做出了这样的决定。

现在路小凡已经在他的羽翼之下，要欺负也只能他来欺负，别人不能。至于孙莹莹，也得给她点儿教训才是。

“不用了吧？”路小凡吓了一跳。

那点儿钱如果雇专车，都付不来计肇钧司机的费用。何况，她觉得孙莹莹一定不会好好给钱，免不了要和她争争吵吵，那样的场面她不想让计肇钧看到。

“明天上午是吧？我来接你。”

谈话结束。

虽然习惯了被命令，路小凡还是有点儿不安。最开始，她其实是孙莹莹要追求计肇钧时的“帮凶”，哪想到配角上位，火速搭上男主变成女一，还以不争为争。可她真的没有预谋！

正因为如此纠结，还因为换了住处，她晚上果断失眠了，到半夜的时候，还清醒无比，隐约听到主卧里有异常的动静。

是梦呓声。

“放开！放开我……放开……我要杀了你……”声音低沉而挣扎，夹杂着愤怒的呢喃，在深更半夜里听来，令人毛骨悚然。若非听出是计肇钧的声音，路小凡几乎吓得要跳起来。

她蹑手蹑脚地走向阳台，凑到主卧的门边。

夏夜晴朗，视线良好，月光正好照在临窗的卧床上。

计肇钧只穿了一条短裤睡在那儿，布满汗水的强健身体在月光的照耀下，呈现一种妖异之感。可能是因为床太大了，他就像陷入其中，也不知梦见了什么，他不安地动来动去，双手无意识地想抓住床上的任何东西，像是要从深渊中爬上来。

路小凡迟疑了一下，不知是否要叫醒他。

他陷入痛苦，她真的很想解救他。可是她又怕贸然出现，会令他不开心。再说了，他们现在的关系很微妙，大半夜的她不睡觉，跑到人家房间，要怎么解释？

路小凡正不知所措，计肇钧突然低哑地嘶吼了一声，像是挣脱了什么枷锁，蓦然醒来。

路小凡迅速蹲下，把自己缩在宽大阳台的角落里，气也不敢喘。

她听到他急促的呼吸声和烦躁的低声咒骂，可惜听不清他说的是什么。之后，他下床喝了杯水，又去了卫生间。当卫生间的流水声传来时，路小凡才悄悄回到自己的卧室。

这个男人活得远比她所看到的更有压力。所以，以后要对他更好一点儿。在睡过去之前，路小凡迷迷糊糊地想着。

第二天，她果然看到自己眼睛上有黑眼圈。她昨晚忘记上闹铃，起晚了。不用说准备早餐了，她醒来的时候，计肇钧早就走了，只在冰箱上贴了字条给她。

上面三个字：十点半。

路小凡一看表都九点半了，赶紧梳洗，用了不少时间才把黑眼圈遮盖住。她本来还想早点儿下楼去等他，哪想到他的车子已经在了。

"上车。"他打开侧门，顺便打量了一下未婚妻，白色T恤、破洞牛仔裤、球鞋，头发扎成马尾，素着一张小脸。

好吧，还是大学生的打扮，衬得他像"怪蜀黍"。

"待会儿你不要上楼了吧？"快到工作室楼下时，路小凡劝说，"我自己可以的。万一孙莹莹不在，免得你白跑一趟。"

"她在。"计肇钧的回答简单明了。

昨天晚上，他已经让陆瑜打过电话确认了。他想，孙莹莹此时正兴高采烈地等他上去呢，他怎么好让人家失望？

"哦，那我自己来说吧。"她又退让了一步。

要钱这种小事，而且还是小钱，他开口那多丢脸啊。

计肇钧不置可否。

路小凡满以为这是默许，哪想到车子停好后，他就率先走在前面，无论她怎么追赶，始终只能看到他高大的背影。

以前她上班的时候，进门都会礼貌地和前台小姐打招呼，漂亮的前台还爱理不理的。现在计肇钧目不斜视，那前台居然没拦住询问，还立即站起来，规规矩矩的像迎宾小姐，都没注意到计大少身后还跟着个"熟人"。

等两人一路畅通无阻地进到孙莹莹的办公室，路小凡疑惑地发现其他工作人员连影子都没有，就像提前清场了似的。而计肇钧一出现，孙莹莹就两眼发光，哪里还看得见别人？

"哎呀，计总真是准时。"她殷勤地迎上来，"我正要下楼去迎迎您呢。"

咦，计肇钧提前知会过要来吗？路小凡听音辨意，暗中纳闷。

"您快请坐，什么事还值得您亲自来一趟，叫我过去就是了。"孙莹莹把计肇钧往沙发那边让，虽然很高兴的样子，却成功地把兴奋之意掩藏住了。

她打扮得体，举止悦目，衣服性感却不暴露，妆容精致又不夸张，搭配着她的漂亮脸蛋，很少有男人会不吃这套吧？路小凡蓦然有些沮丧。

刘春力说了，美貌在任何时候都是第一生产力，长得好看的人，无论男女都会吃香。她很能接受现实的，从来不愤世嫉俗，但此时心里多少有些妒忌。

“因为有必须亲自说的事。”计肇钧没理会孙莹莹的邀请，站在门边不动，不仅挡住了路小凡，拒绝的意思也相当明显。

孙莹莹见惯场面，哪能体会不到？但她并不尴尬，笑容就没变过。谁都知道计大少是有名的冷漠不近人情，连这点儿抗击打能力都没有，怎么钓得到金龟婿？

孙莹莹正要说点儿俏皮话，计肇钧却又说：“我女朋友有点儿事要和你交涉，我陪她来的。”

女……女朋友？孙莹莹完全震惊，瞬间石化。

什么时候听说计大少有女朋友了？如果是真的，她还混个屁啊！她本来还打算利用江东明进行下一步的。不，等等，这不可能！这么突然，会不会是在开玩笑……

孙莹莹无意中瞥到在计肇钧身后探头探脑的路小凡后，立即忘记了伪装，厉声断喝：“你……路小凡！你怎么来了？”

路小凡吓了一跳：“我……我来拿薪水……还有补偿金，你答应过的。”她正在因“女朋友”三个字而心里甜蜜，心想暂时不是未婚妻，好歹也算有个名分了。

孙莹莹心里恼火，但马上意识到自己在计肇钧面前露馅了，转过脸又是另一副表情，无辜又无奈，好像是被路小凡的出现吓了一跳：“对不起计总，她是被开除的前员工，我一时气愤，有些失礼。”孙莹莹变脸之快，令人叹为观止，可她也确实完全忘记了计肇钧和路小凡彼此认识。

计肇钧一把揽过路小凡，由于身材优势，近乎是把她拎到了自己胸前，用手臂圈着：“她就是我女朋友，要不你们自己沟通？”临了，他又加一句，“一年后我会娶她。”

传说中的五雷轰顶也不过如此！孙莹莹再也无法维持表面上的美好，瞪着路小凡，好像她是个怪物。

“孙小姐，孙小姐。”小助理还不断地在那边提她那点儿破事，“您看会计在不在？我今天可以把薪水领走吗？”

“计总的意思是……”孙莹莹勉强清醒着问。

“你不是欠我女朋友薪水？那赶紧交接了吧。”计肇钧冷静的声音此时听起来无比可恶，“她以后会以照顾我为主，不能再出来工作。”

“啊，原来是男女朋友，那恭喜二位了。”孙莹莹居然还能找回声音和理智。

这时候计肇钧的手机响了。

“抱歉，我先接个电话。”计肇钧优雅地点了点头，转身到外间去。

孙莹莹回魂，见四下无人，恶狠狠地瞪着路小凡：“你行啊，真是不能小看人啊，你居然能背后捅我刀子，看来是我猜错了。是上回陪计大少旅行，当厨娘兼职成功爬上床的吧？本事啊你！”她终于想起来了。

“你别胡说八道，根本没……”路小凡什么都能忍，但是她也有自尊的。

孙莹莹哪容得她继续说下去：“别得意，男人嘛，谁还没有瞎的时候？你以为你鸠占鹊巢了？笑话！哪有那么容易，我都不用动手，等着看你怎么狠狠摔下来！有哪个男人会只喜欢女人的内在，哈？”

“不是所有人都像你这么肤浅！”路小凡再好脾气，也受不了这样的尖酸刻薄，“至少你还承认我有内在，不像你徒有其表。”

“随你怎么说！就算男人因内在而抓你在手，转过身还是会找胸大腰细的美女去。”孙莹莹将满腔打击化为愤怒，“还好，我们彼此有对方的手机号，可千万别断了联系，因为我还要欣赏你的惨状呢。”

话题到此为止，因为计肇钧回来了。

“你们谈好了吗？”计肇钧问，随即伸臂把路小凡拉在怀里倚着，好得蜜里调油，一刻也分不开似的。

孙莹莹看在眼里，牙酸得恨不得咬人。可偏偏她还得保持着美好形象。

“小凡，我有你银行账号。放心吧，今天下午钱就会到账。”孙莹莹笑眯眯的，眼里的寒光只有路小凡能看到，“没想到你有这样的好运气，能得到计总的垂青。不如改天我们约出来喝茶，叙叙旧也好。”

路小凡沉默。不是她不想回嘴，而是突然觉得和孙莹莹这种人多说半个字都是对她智商和品格的侮辱。

有的人爱演戏，可惜没用在正途上。而她路小凡虽然渺小平凡，却行得正坐得端，无愧于心，没有闲心奉陪这种人。

“哦，那部电影要拍续集了。”计肇钧好像没看出两个女人之间有暗潮涌动，微笑着望着路小凡，却对孙莹莹道，“你如果想参演，就要和我们家小凡搞好关系。她开心了，我就会点头。”

计肇钧这话说得半真半假，还有几丝客气和玩笑感，但话底下全是威胁，令孙莹莹的笑容如同丑陋的面具，僵在了脸上。

计肇钧搂着路小凡的肩膀走了。

“你不必这样替我出气的。”坐回车上时，路小凡嘘了口气。

到现在，若她还不明白他是在为她撑腰，就真是白痴了。她很感动他这样为她，却又替他心累。因为女朋友的不坚强，他那么忙，还要挤时间出来插手这些无聊的小事。

他说要她照顾他，可实际上那些工作，是个家政人员就能做好，她并没有特别的用处。人人都说，爱情中不是问对方为自己做了什么，而是问自己为对方做了什么。

“去买衣服吧？”计肇钧突然说。

“啊？”路小凡愣了一下，立即被牵走注意力。

她低头看了看自己：“我穿得……”很没有档次吧？会给他丢人的。

“姑娘，就算是穿衬衣短裤，也要有品位的。”计肇钧轻弹了一下路小凡的额头，“胸大腰细什么的，真比不上格调重要。”

原来他听到了！

路小凡不禁有点儿发窘，低头偷偷看了看自己的上围。

路小凡又偷瞄了一下计肇钧。哪想到他正观察着她的举止，两下里眼神对上，计肇钧目光中隐约的戏谑之意，害得路小凡的脸蓦然涨红。

这点儿小心思都被发现了。她本来想挺直身体的，现在只好又改为含胸拔背，扭头看向窗外。但愿耳尖上的那点儿红别让他看出来。

计肇钧轻声笑了，从胸腔发出的声音浑厚好听。路小凡却无心欣赏，只感觉空气都震动了，令她浑身发麻，就好像做了什么大错事被抓了包。

装死！装死到底！路小凡暗暗对自己说。

好在计肇钧没再逗弄她，车子也很快到达目的地。

这里是路小凡平时从来不进的奢侈品商店，里面全是全球的顶级品牌。

看着价码签上的数字，路小凡心里就一阵哆嗦。但她知道买了之后，一定是计肇钧付账的。对他来说既然不算负担，她就不必矫情了，顺从地试着店员拿来的一套套衣服。

“你不喜欢吗？”计肇钧一口气把她试过的衣服全买了，当店员兴高采烈地包装衣服时，计肇钧站起来，从身后握住路小凡的肩膀，凝视着穿衣镜中她的眼睛，“你不要多想，这不是嫌弃或者挑剔，我只是想让你自信一点儿。小凡，不要让自卑成为你的习惯。”

“我没有多想，我是姑娘啊，哪有不喜欢漂亮衣服的？”路小凡对着镜中的他笑，努力放轻松。

其实让她感觉最窝心的地方，是他能顾及她的感受。很少有男人会如此，何况是一直习惯了高高在上的计肇钧？

“我听说，女人的自信是能从漂亮衣服上得到的。”计肇钧露出赞赏的神色。

其实此时的路小凡穿得很简单，只是灰色小背心加白色带着细细竖条子的七分阔腰裤，搭配着细细的黑色小腰带和尖头凉鞋，虽然头发还没做，脸上也没化妆，整个人的气质却不同了。不是艳光四射，而是清新如水，令人见之不俗。

计肇钧说得对，就算是衬衣短裤，也是要有品位的。

看到这样的自己，路小凡也很开心。她变得好一些，才更配得上身后的男人。

“你说这话好古怪。”

“不是我说的，是傅敏……”无意间，计肇钧说出了这个名字。

“傅敏是谁？”路小凡无意地反问。

计肇钧顿了顿，有意地回避和傅敏的关系，道：“陆瑜一直追求的女孩子。”

路小凡“哦”了声，没往心里去。

如果逛商场买衣服算是第一次正式约会，那么可以说，他们的第一次约会进行得非常顺利。其间因为提到陆瑜，路小凡想起昨天发生的事情，不禁好笑。

“想到高兴的事？”计肇钧问。

“陆瑜啦。”路小凡抿了抿唇。

当时陆瑜奉命来接她时，一直从后视镜中偷瞄她，最后绷不住问：“你怎么泡到我老板的？他很难泡啊，多少女的想下嘴，一直没找对地方，你怎么就一口啃到他心里的软肉了呢？”

路小凡当时觉得很无辜，她根本没想过要追计肇钧啊。

陆瑜没等她开口就自说自话，挥挥手道：“算了，世界真奇妙，说不定你无招胜有招。哎哟，很可能哦。这招高得很，很有境界啊。”

“我……不是这样……”路小凡试图解释。

陆瑜根本不听她的解释，努力板了板脸，说道：“我跟你讲哦，既然我们的姓氏发音相同，说不定五百年前是表亲，所以我郑重提醒你，以后记得对我老板好一点儿，不然我跟你没完。”

路小凡觉得陆瑜比刘春力还难沟通，干脆放弃，只好很认真地答应。等和陆瑜分手后，路小凡越琢磨他的话，越觉得那像是失败的前任说的，搞笑得很。

计肇钧不会是魅力大到男女通杀吧？

这样想着，路小凡又偷偷瞄了一眼计肇钧。他长得真是好看啊，正面、侧面、后面，三百六十度无死角。她自认不是纯颜控，但为什么只是望着他就陷入了情网呢？他身上一定有什么东西深深吸引着她。

“以后看我，就光明正大地看，不要搞得偷偷摸摸的。”计肇钧没回头就发现了她的目光，无奈地说道，“虽然现在不方便公开，但，以后会公开的……”

“好！我要光明正大地看你！”哪想到路小凡咬咬牙，转过身，决定听从命令，勇敢面对。

她这样目不转睛地看着他，终于把他看得有些不淡定了。

他咳了几声，干脆转移话题：“陆瑜做事有点儿不靠谱，不过胜在非常忠诚，可以绝对信任。”他嘱咐，“如果你有事又暂时找不到我的话，直接找他。他有一部手机是 24 小时开机的，我已经知会他要照顾你。”

“好呀。”路小凡点头，“但是你说话好奇怪，好像是把我托付给他似的。”

计肇钧正了神色，“嗯”了一声：“过几天我可能会出国一趟，公司有些业务问题要处理。”

路小凡愣住。她知道计肇钧的工作非常忙，也知道作为懂事大方的女朋友不该拖后腿，可他们才确立关系，才开始相处，刚才还一起买衣服，她心里也正在制定这几天的菜谱，他却就要离开了。就算只有几天，她也舍不得。她从不知道原来自己如此缠人。

那么，他是因为要离开几天，今天才特意抽时间约会的吗？

“有些麻烦，必须我亲自去。”计肇钧感觉到了路小凡的不开心，解释了一句。

路小凡迅速整理心思，笑着摇摇头：“我懂的。就是……就是……不知为什么，心里突然感觉好寂寞啊。”从前没有爱上过谁时，日子过得平静。现在爱上了，反而尝到了寂寞的滋味，这是怎么回事？

初陷爱情的路小凡不懂这是为什么，计肇钧听到“寂寞”这两个字，心里紧了一紧。他爱路小凡吗？他也说不清。但习惯真是可怕的东西，他以前一直是独来独往，说走的时候拔腿就走，如今身边多出了一只小白兔，竟然就有了牵挂的感觉，不，是感觉到了以前从没有过的寂寞。

“很快回来。”他不知怎么哄姑娘，只能承诺。

路小凡再度笑着摇头：“好啦，不用很快，也不用管我。我就在你家，还要研究厨艺，很忙的。对了，我可不可以带朋友过来？”

“可以。”计肇钧答应，“但是，要想着我。”

“啊……哦……”路小凡愣怔片刻才明白了他的意思。

他要她再怎么忙，都要记得思念他。这算是情话吗？啊，真好听。

在路小凡心头正暗暗甜蜜的时候，刘春力发疯了。

“这死丫头啊，怪不得人家说女生外向，为了一个危险的男人，居然连着两回先斩后奏，乖乖女秒变深夜不回家的人！”他对着计氏大厦破口大骂。

路过的人侧目，他还对人家吼：“看什么？都闪远点儿。我精神病院出来的，咬人不负责！”

行人纷纷退避，他继续叉着腰，对着计氏地下停车场的出口运气。

恨只恨，他上回没坚持跟着小凡监视计肇钧，所以不知道地址，不能杀上门去理论。他不得已只能来堵陆瑜，他从早上一直等到现在，渴得嗓子都要冒烟了。

好不容易，那辆拉风的保时捷开了出来，他牙一咬，眼一闭，跟上次一样冲了上去。

车子发出刺耳的尖叫，骤停。

刚才陆瑜正在给傅敏拨电话，身子猛然一顿，手机从大开着的车窗飞了出去。

“谁这么找死啊？”陆瑜气得跳下车，在看到已经染回黑发的刘春力的脸时，居然第一时间认出来，“怎么又是你？”

“是我怎么了？”刘春力扶着车头，站好。他刚才吓得魂都要飞了，现在腿还软着呢。

“注意我说的‘又’字，你这是第二回找我麻烦了！”陆瑜很生气，“你要再这样，我就……我……”

“你就怎么样？”刘春力挺了挺瘦小的胸脯，“你是想打我，还是想办我？”

陆瑜扯扯头发，瞬间熄火。他对付这种耍无赖的人还真是没有办法。

陆瑜环顾四周，想找那部丢掉的手机，发现手机居然在刘春力脚边不远处。

同时，刘春力也看到了。

两人的目光迅速对视，之后一起扑向手机。

陆瑜速度快，但架不住刘春力离得近。当陆瑜的手就要碰到近在咫尺的手机时，刘春力一脚踩在上面。

“你给我放开！”陆瑜真有点儿火了。

“告诉我计肇钧的家庭住址！”刘春力毫不退缩。

“你不会自己查啊，网上肯定找得到。”陆瑜蹲下来，想搬动刘春力的小细腿，比画了半天也不知从哪个角度下手，只好悲催地蹲在那儿，变成了仰视刘春力。

好巧不巧，江东明开车经过，好奇地望过去。

由于陆、刘二人的位置关系，那辆拉风的保时捷还开着车门，江东明的视线受阻，只能看到陆瑜蹲在刘春力面前，头的位置大约在刘春力的腰部以下……

“光天化日的，什么情况？真不用去开房吗？”江东明把头伸出车窗，嘴欠地说了句。

陆瑜站起身，和刘春力一起回头怒视。

“计肇钧和路小凡同居，他最忠诚的狗和路小凡身边的人又搅和在一起，这是逼我快点儿出手吗？哎呀，亲爱的表弟后天要出国，好机会到了。”江东明喃喃自语，动作上，却对着窗外两个人摊开双手，满脸息事宁人的模样，然后狠狠地按了下车喇叭。

刺耳的响声，立即传遍四周。

“又是这二货牛奶蛋白！他到底哪位啊？”刘春力大声对陆瑜喊。因为江东明的外形太显眼了，他想不认识都不行，上回也是这家伙搅局来着。

“一个很讨厌的人！”陆瑜烦躁地抓抓头发，“你别在这儿闹腾了，行吗？有话好好说。就算你要打架，也别当着他的面打！”

“好啊，换地方！我还怕你拐卖我不成？”刘春力哼了声，迅速弯腰，捡起手机，在陆瑜期待的目光中，揣进了自己口袋里，转身上车。

陆瑜无奈，真心不愿意和刘春力坐在一辆车里，但江东明唯恐天下不乱似的，继续狂按喇叭，他也只好先行上车，离开这里再说。

“手机快还我！”开出至少五公里，把车停在一条僻静的街上，陆瑜伸手。

“拿信息换手机。”刘春力抱着腰。他刘春力从来是不达目的不罢休的。现在除非陆瑜扒了他的裤子，不然休想把手机拿回去！要么他就提供消息。

“我不是说了让你上网查吗？”陆瑜恨得要咬方向盘，“你还是个男人吗，总玩这种赖皮赖脸的套路。我告诉你啊，别真把我逼急了……”

“你觉得我像傻子吗？”刘春力打断陆瑜，“网上能找得到的，只是计家大宅的所在地，没有具体地址。那地方在城外，是有名的山间别墅区，隔三五里地才一栋房子。听说夜里偶尔还有些野生动物出没，你想让我满山遍野地乱跑？再说，那地方的安保严密得要命，别说是我，连狗仔，包括流浪狗都混不进！我问的是计肇钧的单身公寓地址！我要知道的是他现在在哪儿！”

陆瑜伸出食指，尽量装出若无其事样子，挠了挠鼻梁。

“你干吗总盯着我老板？”陆瑜放软了语气。

“屁！我盯他干吗？他好看啊？哦，也对，他是长得很好看，但我对他没兴趣好吗！还不是因为他又把我们家小凡拐带走了！我要找的是小凡！”

“人家郎才女貌好吧？路小凡不算有貌，是我们老板才貌双全，但至少他们是两情相悦吧？大家都是成年人了，他们要干什么，你何必多管闲事。”

“这不是闲事！”刘春力吼。

陆瑜抹脸：“你急什么急，唾沫星子喷这么远，太没礼貌了。唉，我这样跟你讲好了，路小凡昨天是由我接到我老板家的，看样子他们是要同居。不过我老板的地址是绝密，我肯定不会透露的。最多我向你保证，我老板不会吃了路小凡。嗯，咳，这个吃是指动词，不是指形容词。”

“你给我再说一遍！”

“怎么啦怎么啦，我再说多少遍有什么用吗？要吃，昨晚肯定吃过了。你今天再阻止，黄花菜都凉了。那种情况下哪个男人会忍得住再等啊？”

刘春力愣了。

正当陆瑜以为对方无话可说，打算随便安慰几句，把手机哄回来的时候，刘春力忽然拿出个小瓶子，贴上他的颈动脉。

“什么情况？”陆瑜愕然。

“这里面是高强度硫酸。”刘春力冷笑，“我只要喷一滴，就能直接把你的动脉烧穿个大血洞。当然，皮肤也得烂一大片。”

“你要干什么？”陆瑜有点儿慌。他对自己的武力值一直很自信，除了是老板的手下败将外，他单打独斗很少会输，所以之前根本没把这个瘦皮猴放在眼里。哪想到车内空间狭小，两人离得近，他又没提防，一下子就着了道。为老板死，他倒是不怕。但如果脖子上留个大伤痕，或者从今之后变哑了，傅敏不是更看不上自己了？那可是他承受不起的损失。

“兄弟，兄弟，有话好说。”陆瑜假意求饶，想借机反击。

可刘春力警觉得很，劲儿也挺大，紧紧地抱着他的脖子。

为今之计还得智取为上。陆瑜暗暗点头，为自己的临危不乱而点赞。

只是他还没想好怎么智取，这时屡屡要不回来的手机却被塞了过来：“给计肇钧打电话！告诉他，我们家小凡如果不立即联络我，你就有生命危险。我可不是吓唬你哦，我这种亡命徒很凶狠的。”

还亡命徒？就这塑料体格，娘娘腔，如果不是他陆瑜大意……

“白龙马，蹄朝西……”

“是我的手机响！”刘春力没好气地拍了陆瑜的脑袋一下，松开对方。

他一看来电显示是路小凡，就气不打一处来：“死丫头，还知道给我通个气儿？”他低声骂着，按下接听键。

还没说话，那边的路小凡就连珠炮似的：“我知道你很生气，可我也是没办法了。你别瞎折腾，后天我会让陆瑜把你接过来，当面细聊。就这样，拜拜。”

对着手机，刘春力张了半天嘴，一个字也没说，那边“啪”一下挂断了电话。他眨巴了两眼，虽然不满，悬着的心却终于落了地。他太了解小凡了，敢这么快主动找他，就证明她没有什么质的改变。但她怎么现在才来电话呢，害他还要装恶人。

刘春力转过头去看陆瑜，考虑要不要道个歉什么的，没料到自己的脖子竟已经被人掐住，手中的小瓶子也被抢走了。

“居然敢绑架我？”陆瑜很生气，“你知不知道绑架是重罪？”

“我怎么绑架你了？人证呢？物证呢？”就算被掐得有点儿喘不过气，刘春力也强势得很。

“我不愿意欺压弱者，这才忍你，你别总找碴！”陆瑜浩然正气，挥了挥小瓶子，以证实物证确实存在，“现在教训你，也是看在路小凡的面子上，免得你年纪轻轻走上犯罪的道路。”他一边说一边放开了手，毕竟知道自己的实力，他并不想伤人，只想要这个娘娘腔别再有事没事地瞎纠缠。

刘春力以迅雷不及掩耳之势夺过瓶子：“犯罪？犯白痴才是罪行。眼睛长挺大，怎么不看仔细点儿？这哪儿来的强硫酸？”说着，他按了下喷头。

液体雾气瞬间飘散，没等陆瑜反应过来，就已经弥散空中。

“这是纪梵希粉红魅力香水，它的香气诠释了优雅、激情、感性、奔放和大胆，将女人的多变风貌一次呈现。我说强硫酸，你就信了？喊，你上学时化学怎么学的？硫酸有这么强效吗？你当是电焊机啊，还能瞬间烧洞！硫酸能成喷雾状吗？关键是它能喷出来吗？你这智商还当计大少的助理？这点儿情况也分辨不出真假。哦，对了，是不是有规定，雇残疾人，包括智障，会有免税政策？”

“你说什么？”陆瑜怒，瞪眼。

刘春力说得痛快，但也觉得自己太过于毒舌了，有点儿侮辱人的意思。

当时他也是气疯了，随便拿个东西来威胁，本以为是把水果刀什么的，再不济也是把指甲钳才对呀，贴在人家脖子上时他才发现是香水瓶，于是只能顺嘴胡诌。哪想到这傻小子居然真的相信了。他有点儿过意不去，干脆把香水瓶塞到陆瑜的手里。

“送你了。”

“送我干什么？”陆瑜一脸嫌弃，又把香水瓶丢回去。

刘春力自尊心很强，觉得有点儿受伤害。他看到陆瑜愣愣的表情，有心戏弄。他拉过陆瑜的手，再把香水瓶塞回去，还递了个暧昧的眼色：“这是礼物。”

陆瑜浑身一激灵。

“我直的。”仓皇之间，陆瑜差点儿赌咒发誓，“我真的很直很直的。”被男人表白，他很尴尬。好吧，也有点儿得意。男女通杀啊，看来他这魅力可不是随便说说的。

刘春力心里爆笑，嘴上却故意说：“世上的事，哪有一成不变的？”

“可是……可是我已经有女朋友了。”傅敏虽然一直不肯回应他，但在他心里，她就是他的女朋友，将来是他的老婆。

“哦，有女朋友了。”刘春力很认真地点头，装出很遗憾的样子。然后，就在陆瑜松口气时，他问，“那，你有男朋友了吗？”

陆瑜瞬间石化，完全被这话给惊住了。

刘春力下车之前，还不忘拍拍陆瑜握着香水瓶的那只手，随即扬长而去，直到拐过街角才扶住墙狂笑。

另一边，车里的陆瑜好半天才缓过神来，终于意识到自己被调戏了。

他，五大三粗的一个大老爷们儿，自诩男性气质爆棚的一个纯直男，被一个瘦皮猴娘娘腔调戏了！

没天理了！

他想来想去，觉得都应该怪路小凡，自从这个看起来平凡不起眼的姑娘出现后，一切就都不正常了。她就像个魔咒，不声不响地影响了好多人，他老板、他、他身边出现的所有人！

不行，他感觉被玷污了，必须找纯洁的感情清洗一下。傅敏，他的那个气质高雅长相漂亮的神仙妹妹傅敏，就是他的救命灵丹。陆瑜着急忙慌地给傅敏打了通电话，好不容易通了，却没有人接听。再打，结果被外入电话阻断。

是路小凡！真是最不想见谁，谁就出现。

陆瑜很不开心地望着那个被老板强行留在他手机内的号码。

“路小姐？”他郁闷地接通了，努力调整情绪。

“你好。”路小凡有点儿怯生生的，“那个，你老板给了我这个号码。他说，他不在的话，你会帮我。”

“唔，有什么事尽管说。”

“刘春力……”路小凡好声好气地问，“后天下午，你可不可以把他接到我这边……不，是接到你老板的家里来？”

陆瑜的脑袋都要炸了。他真的不想再见到那个怪胎了好吗？

第八章　家事

然而，工作就是工作。

陆瑜在跟计肇钧抱怨过后，计肇钧没理他，径直上了飞机。之后，陆瑜乖乖按照路小凡规定的时间，给刘春力当了把车夫。

一路上，陆瑜都表现出一副沉默寡言、生人勿近的硬汉范儿。

刘春力满脑子想着要怎么把路小凡劝回来，根本也没心思逗陆瑜。

结果两人一路上就当对方是空气，到地方后还是陆瑜先忍不住开了口："你们家路小凡到底是什么路数啊？"车子才在楼下停好，他就问，"我老板是出了名的冷酷无情，可是今天临上飞机时他居然化身唐僧，不断嘱咐我要看顾好她。万一有什么问题就通知他，他马上能回来。"

"有什么问题吗？"刘春力翻白眼，心里却有一丝高兴。尽管他想拉回小凡，却也知道那丫头难回头。陆瑜说计肇钧关心小凡，他很高兴。

"问题大了！"陆瑜一脸"你懂什么"的神情，"我老板以前是个工作狂，哪怕山崩地裂、火山喷发加大海啸，他也会先解决了公司的问题再逃命。这次，居然说会立即放下工作回来！"

"男人若连身边的女人都照顾不好，那就根本不算是个人。连人都不是了，工作干什么呢？直接混吃等死得了。"刘春力"嘁"了一声，"我们小凡值得这世上最好的东西，你老板只是跑跑腿，有什么伟大的？"

"我的意思是，女人对我老板来说……我形容一下哈，他可算是枪林弹雨都扛过来了，结果让一个普通的小兵给击倒了。"

"哼，这就是境界，飞花摘叶亦能伤人，我们小凡有内功，怎么了？"刘春力很不高兴。

刘春力的这个态度，激起了陆瑜更大的好奇："我说，你们到底是什么关系？住在一起，看起来却不像合租那么简单。若说是朋友，你这么关心她，有点儿不正常哦。"

"你猜。"刘春力打开车门。

"你对路小凡到底有什么企图？"陆瑜问。

刘春力一条腿已经迈下车，闻言顿了顿，又转回身："小鱼干，你难道忘记了吗？

你是直的，我不是。现在，你问我对路小凡有什么企图……”说到这儿，他上下打量了陆瑜一眼，笑得意味深长，“你说呢？”

陆瑜被这话噎得半天没喘过气来，看到刘春力瘦小的背影消失在公寓楼里，他不满地骂：“死娘娘腔，居然给老子起外号，什么小鱼干，好像我长得干巴巴似的。”他犹豫了一下，最后还是决定不上楼，把空间留给两个关系神秘复杂的人。

刘春力在见到路小凡的第一眼后，就决定将准备了很久的话都烂在肚子里，再不多说半个字。

第一眼，他甚至没认出眼前的女孩是谁。

她穿着流苏装饰的黑白相间连衣裙，搭配着银色软底鞋，长发梳成丸子头，虽然很休闲，并不艳丽，只化了淡妆，但整个人看起来潇洒大气，脸庞像是染上了珠光，十分抢眼。

这还是他们家的小凡吗？那个习惯于躲在人后，因为自卑，因为胆小，被人抢了东西也不会抢回来的女孩吗？

都说恋爱让女人改变，但改变永远不是单方面的。那个背后的男人必定传递了足够的信心给她，才能让她在短短几天之内焕发出迷人的光彩！

刘春力再想想刚才陆瑜说的话。实际上，他也不理解计肇钧的心态，怎么就突然接受了小凡呢？他此时看到小凡身上的衣饰看似简单，却都是名牌，肯定是计肇钧新给她买的。看得出计肇钧很在乎小凡。既然小凡有了改变的机会，他又为什么非要阻止她呢？哪怕她会受伤害，但这是她的人生啊！他只要在她身后好好保护她，让她不至于坠入悬崖就好了。

“哇，好阔气，眼花了眼花了。”不等路小凡说什么，他率先开口，一边往屋里走，一边惊叹，“有钱人真是，房子有必要搞这么大吗？风水学上说，人是镇不住太大的房子的，会背运。阳气弱的话，说不定还藏着暗鬼。再说，他尿急的时候赶得及跑到厕所吗？”

路小凡被他逗乐了：“哪有你说的那么夸张？你别像刘姥姥初进大观园似的行吗？”

刘春力推开公用卫生间的门：“我有说错吗？看，这比咱俩租的那个小房间还大。浴缸宽过我的床！你的房间在哪儿？”

路小凡带刘春力去看。

刘春力发现两人不是住在一个屋里，心里轻松了些。但又看到阳台相连，脸色瞬间沉下来。

“没有！我们没有。”路小凡看懂了他的意思，连忙解释，脸有些发红。

她一开始以为刘春力会和她吵架，却见他什么也没说，心里高兴：“外头还很热吧？我们去客厅，我拿饮料给你喝。”

“呀，你这是女主人的架势吗？”刘春力调侃。

路小凡有些不好意思："明明是女佣，只不过主人不在而已。"

刘春力刚才听陆瑜提过计肇钧上飞机之类的话，借机问："主人去哪儿了？"

"他有工作，要出国几天。干脆，你这几天住在这儿陪我吧？"路小凡很高兴，从小到大她很少和刘春力分开，这两天还有些不习惯呢。

"不过房间只有四个，他有一间卧房和书房，我占了一间。如果你不要睡杂物室的话，就只能睡客厅了。"

"我睡客厅。"刘春力一屁股坐在舒服又宽大的沙发上，"让我也躺躺这种几十万的沙发，看看能不能做出好梦来。还有，他家是不是有比咱俩的衣柜加起来还大的冰箱？冰箱里应该非常丰富吧？那就尽情秀一下你的手艺，给我做顿好吃的，我都吃了三天的盖饭了。"

他表现出很开心的样子，路小凡也就高兴了。两人说说笑笑的，时间过得飞快，在吃了丰盛的晚餐后，各自睡下。

然而，两人都有些睡不着。

路小凡是想念计肇钧了，那种揪心挖肺的感情突如其来，她生平第一次品尝。

奇怪，她早上送他离开时还没觉得有什么。她帮他收拾好了行李，还做了营养爱心早餐。她要送机，却被阻止了。当时，她还有些轻松的感觉，毕竟跟他在一起有压力。

可夜深人静了，她非但没有松一口气，还因为想他而无法入睡。一日不见，如隔三秋，大约就是这样吧？

路小凡翻来覆去地在床上忍耐到半夜，还是没有睡意，干脆去厨房倒点儿水喝，却看到厨房里亮着灯，刘春力正在那儿瞎鼓捣。

"你在干吗？"她吸了吸鼻子，闻到酒味。

"认床，调点儿酒喝好入眠。"刘春力苦着脸，"富贵窝也不是那么好住的，几十万的沙发，害得老子腰酸背痛。"

路小凡被逗得直笑，瞄了一眼酒瓶道："洋酒啊，你喝得惯吗？"

刘春力举了举左手："我兑了雪碧。"

路小凡一看，五升的大雪碧已经没了一大半，她不禁鄙视："你干脆直接喝雪碧好了。"她走过去，伸手，"不会喝就不要暴殄天物了，这酒很贵的，虽然计肇钧不介意，你也悠着点儿吧。"

刘春力闪开，护着酒瓶："姓计的把我们家的珍宝都摘走了，好镶嵌在他们家的王冠上，我喝他的酒是看得起他。女生外向，心疼婆家的东西了？嘁，小气！"

路小凡被他说得羞窘，又惦记着他不能多喝的事，干脆上前就抢。

刘春力确实一直在喝雪碧，洋酒只才抿了一口，根本没受酒精影响，动作敏捷得很，抱着酒瓶就跑："想搞突然袭击，没门！有本事追我啊。哈哈，就凭你那小短腿……我还挺同情你的。"

他那贱贱的样子，惹得路小凡哭笑不得。她挽起袖子："腿短怎么了？也不知是谁，体育课就没及过格。"

两人一跑一追，没几下就闹得嘻嘻哈哈。

路小凡发闷的心情迅速好转，眼见刘春力绕到沙发后面，她做了个利落的跨栏动作，想半途拦截。不过她真的高估了自己的能力，脚绊在了沙发背上，整个人直接摔过去。

刘春力大惊，丢了酒瓶就伸手接她。算他临危不乱，还真接住了，只是由于惯性，两人抱成一团在地上滚了滚。

"起开起开！"惊魂稍定后，刘春力使劲拍拍趴在他身上的路小凡，嫌弃得很，"你可多吃点儿吧，我瘦就算了，你也瘦，骨头碰骨头，这是硬伤啊。哎哟，疼疼疼……"

路小凡虽然吓了一跳，却因为有刘春力这个肉垫和厚厚的纯毛地毯，真的没有摔到。她低头又见到刘春力气急败坏的样子，不禁笑弯了腰。

是有多久，她没这样笑闹过了？好像自从大学毕业，因为有助学贷款要还，家里还有债务，工作又难找，她承受了太大的压力。

"哎呀，你还笑，早知道摔死你这个臭丫头！"刘春力一边骂，一边和路小凡拉拉扯扯地坐起来。

然后，他们同时看到倒在附近地上的酒瓶。因为落在厚地毯上，倒没有摔碎瓶子，只是酒水汩汩流出来。而酒瓶旁边，出现了两双脚，男人的脚。

两人疑惑对视，接着目光上移，上移……

咦，计肇钧和陆瑜？

"你们怎么来了？计大少不是出国了？"刘春力冲口而出。

陆瑜指着还坐在地上的两人，怒道："不来？不来怎么捉奸？"

路小凡和刘春力都愣住。两人再度对视，这才发现他们都穿着睡衣，一通打闹之下，实在有点儿衣衫不整，但也没有到暴露的地步啊。难道说，他们被想成那种关系了？

刘春力的暴脾气冒上来就压不住，他一跃而起，指着陆瑜的鼻子："你嘴巴给我放干净一点儿！心眼儿也放正喽！捉奸？你把我们当成什么人了？赶紧把这话给我咽回肚子里，再敢多嘴，老子跟你拼了！"

"眼见为实！"陆瑜也不示弱，手指气得直哆嗦，指着刘春力。

"计先……阿钧，你误会了。"路小凡连忙爬起来，向计肇钧走过去。

计肇钧的脸色有点儿不好，虽然沉默着，但表情阴沉，看来真的多想了。也难怪，她和刘春力的情形是有点儿怪异。可是……

"你给我回来！"路小凡还没靠近计肇钧，就被火大的刘春力一把拉了回去。

刘春力亲昵地环着她的肩膀，神态和动作明显带着故意劲儿："他不相信你呢。他向你求婚，却不了解你的为人，说是出国了，居然半途折回来，就为了抽查看你在干吗。

男人做到这个份上，实在太猥琐了！走，我们回家！”

“你少小人之心！”陆瑜不干了，“今天因为航空管制，飞机晚了十个小时。我老板看到机场有蒂芙尼的免税店，就想起订婚还没有正式的戒指，特意去挑了一只，又特意改签了明早的航班，亲自给送回来。偏偏出租车坏在半路上，因为恰好就在我家门口，干脆叫了我。哪想到，回来就看到你们奸夫淫妇玩你追我跑，拍电影哪，蒙太奇啊，恶心不恶心！”

“我说了，你再敢多嘴，老子跟你拼了！”刘春力大叫一声，扑向陆瑜。他的武力值真是和陆瑜差很多，不过他胜在够无耻，总向人家下三路上出黑手、下黑脚，陆瑜居然一时手忙脚乱，处在了下风。

他们乒乒乓乓，身为当事人的两个人却都没说话。计肇钧是镇静了下来，路小凡则是吓傻了。

她想上前劝架，却有些手足无措。她下意识地看向计肇钧，正撞到他黑沉的眼眸里。她以为他真的把她想得不堪，又急又气，眼泪唰一下掉下来。

计肇钧看在眼里，忽然觉得很挫败。

他心如磐石，别说女人的眼泪，就算在他面前血肉横飞，他都不会有丝毫的震动，可怎么就受不了她哭呢？每次她这样，他就感觉自己欺负她了。不是跟自己说好要保护她的吗？

事实正如陆瑜所说，差别只在他是候机不耐烦，随意逛的珠宝店，并没有主动补偿的心理。然后很偶然地，他看到一枚戒指，瞬间就感觉特别适合她，纯净、小巧、清澈，带着一丝恬淡的、静悄悄的天然感。如果不是缘分，他大概会忽视掉那种惊人的美丽。

这让他蓦然想起他以一根捆粽子的绳就定下了她，可她事后根本再没提过这件事，全心地信任他。他呢，事后忙得忘记承诺，无意中才想起。于是在这个时候，他才内疚了，立即买下来，连夜往回赶。还改了航班，把公事往后挪。

后面的事和陆瑜说的一样，只是他回到小区，远远看到屋子里有灯光，还疑惑她为什么这么晚还不睡。当他看到她和刘春力那么开心地追跑，联想起她在自己面前总是放不开，她那么渴望接近他，却又惧怕他，他若说心里不酸不怒是假的。

不过刘春力的暴吼提醒了他。他的小未婚妻是这年代极稀有的品种了，纯真简单得就像水晶，一眼就可以望到底，她怎么可能背着他勾三搭四啊？

但，她和别的男人这么亲近，他仍然是不爽的。

男人都是占有欲很强的动物，越强大的男人越是如此。

“别哭了。”他无奈地叹了口气，拉过抽抽搭搭的她，无视打成一团的两只雄性，“我没有误会你，我在听你的解释啊。你只要告诉我，刘春力到底是你的什么人？”

以前他根本没注意过姓刘的这号人物，以为只是同学好友类的，然后合租一个房子，彼此非常关心而已。这在才从大学出来的人中，很常见，年轻人常说什么抱团取暖嘛。

现在看来，显然不是。

“他……他是我舅舅，小舅舅，我妈的亲弟弟，我的亲舅舅。”路小凡跺了跺脚，哽咽着说。

整个世界都清静了，这情况，谁能想得到！

“计肇钧你好样的！”刘春力从地上跳起来。

因为听到这个结论的瞬间，陆瑜就松了手，所以他起身起得毫无阻碍。顺便，他还狠踩了陆瑜两脚，不理会后者的闷哼。

“你不问青红皂白，逼得我家小凡这么委屈。这还是当着家长的面，如果是背着人的时候，你要怎么欺负她？”

但凡男人看到自己的未婚妻在自己不在的情况下，大半夜和一个男人说说笑笑滚到地上，都不会感到太快乐吧？再说就算这样，计肇钧也没对路小凡凶过，哪里称得上是不分青红皂白就欺负人？如果说连脸色不好都不许，也真的太为难人了。

而且甥舅关系，有谁想得到？路小凡和刘春力年纪差不多，一起上学一起住，在一起时也有些没大没小的，半点儿迹象也没有啊。

“误会！纯误会！”陆瑜爬起来，脸上还明晃晃地挂着几条血痕，“但是，我说句话，你们别生气。那什么……能拿户口本给我看看吗？”他和刘春力这一架是真动了手的，他被抓了个满脸花，头发掉了好几缕，刘春力也没好到哪里去。看，还挂着两管鼻血和一只熊猫眼呢。

“我算明白了，这世上真有因为多嘴多舌而死的人。”刘春力冷笑，并四处环顾，“刀呢？计肇钧你们家的刀在哪儿？我先割了这浑蛋的舌头！”

“别打了。”路小凡拉刘春力的衣服，习惯性地想息事宁人。

反正是误会，说开了不就好了？再者，这件事貌似大家都没错，为什么不能坐下来好好说，没必要暴跳吧？

看着路小凡有点儿哀求的眼色，刘春力怒其不争。不过，还没等他骂她软弱，计肇钧突然出手，打横把路小凡抱起来，二话不说，大步走向卧室。然后当着发愣的刘春力和陆瑜的面，砰地把门关上，落锁。

“喂，你干什么？家长还在这儿呢！”刘春力跑过去砸门，“你把门打开！立即！马上！计肇钧你这个臭流氓，你把小凡关屋子里干吗？”

门，纹丝不动，显示着里面人的决心。

刘春力踢门，结果疼得抱着脚跳。他蓦然想起客卧与主卧的阳台是连通的，连忙又冲进路小凡的房间。可惜，他才跑到阳台，主卧的落地玻璃门就被锁紧，还拉上了窗帘。

“好啦，人家小两口，床头吵架床尾和，你别瞎搅和行吗？”刘春力正想找什么东西砸阳台，一直尾行的陆瑜出现，不由分说地把他拖走了。

房间内，路小凡被安放在床上，有些不知所措。

计肇钧坐到她身边，沉默了片刻才握住她的手说："对不起。"

路小凡惊讶地抬头。

"这个道歉是因为隔了好几天才想起给你真正的戒指。"计肇钧从西装口袋里拿出首饰盒子，在路小凡眼前打开。

小巧的粉红色钻石点缀在中央，两边围绕的碎钻看起来像是一对翅膀，优雅且甜美，令人联想起天使。

"喜欢吗？"

路小凡点头，欣喜不已。

她抬头望着他，他却已经垂下眼睛，拉着她的手，把戒指认真地套了上去，大小刚刚好。

她很苗条，手却有点儿肉乎乎，手指圆圆的，摸起来手感很好。不知不觉中，他已经很习惯于就这么把她的小手置于自己的掌心之中，交握着。

"你……这是原谅我了吗？"路小凡带一点儿讨好地问。

"嗯，可以考虑。"计肇钧捏着路小凡的手不放，神情很是大男人，"不能怪我误会，在那种情况下，我不可能完全不生气。关键是，刘春力是你小舅，你怎么之前没有和我提起？"

路小凡想说对不起，又记得他不喜欢她总是道歉，话到嘴边又憋了回来，看起来就像嘟着嘴。

她的搞笑模样逗得计肇钧抿了抿嘴，心头软软的。他叹了口气，伸出手，揽在路小凡的腰间，轻轻用力，就把她拉倒在床上。

路小凡吓了一跳，身子瞬间僵直。不过发现计肇钧并没有下一步举动，两人只是并排躺在那张宽大的床上，立即又放松下来。

当然，他的右手还握着她才戴了戒指的左手。

"给我说说你的家，和你的家人。"计肇钧声音平缓低沉地说。

他和她在一起，总是很放松，很舒服，人也变得懒懒的，不想再端着架子。

"没什么好说的呀，就是普通家庭嘛。"路小凡不知从何说起。

"刘春力呢？"

"他真是我的亲小舅，有血缘关系的！"路小凡想坐起来，却又被计肇钧拉得躺下。

她深吸一口气，组织了一下语言才说："我是小地方的嘛，我外公有点儿重男轻女的思想，一直想要个儿子，却只有我妈这个女儿。后来我外公出车祸去世，外婆这时候发现有了我小舅。他们两人都是公务员，照理不能生二胎的，可是我外婆心疼小舅是遗腹子，顶着压力生了下来，结果工作丢了，还罚了很多钱。她生我小舅时算是超高龄产妇，身体损害很大，根本没办法养孩子。正巧半年后我妈生下我，就连我小舅一起带在身边。”

为了这个儿子，巨额罚款令本来就不富裕的家迅速穷困下来。外婆生病，小舅生下来也大病小灾不断，家里只能举债。刘春力看似女气，实际上脾气暴躁，从小到大闯祸不断。

“所以，你才那么忍耐孙莹莹的欺负，就是怕丢了工作？”计肇钧心疼了。

她是想扛起这个家吗？他能懂。在生活面前低头，那种辛酸，他也懂。

“我妈常说，世间事，不如意者十之八九啦。日子过啊过的，现在再回头看看，也没有那么辛苦。”路小凡有点儿不好意思，“我就是心疼我爸妈，他们是没有什么一技之长的普通人，要照顾没有收入来源的长辈，还要养大两个孩子，一个是亲生女儿，一个是亲弟弟，很辛苦的。不过嘛，我成绩很好哦，有奖金就一定拿得到，也从来不用上补习班，或者交择校费啊什么的。”她又有点儿得意，“我外婆是机关里的英文翻译，我五岁的时候她瘫痪在床。我负责照顾她嘛，她就教我英语呀，所以我英语特别好，听说都很可以哦。我上中学时就做家教了，上大学时帮人翻译文件，还有外快赚呢。”

计肇钧侧过身，大手捧着路小凡的半边脸，轻轻摩挲了两下。他虽然没有说什么，但肢体动作中的安抚之意很明显。

路小凡的话，透露出很多信息。

因为刘春力的出生，她从小生活紧张，于是她很努力，很懂事，力图不再给父母带来麻烦。

她从五岁开始就要伺候一个瘫痪在床的老人，怪不得她会那么细心体贴地照顾别人，怪不得她那样温柔耐心。

她从上中学就开始做家教、做兼职，帮助家里的生活。

她不仅厨艺精湛，上学时还是学霸，能流利地运用英文。

这个看似平凡普通的姑娘就像一块璞玉，内蕴着丰富的光华。而且在这样的生活环境下，她仍然那么乐观，那么努力，从来没有为此抱怨刘春力，她是有一颗多么坚韧和温暖善良的心。

他真的是捡到宝了。

“从小到大要和舅舅同一学校，甚至同一班级，很奇怪吧？”他笑了笑。

“很难堪啊。”路小凡不好意思地咬咬唇，“他小时候不懂事，还非要我在学校也叫他舅舅，坚决不能乱了辈分，搞得我总被人家笑。后来我上高中时，外婆去世，他似乎一夜之间长大了，就不再强迫我，我们开始互相称呼名字……”

“你们长得一点儿不像。”计肇钧说，“不过感情很好的样子。”

“他长得像去世的外公，我妈像外婆，我又像我妈。至于感情好，是因为他护着我啊。”路小凡说得理所当然，“而且他总说见舅如见娘，娘亲舅大什么的。看着他，我就像看到我妈似的。”

计肇钧想起上回说起她的妈妈，她突然就眼圈红了的事。可见，她们母女感情相当好，这让他羡慕，羡慕到心都刺痛起来。

生活贫困根本没有什么，物质条件是可以改善的，一家人相亲相爱才是最难得的。她养成这样的个性，和温暖的家庭环境是分不开的。

普通家庭有什么不好？亲情浓厚，相亲相爱。

当他想到他那个所谓的父亲，心底就只有寒意。那样冷，冷得他从心底到身体，都迅速冰冻上了一层坚硬的壳，恨得他想打碎所有的一切！

他微小的情绪变化，没有逃过路小凡的眼睛。恋爱中的女人，总是很敏感。

于是她大着胆子，也侧过身，小心翼翼地搂住他强健的腰身："以后我小舅如果犯什么愣，你不要怪他，他也是为了我好。虽然他那个人有点儿固执。"

"好啊。"计肇钧从自己的情绪中走出来，失笑，"顶多，他真惹毛我，我让陆瑜去对付他好了。我看他们打来打去，对彼此伤害不大。"

路小凡想起刚才那两人的情形，又听外面没动静了，也不禁笑了起来。

"你从来没给我讲过你家的事，到底是什么样子的呀？"她问。

计肇钧整个人僵了片刻，之后，他翻过身，仰面躺着。

他没有发脾气，也没有生她的气，可她就是感觉到这个话题令房间内的气氛都阴郁了。她不觉得自己有什么错，他是她的男朋友，不，应该说是未婚夫，虽然他们的婚约关系缔结得迅速而突然，还有点儿奇怪，可她对他的背景感到好奇不是正常的吗？

不管怎么说，他们已经订婚了。他还说过，这个婚约是算数的。那么，将来是要结婚的吧？可他为什么从不对她说起他的家人，也没提过要带她去计家看看呢？他为什么不让她靠近他的真实生活？

她有她的疑惑，也有她的坚持。所以，感觉到他的不对劲儿之后，她没有像往常一样逃避，而是鼓足勇气靠近他，把他抱得更紧些。

"我想知道。"第一次，她提出要求，"就说一点儿好不好？"

"真的……没什么可说的。"计肇钧沉默了好一阵才艰涩地开口，"我母亲去世得非常早，我对她已经没有什么印象了。我父亲……我甚至不是太了解他。他在五年前生了一场大病，到现在还在休养。所以，计氏才交到我手上。"

"你家里，就这些人吗？计老先生，住在计家大宅？"

"嗯。"计肇钧迟疑了片刻才点头，显然对"计老先生"这四字个字有延迟反应，然后，拒绝开口的意思很明显。

路小凡没有继续问下去。

好的开始是成功的一半，至少，他肯对她说。

她从来不觉得有钱人家就一定会有家庭问题，父母都是爱子女的，就算忙碌到没办法交流，也并非有不可调和的矛盾。豪门恩怨什么的，只在利益有冲突的时候才有吧？而计家，计肇钧是现任掌门人，也是唯一的继承人，应该没有纠纷才对。

沉默中，两人保持着依偎的姿势，居然渐渐平静下来，一起安睡。

世界那么大，但对于人类来说，所需要的也不过是放置心灵的方寸之所罢了。

此时门外还有人在折腾。

刘春力进不了屋，只得像壁虎一样紧紧扒在主卧的门上，恨不得耳朵长到兔耳朵那么长，拼命想听到屋里的动静。

“怎么没声音了？”他急得不行，自言自语。

陆瑜嗤笑：“没声音就对了。首先，我老板的房子，装修时隔音做得好。其次，这证明他们在好好地说话，顶多就是抱抱亲亲，绝对没有大的动作场面。不然就不会没声音。”

“你能不能不要这么直接？”

陆瑜一脸正色：“饮食男女，伦理纲常，都是些再正派不过的事了。我说，你别管人家了好吗？我知道药箱在哪儿，我们彼此疗伤怎么样？你看你抓得我，有的地方自己上药不方便。”

刘春力抱着胸，上下打量陆瑜，鄙夷地说：“少跟我套近乎，我跟你和好了吗？”

“我们是敌对的吗？”陆瑜摊手。

“只要我们小凡和计肇钧发生冲突，不管谁有理，但凡帮着计肇钧不帮着小凡的，都是我的敌人！告诉你，帮亲不帮理，这是我的原则。”

“亲？这么说你们真的是亲戚？亲甥舅？”陆瑜抓住关键点。

刘春力懒得理会陆瑜。计肇钧选择跟小凡私下好好谈，而不是直接怒火上脑，证明是把小凡放在了平等的关系上，又顾及了她的面子。这让他觉得，小凡的眼光还不错。他径直去了公共卫生间，找出小药箱，对着镜子给自己脸上搽药。

“嘁，谁稀罕你告诉我。”他对跟进来的陆瑜翻翻白眼，“全世界的药箱都只会放在一个地方，要找很容易。”

“那你也得帮我。”陆瑜有点儿恼火，“打架像女人，抓得我后脖子上都是血道子，疼死了。”

“怎么不疼死你呢？”刘春力根本不同情，啪一下关掉药箱，径直回客厅了。

他躺下，却睡不着。当天蒙蒙亮，计肇钧轻手轻脚出了房间时，他立即跳了起来。另一侧的沙发上，陆瑜的呼噜打得震天响。

“有话跟你说。”他挡在计肇钧面前。

“我赶飞机。”

“就几句话，我干脆点儿直说，耽误不了你。”刘春力难得正经起来，“你和我家小凡订婚，我根本不同意。而且，我可以代表我们全家的意见。可是她非要跟着你，我不能强迫她。但你要搞清楚些，并不是小凡高攀，是你幸运而已。”

“我是认真的。”计肇钧的语速有点儿慢，显得格外真诚。

“你若不认真，我早把她押回家了，等不到这会儿。”刘春力哼了声，“小凡看似随和，骨子里执拗得很，她认定了，就很难回头。我既然拦不了她，就只好来警告你。感情的事，聚散都正常，我不求你保证一定有结果。那太假了，谁信？我只要你不欺负她，不欺骗她。不然，我就算鸡蛋碰石头，也要甩你一身蛋黄子！”

“你是个好舅舅。”计肇钧由衷地说。

“你这是答应了？”

“我答应。”

“那你走吧，希望你说到做到。”刘春力挥手，准备回沙发上继续睡觉，但又蓦然停住，“我听小凡说，你那前妻的宣告死亡，一年后才生效。她……不会突然回来吧？”

“她死了。”计肇钧的回答不带一丝感情色彩，“怎么能回来？”

刘春力没说话，心里却忽然不安。

没等他细琢磨，睡梦中的陆瑜突然跳起来：“老板，咱要走吗？”

“奇葩。”被吓到的刘春力从胸腔里挤出两个字，那点儿不安瞬间被打散了。

第九章　暴雨将至

路小凡醒来的时候，偌大的房子里，除了很没形象倒在沙发上的刘春力之外，已经没有别人了。

莫名地，她心里有些失落，随后思念的感觉接踵而来。

“真是要命。”她甩了甩头，尽量让自己忙碌起来。

她收拾完房间，做了早餐，叫醒刘春力，安排他吃完饭去上班。之后她发现孙莹莹答应她的工资和补偿金都到账了，高高兴兴去了趟银行，把钱划到妈妈的银行卡上，中午在外面随便吃了点儿东西，又在超市买了食材，打算钻研一种新学会的点心做法。回到家的时候，已经是下午了。

然而在房间门口，她见到了一个陌生的女人。

那女人二十四五岁的样子，穿着白色带灰色网格图案的短款小西装，灰色及脚踝的收腰长裙，脚上是金色绑带的高跟鞋，拎着宝蓝色手袋，装扮得清爽优雅，正式又不死板。加上她身材高挑，气质温柔知性，五官漂亮，很给人好感。就是有点儿瘦了，看起来像是一幅钢笔画的美人像，棱角分明。

“请问你是？”她客气地问。

计肇钧不会有访客的，他活得那么孤僻。记者的话，进不了这个安保严密的高级公寓，只怕是找错房门了吧？路小凡觉得。

哪想到，美女冲她温婉一笑：“请问，你是路小姐吗？”

啊，找她？怎么会有人知道她在这儿啊？

路小凡先是惊讶，随后警惕起来。看来是保安让记者混进来了。

“别对我这么戒备，是计老先生派我来的。”美女很适时地自我介绍，把路小凡的戒备心打消，“我叫朱迪，不是英文名，是姓朱，名迪，我是计老先生的私人助理兼贴身护士。”

计老先生是不是就是计肇钧的爸爸？

路小凡瞬间慌了。

昨天她还问计肇钧家人的问题，难不成他做了什么安排？怎么今天他爹的私人助理就找上门了？可是为什么不提前告诉她一声啊，好让她有个心理准备。就算玩惊喜那一套，也不能在这种事上。现在，她只剩下惊吓！

“朱……朱小姐，不知道您来是……”

“不请我进去坐坐吗？”朱迪友好地笑笑。

“好啊，请进请进。”路小凡连忙开门，把朱迪让进去。

等把人请到沙发上，路小凡才意识到自己在忙乱之下犯了错。首先，口说无凭，她怎么可以轻信人呢？万一朱迪真是记者冒充的呢？再者，计肇钧这里很少有陌生人来，万一他不高兴她随意请人进入呢？

路小凡正转着念头，朱迪好像会读心术一样，再度打消了她的担心。

朱迪取出自己的手机给她看：“这里有我和计先生的合影。”

照片上，两人都没什么笑模样，彼此间站得紧密，却给人距离感。那男人正是计肇钧无疑，女的穿着护士服，也绝对是眼前被她让进屋里的这一位。她是不怎么懂得计算机技术啦，但这照片看起来毫无违和感，应该不是PS的。

“我还有计先生的私人号码。”朱迪又翻到电话簿里最上面标星的重要号码那一栏，第一个就是计肇钧。

计肇钧的这个号码是不对外的，很保密，路小凡也是才拿到没多久。是她第一天过来时计肇钧亲自录在她手机里的，而她早背得滚瓜烂熟了。

“不好意思。”路小凡抱歉地笑笑，“我没有别的意思。”

“我理解，你小心些是对的，计先生是有点儿挑剔啦。”朱迪很大方，“其实说实话吧，计老先生也一样。若说这一老一少不是亲生的，都没人信的。”

这话，瞬间拉近了两人的距离，令路小凡对朱迪好感倍增。

“你要喝点儿什么，我去拿。”路小凡尽地主之谊。

朱迪却拦住她：“别忙活，我说几句话就走。计老先生身体很差，身边是离不了人的。若非奉命前来，我都没时间走出计家大宅。”

“哦，那朱小姐有什么事，请直接讲。”不知为什么，路小凡的手心有点儿冒汗。

“是这样。”朱迪微笑着，似乎在努力缓解路小凡的紧张，“计老先生听说计先生订婚了，就想请路小姐过去一趟。没别的意思，就是见个面而已。”

听到这样的话，路小凡无法不紧张，甚至还有些惶恐。

订婚的事，计肇钧没对外宣布。知情人除了他们两个，就是陆瑜和刘春力。既然计老先生也得知，十之八九是计肇钧自己说的。现在长辈提出见见她，于情于理她都不能拒绝。

“应该是我当晚辈的先去拜见的，但不好冒昧打扰。”她努力斟酌着话，小心地讲，“现在长辈发了话，我没有回绝的道理。不过……可不可以等阿钧先回来，我们……我们一起过去？”

路小凡感觉自己有点儿名不正言不顺，毕竟前计太太还没正式宣告死亡呢。她现在上门，怎么有点儿像小三逼宫，很欠抽、很找死啊。想到这儿，她下意识地缩缩手。

左手无名指上，计肇钧送给她的订婚戒指还在。很奇怪，明明只是一件东西而已，可每当她看到，都会觉得它在发热。那热力像一条温暖的线，直通到她心底。

她忽然觉得这戒指不应该被别人看到，于是挽了挽手。

朱迪注意到了她的举动，却假作不知，只接着她的话茬儿说："我是奉计老先生之命过来的，至于怎么做，我相信路小姐会和计先生商量。"她神情间有一种完成任务的解脱感，"但是计老先生的身体……都是自己人，我想计先生告诉过你实情……真的是非常不乐观，精神好几天坏几天，不怎么规律。"

"很严重吗？"路小凡皱眉，心揪了起来。

计肇钧没对她说太多关于计家的事，事实上昨晚是她硬逼着，他才透露了一点儿。貌似他们父子之间很不亲密，还有巨大的隔阂。

朱迪没正面回答她，只对路小凡伸出手道："路小姐的手机给我一下，我帮你录入我的号码。如果有了决定，请尽快通知我，我派车来接你。那边保安措施很严密，除非登记过的业主车子，访客要出入是很麻烦的。"意思是，就算是陆瑜亲自送她过去，也会很不方便。

朱迪说完，不知是否是有意的，极快地瞄了眼窗外，引得路小凡的目光不由自主也看向了天空。

今年天气异常，夏天就要过去了，真正的桑拿天却才到，闷热极了，湿度大到空气都要停止流动了，天时晴时阴，灰云散之又聚。据有经验的老人们讲，这是暴雨来临的先兆。

"那我先走了，期待与路小姐尽快见面。"朱迪录完手机号就站起身，礼貌地与路小凡握手，"我得赶紧回去，不然计老先生要暴躁了，对他身体不好。"

朱迪搬出计老先生的身体状况，令路小凡想留她多坐会儿的话说不出口了，本来还想留她吃个晚餐，顺便再多打听点儿细节。

对方态度周到温和，没有任何让她难堪和不适的地方，倒叫她觉得尴尬和无措起来。送走朱迪后，路小凡以最快的速度来到刘春力工作的商厦。

刘春力刚忽悠完一对青春少女买了整套的"零毛孔，完美肌"的高端保养产品，正在和同事嘚瑟，"真正的销售，是把冰卖给爱斯基摩人！"他转头看到路小凡正直勾勾地盯着他。

"诈尸啊，你那什么表情？"他把路小凡拉到一边，随手拿了个小瓶子，对她比画着。在外人看来，他好像是在继续努力进行着推销工作，完全是模范员工的模样。

"计家来人了。"路小凡见着亲人，情绪就隐藏不住了，简直算得上惊慌。

"什么叫计家来人了？"刘春力重复，"谁来了？"

"他爸爸的私人助理兼护士。"

“漂亮吗？”

路小凡怒目而视：“你的关注点能不能正常一点儿？”她顿了顿，说，“特别漂亮。”

“别是计肇钧的隐形小妈吧？”

“胡说！计老先生的身体不好，长年休养。”路小凡再度怒目而视。

刘春力狠点了一下她的额头，“你这种傻货，真有可能会绝种的！嘁，男人娶不娶小老婆，和身体好不好没有必然联系好吗！”

刘春力一斜眼，见路小凡真要急了，连忙以手当扇，扇了几下，终于问到正题，“小妈来找你干吗？示威啊，还是试探啊？”

“朱迪，人家姓朱名迪，别小妈小妈地乱叫。”路小凡扒拉下来刘春力折腾她头发的爪子，“说是计老先生想见见我。”

“那就见呗，你有什么见不得人的？”刘春力努力安慰路小凡，“人家爹知道儿子有了喜欢的人，就不能见见吗？很正当啊。”

路小凡张张嘴，很想告诉刘春力，其实严格意义上来说，计肇钧还不算单身的男人，他们的婚约完全是暗中的，上不得台面。但她又怕刘春力那暴脾气当场发作，只好又把话咽了回去。

刘春力见她不语，又劝：“听说计大少的妈早就没了？婆媳关系不好处，如果那什么朱迪不是小妈，就没什么担心的了。丑媳妇早晚见公爹，不怕不怕。”

“可是……可是，我不应该问问计肇钧吗？就这样到他家里去，不跟他说一声的话，他可能会生气。”

“那问啊。”刘春力摊手，“你真是的，干吗找个坏脾气的男人！放着面团不要，非得抱着石头当宝贝。”

“陆瑜告诉过我，他日程安排很紧张，那边和这边又有时差。万一他正开着重要的会，或者和重要的人谈重要的事，我会打扰他的。万一他正在休息，他那么累了，还被我吵醒。”

“天哪，你这只是恋个爱而已，过去伺候皇上也没你这样小心的。”刘春力翻了一下大白眼，“有必要这么患得患失，纠结不安吗？手机给我。”

“不给。”路小凡下意识地捂住包。

刘春力以迅雷不及掩耳之势，三两下抢过来，得意地扬眉，“从小到大，你藏什么东西我找不到的？”

“你，你……身为长辈，不以为耻，反以为荣！”路小凡试图夺回手机。

刘春力一边挡，一边翻电话簿，不满道：“你爸妈的号码在前面就算了，我不计较，为什么现在是计肇钧排在第一位啊？居然把我挤出了前三！真是女生外向。咦，卤鱼干这小子的紧急联络号码为什么紧挨着我？”

“卤鱼干？”

“陆瑜！”

“你又乱给人家起外号！”

打打闹闹间，刘春力已经手快地打给计肇钧了，片刻后又气愤地挂掉：“什么啊，他居然关机？”

路小凡松了口气，刘春力却又立即拨了另一个号码。

“陆瑜！”电话一接通，他就大声道，“有急事，赶紧滚过来。”

“你怎么有这个号码？”电话那边，陆瑜愕然。

“家长有不明来历的男人的电话号码很奇怪吗？”刘春力哼了一声，还想再摆点儿高冷范儿，路小凡终于逮到机会，一把抢过手机。

“陆瑜，是我啦。”她赶紧解释，怕刘春力捣乱，半个字也不多说，“今天下午朱迪来找我，说计老先生让我去计家一趟。我找不到你老板，想和你商量一下。”

她语气温柔，和刚才刘春力的恶行恶状一对比，令陆瑜感觉分外受用，不过她说的话也让陆瑜很意外。

“朱迪来找你吗？亲自来的？那就不能不理了。”

“她……是很重要的人吗？”路小凡试探性地问了句。脑海里，钢笔画的美人形象，以及那张亲切得让人绝对生不出反感的笑脸浮现出来。

“我老板常年住在外面，为公司累得要吐血，计家大宅的事全是朱迪一手料理的，你说她重要不重要？”陆瑜一不小心说了实话，“这样吧，现在我有事走不开，晚上到你那儿去，咱们问过我老板的意见再决定。”

路小凡得了准确的消息，愉快地挂掉电话。

陆瑜这边，收起电话就一脸肉麻兮兮地对傅敏笑，就像一条要讨好主人的大狗：“刚才说到哪儿了？”

傅敏二十出头的年纪，看起来就像典型的美术学院的女生，长发飘飘，脂粉不施。五官算不得多漂亮，但简单的白衬衫和牛仔长裙就衬出了她超群出尘的气质，走在街上，回头率绝对百分百。

“是钧哥的女朋友？”傅敏转移了注意力。

“应该说是未婚妻吧。”陆瑜耸耸肩，“不过你知道钧哥现在的情况，实在是不能对外宣布，所以路小凡应该算是未来的地下夫人。”在自己人面前，陆瑜对计肇钧的称呼都变了。

“对外宣布？”傅敏挑高了眉，特别注意了这四个字，神色间的难过和妒忌一闪而过，连声音都变得尖细了一点儿，可惜陆瑜没听出来，“钧哥就那么爱那个那个……”

“路小凡，跟我的陆不是一个字。”陆瑜超耐心地解释，“我觉得，说不上爱不爱的吧，但至少是很喜欢的。你是了解钧哥的，自从那件事后，他下意识地拒绝任何人接近。可这个路小凡不一样，至少和许多追求钧哥的女人不一样。她没有目的，也没见她多刻意，就那么悄无声息地走到钧哥身边了。钧哥没提防，就这么自然而然地接受了。”

“我也没有目的啊，我在他身边走了十几年了，可连半步也没有前进。”傅敏低喃着，可惜陆瑜完全没听清。

“你说什么？”他殷勤地问。

“我很好奇这个路小凡长什么样，想见见。”傅敏甩了甩长发说。

“这有什么难的？”陆瑜大大咧咧地说，“等钧哥回来，约了一起吃饭呗。每回钧哥出差，不都给你带礼物吗？这两天不成，计老爷子让路小凡过去大宅呢。”

傅敏愣住：“刚才你电话里就是讲这个？这是……要承认她吗？”

“计老爷子能承认个屁，就那副模样，能吊口气就不错了。”陆瑜轻蔑道，却很快又稍露出不忍之意，情不自禁地打了个寒战，“我真有点儿担心哪，那破地方，我都不愿意过去，路小凡那么胆小……”

“看起来，你也蛮喜欢那个路小凡的。”傅敏斜了陆瑜一眼，语气略酸。

“没有没有！”陆瑜立即举手发誓，“我对她的喜欢，是属下对有可能的未来大嫂的喜欢，对你……我对你怎么样，你一直知道的，是不是？”

傅敏只觉得“未来大嫂”几个字非常刺耳，忍不住就要伤害陆瑜一下：“知道又怎么样？”她脑海里蓦然出现了计肇钧那高大挺拔的身影，“喜欢也不能怎么样啊。不管喜欢多久，也可能没有结果的。”

陆瑜张了张嘴，果然被打击到了。

晚上到单身公寓那边时，陆瑜还有点儿无精打采。

“你是故意踩着饭点来的吧？”刘春力斜了他一眼，看看才上桌的菜，“真是人模‘狗’样，鼻子也太灵了，八百里外就闻到酸汁牛肉和糖醋排骨的味儿了对吧？”

“我没约到女朋友，所以才没吃晚餐。”陆瑜垂头丧气，没意识到自己在刘春力面前几乎不隐瞒情绪，“本来提前说好的，她又临时有事。”

“该！这明显是不喜欢你，找借口。”刘春力毫不客气地在他心灵的伤口上撒盐，“不如换个方向，试试男人？”

“告诉过你，我是直的！你别总挑逗我啊。”陆瑜大力拍桌，并配合性地抽抽鼻子。

陆瑜随手拿了筷子夹了一大块排骨吃，瞬间，美味就将他的郁闷心情治愈了。

“饮食果然慰藉人的心灵啊，我要多吃一点儿补补心。”他决定甩开膀子大干。

陆瑜手中的筷子被毫不留情地抽掉：“让你来是当狗头军师的，不是扮吃货娱乐大众的。快说，计家去得去不得？”

“你让他吃完再说嘛。”旁边的路小凡一边盛饭一边劝，“我做得多，够吃的。”

“不行，先办正事！”刘春力态度强硬，看不惯陆瑜这失落的模样。

“好吧，我打不过你们甥舅两个。”陆瑜投降，“我和我老板有约定，非紧急情况不会在他工作期间打电话，其他情况全是用电子邮箱联系的。下午我得了消息，本想晚点儿发邮件问问我老板的意见的，哪想到他的邮件先到了，说已经知道了计老先生召路小姐去大宅的事。”

“他是什么意见？”路小凡紧张地问。

“他说让你先过去住上几天。”陆瑜翻开手机邮箱，把邮件放在路小凡面前，“他出差回来也会直接回大宅那边，然后你们再一起回来。”

路小凡见计肇钧有了意见，不禁松了口气，不再犹豫彷徨。

刘春力想陪路小凡一起去见计维之，路小凡不同意。

她是去见家长，不能带着自己的家长呀，又不是相亲。而且她也不是小孩子了。对于计家那样的豪门来说，她缩手缩脚的会显得小气，上不了台面，那样做给计肇钧丢脸。

“再说，你还要上班，请假不方便呀。”路小凡哄刘春力，“你是明星售货员啊，损失业绩多可惜。”

“那倒是。”刘春力被捧得得意，“但你的行李得我帮着收拾，你的时尚品位实在是太城乡结合部了。”

这个当然没问题，路小凡只要求刘春力别带太多东西，毕竟才去住几天。因为之前计肇钧给她置办了不少衣服，博得了刘春力的大量好评。

“男人有没有钱不重要，重要的是他的那点儿钱肯不肯给你花。”他又开始给路小凡灌心灵鸡汤，“这些对计大少当然不算什么，九牛一毛，但心意难得。”

这些话说得路小凡心里美滋滋的。

“明天朱迪什么时候派车来接？”刘春力跑到阳台上转了一圈又回来说，“天阴得很厉害，雨天行车不安全啊。”

“上午十点。”路小凡咬大拇指。

刘春力拉过她的手：“我知道你还是紧张，但表面上可别让人看出来。我听你详细说了那天朱迪过来的事，直觉那个女人没那么简单。”

“她很友好啊，别再说人家是计肇钧的小妈了。”路小凡嘱咐刘春力，“那天饭桌上你也问过陆瑜了，人家可是正经的护士兼私人助理，工作很认真的。”

“我妈、你外婆经常说‘害人之心不可有，防人之心不可无’。你细想想，朱迪话里有话。”刘春力锁好行李箱，将钥匙塞到路小凡随身的背包里，“说话爱绕弯子的人，心眼也爱绕弯子。你与她没有利益冲突时还好，有了利益冲突，就凭你那小心机，怎么被人坑死的都不知道。”

“怎么了？”路小凡不明白。

“怎么了？”刘春力哼了一声，“朱迪明着说去不去计家大宅随你意，但又提起计老先生身体不好。那意思很明显啊，老爷子不知道哪天会挂。就算不挂，有精神接见你的机会也不好掌握。作为身体健康有礼貌又懂得尊敬长辈的晚辈，你好意思说不？

看看，看看，一番话得了你的好感，还让你没有选择，真精明。”

“不要那么阴谋论啦。”路小凡不以为意。

“我愁的就是这个。”刘春力是真担心，“你这丫头是怎么长大的，总把人和事往好的方面想。说好听点儿叫乐观，说难听点儿你就是情商低好吗？”他再看路小凡还是没走心的样子，只得道，“你只答应我，可以以最大的善意去揣度别人，但要以更大的敏感小心自身安危行不行？”

“行！”路小凡答应得痛快，心里却不这么想。那是她所爱的那个男人的家呀，就算家规严苛一些，她老实忍耐就行了，能有什么危险呀？

然而在第二天到达计家大宅门外的时候，她心里忽然有些发毛了。

朱迪办事靠谱，司机到达得相当准时，不早不晚，正是上午十点。因为路小凡明确表示不需要人送，刘春力和陆瑜都不在，她一个人上了车。

在车上，她客气地和司机攀谈了两句，得知原来的司机前几天辞职了，这一位是新任的，姓钱，年纪看起来五十多，身材精瘦，笑起来很和气。

“叫我老钱就行。”司机从后视镜中快速观察着路小凡，“不过路小姐别担心，路况我是很熟悉的。”

他语气里有长者对晚辈的温和与安慰，路小凡直觉得他是个好人。就像她的爸爸，是老实忠厚、靠自身劳动、拼命赚钱养家的类型。

“钱叔，您看在下雨前能赶到吗？”路小凡眼睛望着窗外，有点儿担忧。

“别看天压得低，我觉得这雨要下，至少也得中午了。”老钱认真道，“不过憋这么多天没动静，真下起来就一定小不了。这就好像人背东西，背得越来越多，摔了跟头必然很重。人啊，还是放轻松比较好，天也是呀。”

“您说得是呢。”

一老一少随意聊着天，倒不觉得无聊，因为没怎么堵车，不到两个小时就到了计氏大宅门前。

计氏大宅在一处豪华别墅区里，这里僻静幽美，依山傍水，风景秀丽，空气清新，能在这里买宅子的都是达官显贵。听说，连这里宽阔平整的盘山路都是各业主出资修建的，也就难怪虽然道路不属于私人，却也不是什么人都能随意上来的了。

计家大宅就在半山腰上，位置最高，价格最贵，而且占地也最广，能俯瞰整个别墅区。大门是自动操控的，形状是高大结实的铁栅栏，旁边是大块石头垒就的围墙，墙上有监控摄像头。车开进来后，还要步行很长一段路才能到达淡黄色的西班牙风格的主屋。而那条路干净漂亮，大块青石拼就的路面缝隙中长满青苔。路两边种满了漂亮的花草，每隔两米就竖着一人多高的灯柱，上面的路灯是灯笼形。

路小凡这一路上也没看到什么人，只听得见鸟鸣和走路的沙沙声。

白天看着真是美景，可是到了晚上会不会有点儿阴森啊？这是路小凡的第一个想法。随后，她觉得自己简直俗气死了，居然如此不合时宜。

“别怕，计家人不多，屋子就显得空荡，没有活人气，但只要不乱跑就不会有事的，尤其在晚上。”帮她拎箱子的老钱似乎看出了她的不安，忽然说。

路小凡深吸一口气，摇摇头，没体会到老钱话中的深意，只觉得自己可笑。路小凡在屋子的大门外只看到了朱迪，有点儿惊讶。她觉得不可能这么大个宅子，就朱迪和钱叔两个服务人员吧？

“欢迎。”朱迪微笑着迎上来，打断了路小凡的疑惑。

人是有心理安全距离的，而且每个人的感受都不一样。有的习惯热烈，有的习惯冷淡，能拿捏得恰到好处的，无一不是人精。此时的朱迪就显得既亲切，又不让人觉得虚假，令人如沐春风。

“我还担心你们会赶上大雨呢，现在可以松口气了。”朱迪上前，和路小凡并排站在一起，“虽然有车接送，路上也累了吧？老钱，把行李给路小姐送到房间里去，二楼的正房次卧。”

老钱应了声，却没上台阶，而是向另一个方向走去。显然，计家大宅有好几个可供人出入的门。

路小凡对这种级别的豪宅已经没有平方米的概念，只觉得占地非常大，大到她觉得这应该称为小小的城堡，好在楼层虽错落有致，但整体只有三层，她还数得过来。二楼正房次卧的话，应该是很不错的位置。

她心里有些惶恐，但忍着没发表意见。“要大方点儿，大方点儿，千万别给计肇钧丢脸！”她不停地对自己做着心理建设。

“谢谢你。”她尽量得体地道谢。

“应该的嘛，客气什么？”朱迪不经意地拨了拨头发，动作非常优美，“我是先带你略微参观一下，还是先带你回房间稍微梳洗整理整理？”

朱迪今天穿着平底人字凉鞋，配蓝色 A 字连身迷你裙，显得非常居家，像是女主人在迎接客人。她用自身证明了，显腿长不一定非要穿高跟鞋。

这令路小凡突然想起“小妈”这个词，随即她又觉得自己非常不厚道，赶紧摒弃这想法。

“还是先拜见一下长辈吧。”路小凡没有因为失神而失礼。

朱迪却摇摇头：“天气太闷热，计老先生又受不了空调，坐一会儿体力消耗就很大，刚才实在撑不住，先去休息了。不如，等晚饭时再见可好？”

不知是不是被刘春力洗脑了，路小凡总觉得朱迪这话有点儿像是在指责她来得太晚。可是十点钟是朱迪定的啊，路上她可半点儿也没耽误。但转念，又觉得自己真是多想了，连忙道：“好，我没关系的，一切以计老先生的身体为重。至于何时拜见，就请你安排吧。”

“那现在？”

“去房间吧，然后你忙你的去，不必管我。”路小凡生怕给人带来麻烦。

朱迪笑笑，极快地打量了路小凡一眼，率先带路。

路小凡的衣服自然是刘春力给挑的。她穿的是白色小上衣，配姜黄色阔腿裤，脚上是简单的白球鞋。她只觉得这一身清爽干净，朱迪却很快看出其价值。那是 Eytys 的帆布运动鞋，要一千五百块一双。裤子是 Sacai 的，要六千块，更不用提那只 Chioe Srew 的链条包了。

朱迪自然调查过路小凡的背景，能在这么短的时间内配出这套的，一定是计肇钧的手笔。

这些所谓的奢侈品在计大少那里不算什么，但这番心意，不仔细体会就不能明白其中的难得。他是谁？计氏的未来继承人兼现任掌门人啊，每天那么多工作要做，很多事都懒得理会，居然会为一个平凡的女人这样费心机。

可惜路小凡的心思完全没在这里，在迈进主屋的刹那，她就觉得有股子寒意扑面而来。在这样热的天气里，她居然起了鸡皮疙瘩。就算天空阴沉，可毕竟是白天，她却有一种光线没有尾随进来的感觉，像是一步踏入阴暗。

路小凡四处看着，计家的室内装修非常考究。热情与浪漫的南欧风格与建筑很协调，家具大而色彩凝重，雕刻和暗花手绘华丽异常，令人想起西班牙殖民地主的庄园。

可这样的地方，为什么会让人感觉不到明亮呢？路小凡不解，沉默地跟着朱迪沿着宽阔的、铺着厚厚地毯的楼梯上了二楼，又七拐八拐的，感觉走了很久才到达自己的房间。

和在屋外一样，她一路上都没有看到任何人，以至于她觉得连呼吸都空荡荡的。只有房门前，她的行李箱已安静地等在那儿了。

“是不是计老先生休息的时候，所有人都要保持安静？”路小凡太疑惑了，尽管不想太八卦，她还是忍不住问道。

“所有人？”朱迪笑笑，“所有人就是你、我、司机老钱和园丁老冯。当然啦，还有计老先生。计先生回来的时候，会稍微热闹一点儿。”

路小凡吃了一惊：“这么大的房子，这么点儿人？”

“计老先生有严重的神经衰弱，必须要静养。人多，总是杂乱的。”朱迪无所谓地耸肩，“不过每天早上会有四个当地的阿姨过来，毕竟清洁工作还是要有人做的，还有一些杂事。她们人很不错，你喜欢的话，明早和她们多聊聊，她们会讲很多有趣的事呢。”

“那吃饭？”

“计老先生需要特殊的饮食，是由我负责的。其他人的饭菜，早上阿姨们会做好。不过今天的晚餐，叫了专门的人来帮忙，给你接风嘛。”正说着，朱迪手上套的一个手环闪了闪，貌似是个呼叫器。

朱迪看了看，对路小凡说：“你先去收拾一下，计老先生叫我呢，我得立即过去。晚饭好了，我再过来接你。”说完，她点点头就快步走了。

转瞬之间，只剩下了路小凡一个人。不是二楼，不是整个宅子，而是全部世界只剩下她！那种蓦然与世隔绝、被人遗忘丢弃的感觉，令她心头有些毛毛的，恐惧感油然而生，促使着她忙提着自己的小箱子进了房间。

路小凡一直梦想赚大钱，买个大房子给家人住。因为在家乡，在外婆还没去世的时候，他们一家五口，就住在一个四十平方米的小两居室中。

现在她明白了，房子小只是憋屈。房子太大却没有人，简直鬼气森森。

她下意识地把门反锁上了，可当她转过身来面对房间时，又有些后悔。不仅那种与世隔绝感更深了，她还觉得自己踏入了一个华丽的牢笼。

太安静了！可称得上是死寂。

其实房间大而干净，装修浪漫华丽，色彩明快，像个公主的卧房，可她怎么就感觉空气中有只无形的手在紧紧抓住她的心脏呢？

又不知何处，蓦然吹送来了冷风。路小凡打了个寒战，抬头看去，发现有出风口。显然，计老先生身体弱，吹不了空调，但房子里的其他房间还是有中央空调的。

她咳嗽了声，试图弄出点儿声音来打破这死水般的沉寂，哪想到居然有回音。为了壮胆，她决定弄出更大的动静。

她打开行李，把衣服鞋子收进衣柜，把刘春力临时给她准备的高级化妆品摆在床边巨大的雕花梳妆台上，故意弄得乒乒乓乓的。反正房子那么大，计老先生应该离得很远，肯定听不见。收拾完后，她感觉身上被先前的热汗和进屋之后出的冷汗搞得黏黏的，干脆又去洗了个澡。总之，她不让自己闲着，不让自己胡思乱想。

浴室很大，浴缸很大，洗手台很大，两边墙上相对镶着的落地镜子也很大。这让她在其中走来走去的时候，映影成三，仿佛还有其他人在，搞得她非常紧张，一不留神把自己吓了一跳。

她突然想起刘春力说的话:“浴室这种属阴的地方,不应该装这么多这么大的镜子。”

“路小凡，你给我差不多一点儿！”路小凡坐在梳妆台前梳着湿漉漉的长发，“这又不是鬼屋，你想象力不要太丰富了好吗？”她使劲拍了下台面，震得手掌发疼，“这世上，根本就没有鬼魂。”她对着镜子中的自己说，“只不过房子大了一点儿，空了一点儿，住的人少了一点儿，有什么可怕？人家朱迪那么瘦弱的姑娘都不怕，人家计老先生身体那么弱阳气那么虚都没事，人家钱叔，还有园丁老冯都工作得好好的，你瞎嘀咕个什么劲儿？”她站起来，在房间里转了几圈，脚步重重地落在地上。这番心理暗示和激励措施，果然令她感觉好多了。

“都是小舅不好！”她骂刘春力，其实是忽然怀念他的聒噪和暴躁了，“小时候就爱搜罗鬼故事，讲出来吓我。看吧看吧，把我养成兔子胆了！”

天，阴得更加厉害了，开始有隆隆的雷声悄然滚过，像是试探，又像是前奏，似乎要拉开狂风暴雨的序幕。

路小凡选了一套简洁大方、能博得长辈好感的朴素衣裙穿上，还化了个淡妆，然后就又彻底没事做了。

她翻了翻手机上的电话簿，在计肇钧、刘春力、陆瑜和朱迪，甚至妈妈的名字处犹豫了片刻，还是没有拨打出去。大家都有事情在做吧，她不愿意打扰别人。

百无聊赖中，路小凡走上露台。

露台是白色的，四面是铁艺雕刻的围栏，由此处向远方望去，眼前居然是一片姹紫嫣红的景象。这些全是老冯种的吗？如果是老冯一个人的业绩，那他的园艺水平就太了不得了。计家大宅的绿化面积这么大，他一个人却能打理得这样好，竟将这计家花园打造出这番美景。

空气闷热潮湿，没有一丝风，但仍然有花木的清香暗暗袭来，令路小凡的心情放松了些。也正在这时，楼下花丛中有个人慢慢直起身子。

他穿着一件土色工作服，虽然没戴草帽，但由于整个人弯身于花木之间，路小凡刚才才没有注意到那里有个人。见那人抬头望来，她立即挥挥手，露出笑容。

如果没猜错，这人就是老冯。他个子瘦小，看起来比钱叔还大几岁，她应该叫冯叔的。不过老冯面容上有一种微小的、异于常人的呆滞，可也绝对不是智商有问题那种，是一种莫名的古怪。

老冯视力不错，很快也看到了路小凡，并还以同样的动作和表情。路小凡感觉到他的友好，心里一松。

路小凡正想着要不要出声打招呼，老冯的视线斜向上移。之后，他面色大变，像是被施了定身法，整个人僵直在那里。再后来，他突然一脸惊恐地跑掉了，踩翻了一溜儿的玫瑰花也不自知，见了鬼似的。

他这反应太奇怪了，把路小凡也惊到了。她下意识地循着老冯刚才的目光望去，却没看到什么人。她只瞄到轮椅的轮子慢慢向屋内滑去。

如果二楼和三楼的结构一致，那里应该是顶层的主卧。难道，是计老先生的房间？刚才轮椅上的是他吗？老冯为什么看到他就吓成那样，他很严厉吗？他不允许园丁和客人交流吗？

咔的一声巨响，霹雳雷霆不期而至。银光张牙舞爪，瞬间就撕扯开了阴沉数日的天空。这自然的巨力，突然就搅得那化散不开的阴暗四分五裂。接着，狂风突至。

“真的要下雨了！”路小凡内心的不安开始泛滥。

风吹着她的长裙，把她紧紧包裹，也吹乱了她的头发。

而远在纽约豪华酒店套房内的计肇钧猛然睁开眼睛。

他看看表，凌晨三点。

第十章　汪洋般的黑暗

计肇钧不知道自己为什么会不安，才半夜，他却再也睡不着了，打开电脑看文件也心绪不宁。他干脆起身，到酒店二十四小时开放的健身房里大汗淋漓地跑了一个小时。

结果，情况仍然没有改善。

计家出事了？医院那边有意外？还是路小凡发生了什么状况？

“一切还好吗？”他给陆瑜打了个电话。其实他是想直接打给路小凡的，可想来想去也不知道要跟她说什么。

“哇，老板，钧哥！”陆瑜相当意外，完全没想到计肇钧会打电话来。

计肇钧把手机拿开了一点儿，陆瑜的大嗓门仍然震得他耳朵发麻：“你在干什么？”他无奈地问。

“我在接老板的电话啊。”陆瑜一本正经地答。

“我是问你现在人在哪儿？接电话之前，在做什么？”

“在公司嘛，就在钧哥你的办公室，呃，发呆。因为就算钧哥你不在，我意思意思也得出考勤啊。”

“计家和医院那边没事吧？”

“没啊。”

“那路小凡呢？”他绕了一圈，终于说到了最想问的，“她在哪儿？”

“这时候，估计已经在计家了啊。”

计肇钧愣住，甚至一时没有反应过来这话的意思。

片刻之后，他的眉头骤然拧起：“她在哪儿？计家？哪个计家？”他明知道是什么意思，可还不死心地问。

“还有哪个计家？钧哥的家，在郊区的计家大宅。”

计肇钧心里咯噔一下：“她为什么去那里？谁让她去的？你为什么不拦着她？”一连三个问句，说得有些发急。

“不是钧哥同意她去的吗？”陆瑜在电话这边彻底愣住，一片茫然。

“我什么时候同意的？我根本不知道这件事！”计肇钧低吼了声。

“咦，老板你失忆了吗？”陆瑜惊讶，“老板才飞走，朱迪就去找路小凡……啊，路小姐去了。”

“她找小凡干什么？”计肇钧的不安感骤然加剧。

“她说计维……计老先生要见见钧哥你的未婚妻。”陆瑜认真解释，“长辈提这种要求，没办法拒绝吧？不过路小姐还挺懂事的，说是要问过老板才能决定。”

“那你怎么不问我？”计肇钧有点儿冒火，“就算我不喜欢出差期间有人电话打扰，你不是有我的私人邮箱吗？”

“是啊，我是打算这么做啊。”陆瑜很无辜，“可是还没等我发电邮，老板你就给了我消息啊，说让路小姐先去大宅等你，你回国后也回那边去。”

计肇钧很想说他没有，他从来没有发过什么该死的邮件。转念之间，他打开手机邮箱，果然发现了“他”发出的邮件。

“有人黑了我的邮箱。”他立即明白了是怎么一回事。

“什么什么？”陆瑜在电话那边号叫开了。

计肇钧挂掉电话，只觉得心里的怒火猛然蹿了上来！那种被操纵的感觉，令他蓦然把桌上的杯盘全扫落在地。

厚厚的地毯令他的愤怒无声，就像他心里的呐喊叫不出口。

“冷静点儿！冷静点儿！”片刻后，他在屋里困兽般转了两圈，拼命提醒自己。

公司邮箱都是特殊加密过的，但他的私人邮箱并没有。所以找个不太厉害的黑客，就能侵犯他的隐私。

关键是谁会这么做？为什么要发那样一封信？为什么要千方百计地把路小凡弄到计家去？

他和路小凡的事，他隐瞒得死死的。到现在，连神通广大的媒体都完全不知情，谁探查到了秘密？他绝对信任陆瑜，相信刘春力也不会这么做……

那么，还有谁？

朱迪去找路小凡，带她去计家，真的是计维之……他那位父亲的意思？当然了，那老头子也只能表示意思，其他无能为力。那么又是谁算准路小凡要通过陆瑜征求他的意见的？是谁那么清楚他厌恶计家大宅？

说到底，对方所针对的人是他！这人同时能注意到路小凡与他的关系，能联络到计家和朱迪，熟悉他的行为，有能力轻而易举雇到黑客，秘密安排下这一切，只为了给他带来麻烦……

答案显而易见，江东明！

“我说过，不要动路小凡。”再拨打电话时，计肇钧已经冷静了，至少，表面上是。

“怎么了？”江东明很意外似的。

“你大约会说你没有打电话回计家，告诉老头子，我有了女人。你也并没有撺掇大宅的人找上小凡，把她接到那里去。你更没有找黑客黑进我的邮箱，以我的口吻让小凡乖乖听朱迪的话。”

“亲爱的表弟，咱们能别打哑谜吗？有什么话，直说成不成？”江东明的声音听起来无害又无辜，“你的意思是你真的喜欢上了路小凡，而且老爷子知道了，派朱迪把路小凡接过去看看？重要的是，你觉得这些全是我安排的？”

“我很确定。”

“奇怪了，这样做对我有什么好处吗？你有了喜欢的女人，一年后会成家立业。再过个一两年，你有了继承人，简直就是人生赢家。到那时，我再想从你手里夺回公司，不是更没有机会了吗？”

“是吗？”计肇钧冷笑。看来，江东明把他当傻子啊。

“难道不是？”江东明狡辩，“计家也不是龙潭虎穴，路小凡去住个几天能怎么样？我费这么大劲儿，还冒着让你发飙的风险，就为了让路小凡走到明面上来？那我就不叫江东明了，以后叫我雷锋吧。”

“说得很有道理。”计肇钧深吸一口气，“但是，不听我的警告，就等着承担后果吧。”

说完这句话，他就冷酷地结束了话题。

江东明对着电话连“喂”了几声，自然是徒劳无功的。他不禁自嘲地笑笑：“哎呀呀，搞得我还真有点儿紧张。这回，我不是因为太急切，做错了事吧？谁想到，路小凡居然是他的心肝宝贝哦。”

大洋彼岸的计肇钧又努力静了几分钟，在手机上搜索机票信息。

“奇怪，又不是机票紧张的季节，怎么没有立即回国的机票呢？”他懊恼了片刻，再度打电话给陆瑜。

“小凡什么时候去的计家？”他要问清楚。

“今天早上。”陆瑜等电话等得焦急，连忙回答，“应该是几个小时前到的大宅。”

“你去把她接回来。”他翻着手机屏幕，“或者，你也过去计家陪着她。”

“好，我立即去！”陆瑜就这点好，即使他会质疑，但关键时刻绝不会违背计肇钧的命令和心意。

“等一下，叫上刘春力。到了那种环境，她那么胆小，应该喜欢亲人在身边。”

“哦，好。”陆瑜迟疑了一下，还是答应了，“钧哥还有吩咐吗？”

“你告诉她……”计肇钧犹豫地看了一下表，“我很快就回来。”

陆瑜又“哦”了一声，神情犹疑，显然不知该不该说，但最后还是直言道：“钧哥，我有点儿不明白。计家大宅虽然阴森森的，毕竟也不吃人，路小姐应该没危险的，你没必要这么担心。所以，你是不是应该先顾着公事，不要太急着回来？”

计肇钧没想到陆瑜还有头脑清醒的时候，不禁怔了怔。

是啊，他在担心什么？他的反应确实很好笑啊。朱迪又不会真把小凡怎么样的，她没那个胆子，也没有那种必要。至于计老头，他能呼吸一口活人气就不错了，又能如何？

可是，尽管陆瑜说得有道理，他的心还是七上八下的。

"我不放心……"对着陆瑜，他并不需要伪装。

"你放心，有我在，就算计家吃人，也得先吃我！"陆瑜语气坚定，"一屋子老弱病残，我还对付不了吗？再说了……"他决定把话题再深入一点儿，"有些秘密不能让别人知道，但钧哥要想好，路小姐是别人吗？钧哥你到最后如果真要娶她，打算让她了解真相到什么地步呢？别怪我多嘴，但你心里得有个谱啊。"

计肇钧再度怔住，随后颓然地坐在床上。都说他冷酷无情，精明强干，但那是在商场上。在现实中，有不为人知的过往纠缠着他，令他有意无意地在逃避。而且对于感情，他从来就搞不清楚状况。现在朱迪把路小凡接到了计家大宅，似乎逼得他不得不正视很多问题。

陆瑜问得对，他要拿路小凡怎么办？一时冲动，一时贪恋，后续的麻烦却源源不断。

他拿着手机，一时竟无言以对。

但很快，他听到电话那边有凌厉强悍的声音不断传来。

"怎么了？你那边为什么那么响？"他惊讶地问。

"闷了这么多天，刚才终于下雨了。"陆瑜望着窗外。计肇钧的办公室在大厦的顶层，站得高，视觉效果很好。

"足足下了一个多小时呢，我的天，下得好大，就跟天扯开了个口子，往下倒不要钱的水似的，落在地上像是在冒白烟。这雷打得，不是有修仙的在渡劫，就是雷公要劈狐狸精和厉鬼。"说到最后，陆瑜又习惯性地信口开河了。伴随着他的话，雷声果然接二连三，像无数炸药同时爆炸一样。

计肇钧心里一抖，接着有些歉意地道："雨天的路况不好，尤其在这种极端恶劣的时候。"他定定心神，把浮现在脑海里那些可怕的过去甩开，"照理我不该让你这时候出门，可是对不起陆瑜，你必须立即动身。再晚些，我怕积水过深，你有可能赶不到大宅那边去了。"

"没问题！"陆瑜豪气地保证，"钧哥难道忘记了，比这更困难的坎儿，咱们哥俩也一起蹚过去过。这雨虽然大，对我是小意思。行了，不说了，拜拜。"

陆瑜挂掉电话后，计肇钧对着忙音又呆坐了会儿，才起身去浴室。他脱掉衣服，打算洗个澡。刚才运动太猛烈，浑身已经被汗浸透，黏黏的很不舒服。

然而，他无意中回头，在镜子中看到了自己身上的那块伤疤，蓦然想起彻底改变了他的生活，以及令他陷入泥潭的那一天。当时的声音也是震耳欲聋，把人的心魂都震飞了。

肋下，那鬼脸似的伤疤在隐隐作痛，似乎露出了狰狞的面目，狠狠咬来。

计肇钧精神上的疼痛居然反应在了肉体上，那尖锐感令他的肌肉猛地紧缩起来。然而，在这个时候他想的是，身在大宅中的路小凡，会不会很害怕？有没有被那些古怪吓到？

事实上，自从雨落下的那刻，路小凡就缩在屋里，哪儿也不敢去。

天本来就阴沉，雨来之后更是迅速黑了起来，下午三四点钟而已，却暗得像晚上八九点钟。紧密得可怕的雨幕，很快就夺走了最后一丝天光。

四周都陷入了汪洋般的黑暗。

路小凡跑来跑去，把屋里所有的灯都打开，包括浴室的，以及巨大得有如她以前租屋的衣柜间的。

随后她就站在窗边往外看，很久后，那种与世隔绝感更强烈了。

大雨使得能见度只有几米，连窗下花园的花木都变成模糊的一团。计家大宅就好似怒海中的孤岛，被孤独和绝望包围。

路小凡甚至觉得，她从小到大活了二十四年，都没有见过这样的大雨，简直可以称得上是暴虐，像是老天要毁灭什么、惩罚什么。那雨滴被风卷着，甩在窗子上，啪啪作响，又好像有什么在拼命敲打，努力要闯进来。

无意中，她看到一只蝴蝶垂死地躲避在窗框边，她咬牙打开窗子。就算蝴蝶再卑微，好歹是条生命，她实在不忍心见死不救。

蝴蝶是飞进来了，雨水却也猛地扑了她一脸一身，害得她只得硬着头皮再去浴室洗脸擦头发，再换了身衣服。

都折腾完，朱迪打了电话来。

“计家每天五点吃晚饭。”朱迪告诉她，居然还笑了一声，“真正的雷打不动。”

“老人家嘛，消化不好。”路小凡善解人意。

计家的晚饭时间是有点儿早，但当年外婆病在床上时也是这样。饭后，她和妈妈还要帮助外婆轻轻地揉肚子，以帮助肠胃蠕动。

想到这儿，她忽然对还没见过面的计老爷子有了点儿恻隐之心。外婆在世时常说，有什么别有病，没什么别没钱。在她看来，有病比没钱还可怜。计肇钧貌似和他父亲关系不好，她是不是应该代他尽点儿孝道呢？

“餐厅在一楼，有点儿远。”朱迪继续，声音里歉意满满，“本来我说过去接你的，但这种天气计老先生身边更离不得人，他心脏不太好，你能不能自己过来？”

“好吧。”路小凡有点儿发怵，却不得不答应。

难道说为了她这样的年轻人，要让一个久居病床的人冒风险？这种事，正常人都做不来的。

“我再给你说一遍路，免得你走错。”朱迪体贴地嘱咐，“出了你房间门向左走，找到楼梯后就下楼，之前咱们走过，你应该有印象。到一楼后你向右拐，看到一个走廊再左拐，然后你会看到双开的黑紫色胡桃木门，门把是浅金色雕刻玫瑰花的。那后面，就是餐厅了。我和计老先生，就在那儿等你。”

路小凡很认真地跟着朱迪记忆了一遍，然后又拜托对方说了一遍。

挂完电话后，她看了看表，已经是四点五十五分了。她明白让长辈等待是很不礼貌的，于是匆匆整理了一下仪容衣饰，鼓起勇气打开房间门走了出来，手机都忘记带了。

走廊里，仍然是空荡荡的，除她之外没有其他人。

窗外，狂风暴雨肆虐，不住拍打着窗户。好在因为四处亮着灯，就算偌大个计宅深幽寂静，也不算特别恐怖。

“大方点儿，镇静点儿，别给阿钧丢人。”路小凡轻声对自己说，之后又背诵了一遍朱迪所说的路径，挪动着脚步。

大宅的所有地方都铺着厚厚的纯毛地毯，人走在上面没有一点儿声音。可正是这种寂静，也给人的心理造成了压力，尤其是她这种对此地非常陌生且有点儿胆小的人。

路小凡一边走，一边不住回头望，好像生怕有什么可怕的东西悄无声息地跟上来，在背后掐住她的脖子似的。

但是，没有。

她无法知道，在她下楼的时候，有一双脚悄悄走向了计肇钧的卧房，另一双脚却鬼鬼祟祟地走向了屋后的控制室。

路小凡一路平平安安地走到了一楼，之后右拐，看到走廊后再左拐。

她心中不由得感叹，怪不得这里叫计家大宅，真是大到超出她这种穷人的想象。她感觉自己就像是走在迷宫里，而且还是装修豪华的酒店迷宫。可怎么回事，她似乎走了很久，为什么没见到什么暗紫色胡桃木的双开大门呀？是走错了吗？

路小凡突然有些慌，因为她本来就有点儿路痴。还记得她第一次和计肇钧单独见面时，她在计氏总部大厦里迷了路。

“这边……这边……明明是对的呀。”她站在原地，努力回忆了一下，并疑惑地四处张望。

咦，那是什么东西？墙边，被瓢泼大雨和厚重华丽的窗帘打造的阴影里，躺着一个东西，面积很大，乌沉沉的。感觉上，与整个房子都格格不入。

路小凡潜意识里知道那是不该看的，可她的行动略快于大脑。于是她向着那方向蹭了几步，终于看到了。

一口棺材！黑漆漆的，前面写着大大的描金“寿”字，关得严严实实的，仿佛困着亡灵。

这情景，猝不及防。路小凡吓了一大跳，连着倒退了好几步，险些摔倒在地上。若不是她紧紧捂着嘴，又恰巧有雷声传来，这不知是做什么用的厅内就会充满了她的尖叫。

谁会在屋里摆一口棺材！可问题是，里面真的是空的吗？

路小凡再看周围，居然还有张空桌，像是供桌，再旁边摆着两个人形物体。细看之下，明明是南美或者非洲的工艺品，却在闪电的灰青色光芒下，显得如恶鬼般邪气。

光影之下，似乎还能动！

这里不是灵堂吧？路小凡明明知道不可能是，但还是忍不住胡思乱想。同时，她猛然转身，本能地想快点儿离开这地方。

闪电后的十几秒迎来了雷声，这声雷能量超大，轰隆隆一连串巨响后，整个大宅都陷入了黑暗。

断电了。

路小凡就像被定住了似的，停住了脚步。光明之后突然的黑暗，令她进入半盲状态。她不敢随意乱走，却努力转过身，看向那口棺材！

人就是这样，明知道不应该的，可就是会那么做。

她在想，会不会有一只干枯的鬼爪子从棺材里伸出来，然后会不会有血淋淋的骷髅头，对着她发出阴森的笑声。

那一瞬间，小时候刘春力为吓唬她而讲的鬼故事，全部涌进了脑海里。

一秒、两秒、三秒……死寂一片。

可下一刻，半空中有两道荧荧的绿光蓦然出现，死死向路小凡瞪来！

面对危机，最深的恐惧之下，人不是跑，不是叫，而是身体僵硬，不能动也不能说。

路小凡此时就是这样，她甚至连目光都无法从那绿光上挪开。她的冷汗很快冒出，沿着脊背滑到腰部，感觉就像有冰冷的手指在她身上移动。

计肇钧！计肇钧！她在心里狂喊。

可是计肇钧没有出现，倒是又一个闪电从天上滚过。瞬间的光明，令路小凡看到棺材上立着一个圆滚滚的东西，披散着长发，就像人头。

她终于忍不住叫起来，整个人像一块突然融化的冰，瘫坐在地上。她双手抱紧了头，不敢再多看一眼，也掩住了耳朵。所以，她没有看到那“人头”动了动，还发出了叫声。

直到有一只手从黑暗中伸过来，拍上她的肩膀。

路小凡吓得魂都要掉了，但紧随那只手而来的温暖声音令她瞬间放松。

“路小姐，你怎么了？”

是钱叔！听声音就知道！在送她来计家大宅的路上，两人一直愉快地聊天来着。何况，钱叔还把手电拧亮了，并体贴地没有照人，而是打到旁边的墙上。

雪亮的光柱让刚才几乎睁眼瞎的路小凡看得清清楚楚。

她跳起来，反手抓紧老钱的胳膊。

有人就好！其实黑暗和阴雨都不是最恐怖的，最恐怖的是孤独和被人丢弃的感觉。现在只要有人，她就不那么怕了。

紧接着，唰一下，光明重新降临。

光明带来安全，瞬间她就像从地狱回到了人间，之前的经历好似噩梦。她的心终于安全落地。

“这是……怎么回事？”她不好意思地放开钱叔的手臂，回过魂后才感觉自己是如此丢脸。

“雷暴天气，断电很正常的。”钱叔笑容温和，声音里充满安抚之意，“不过这宅子有自动备电系统，只是要过几分钟才能发挥作用。也难怪你害怕，小姑娘家到了陌生地方，突然乌漆抹黑的，换成是我，我也心慌的。”

“那个……”路小凡看向棺材，却呆住了，伴随着“喵”的一声叫，一只长毛黑猫灵巧无比地从棺材上跳了下来，蹲在两人面前，一蓝一绿的猫眼漂亮极了。

路小凡黑暗中看到的荧光，原来是它的眼睛。

“这只猫，不怕人哦。”路小凡只能借着说话以掩饰尴尬。她还弯下身，抚摸猫颈子后的软毛。

那黑猫一下子仰倒，翻出肚皮，任由她抚摸。

“它喜欢你。”钱叔很惊奇，“这猫平时很凶的，我来得比你早很多，还被它挠过几次。朱迪小姐都怕它，不让它进屋的。可能是雨太大了，它不知怎么溜进来了。”

“谁养的？”路小凡心软了。对小动物，她完全没有抵抗力。

“听说是野猫，某天自己溜达来了，就不走了。”钱叔见路小凡站起来，轻轻拍拍她的手臂，“别怕那口棺材，只是死物而已，有什么可怕的。听说，是计老先生为自己预备的。你知道的，很多老人喜欢给自己预备寿材。哪怕是这样的大富翁，观念有时也很……古典的。”

听钱叔把守旧美化成古典，路小凡差点儿笑出声。

“你们怎么在这儿？”路小凡正要说什么，背后传来问话声。

路小凡回头看去，来人正是朱迪。

就算这样的天气里，她仍打扮得一丝不苟，不见华丽明艳，却总是那么大方端庄又得体，不会让人忽视，也不会让人反感。好像天塌下来，也无法搅乱她的气场和规则。

“我……我……我想去餐厅，但没找到。”路小凡解释，有点儿惭愧。到底是在一幢房子里，就算是大得变态了些，可她居然找不到吃饭的地方，太弱智了！

“我是看断电了，就想过来查看一下，不知道是自家问题，还是别墅区都这样。”老钱也回答，“才走过来就听到路小姐的叫声……突然四处漆黑一片，她大概被吓到了。”

路小凡有点儿不好意思。

朱迪却面色未变，对老钱说：“如果有问题，我会叫你或者老冯的。你来的时候我就说过，计老先生不喜欢有人随便进大屋，就连你们住的地方，不也在外面吗？他身体太弱，一点儿细菌就能要了他的命。”

路小凡在旁边听得目瞪口呆。

原来钱叔和其他工作人员，是住在外面的，未经允许就不能进大屋的吗？可是，不是有清洁阿姨每天过来吗？阿姨还要做饭的，也要进大屋啊。真有那么怕细菌的话，为什么不在无菌室里？而且钱叔是好意啊，朱迪反应也太大了。

因为对老钱有好感，路小凡不由得有了倾向性，越发觉得那个还没见面的计老先生难伺候，不由得紧张起来。

重要的是，他的身体到底是有多差？

“好的，我下回会注意。”老钱低了头。

路小凡见他为了生活，为了能留下工作这样委曲求全，又想起自己的爸爸，同样是这种上有老、下有小、被生活压弯了腰的中年男人。路小凡心理上对老钱的亲近感又近了一层。

她刚想开口为老钱求情，朱迪却已经点了点头，示意老钱离开，然后对着路小凡就换了温和的语气说话。其实之前她也没有呵斥老钱，更不是很严厉，但就是让人感觉到她态度的变化。

“路小姐，你走错方向了。我说怎么等不到你呢，还怕你转晕了，没想到真是这样。”朱迪走上前，很自然地挽住路小凡的胳膊。

那黑猫似乎不满路小凡被“抢”走，发出呜呜的威胁声，却没有进攻，而是高冷地转身，瞬间就消失了踪影。

“我没有走错啊。”路小凡忍不住辩解，“出门往左，下楼梯到一楼，之后向右拐，看到一个走廊再左拐，找一扇双开的黑紫色胡桃木门，门把是浅金色雕刻玫瑰花的……”

“看，还说没记错。”朱迪一副了然的神色，“看到走廊还是右拐啊，你干吗向左？这边是计老先生存放私物的地方，平时都不许人过来的。”

“你明明说的是左拐……”

“啊，真的吗？可我记得说的是向右啊。是我说错，还是你听错了？”朱迪惊讶地睁大眼睛，随后拍拍自己的头，息事宁人地说，“对不起对不起，一定是我说错了，害你走了冤枉路，还差点儿被吓到。”

她这样说了，路小凡哪好意思一口咬定？人家摆明了是无论如何都要揽责任在自己身上，反倒衬得她很小气。朱迪这么一说，搞得她也不确定是不是自己听错了，当时又没有录音，也没有文字记录。再者说，她吓到是因为雷暴造成的突然断电，与别人无关。

她善意地想着，就被朱迪挽住手臂，向餐厅走去。

另一边的老钱已经出了大屋的门。不过他没有回到建在游泳池边的两间用人房里，而是悄悄绕到了主屋后面的功能室，熟练地用一根铁丝三两下就打开了门锁。

在这功能室里，水、电、煤气、冷气、暖气的总控制器都在。他站在配电箱处检查了一下，露出了然的神情：“果然是人为断电，并不关雷暴的事。”他看着电闸自言自语，又轻手轻脚地把动过的地方恢复原样，之后原路退回。

这些，路小凡当然是不知情的。她跟着朱迪穿过一间有前后两道门的穿廊房间，终于到达了餐厅。

不出所料，计家的餐厅和电影里那些夸张的场景是一样的：精美的餐具、金碧辉煌的装饰、巨大繁复的水晶吊灯、长到能跑马的餐桌。如果近视一点儿，再加上光线不好，坐在桌子这端的人甚至无法看清那端的人。

但路小凡视力很好，所以当朱迪打开那扇双开的黑紫色胡桃木质地镶嵌着浅金色雕玫瑰花把手的大门时，她先是被计家空洞华丽又冰冷的贵族做派震惊了一下，随后就看到了计家的老爷子——计维之。

瞬间，她努力克制住自己，才没有因为惊吓而失态，她没有捂住嘴巴，也没有失礼地叫出声。

那是个活生生的人吗？皮包骨已经不足以形容，只能说支棱着的骨架上覆盖着一层发皱的、薄薄的皮肤。若非身上套着衣服，那血管里极缓慢流动的血液以及内脏的微弱起伏，都会随着呼吸若隐若现。

他年轻时应该是像他儿子那样身材高大，因为曾经宽阔的肩膀那里支着两个突起，显得更加瘦骨伶仃。

他的头无力地向侧面歪斜，身上挂着奇奇怪怪的医疗用的袋子和各色管子，再加上那皮肤上呈现出非常不健康的铁锈色，路小凡脑海里闪现的第一个形容词就是：活鬼。第二个形容词是：画皮。

若非他黑沉沉的眼珠子是活动的，而且正看过来，路小凡甚至无法确定他是不是一具干尸。

“计老先生状态不好，是会让人惊讶的。”朱迪善解人意地低声道，又轻轻推了下路小凡的手肘，“无论如何，上前打个招呼吧？”

路小凡努力平复因为血液倒灌而差点儿停掉的心跳，向前走去。

不过是一位长期受到疾病折磨的老人罢了，她怎么可以以貌取人呢？这也太肤浅了！何况对方是长辈啊，她这样也太不礼貌了。路小凡不断谴责着自己，再想想外婆离世前枯瘦如柴的身体和灰白的脸，她的心迅速软了下来。

“计伯伯，您好。”她站得端正，规规矩矩地半弯下身子。

计维之没有说话，沉默的目光在她身上快速转了一圈。

那目光挑剔而有敌意，有如凛冽的寒风，令路小凡立即明白：她不被欢迎，也不被喜欢。

此前，她有心理准备，知道豪门之家难相处，也知道计氏父子关系紧张，那么，当老子的讨厌儿子的平民女人也很正常。所以，她倒也不觉得多失败，却终究有些不知所措，扣在一起的双手轻轻绞着。

“大方点儿，别给计肇钧丢脸！”她在心里对自己说着，努力表现出不卑不亢又落落大方的样子。既然对方不出声，她就保持着优雅的沉默好了。

突然，她却听到“呵”的一声轻响，就像是从喉咙里用力挤出的一丝空气，又像是鼻孔里发出的轻哼。那么艰难，又那么突兀。

她完全不明白计维之是什么意思，下意识地抬头瞄了朱迪一眼，毕竟直视长辈是很无礼的行为。现代很多年轻人已经不讲究这些，但她的家比较尊重传统文化，外婆从小对她教育严格。

“计老先生的意思，是让你先坐下。”朱迪笑着，亲自来给路小凡搬开椅子。

“他老人家……”趁着侧身的空当，路小凡用极低的声音问。她再怎么迟钝，也已经看出计维之的不对劲儿。

朱迪点点头：“计老先生身体机能退化得厉害，全身肌肉萎缩，不能动，连吞咽都比较困难。而且，他的思维和控制语言功能的脑神经都有点儿问题，所以不能说话。”

不能动，不能说，脑筋糊涂，只能勉强呼吸……天哪，这不就是活死人吗？只比植物人强那么一点点而已。这到底是病得有多严重？

路小凡从五岁起就照顾病重的老人，所以很能感同身受。再看向计维之时，发自内心的怜悯令她的目光都柔和下来。

然而，不知是不是幻觉，她觉得计维之盯着她的目光愣怔了片刻，很快又恢复了被病魔长期折磨的人所特有的那种冷漠和空洞感。

难道，他心里是明白的，并不像所说的那样连智力也受了影响？

“这该死的雨。”朱迪坐到对面后说，“本来想好好招待你，还特意请了高级厨师。不过他们上午来做过准备工作，弄好了半成品，结果却让这场大雨给拦在了山下。抱歉，现在只有冷餐。不过以后就是自己人了，你应该不介意的吧？”

路小凡低头看了看。桌上是精美的西式餐点，摆盘漂亮，不过确实没有热菜。但对于她来说，这根本不是什么问题。

“没关系的，这应该也很好吃。”她礼貌地微笑，“其实朱小姐可以提早叫我的，我虽然水平有限，倒还能鼓捣点儿吃的东西。”

“那真是太好了！”朱迪很高兴的样子，又看了看窗外，“风雨还这样大，搞不好这几天都没人过来。食材剩下那么多，你有好手艺，我也就有好口福了。不过，你直接叫我朱迪，我叫你小凡好吗？”

路小凡点了点头，也向窗外望去，心里真的有些忧虑，特别是听到朱迪说有可能几天都没人来。

她很快觉得她和朱迪这样说说笑笑的，把一个重病的老人晾在一边有多么不合适，于是连忙半转身，对着计维之说：“计伯伯，您要吃些什么呢，不如我帮您啊？”

计维之当然不能发声，只是眼珠子向朱迪斜了斜，还是不那么友善。

路小凡并没有多想，以为只是病人长期受病痛折磨后所产生的戾气罢了。

“计老先生的饮食是特制的，别人弄不来。”朱迪接过话，“全流质的营养食品，食用的时候，得我用导管导流。”

“那何必……”何必坚持五点开晚饭呢，她差点儿冲口而出。

正因为刚才朱迪的那种说法，她才以为会见到一个身体虚弱的正常老人，绝没想到计家老爷子是这样吊着半条命的样子。

“就是老人家的一点儿怪癖吧，能让他想起以前的健康岁月。”朱迪明白了路小凡的意思，解释道，“咱们中国人的传统，讲究顺者为孝，那就顺着他的心意好了。我们开动吧，他喜欢看别人吃饭。”

朱迪说完，就从容优雅地吃了起来。

路小凡也想自然点儿，但身边有个木乃伊似的老人死盯着，她怎么咽得下去？

无论她的想象力有多丰富，无论她在心里演练过多少遍第一次见对方家长的情形，无论她预测出多少种可能，也都没想到会是这样。一顿饭她吃得如坐针毡，心绪不宁。

她总觉得计维之看向她的目光里充满了警告和排斥。为什么呢？是她的错觉吗？

过了一会儿，计维之明显表现出疲惫的样子，看起来连睁着眼睛都困难了，这场煎熬般的晚餐才结束。

“你可以在这里等我会儿，我送了计老先生回房，再陪你回去好了。”朱迪好心建议。

路小凡婉拒。

这一次她很小心，努力搜索着脑海深处的记忆，没有再迷路。虽然回到空荡荡的二楼，仍然让她心里发毛。但两害相权取其轻，不用面对计维之，让她感觉轻松了很多。

可是过了没多久，外面传来敲门声。

即使有狂风骤雨为背景，在这样孤单的夜里，路小凡还是吓了一跳。

“谁？”

门外的朱迪听出路小凡声音发紧，嘴角禁不住微微上翘。

“是我。”她把声音调整得诚恳无比，“计老先生睡了，暂时不需要我。我觉得，你一定有很多问题要问，就不请自来了。”

路小凡真是没见过比朱迪更能体会人心的人了。所以，她很高兴地打开门，请朱迪进去。

“房间还满意吗？”朱迪坐在灯下的紫红色沙发上，“隔壁就是计先生的卧房。”她说着，眨了眨眼。

路小凡明明和计肇钧没有那种关系，在听到这种暗示的话时她还是脸色一红。这看在朱迪眼里，就有了一丝不明的暧昧意味。

“而且，从这间卧室的窗户望出去，风景是最好的呢。”朱迪却转了话题。

路小凡低头笑笑，道了谢，然后借机问：“计老先生……怎么会病得这样厉害？”在此之前，她对“病”的理解，无论如何也没有严重到这个程度。

从另一方面讲，父亲都这样了，计肇钧还不经常回家，似乎对父亲还很不谅解，她心里对他有些不满。

她觉得，计维之这种状态，应该维持不过一年了。既然看一眼少一眼，现在父子不和好，将来在长长的岁月中，心结一旦打开，计肇钧会留下遗憾的。而她，不想让他有一点点的不开心和不快乐。所以，她想帮他。

"计先生没有和你讲过吗？"朱迪露出意外的神色。

路小凡赧然。她要怎么说呢？她虽然和计肇钧订了婚，还是个不能见光，甚至不合法的婚，两人之间却仍然是陌生的。她爱他是本能，却并不了解他。

"你应该知道，计先生不是富二代，而是四代了。"朱迪并不追问，而是直接说，"不过在计老先生那一代，计氏发生了大危机，计老先生力挽狂澜，却也因为工作太辛苦，导致中年后身体就非常糟糕，差不多算百病缠身，大小手术做了不下五次。本来，他打算计先生成家后就把计氏交到儿子手上，但在五年前，计先生出了一场意外的车祸。"

"啊！"路小凡控制不住地轻叫出声，眼前似乎蓦然出现计肇钧肋下那块像是鬼脸的可怕伤疤。

"很严重吗？"她问。

"很严重，很严重。"朱迪点头，加强了语气，"几乎危及生命，当时没有医生敢肯定他能活下来。"

路小凡心疼了。

她虽然平凡渺小，日子过得紧巴巴，可前二十多年的人生很顺利，没经过什么大风波，何况是生死磨难。在这一点上，似乎计肇钧比较可怜。

"怎么会发生车祸的？"

"只是……意外。"朱迪顿了顿，又叹了口气，"计老先生受到的刺激和打击太大，中风了，而且是很严重的中风，损伤了他的植物神经系统，导致后来他的大脑对身体各部位的控制都渐渐散失。最后……包括大脑本身，所以他身边不能离开照顾的人。"

就是说，计老先生到最后会变成没有意识的植物人，然后自己中断呼吸？

"真的没办法治了吗？"路小凡问。话一出口，连她自己也觉得问得很白痴。

计家这么大的财势，如果能治，怎么会活死人一样拖着？有的时候，这样的生，还不如死。计维之每天承受什么样的痛苦，她简直无法想象。

"以现在的医疗科学程度，不能。"朱迪给了她一个确定的答复，"他只能熬一天算一天。"

"那你是什么时候来的计家？"路小凡受不了这么压抑的气氛，换了个话题。

"八年了。"朱迪忽然露出自嘲的神情，"差不多是我的整个青春岁月。我今年快三十了，原本大学毕业后在本市第一医院工作。那时计老先生因为心脏搭桥手术，住到我所在的科室。为了后续保养，医生建议计家请一名私人护士。计先生亲自选了我，觉得我技术过硬，为人也可以。"

"那真是蛮久了。"路小凡唏嘘。不知是不是她太敏感了，她觉得朱迪在说到计肇钧亲自选上她的时候，眼睛里闪现着一种光彩，虽然很快就黯淡下去，却满含着复杂难明的意味和感觉。但随后，她又觉得自己太多心了，计肇钧不是个拈花惹草的人。大约恋爱中的女人都是这样疑神疑鬼的吧，她不应该如此。

“这么多年，你就没有……”你就没有谈过恋爱，没有离开计家，或者有结婚的打算吗？不过路小凡知道交浅言深是要不得的，于是话到嘴边就住了口。

朱迪却猜出她的意思，大方地说道：“计家给的薪水很不错哦，而且和医院里繁重的工作比起来，专职照顾计老先生算轻松了。我们护士不像地位比较高的医生那样，容易得到病人的尊重。我们每天要面对很多奇葩的患者，还有因为生病而变得脾气古怪、暴躁甚至不讲理的患者，很辛苦的。说起来被计先生看中，我算出了苦海，该感谢他才是。”

又来了又来了！那种暧昧感又来了。尽管朱迪说得坦荡，语意也无不妥，“看中”什么的只是形容词，但似乎就是明里暗里地提起计肇钧对她的不同。

“白衣天使嘛。”路小凡掩饰住心意道。

朱迪却笑了：“我这个天使很有福报呢。计老先生甚至在遗嘱里为我做了安排。在他百年之后，我会得到一套市中心的房子和百万存款。”

“你这么多年悉心照顾计老先生，这也是你应得的呀。”路小凡由衷为朱迪高兴。

“计老先生很慷慨，计先生也是。”朱迪拢了拢头发，回了句奇怪又模棱两可的话，“人啊，相处的时间长了，是会生出感情来的，也会彼此熟悉得比亲人还亲。计老先生就算不能说话，我也能猜出他的意思。以后你如果要住在这个家里，对计老先生的表示有什么不明白的，可以来问我。”

“好呀。”路小凡点头。

之后，就冷场了。

两个女人对视一眼，都友好地笑笑，但那种骨子里的陌生和距离感，令聊天无法进行下去。正当路小凡打算给朱迪倒点儿茶或者饮料，缓解一下尴尬的气氛时，朱迪突然转了话题。

“其实几年前，我也有机会嫁给一个男人的。”她微微低下头，有一丝缅怀的样子，“那时候我真的很爱他，真的很爱，甚至愿意为他做一切事。不过我运气不好，到底他还是想要别的女人。真是渣。”

一道闪电划过天际，那明暗闪烁的光，映在了朱迪的脸上。那情伤是如此明显，令路小凡很不忍心。她二十四岁了，但因为忙于生活，又太过于羞涩，除了十三岁那场没头没尾的单恋，计肇钧就是她的初恋了。她没有体会过失恋的那种锥心之痛，可是同为女人，又似乎明白。

“别难过。”路小凡真心相劝，“我小舅说过一句很对的话：不经历渣男，怎么见彩虹？上次恋爱不成功，一定是有更好的等着你！”

“是吗？那可真好。”朱迪垂下眼睛，极快地掩饰掉那抹恨意。

而后，闪电后的雷鸣又到了。

这一次，比路小凡见到棺材那时的声音还要响，震动还要大。随后，接二连三的闪电追随而来，像千军万马向地面发起进攻。

包围着雨中孤岛般的计家大宅的暖光，那科技带来的光明，就像是要断气的人，噼噼啪啪地闪了几下，突然又暗了下去。

“又断电了？”路小凡听到自己抖抖索索地说。黑暗，仍然让她害怕。好在身边有人，相对要好过一点儿。

“没事，有备用电力系统，会自动启动的。”朱迪的声音传来，居然有飘忽的感觉。

“刚才不是启动了一次？还能第二次启动吗？”路小凡是文科生，不懂这些。

“可以。”

朱迪的回答让她安心，她也没有怀疑。

只是在听到“可以”二字的时候，正好有一道特别明亮的闪电从窗外映照进来，令路小凡看到朱迪的面容和表情。那一刻，温柔大方、善解人意的女护士哪有半点儿笑容。她似乎咬着牙，眼中满是闪烁不定的光，似乎她内心有个魔鬼，从被雷电震得松脱的心门中放了出来！

好在，灯很快又亮了。

朱迪打了个喷嚏，像是受凉了。

“啊，不好意思。”她道歉，目光四处搜寻。

路小凡看她身边什么也没带，有些尴尬地捂着鼻子，让她等一下，自己快速冲进浴室。路小凡想拿些纸巾，没想到纸巾是新的，她只好耐心地先开封。

偏在这时，她放在床上的手机响了。

朱迪见路小凡还没出来，快速起身，也不拿起手机，只伸长了脖子看。

来电显示：最亲爱的钧。

“肉麻。”她哼了一声。

手机不停地响着，朱迪几次想伸手接听，却忍住了，只盯着浴室的门。

“慢点儿出来。”她低声说，就像巫婆施咒，“慢一点儿，再慢一点儿……”

正如朱迪所愿，手机响了十几下后，路小凡才走出浴室。

路小凡堪堪听到了最后一声铃声。那音乐是她特设的，和别人来电时的曲子不一样，所以她立即知道是计肇钧打来的。

路小凡匆匆把纸巾递给朱迪，扑在床上，拿过手机。

“阿钧阿钧……”她第一次叫得这么顺口，而且热烈。

“小凡……”只两个字，路小凡就觉得整颗心都熨帖了。他的声音那么好听，轻柔得好像春天的风，拂遍了她的整个心田，抚慰了她的惴惴不安。

可是，随着一声雷鸣，他们彼此的声音消失在话筒里，彻底断绝。

“喂喂，阿钧……喂……阿钧，怎么回事啊？”路小凡徒劳地翻看手机。

“谁啊？”朱迪明知故问，“是计先生？”

路小凡张了张嘴，想说什么，沮丧感却让她只摇了摇头。他很少主动打电话给她的，好不容易打来一次，结果……这一次错过，她都无法形容自己有多失望。其实，若她翻看记录，会发现之前刘春力也打了无数通电话过来。只是当时她在楼下餐厅，根本不知道罢了。

“如果有急事，你再拨回去就是了。”朱迪提醒她。

路小凡来了精神。对啊，多大个事儿，她似乎被困在了情绪里，连这么简单的道理都忘记了。每次遇到和计肇钧相关的事，她总是变成白痴一样。怪不得人家说，姑娘家如果想智商正常，就不能恋爱。

她拿着手机狂拨一阵后，沮丧道：“完全没信号啊，怎么回事？”

朱迪抿着唇，生怕忍不住自己幸灾乐祸的笑意，她太喜欢看路小凡失望了。

“啊，我忘记了。”朱迪装作才想起来的样子，“我们这边的信号塔在后山，下暴雨可能导致山里没有信号吧。”

“那万一雨一直下，路被冲毁的话，岂不是没办法和外界联络？”路小凡担心。她看了看手机，还是没有信号，连网络也没有。

“路怎么会垮？虽然雨是大了一点儿。”朱迪安慰道，同时站起身来，“你放心吧，就算断水断电，以计宅的储备来说，坚持一周都没问题。别担心，现在科技这么发达，就算公共设施坏了，也很快能修好。那我先走了，你如果累了就早点儿睡。如果睡不着……现在也没办法看电视或者上网，但计家有个大书房，就在一楼，藏书很丰富的，你可以找几本书来看看。”

路小凡的头摇得跟拨浪鼓似的。

在这个大而空、处处透着古怪又少人气的计家大宅里，她还是少四处溜达为妙。

钱叔说过：“只要不乱跑就不会有事的，尤其是晚上。”

送走朱迪后，路小凡躲在床上，懊恼到睡意全无，“他为什么打电话，他要和我说些什么？”她把手机贴在面颊上，不断猜测。仿佛这样，就能贴近计肇钧的胸膛和心脏。

他们拥抱过。

他或许觉得没什么，可她把每一秒都定格在心里，偷偷地不断回放。

他的怀抱温暖而宽阔，绝不像他外表那样冰冷冰冷。他的心跳那样有力，每当伏在他胸前时，她就什么也不怕了。

计肇钧，计肇钧，计肇钧……她不断轻声念着他的名字。

第十一章　他来守护她

而被路小凡心心念念的计肇钧，此时正像热锅上的蚂蚁，满屋乱转。

吩咐过陆瑜后，他仍然不放心，忍耐了几个小时后，又打了电话回去。他想知道陆瑜有没有到达计家大宅。

陆瑜却说："雨下得太大了，整座城市都进入了'看海'阶段，别说回到郊区了，我连市区都出不去。但钧哥你别急，只要雨一停，水很快就会落下去，我立即、马上毫不犹豫地赶去计家。"

计肇钧不安得很，可远在万里之外，还真的没有办法，只能等。然后他决定打电话给路小凡，要说什么也不知道，有什么作用也没想过，只觉得要听听她的声音，知道她平安就好。

没想到的是，两人只是叫了对方的名字，信号就断了。

小凡好像很激动，似乎对他非常想念，那声音听起来……好像要立即扑到他的怀里。本来他内心是很平静的，可自从知道她去了计家大宅后便牵挂起来。

这是思念？他分不清楚，只是脑海里全是关于她的想象，不好的想象！

无可奈何之中，他理智地思考了一下，立即明白应该是极端天气造成的通信无法联络。再翻看机票信息的时候，他忽然啼笑皆非。

陆瑜说得对，小凡去大宅，会有什么实质性的危险呢，他这样反应过度才奇怪好吗？自始至终，是他心里有鬼。

婚是他自己求的，想留她在身边也是自己的想法，却又不想让她接近他的一切，获悉他的罪恶，这有多么矛盾？

正所谓纸包不住火，但，也有永无天日的秘密！

为今之计，他必须快速结束公司的事务，然后订最早的机票，尽快回到国内。

不管他与路小凡的结局是什么，她应该由他来守护，而不是陆瑜，也不是刘春力，不是除他以外的任何人！除非，某一天他自身难保。

想通了，他便强迫自己静下心来，埋头于工作中。

与此同时，陆瑜正在国内的单身公寓里，身边一左一右坐着刘春力和傅敏。

“要不，咱们看看哪有租橡皮船的？”刘春力出主意。

“你还能再不靠谱一点儿吗？”陆瑜翻翻眼睛，“你的意思是，咱们划船去计家大宅？你怎么不说游过去呢？”

“我不会游泳，我们全家都不会游泳！”刘春力不满，“有能耐笑话我，那你说怎么办？你有更好的主意吗？”

“我早知道不该来找你！”

“嘁，你敢违背你家主人吗？”刘春力呛声，“不是他让你找我，你能来？”

“那是我老板，是我大哥！我又不是狗，还主人主人的。”因为傅敏就在旁边，陆瑜战斗力爆表，“要不是我去接你，你还困在那个破商厦的柜台后面，等着露宿楼顶吧。”

“你接到我有什么用，关键是咱们去不了郊区，找不到小凡！”刘春力把一直握在手里的手机扔在沙发上，“看，现在连信号都断了！”

“嘘！快看这个。”两人正要继续吵，安静地坐在一边的傅敏突然出声，手指着电视。

新闻正在即时播报，那个穿着雨衣、打着雨伞还被淋成落汤鸡的女主持人哆嗦着声音说：“瞬时雷雨太大，已经打破有史以来的纪录，不仅有人在这种天气下失踪，出了事故，大雨还造成了地质灾难。”

“她说有山体滑坡的地方，是不是计家大宅那边？”刘春力安静了一会儿，转身问陆瑜。

陆瑜很不想点头，但撒不来谎。

“那小凡怎么办？”刘春力顿时急了。

“不是说只是封了路吗？”傅敏不紧不慢地说，“看画面，别墅那边很安全的。你们要知道，山体滑坡、泥石流这种事，会发生在绿化和植被不好，或山体比较陡峭的地方。别墅区那边在建设的时候就注意到各方面了，风水好，绿化好，会非常安全的。只要……”她抬眼看看刘春力，“待在屋子里别出来。”

刘春力看傅敏不顺眼，想回嘴，但傅敏毕竟是女孩子，他便忍着没出声。

陆瑜则表示支持傅敏的智商和冷静：“你说得没错，除非前年那种可怕的情况，不然肯定没事的。”

刘春力冷冷地瞥着陆瑜，仿佛看到了他身后的大尾巴，平时对计肇钧摇就罢了，现在还对傅敏摇，让他简直气不打一处来。

趁陆瑜不备，刘春力拧了他一下。

陆瑜吃疼回头，却看到刘春力的眼色。不得已，恋恋不舍地离开了傅敏，跟刘春力到厨房去了。

“说，计家到底有什么问题，为什么计肇钧那么着急非让咱们冒雨过去？”刘春力直截了当地问，“有情绪不稳定的精神病人，还是有杀人机关？”

“想象力不要太丰富。”陆瑜不满，“那是计家，你当是鬼宅啊？”

“如果没问题，计肇钧那种八级大风都吹不动的冷淡工作狂，搞得这么紧张干什么？”

“那是因为计家太大，人又太少，遇到打雷下雨的，会让胆小的女孩子感到害怕。所以，我们老板才让我们过去陪着。看吧，关心人也关心出错来了。”

“小凡胆子是小。”刘春力忽然叹了口气，很心疼这个才比他小半岁的外甥女，“小时候听鬼故事，就她当真。早知道……早知道以前不吓唬她了。”

“可是现在这情况，急也没有用。急，你就能立即到计宅去吗？”陆瑜神情认真地摊手，“但你放心，路小凡真的不会有事。我们就等着，道路一通畅，第一时间过去。你的手机也随时注意着，万一信号先通了呢？”

“也只能这样了。”

陆瑜见说通了刘春力，就要回客厅去，没承想又被刘春力一把拉了回来。

“那你带着她干吗？”刘春力下巴一抬，指向客厅的方向。

“我从公司出来去找你时，正好傅敏到公司来找我。”说到这里，陆瑜挺高兴，“这种天气，我连你都捎带上了，总不能把人家一个女孩扔下吧？”

“那有必要带她去计家吗？”

“她有假期，本来就是打算陪我的。所以，我去哪儿，她去哪儿。”

“哼，装模作样。”

“那是我的女神！”陆瑜瞪眼。

刘春力见随和的陆瑜突然强硬起来，也知道不好直接戳人家的心，干脆举起双手做投降状，之后又指了指里面：“快滚去你女神身边，别让老子看见你。有这时间，我不如求老天爷让这雨快停吧。什么雨啊，居然下成灾了！”

然而，这雨一夜未停，第二天早上天才放晴。

水是下去了，但塌方的路面还得两天才能修好。陆瑜三人开车到了山前，没办法又转了回去。

身在计宅中的路小凡却不知半夜何时睡着了，早上睁眼时只觉得阳光灿烂。

天气好，心情也会好的。

恍然间，她还以为回到了家乡，自己还在上小学，与小舅睡在上下铺。只有那时候，天才蓝得像一块蓝翡翠，毫无瑕疵，宛如仙境。也只有那时候，她才过得无忧无虑，哪怕家里生活困难，她还要照顾外婆。

很快，她就发现这大而华丽却缺少温暖的地方是哪里了。

她一夜和衣而卧，极不舒服，还睡落了枕。她一边伸着懒腰，一边走到窗边，打开窗子往外看。

昨天看起来还郁郁葱葱的计家花园，如今遍地残红，连灯柱子都倒了两根。

不过令人愉快的是，此时花园中有人正在做清扫工作。

“钱叔，早上好。”她忍不住打招呼，叫了一声后又紧张地捂住嘴。

她的声音并不大，但空山新雨后，澄澈的不只是天空大地，还有空气，于是声音传播得又远又响亮。

她房间的斜上方，就是计维之的卧室，会不会吵到病人啊？

老钱抬起头，笑着对路小凡挥了挥手："早上好啊，路小姐。你不用这么紧张的，计老先生被朱小姐推着到后院散步了。朱小姐说了，早上氧含量高，最适宜身体虚弱的病人，天然的才是最大补的呢。"

"哦，这样。"路小凡蓦然放松了精神，心里却也有点儿奇怪。

昨天朱迪还对计维之的身体那么紧张，好像计维之是纸人，一吹就倒，今天居然又能出门活动了。这给她的感觉是，朱迪说什么就是什么，简直像圣旨一样。可偏偏，她外表那么温雅，完全不会让人反感。

能与人相处到这种程度，也是本事。

"钱叔，吃早饭了吗？"路小凡站在二楼的窗边问。

"听说上山的那条路发生了泥石流，别说来做家务的大嫂们了，连维修人员也过不来。"老钱笑笑，手上仍然收拾着断枝残叶，"路不通，电啊，宽带啊，手机信号啊，也暂时都断着。听说会抢修，再坚持一天吧。"

"肚子不能坚持啊，钱叔等我一下。"路小凡说着，也不等老钱回答，快速去浴室洗漱，换了干净的衣服就下楼了。

路小凡虽然路痴，但走了两回，只要不去别的地方"探险"，也不至于再走错。一般情况下，餐厅旁边就是厨房，还好计家大宅也遵循了这个规则。

对于喜欢做饭的人来说，能有一个又大又干净整洁的厨房，是非常令人高兴的。计家的厨房就是这样，再看那漂亮的三门冰箱和里面满满的食材，路小凡开心得要跳起来了。

既然朱迪昨晚说过可以动用厨房里的东西，她干脆手脚麻利地做了双人份的营养早餐，十五分钟就全做好了。因为想起计老爷子不喜欢有"别人"乱进大屋的习惯，只好把早餐装进一只带活动翻盖的野餐篮子里，打算去花园和钱叔一起吃。

她无意中抬头，从厨房的窗户，看到了计宅后园的一角。

这里不愧是天价的高档社区，不仅环境清幽，各项设施的质量也很过硬，比如排水系统。昨夜那样的暴雨，却没给别墅内造成大面积积水，只是冲刷得花园内五彩石头铺就的小径闪闪发光。而就在小径尽头，有一处漂亮的玻璃花房，里面的花木没有受到极端天气的荼毒，那些姹紫嫣红被明媚的阳光一照，形成华美的背景。

朱迪穿着纯白色、长及脚踝的棉质连身裙，外面套着青灰色开衫，就站在那前面，被衬得格外醒目。

她对面是坐在轮椅里的计维之。因为穿着褐色的衣裳，头发灰白，看起来就像一堆腐烂的木头。

朱迪半弯着身，不知和计维之说着什么，脸上挂着一抹笑意。而计维之因为是背对着厨房窗子，所以路小凡看不到他脸上的表情。他的头虽然歪斜着，可看样子是在试图自我扳正，肩膀那里因为用力而僵硬颤抖。

路小凡不禁轻轻皱眉。

虽说是晚夏，前几天还热得吓人，但因为昨天那场突如其来的暴雨，导致今晨的气温骤然降低。身材瘦高的朱迪还要加一件衣服，计维之这样半死之人的身上却比较单薄，这样真的好吗？照理说朱迪是专职护士，不会注意不到这一点。难道说需要病体在低温中待一会儿？可是从计维之的肢体语言上来看，像是在抗拒？

路小凡不知道自己是不是看错了，因为她不那么确定。她想再观察一下，朱迪却仿佛感觉到有人窥视，猛地回过头来。路小凡本能地蹲下身子，躲开了那目光。

可为什么要躲？不是应该大大方方地挥手致意，笑着点头吗？

路小凡心里懊恼，觉得自己的行为上不得台面，像是做贼心虚。这情绪一直持续到她见到老钱，以及跟在老钱身后的人的时候。

“他是园丁老冯。”老钱介绍，“整个计家的花园都是他在打理，真的很厉害。”

“冯叔。”因为这男人年纪看起来比老钱还大，路小凡礼貌地尊称。

“嗯嗯。”老冯急忙点头，双手局促不安地在衣服上擦着，神情看起来有些慌乱，有些受宠若惊，甚至有些羞涩，显然是很少与人打交道。

路小凡恍然记起，昨天她初来乍到，在阳台上时与老冯打过照面，当时他表现友好，还挥手冲着她笑。只是当计维之出现时，他就吓跑了，胆子小得很。如今这反应，更显得他整个人有些异常。

“我来给你们送早餐。”既然对方是两个人，路小凡举举手中的篮子，只得把自己那份奉献出去，“不是自夸，真的还不错哦。”

“这怎么好意思？”老钱推辞，毕竟路小凡是重要的客人，而他们只是在计家工作而已。不过老冯却伸长脖子看，肚子还很配合地叫了起来。

路小凡被逗笑了：“有什么不好意思的？我顺手做的嘛，你们不吃也浪费了。”她四处看看，“要不，去你们住的地方？”

游泳池边建了两间平房，虽然用作用人房，又隔离于主屋，实际上环境很不错，设计独特，有大而明亮的落地窗，面对着泳池，背靠着花圃，里面的摆设简单却不粗陋，倒像是两间小小的书房或者画室之类的。

路小凡见屋前正好有一套白色的铁艺桌椅，就提议：“天气这么好，这时候太阳也不热，就在外面吃吧？啊！”她看看篮子，“我忘了饮料杯。”

“我去拿。”老钱招呼一声，快步走进左边自己的房间。

路小凡就和老冯一起，把早餐一样样拿出来，里面有吐司、奶酪、煎蛋、培根、水果……完全是按西式早餐准备的。

老冯看起来很高兴的样子，笑得露出两排白牙。

可就在这时，一条黑影闪电般蹿过来，胖成球的身体却轻如蝴蝶地落在了桌上，差点儿打翻果酱碗，一蓝一绿的两只眼睛灼灼放光。这正是昨晚那只差点儿把路小凡吓掉魂的黑猫。

看样子，它是被鱼排的味道吸引来的。

“喂，你太没礼貌了吧？”路小凡被惊了一下后马上回过神来，指着黑猫斥责，“这是给两位叔叔的早餐，你要吃的话，跟我去厨房，我帮你弄鱼，纯鱼！”说着，她就要把黑猫抱下桌，哪想到老冯却猛地拉住她的胳膊。他的力气很大，几乎把路小凡拽了个趔趄。

“怎么啦？”她惊讶。

老冯脸上的惊恐是那样清晰，他的眼睛瞪得大大的，嘴唇都没了血色：“亡灵……亡灵代言人！”他指着黑猫。

路小凡蒙了。转头看去，又觉得老冯是真的很害怕，以至于整个身体都在发抖，顿时觉得他有些可怜。于是她忍耐着手臂被抓的痛楚，轻拍老冯的手道：“不要怕啊，只不过是只黑猫而已。”

“不！不不，绿眼的黑猫，都是从阎王殿来的，身后跟着冤魂！”老冯叫得声音都岔了，“我看得见，我看得见！女鬼，好长的指甲，脸是黑的……”

他的神情太凄厉，态度太认真，眼睛还直直盯着黑猫身后，所以就算青天白日的，路小凡还是感觉汗毛直竖，鸡皮疙瘩都起来了。

“哪来的冤魂啊，别乱讲话！”她试图抽出手，未果。

“有的！真有的！计夫人……计夫人……她好惨啊。”

路小凡的心都揪紧了，喉咙就像被掐着，一时说不出话来。

计夫人？什么计夫人？是计维之的老婆，计肇钧的妈妈？她不是早就去世了吗？早到计肇钧都记不清楚她的样子。

“带……计夫人，你别过来！不关我的事啊，你别找我！”老冯又叫，整个人都躲在路小凡身后。这样，路小凡就被推得直面那只黑猫了，距离很近。

蓝绿的猫眼，定定地望着她，显得有点儿瘆人。路小凡本来是很喜欢小动物的，这时候心头却在打鼓。

“好吧，我赶它走。”路小凡咬咬牙，哄着老冯，更像是在宽慰自己。

她举着那只没被抓着的胳膊，手中的野餐篮对着黑猫随便比画了几下。哪想到这黑猫真的不怕她，淡定地又瞥了她几眼，低下头啃那块鱼排。

“喂，快走！快走！这不是给你吃的。”路小凡不被猫眼盯着，那种恐惧感消失了。

幸好这时候老钱拿着饮料杯从屋里出来，三两步跑到桌前，作势要打，那黑猫才唰一下跑掉。但临走，它也没有忘记叼走自己看中的食物。

“这猫真要成精了，太聪明。”老钱低声嘟哝着，放下饮料杯解放了路小凡的手臂，又回头安慰老冯，“不用怕，你看天上，多大的太阳，有亡灵也不敢这时候出来的。”

“有太阳……嗯，有太阳……”老冯的十指无意识地绞动着，神情倒是放松了，“我要回屋里去，关上门。猫进不来，亡灵就进不来了。”

“好好，我帮你。”老钱好脾气地说着，拿了那份完整的早餐，送老冯回屋。

路小凡满腹狐疑，向四周望望。

美好的早晨，雨后空气清新，凉风习习，蓝天如碧，映着那清澈无比的游泳池水。望着这些，路小凡忽然就回了神，刚才的插曲那样突兀，却又那样清淡，好像随时会消失。

“路小凡，小舅不是说过，你这种人太容易接受心理暗示，能不能意志坚强点儿？”她轻声骂自己，“这世上就没有鬼魂！”

她一边做自我心理建设一边整理剩下的吃食，好在除了鱼排，其他东西都没有受到“污染”，她努力把盘子摆得漂亮点儿。

“吓着了吧？”老钱很快回来，和气地冲路小凡笑笑，“别怕，老冯人很好的，就是胆子太小，经常说些奇怪的话，但不会伤人。不过他这里……”他又指指脑袋，“有点儿问题，你习惯了就好。”

“怎么回事？”路小凡惊讶。她心软，特别容易同情老弱病残和流浪动物。

“具体的不清楚。”老钱摇摇头，“我只比你早来了一段时间，不是计家的老员工。但听说老冯从前受过刺激，住过十几年的精神病院。”

“天哪。”路小凡吃惊。

怪不得，她总觉得老冯有些不正常。那么，刚才那“不正常”的言论，也就是“正常”的了，对吧？

“他没有亲人，出院后没有地方去，也无法完全独居。幸好他的主治医生从前是朱小姐的老师，就拜托朱小姐把他带到计家。”老钱叹了口气，继续说，“他这也算不幸中之大幸，不仅遇到了好医生，还遇到了好心人。”

“他貌似没有完全好转。看样子，偶尔会幻视或者幻听啊。刚才说黑猫、女鬼什么的……”路小凡望了一眼右边那房门紧闭的小屋。

正巧，老冯也在向外看，整个脸部因为贴在玻璃上而变形。那对眼珠不断地转来转去，看起来很紧张，而且像是要掉出眼眶。

真的只是幻觉吗？路小凡突然又有点儿不确定了。从前在家乡的时候，她听老人们说过，小孩子、小动物和精神有问题的人眼睛最干净，能看到常人看不到的东西。

“这种病，哪可能完全好？”老钱遗憾地摇摇头，“身体坏了，该修修，该补补，可是这心和脑子要是坏了啊，那真是一辈子的事。”

“钱叔说话好有哲理。”路小凡移开目光。对老冯，她居然有点儿不敢再看。

“这就是理，不是哲理。”老钱失笑，“好在老冯虽然脑筋不太清楚，料理花草倒是一把好手。计家虽然不差一个人吃饭，可到底他能自食其力，还有地方可以活下去。蛮好，蛮好。”

路小凡也觉得这样挺好的，不禁对朱迪产生了一些好感。毕竟，行善无论大小，有心就好。像老冯这样的人，没有亲人朋友在身边，他自己真的没办法生存。留在计家就不同了，与世隔绝，他的生活反而简单。

但是，老冯为什么要怕那只黑猫？又说什么亡灵，什么冤枉？真的只是他遗留的病情引起的幻听幻视吗？可是他说了“带”字，与计肇钧的前妻戴欣荣有关系吗？难道他说的计夫人不是计老夫人，而是计少夫人？

这些疑问像种子一样种在路小凡的心里，在她的不知不觉中生根发芽。

不过当时她没有细想，只留下钱叔吃的早餐，她自己原路返回了厨房。她从厨房的窗子向外看，见早起散步呼吸新鲜空气的朱迪和计维之已经离开了。于是，她决定给自己和朱迪重新做一份早餐。

忙活到一半的时候，门铃突然响了。

门铃用的是小鸟的叫声，在寂静的早上突然响起来，倒吓了路小凡一跳，害得她差点儿切伤手指。她循着声音找了找，发现厨房有对讲机，这才回想起昨天进门时看见主屋的门边也有。

她有些犹豫，不知要不要帮忙看看来者是谁。她现在算是客人，本来不好插手。但是，计家这么大，人这么少，不知平时是谁负责门禁的，钱叔吗？

在她不知如何是好的时候，门铃又响了，倒并不急切，而是安静了一会儿再响起来，不紧不慢但坚持得很，有股锲而不舍的劲头。

“还是看看来者何人吧。”她咬咬牙决定。

路小凡的手才伸到对讲门铃前，还没按下对话键，图像就已经显示了，这说明在大屋的其他地方，有人已经在回应了。

好奇心的驱使，使她站在那儿，看向画面。

那是一个年轻的男人，三十岁上下，长相俊秀斯文，鼻梁上架着精致的金丝眼镜，笑容得体，明媚的阳光令他的发梢都染上了金色。

长得好像师奶杀手裴勇俊！这男人真是好看，和计肇钧是两种风格，一个暖，一个冷，一个柔，一个刚。

这是江东明给路小凡的第一印象。

“你怎么来了？”朱迪的声音突然传来，有点儿冷。

路小凡吃了一惊，本能地转过头，随后才意识到声音是从对讲门铃中传出来的。计宅因为占地太大，人太少，很有可能有数个门禁系统，不过线路应该是共通的，所以有一处说话，其他地方也能听到。

“怎么，不欢迎吗？”江东明笑吟吟地凑近了摄像头。

突然放大的头像，好似他本人贴了过来，那种逼近感明明没有什么，却带着一种隐含的威胁，别说是路小凡，就连朱迪都吓一跳。

“咦，这男人的皮肤真是好啊，和小舅有的一拼。”

这是江东明给路小凡的第二印象。

可紧接着，江东明又后退了两步，令门禁对面的人可以看到他的全身。他身穿浅灰色的西装，做工极为考究。

“瘦削的男人虽然不是我喜欢的类型，但也很不错哦。”

这是江东明给路小凡的第三印象。

最后，她才注意到他脚边还放着一只旅行箱。

“看清了？所以快开门吧。”江东明的声音传来。

“路被大雨冲塌了，你怎么过来的？”朱迪没开门，而是问出了路小凡心中的疑问。

“有人过不来，是为什么？因为笨。”江东明话语中的轻浮感，完全不让人讨厌，“计氏集团拥有直升机的，不记得吗？我走不过来，我飞过来啊。”

“你还没说你为什么过来。”朱迪的声音越发冷了，有拒人千里之外的感觉。

这甚至让路小凡开始怀疑，对讲机里的人和她所见到的那个令人如沐春风的瘦削美女是同一个吗？

显然，朱迪很不喜欢这个中国版裴勇俊。

可是为什么？若非有深层的交往，很少有女人会讨厌这样的男人吧。

“我来看我的姑父！亲姑父。这个理由，可以吗？”被不礼貌地盘问后，江东明没有流露出一丝不耐烦，情绪掩饰得极好。

路小凡终于懂了。

原来，这个大帅哥是计肇钧的姻亲。看年纪应该算是计肇钧的表哥，也就是计老夫人的娘家侄子。

另一边，朱迪却还没开门，似乎在考虑什么。

门外的江东明忽然笑了：“亲爱的，非让我说点儿肉麻的甜言蜜语才放我进去是吗？不过我听说家里来了位小客人啊，万一被听到……你不介意的话，我无所谓的。”说着，他眨了眨眼睛。

这种隔着摄像头公开调情的手法太老辣，路小凡明知道对方看不到自己，还是完全被吓到了，好像偷窥被抓到了一样。但她真不是故意要围观的。

听这语气，貌似朱迪和中国版斐勇俊有什么感情纠葛。朱迪所说的曾经爱过的人，是他吗？那个人不是结婚了吗？这个人呢？路小凡回忆了一下刚才他正领带的动作，他的手上貌似没有戴结婚戒指啊。

想到这里，路小凡看看自己的左手无名指。

在出差的前一晚，计肇钧亲自给她套了个造型像小天使的戒指，但她来计家之前，怕被人看到不好，就偷偷摘掉了。到底，她现在还是名不正言不顺的。

路小凡下意识地退离了对讲门铃，回去继续做她的早饭，而另一边的朱迪似乎受了此话的影响，终究开了铁门。

江东明嘲讽地笑笑，拉着行李箱，施施然走了进来。快到大屋门前时，他抬头看了看三楼的次卧。朱迪就站在窗边，居高临下。

“没有我，这场戏怎么开锣呢？”他喃喃自语，做了个摊手耸肩的动作。

路小凡在厨房内，因为心里燃烧着八卦之火，手上动作慢了许多，花了平时两倍的时间才做好早餐。而当她一回身时，迎面差点儿撞上人形肉墙，惊得她手一歪，餐盘差点儿落地。

江东明手疾眼快，稳稳地接过餐盘。

“姑娘一见我就被吓到，你是第一个这样反应的人哦。”江东明望着瞪大眼睛的路小凡，笑得迷人，“你是我表弟的心上人？”

他问得太直白了，害得路小凡涨红了脸。

“呀，小白兔型啊，可爱死了。”江东明自顾自拿着餐盘往餐厅走，路小凡下意识地跟在后面。

“我叫江东明，计肇钧叫我表哥，你以后也可以这样叫。”他坐下，开吃。

不是给你做的啊！路小凡想阻止，但话到嘴边又咽了下去。算了，顶多她一会儿自己泡个面吃吧。刚才，她居然在计家的食品柜里发现了这种垃圾食物。

“来，你也吃。”江东明推了个三明治过来，“你应该做的是双人份，可是朱迪从来不吃早餐的。坐啊，一家子亲戚，你干吗这样生分啊？”

“你怎么知道……”

“我怎么知道朱迪从不吃早餐？”江东明替她说下去，“她来计家八年，我们可是老朋友了。”他加重了“朋友”二字，还挑了挑眉。

第十二章　心酸与拥抱

这顿早餐，路小凡吃得坐立不安。

倒是江东明自在得很，一边吃一边赞叹路小凡的厨艺高超，能把这么简单的西式早餐做得如此美味，搭配得又如此营养。

“我亲爱的表弟就是个冷面阎王，倾国佳人到他面前，也会被他判死刑。他突然就迷上了你，我还很奇怪呢。”江东明说，“现在我明白了，伪白花在现在这年头多的是，真正的小白兔就少之又少了，何况你还是‘贤妻良兔’，不敢说绝品，也是稀有品种了。换我，也立即订下，不然让人拐跑了怎么办？”

贤妻良母就算了，贤妻良“兔”是个什么鬼？这是什么破比喻啊。路小凡腹诽着，可心里又甜丝丝的。因为对方说计肇钧“迷”上她，暗示她战胜了很多美女。这让她感觉到了自己的独一无二，以及和计肇钧的亲近。她回过头想想，江东明真是非常会说话，无意间就打破了她的心防。

奇怪的是，整整一天，朱迪只在午餐和晚餐时出现了片刻，以计维之身体欠佳为借口，拿了餐食到楼上去吃，对江东明非常冷淡。

路小凡对朱迪明显表现出的反感情绪感到惊讶。一来，据她之前的偷听，朱迪与江东明应该很熟悉才对。二来，她是那个周到聪明的人，照理不会情绪外露。路小凡很好奇。

因为多了个人，主动承担了做午餐和晚餐任务的路小凡增加了工作量，但她还是很开心，毕竟晚上的时候，整个计家大宅的二楼并不只有她一个人住了。

“我搬到你隔壁好不好？”江东明回房间时笑着说，“虽然我在计家有个固定的房间，就是二楼最里面那间，我喜欢看后院嘛。不过如果你害怕……房间多得很。”

“没关系没关系，还是按习惯好了。”路小凡赶紧说。

她不是不害怕的，这个大屋就算白天也阴森森的，除了厨房这种火气旺的地方，她根本不愿意待在房间里。但江东明这人让她紧张，她本能地婉拒了。

第三天早上，路小凡正在厨房里忙活，陆瑜、刘春力和傅敏就到了。

“小舅小舅！”路小凡跑出去，开心地抱着刘春力跳了两下。

计家的车道和车库都在外围，若进大屋，都要走路通过那条两侧全是灯柱的林荫小道，或者走后门另一条曲径通幽的小路。刘春力因为急着见路小凡，走得非常快，此时正有点儿气喘。

“谋杀亲舅啊，快勒死我了，放手。”他略显粗暴地拉开路小凡，嫌弃地上下打量，悬了两天的心终于放了下来。

“嗯，还全须全尾的。”刘春力捏着路小凡的下巴，把她的脸推左推右地又看了两遍，才把目光放在主屋上，“这么大的屋子，听说人很少，怕不怕？”

路小凡笑得傻兮兮的，多么想告诉刘春力自己来的当天差点儿吓死啊，可终究摇了摇头。事情都过去了，何必再让他们担心呢？

“你怎么来了？”路小凡正沉浸在喜悦中，就听陆瑜懊恼的声音响起。

她回头一看，江东明正从大屋走出来。他穿着浅蓝色竖条纹的休闲西装，里面居然配浅灰波点衬衣加一条橙色齐膝荧光短裤，戴着墨镜和白草帽，脚上是蓝灰相间的球鞋，手里拿着一部皮面手机，看样子像是要到山间小路上好好散个步。

这样激烈的大撞色，把自己搞得像调色板一样，可浑身上下还散发着一股文艺男的味道，看起来那么潮，那么赏心悦目，江东明不当模特真是太可惜了。

“我想，我没必要回答你，陆助理。”江东明似乎并不意外陆瑜会来，“倒是你，怎么来了？”他反问。

“这里也有我固定的房间。”陆瑜哼道。

江东明转向刘春力：“这位是？”

“我小舅。”路小凡连忙回答，抓紧了刘春力的手。

她很怕江东明对刘春力表现出轻视的意思，她这位小舅可是脾气很不好的。若惹毛了他，天王老子他也敢骂的。

哪想到江东明根本没有，反而很诚恳地打招呼，不知道的，还以为他是这里的主人呢。

接下来，江东明又把目光投向陆瑜身边：“我有荣幸认识这位美女吗？”

路小凡这才发现还有一个女人。

下一刻，陆瑜的话解释了两人的关系：“没荣幸！这是我女朋友，你闪远点儿。”

傅敏聪明地保持着沉默，只礼貌地点了点头。

“终于见识到什么叫鲜花插在牛粪上了。”江东明优雅地表现了一下毒舌，随后没等陆瑜反应过来，就对众人挥挥手，优哉游哉地走了。

“他说什么？”江东明走远，陆瑜才怒问。

“算啦，快进去吧。”刘春力翻翻白眼。

幸好这时朱迪出现了，缓解了略显尴尬的局面。

朱迪恢复了热情周到又温和大方的风度，表示欢迎后说：“计老先生受了点儿风寒，这两天怕不能见客。反正计家的房间够用，大家请随意，都不是外人。”

路小凡脑海里浮现昨天上午的景象，忽然很怀疑朱迪有没有好好照顾计维之。但随即她又觉得是自己想太多了，毕竟人家当了八年贴身护士，她无权置喙。

最后，刘春力选了路小凡隔壁的房间。陆瑜本来的房间就在二楼主卧，也就是计肇钧房间的对面。

令路小凡有些不舒服的是，傅敏在陆瑜的介绍下，和她简短地打了个招呼后，就选了另一间次卧。

相当于她和傅敏分住在了计肇钧的房间两侧。

“你说他昨天就来了？绝对不可能！”早餐时，当陆瑜听说江东明昨天就到了时，惊讶得瞪大了眼睛，“上山的路是今天早上才修好的，你小舅逼着我天没亮就出发，守在山道那里等。我很确定，我们是第一辆上山的车。”

“他说计氏集团有自己的直升机。”路小凡解释。

“啊，我怎么忘记了这个。”陆瑜懊恼地拍了一下头。

“快别拍了，本来就不怎么聪明。”刘春力挖苦道。

“也不能怪我啊，一时没想起来嘛。”因为傅敏坐在身侧，陆瑜努力不在心上人面前丢脸，于是急着解释道，“钧哥也没想起来啊，急得差点儿从美国直飞回来，还是我劝住的。”

此话一出，桌上两个女人的眼睛都抬了起来，神情也都很意外。

朱迪倒是没在，她似乎在躲江东明。而江东明这个步散的时间长了些，都没赶回来吃早餐。

“钧哥的工作结束了？”没等路小凡说话，傅敏先开口问。

“没有。”陆瑜大大咧咧的，“他就是听说路小姐一个人来了大宅，怕她会害怕，想赶飞机回来陪她。”

“不是他给你发邮件，同意小凡先过来的吗？”刘春力抓住问题的关键。

陆瑜心里一跳，发现自己说漏了嘴。他不确定计肇钧要不要对外说明邮箱被黑的事，于是支吾了一下才道：“之前……钧哥可能没考虑那么多呀，他每天多忙多累啊。再说，谁想到会有这么极端的天气？说起来那天的雷暴真吓人，几个小时雷电就没停过，听说市区很多地方断电了。”

“今天早上遇到的工程车，是修这边的信号塔的吧？”刘春力低头看了看手机，“还是没信号，但愿早点儿修好。”

“没有网络你会死吗？这里好山好水的，不会出去逛逛？”陆瑜鄙视。

“我吃饱了，去逛狂这里的好山好水！”傅敏再度开口，语气有些生硬和突兀。她站起身，身子撞到了椅子，发出咣的一声响。

所有人都吃了一惊。

“你怎么才吃这么点儿？”陆瑜跟着站了起来，讨好地说，“你真的不用减肥的，你那么瘦。”

“我只是想散个步而已，这也不行吗？”傅敏似乎情绪恶劣，声音突然抬高，又吓了在座的人一跳。

但她很快意识到自己的失态：“对不起，我可能有点儿晕车，胃不舒服，需要新鲜空气，那我……我先失陪了。”说完就离席，快步走了。

陆瑜觉得莫名其妙，第一时间追了出去。

“她怎么了？”路小凡不明就里。

“心酸吧。”刘春力心里了然，咬着后牙哼了一声。

不过，刘春力知道路小凡这种反应慢半拍的家伙不会明白，干脆转了话题：“你又怎么了，一直想笑又拼命忍的样子，脸都扭曲了好不好？难看死了，对外别说是我们家的人啊。”

“这么明显吗？”路小凡摸摸自己的脸，眼睛水汪汪的，就要漾出水来了。

“你啊，真是经不得人家一丁点儿好。”刘春力叹气，拧了拧路小凡的脸，“快吃，吃完上楼去，给我详细说说这两天你是怎么过的。”

计宅的厨房里，甥舅两个开开心心地谈笑着。别墅区的山道上，傅敏没头没脑地走着。她走得那样快，像是要甩掉心里的难过，以至于陆瑜人高腿长也追了她好久才追上。

“你怎么了？”陆瑜拉住傅敏，“你刚才那样有点儿失礼哦，毕竟你和路小姐第一次见面。将来她很有可能成为你嫂子的，到时候一家人不好相处。第一印象多重要啊。”

“谁说钧哥一定会娶她的？”傅敏控制不住情绪，被“嫂子”两个字刺激到了，“我之前还好奇，今天见了，发觉并不是很漂亮很有气质！”

“没见过世面的男人才一味追求外貌呢。”陆瑜本能地为计肇钧辩解，“钧哥身边美女如云，早有免疫力了。而这个路小凡，我跟你讲，为人真的很不错哦，少见的真诚单纯。”

“所以钧哥连工作也不顾了？”傅敏转过脸，怕陆瑜看到她红了的眼圈，“你们认识这么久，可曾见过他为别的女人这样改变？”

“正因为没有……”陆瑜张了张嘴，最终咽下了后面的话，“那你……转转就回去吧。估计要在这儿住几天的，行李还是要整一下。”

傅敏猛地回头看陆瑜，陆瑜却移开目光。于是，不愉快的谈话戛然而止。

路小凡这一整天都晕晕乎乎的。在这种状态下，她感觉时间过得好快，给这一大群人做饭时，她都开心得要哼出歌来了，看得刘春力想揍她。

“你的要求就这么一点儿，你想得到的就这么简单？”

“对啊对啊。”路小凡承认，“我现在唯一的念头就是他能快点儿做完出差的工作，回到我身边。”

上天似乎听到了她的愿望，第二天傍晚，计肇钧回来了。

当时一群人正坐在餐桌前吃晚饭，朱迪也在。餐桌上的气氛还算融洽。

然后，门铃响了。

“这个时候了，会是谁？”朱迪站起身，到对讲机那里看了看，随即掩饰着微微波动的神色，淡定地回来宣布，“计先生来了。”

所有人都愣了一下。

路小凡也是一愣，回过神来后站起来就往外跑。

“咱们也去迎接一下吧。”朱迪做了个“请”的姿势。

众人起身，尽管江东明有点儿不情不愿。

傅敏的反应则更过度，开始只是僵着不动，众人都离席后，她却突然像下定了决心，抿紧唇，而后跳起来，也快速跑了出去，搞得其他人面面相觑，只得紧紧跟上。

傅敏人高腿长，后发而先至，很快就在主屋的大门口超过小短腿的路小凡。

路小凡的心正因为激动、思念和运动而猛烈跳动着，她忽然感觉身边有人影闪过，之后就只能眼睁睁地看着计肇钧在绚丽的晚霞映衬下大步走来，第一个迎上去的却是傅敏。

路小凡的笑容像是被敲砸开的薄冰，一下子就碎裂了。

苗条修长的身影撞进高大宽阔的胸怀，计肇钧没有提防，近乎下意识地回抱。

可很快，他看到他那个小未婚妻就站在不远处，手足无措。她苍白着脸，一副委屈和失落的样子。她的眼睛染上了雾气，隔着近十米的距离，他居然看得很清楚。

她身后，是随后赶出来的陆瑜、刘春力，以及别的人。

“小敏，放开。”他轻轻拉开傅敏，“我并没有走多久，以前我也经常出差的。”他淡淡地说着，不明白傅敏这么激动做什么。说着，他向侧错开一步，朝着路小凡大步走来。

他走得那样稳而坚定，在整个空旷的院子里显出极强的存在感，好像其他人都只是摆设。临到路小凡面前，他停住，带着点儿认真又怀疑的神色盯着她。

路小凡则石化了一样，也抬头望着他，两人之间不过一尺的距离，却硬生生地停在那儿。

“想我了没有？”他终于开口，声音比夜风还温柔。

路小凡嗫嚅着，回答不出。

计肇钧伸臂，瞬间就把路小凡拉进怀中。

若在平时，他就算心中动情，也不会做得这么露骨，特别是当着这么多人的面。但傅敏意外地冲出来，似乎伤害了路小凡，他必须以这种方式对她说明很多说不清楚的问题。

路小凡不想哭的，可不知为什么就掉下了眼泪。

“当着家长面呢。”刘春力在一边捂住眼睛。

“好啦，知道了，你很想我，不用哭啦。”计肇钧完全不理旁人，似乎眼里只有自己的未婚妻。

他双臂紧了紧才松开怀中的人，改拉她的手：“先回屋。咦，你的戒指呢？”他举起路小凡肉乎乎又空荡荡的无名指，“怎么回事？别告诉我，你弄丢了。”他拧眉，似乎有点儿生气。

本来订婚的事他想保密的，毕竟不正当，但现在该知道的人都知道了，他何必再隐瞒？

路小凡连忙解释：“没丢没丢，就是……我怕弄坏了，收着呢。”

“一会儿戴上，不得我的允许，不许摘下来。”他命令道。

旁边，刘春力终于把手从眼睛上拿下来，看向不远处的傅敏时，嘴角忍不住挂了点儿冷笑。

陆瑜一张脸红红白白的，想和自家老板报告一下情况，张了半天嘴也没有发出声，眼神往傅敏那边瞟。

傅敏孤零零地站在那儿，仿佛是一个尖锐的角，直指着计家门前的人们。又似乎那么多余，活该被遗忘。

计肇钧拉着路小凡往屋里走，抬头时就见到朱迪站在台阶的最高处，神情莫测，害得他的心情无法自抑地冷了下来。

接着，他看到了交叉着两条腿、双手抱胸、斜倚在门边的江东明。

“你怎么来了？”他皱眉。

“我到底是多么不受欢迎？”江东明扬起自嘲的嘴角，“每个人见我，第一句问的都是这个。如果非要问我原因，你不知道吗？”

他打哑谜，计肇钧却没有立即解谜的意思，而是继续拉着路小凡往里走。

路过朱迪身边的时候，朱迪出声告诉他：“我安排了路小姐住计先生隔壁的次卧，不知还满意吗？”

计肇钧只“唔”了一声。

“那我就先回去吃饭了，才吃到一半呢。”江东明懒洋洋地说道，“表弟你真讨厌，专挑这个时候回来。难道你不知道，你家小凡做饭有多好吃吗？再这么下去，我怕我都要胖了。”

“你想现在就离开？那就滚吧，没人留你。”计肇钧看也不看江东明就扔下一句话，径直走了过去。

计肇钧身后是才赶到的负责提行李的老钱。他貌似不经意地和江东明迅速对了一眼，随后默默地做自己的工作去了。

眼见众人都进了屋，陆瑜才跑到傅敏身边，把她护在自己的臂膀下，叹了口气小声道："进屋吧。"

"我不去！"傅敏倔强地说道，鼻尖和眼眶却都红了，"那里面，没我的地方！"

"你何苦呢？"陆瑜揉揉她的长发，"我身边一直有你的地方，你怎么就不走过来？"

"那你又何苦呢？"傅敏反问。

陆瑜没办法回答，因为很多问题，根本就没有答案。

对于路小凡来说，从计肇钧回家的那一刻，偌大个计家就像是沉睡的困兽瞬间醒了过来。

大晚上的，她却觉得阳光普照，整幢屋子阳气十足。本来因为刘春力他们过来，加上四名做家务的阿姨出现，人气已经渐渐足起来了，现在因为心上人，她感觉计家是天底下她最喜爱的地方，死气沉沉的"墓穴"立刻变得鲜活。

她唯一不满意的是，计肇钧当众那么柔情蜜意，两人独处时，却没有进一步的亲密举动，只亲自督促她把订婚戒指找出来，再一次亲手给她戴上，然后在她额头印上一个吻。

她不是小孩子了，干吗总是亲脑门啊？求婚那天，他吻过她的唇，但那只是浅吻，蹭了蹭嘴唇，后来被她不断回味着，就像品一杯茶，滋味渐渐也就有点儿淡了。

要不，下回她主动试试？

路小凡一边打开衣柜，对着里面的衣服发呆，一边胡乱想着。刚关上衣柜门，又被突然躲在后面的人吓了一跳。

"你干吗吓人啊？"她拍了刘春力一巴掌。

刘春力夸张地吸着冷气，轻抚着自己被打的手臂，口中还啧啧有声："看看你，看看你，面泛桃花。我进来半天了，你都没发现，想什么呢？告诉你，我是来警告你的，虽然那个谁就住在隔壁，你半夜也给我老实点儿，别像耗子搬家似的来来去去。不然，我就要行使我身为家长的权力了。你别忘记，我就在你隔壁，而且耳朵尖得很。"

"你说什么呀，还有点儿长辈的样子吗？"路小凡被人揭破心事，红了脸。

"反正你给我记住！"刘春力警告地点点她的额头，又左右看看，"你家计肇钧呢？我还以为他会来找你一诉相思。"

"人家父亲还健在，回到家，于情于理，不得去打声招呼吗？"路小凡白了刘春力一眼。

"你不是跟我说，那是个勉强醒着的植物人吗？"刘春力立即八卦起来，"来两天了我还没拜见过长辈，你要不也给我通报一声？"

路小凡没理他，因为这时候计肇钧正在计维之三楼的主卧里。

房间相当大，却只在正中间摆了一张单人病床。旁边，有一堆医学仪器。屋里的灯是白炽灯，搭配着灰蓝色的窗帘和白色的床单，整个房间都弥漫着一种冰冷的死亡气息。

此时，病床的床头被摇了起来，计维之就半倚在那儿，面对着他的儿子。

计肇钧则坐在对面的单人沙发椅上，两个手肘撑着膝盖，就那么直对着父亲。

朱迪不在，只有他们父子二人。

“公司里你放心，我才出差回来，麻烦已经被解决掉了。计氏集团只会越来越好，不会有经济危机。”计肇钧淡淡地说着，不带一丝感情，似乎早习惯了这样汇报情况，“现在我们来说说私事。你……为什么要趁我不在，把路小凡找来？”

计维之当然不能说话，空旷的房间里只回荡着计肇钧的声音。

“我知道是你那好内侄搞的鬼。”计肇钧继续说，脸上的笑容冷冰冰的，“但这是你愿意的吗？你应该不想看到我幸福，对吧？不，连我舒服一些，你也会不开心吧？你大概也不满意路小凡，因为她既不漂亮，也没有钱，更不用提家世。可是，我喜欢她。有她在身边，我感觉非常放松，不那么累。所以，不管你是什么意见，我都娶定她了。哦，对了，你没有力气反对。现在我要你生就生，要你死……别怕，我不会让你死的，也不会虐待你，我会给你最好的医疗，给你最好的照顾，我要你好好活着，忍受你当年作下的恶反过来报复你。”

计肇钧的话说得很狠，若有人听到，无法想象这是一对父子之间的对话。但，他的神情是疲惫而寂寞的，情绪完全不激烈。可见，这报复像枷锁，也深深捆绑着他。

计维之突然有些激动，喉咙里发出嘶嘶的声音，似乎喘不过气来。

计肇钧站了起来，走过去帮他调好氧气，然后又坐回原位，和计维之对视了半天才有些纳闷地继续说：“你好像不恨我？为什么？你应该恨我啊。难道说你怕自己被气死，所以才努力平息情绪？可是，这样活着真的好吗？好吧，关于这一点你可以嘲笑我，因为有人活着比死了还辛苦。恭喜你，你虽然不能动也不能说，可仍然左右着我的生活。”

计维之无言，目光中却流露出一种近似慈爱的神情，和当初看路小凡那种恶狠狠完全不一样，居然令计肇钧不舒服起来。

“我走了。”他站起来，走到门边时又半转过身，“我来，就是例行公事，隔一段时间就提醒你一次，我还活着，而且你也活着。我们彼此，还有的折磨呢。”说完，他头也不回地离开，好像身后有恶魔在追逐着他。为此，他没有看到计维之的目光瞬间黯淡，似乎他的出现是老人活下去的唯一希望和动力。

计肇钧走到楼梯处，意外地发现江东明坐在楼梯上等他。

“我不想打架。”他阴着脸说完，打算绕开。

江东明却堵住他：“我也打不过你，纨绔子弟嘛，绣花枕头一包草。”他老实承认，

“特别是你车祸后勤于健身，武力值爆表。说实在的，你真的变了好多。”

“我也不想跟你说话。”计肇钧有点儿烦躁。

“这个……我倒是想的。”江东明笑得目光闪烁，“其实，我是来回答你的问题的。你不是问我为什么过来？哦，我丢了工作又闲极无聊，来探望一下我的姑父，顺便蹭吃蹭喝。这个答案，你觉得如何？”

“如果你是抱怨我把你从高位上踢下来，嗯，我一点儿也不会抱歉，因为是你自找的。我说过，不许你动小凡。”

“我没想到你这么狠，一点儿情面也不留。”江东明耸耸肩，“关键是你的手段这么凌厉强硬，真让我大开眼界。本以为公司里我的那几条狗会为我说话，哪知道原来早被你收服了，咬我的时候毫不犹豫。你人在国外，就整得我半死不活。本事！”他挑挑大拇指，真心赞扬，“哪怕我还是大股东，都玩不过你。”

“说完了吗？说完了就别在我面前晃。”

计肇钧再次想绕开，却再次被拦住：“别急呀，表弟，还有最后一句。有件事，你可能不知道，我想姑父并没有告诉你。当年计家出现重大危机，虽然是姑父力挽狂澜，但我姑妈和我们家族是出了大力的。所以到现在，公司股份是一回事，就连这房子……”他环视一圈，“也有我的十分之一。如果我想住，你赶不走我的。”

计肇钧怔了怔，因为江东明说的，他确实不知情。

不过，他很快恢复了自信冰冷的神态：“表哥。”他叫得意味深长，却毫无尊敬之感，倒像是讽刺，“我想赶你走，不一定非得是台面上的手段。你从小生在富贵窝里，该知道那些阴招有多狠。”

“真那样就没意思了。”江东明嘴硬，可还真有点儿害怕。因为他深知，计肇钧是个狠角色，“你不会连我住一下都无法容忍吧？”这话就有些服软了。

“只要你别再惹我，也别动小凡。”计肇钧深吸一口气，好像这大屋令他无法呼吸一样，“你明知道我不喜欢这里，只是不得不回来。你喜欢？尽管住着好了。若你想借着我父亲做些什么……或者你若能让他有点儿自主行为，身为孝子的我，是不是应该感谢你创造了医学上的奇迹？”他冷冷地看了江东明一眼，转身下楼。

当他的身影消失，旁边有一个房间的门便打开了，朱迪从里面走了出来。

“我甚至忘记了你有偷听的习惯。”江东明半转头看看，却没有太惊讶。

刚才，他和计肇钧都没注意到那个房间的门是微微开着一条缝的。

“我只是正巧在那里。”朱迪冷笑。

“得了，你是看到我，就悄悄搬了板凳过来，嗑着瓜子看戏呢。”江东明一副“大家彼此坦诚点儿，谁不知道谁是什么变的”的神情道，“论起对这座大宅的熟悉程度，没有人比得过你。山脚的石屋毁了之后，这别墅翻修了一次，是你亲自盯着的。而且你从来这个家起就一直住在这儿，我们反倒是客了。”

“呵呵，难得看到有人屡次挑衅屡次被拍还乐此不疲的。”朱迪不接话，只攻击，“何必呢？计大少就是块石头，你何必撞得满头包？”

“你这是心疼我？”

“你这是变相哀求他，想重回公司？”

两人针锋相对，这场面若被别人看到会非常意外。毕竟在公众场合，朱迪几乎不怎么理会江东明。

“我这是要追求路小凡，先探探我亲爱的表弟的底限。”

江东明语出惊人，朱迪扬了扬眉毛，漂亮而瘦削的脸上浮起讽刺的笑：“没想到你如此多情。”

“我本来一直追求你，可你不是不给半儿点机会吗？圣女贞德啊。”江东明耸了耸肩，“你不愿意接受我，我总不能在一棵树上吊死。你不是小女生了，难道还指望男人会为你守身如玉吗？就算有男人真像我表弟那样禁欲，也得看你值不值得。”

“说得好听。”朱迪冷哼一声，毕竟是女人，江东明的话还是很伤她的，“你不过是习惯性地要抢计肇钧的东西罢了。”她走到江东明身边，凑在他耳边低声道，“包括死了的戴欣荣。”

江东明面色一僵。

朱迪却笑了，转身回自己的房间。她的房间在三楼次卧，在计维之所居主卧房的旁边，也是路小凡房间的楼上。

她披散着一头长发，穿着长及脚踝的白色丝质睡袍，光着脚，这么一路悄无声息地走过去，连半点儿声音也没发出，好像个女鬼。令江东明心头忽然生出了寒意。

而此时，楼下的路小凡正在等计肇钧，可惜计肇钧见过计维之后又和江东明唇枪舌剑了一番，心情分外恶劣。加之为了能尽快回国，他工作安排得非常满，每天连两个小时也睡不到，身心疲惫不堪。所以他在路小凡门前犹豫了一下，最终还是回自己房间去睡觉了。

第二天早上，路小凡在计肇钧房门前犹豫片刻后，也选择了离开，决定让他再多睡一会儿。

自从来了计家，路小凡就主动承担了做饭的职责。如今家里人还挺多的，她得一大早就起来准备。可她兴奋过度，起得太早了，就决定先去趟花房，送点儿鲜花给计肇钧。

她去过花房，那里面各色鲜花，常开不败。其中有一种花是淡雅的浅紫色，叶形优美，花形像小伞。

她问过老冯，知道那是夕雾草。花语是热烈的思念，一往情深。把这花送给计肇钧，他就会懂她的意思。

路小凡兴冲冲地来到花房外，哪想到隔着玻璃就看到计肇钧也在。

他怎么起这么早啊，不多睡会儿吗？路小凡想着，无意识地放轻了脚步，走了进去。在走到和他相隔两行花架的地方，她停下脚步，从斑驳的花叶中偷窥他。

他戴着园艺手套，正动作熟练地给花木剪枝。他的眼神是那样专注，又是那样放松，英俊的脸上没有了平时那种冷漠凌厉的神情，取而代之的是一种平静的温柔，令他整个人都散发着别样光彩。

男人与花朵，高大与娇小，强悍与脆弱，就那样构成一幅无比和谐又清新美好的画面，令路小凡不忍打破这份安静。

“钧哥。”柔软的女声响起，是傅敏。

为什么都起这么早呢？路小凡心想，忽然很不爽。女性的直觉告诉她，傅敏对计肇钧怀有不一样的感情。

“小敏？起这么早？”计肇钧回过头。

不知是什么心态驱使着，路小凡明明知道偷听是不对的、不光明的，她还是没有发声以表示存在，反而缩了起来。

“我睡不着。”傅敏摇头苦笑，“因为我发现，你对我不如以前好了。”

“我没有变。”计肇钧停下手，意有所指地轻声说，“你也不要变。”

“还说没有。”傅敏似乎没听懂他的话外音，娇嗔道，“以前你每回出差回来，都会带礼物给我，这次呢？”她伸出手，洁白的掌心朝上。

路小凡感觉心头有针在刺。

“这次不同。”计肇钧皱眉，“我急着回来……”

“因为路小凡？”傅敏极快地问，声音听起来有些尖厉。

计肇钧沉吟。

花房内一明一暗的两个姑娘都屏住了呼吸。路小凡更是恨不能立即逃走，因为以她向来的逃避性格来说，她不敢听答案。

计肇钧沉稳浑厚的声音传来：“是因为路小凡。”

于是，整个花房都突然安静了下来。静到在光线下起舞的灰尘似乎有了旋律伴奏，静到花草间忙碌飞行的小虫发出了鸣叫，静到路小凡听到了自己心脏在狂跳。

“她有什么好？”半晌，傅敏的声音打破了这宁静。

“她好得很明显，你看不到吗？”

“可是我……我一直……”

“小敏你知道吗？”计肇钧打断傅敏的话，“人生就像下棋，要做到举手无悔需要很大的智慧。我做不到，我想你也做不到。所以，就不要说注定会后悔的话，也别做注定会后悔的事。你看不到吗？我是多好的反面例子。”

“钧哥……”

“好了。”计肇钧再度打断傅敏，并看看手表，“这时候小凡快起床了，她会给大家做早饭，虽然那不是她的义务。你是不是也应该去帮帮她？这世上没有什么理所当然，在这个地方，大概只有她一个人是只做事却不求回报的。”他说着就轻轻掰开傅敏的手。

傅敏正下意识地揪下一片叶子，那花被拉得弯了枝，看起来要断了，好不可怜。

“走吧。”他催促。

傅敏张了张嘴，却什么也没说，转头就走，可很快又回过头道：“那你，还去医院吗？”

“明天就去。”计肇钧低下头，温柔地抚着那受伤的花枝，“你放心，我是不会抛弃你们的。”

傅敏走了，计肇钧继续埋头摆弄花草。

路小凡则把脚步放得更轻，慢慢退出了花房，直到绕过泳池才敢大力呼吸。

忽然之间，她心里又酸又甜，因为计肇钧对她那么肯定，也因为他似乎与傅敏有共同的秘密，却要隐瞒着她。

医院？什么医院？医院里有什么人？除了计维之，他还照顾着什么人啊？他和傅敏到底是什么关系？傅敏明显不是陆瑜的女朋友。他承诺不会抛弃谁？到底他人生中有什么悔恨的事，让他的声音听起来那么苍凉，充满了厌倦感？

照理说，身为男女朋友，不，他们是未婚夫妻的关系，她可以直接问他，但她不想暴露自己偷听的事。最重要的是，她觉得计肇钧的心隐藏得很深，她不希望逼迫他。

两个人相爱，就不能有个人的隐私了吗？可是他们的爱，总像飘浮在天空的云，美而高远，有点儿让她摸不着头脑。而且，他们之间的信任还没有完全建立起来，她不想去破坏。

或许，她要有耐心，要等到时机成熟，等到他愿意告诉她。

于是，从花房到厨房这段短短的路上，路小凡决定忘记刚才发生的事。

到了厨房后，她发现傅敏没有来厨房帮忙，倒是刘春力来了。

“到底怎么回事？趁早坦白。”刘春力发现路小凡有些不对头，久问未果后，他失去了耐心，直接施展家长逼迫大法。

路小凡抵挡不住，只好招了，但她严肃地要求刘春力：不能违背她的意愿去找计肇钧理论。否则的话，她将永远不对刘春力吐露秘密。

路小凡较起真来，就会一直认真下去。刘春力深知这一点，所以只能忍着气，早饭后找上陆瑜。

“赶紧带那什么傅敏走！”他直截了当。

“你又发什么疯？”陆瑜情绪不太好。

“你是真看不出来吗？傅敏喜……”看着陆瑜忠厚的脸，刘春力心里的火气突然降下来，心软了，“算了，就是人太多，影响你家老板和我家小外甥女谈恋爱。就算当灯泡，也不要一次这么多只。”

陆瑜看了刘春力半晌，正当刘春力要发作的时候，突然坦承道：“你想说，傅敏喜欢钧哥？我知道啊，我也不傻。但是……他们不可能啦。”他笑着挥手，但看起来不太自信。

“你怎么敢肯定？”刘春力火气才降下，又升上来。

“我当然肯定，他们是兄妹嘛。”陆瑜冲口而出。

“什么？兄妹？”刘春力大惊。

陆瑜再度意识到自己说漏嘴了，急忙解释：“不是亲的，没有血缘关系！但是……但是钧哥从一开始就这么认定了，绝对不会越界，我相信他！”

“你个笨蛋！”刘春力气不打一处来，“他不会，架不住傅大小姐会！哥哥妹妹的，谁知道出不出事？她不是你女神？你不是非她不娶？那你就傻站着，不想点儿办法啊？”

“反正……我就等着。”陆瑜执拗地说，“感情是双方面的，钧哥一直不愿意的话，她早晚得回头。大不了……大不了到头来我一无所有。”

“你不是一无所有。”刘春力煞有介事地摇头，“你怎么会一无所有呢？”

“啊，真的？”陆瑜沮丧中忽然获得支持，立即高兴。

“真的真的，你绝对不是一无所有的人。”刘春力很严肃很认真地用力点头，“因为，你有病！”

第十三章　落水

计家大宅可算得上“地广人稀”，因为客房都在楼上，一楼就设了许多间不知什么功能的功能室。除此之外，就是那晚路小凡误闯的，属于计维之存放私人物品的地方，以及专属计肇钧的大书房。

书房里面的各种设施应有尽有，豪华又舒适，但一看就知道是不常用的，缺乏应有的人气，就像装修样板间。

想想也难怪，计肇钧平时一周或者两周才回来一次，忙起来的时候一个月才回趟家，待不到两晚又走了，也不大可能办公。

这天早饭后，傅敏不知跑到哪里去了，江东明和朱迪都心怀鬼胎，而刘春力找陆瑜谈话的时候，计肇钧带路小凡到了书房。

“没有什么要问我的吗？”他拉着路小凡坐下。

白色的大沙发非常舒服，柔软却不会塌陷，还蛮符合人体工程学的，绝对是名家名品。不过路小凡还是如坐针毡，最终摇摇头。她决定装聋作哑，不是因为胆小怯懦，而是希望给对方空间。她是爱他的，但她想慢慢接受他的心。她不愿意做个闯入者，她要做个融入者。

然而，计肇钧的下一句话让她猛地抬起头。

“为什么不问呢？”他似叹息着说，“刚才，你也在花房里，听到了我和傅敏说的话是不是？”

“你什么时候看到我的？”她冲口而出，随后有点儿羞愧，“我不是存心要偷听，我……我本来是要去拿几枝夕雾草，送给你插瓶……”

“夕雾草啊？”计肇钧略想了想就露出笑意，心头软软的，“花语是热烈的思念，一往情深。原来，你想用花回答我昨晚的问题。”

路小凡很想问他怎么会知道花语的。但随即又觉得，他那么耐心地对待花草，应该是个园艺爱好者。

“现在轮到我来回答你的问题。是你离开的时候，我发现的你。”

当他听到有猫叫时，回头就看到了路小凡逃走的身影。她大概太紧张，连那只黑猫就蹲在她脚下也不知道。

“对不起。”路小凡又道歉，并再度低下头。

计肇钧无奈。可想想，他喜欢的，不就是她那种总是悄悄给他人留有余地的厚道吗？不就是她从不咄咄逼人的温柔吗？其实她是聪明的，她心里明白，只是太善良，从不愿意让别人不舒服。正因为如此，他才觉得瞒着她是罪恶的。

虽然，很多无法说出口的肮脏秘密他还需要继续保守，但有的事，他可以说一个差不多的“真相”，免得她什么事都放在心里，长久下去两人产生隔阂。

在感情上，他们都不是主动的人。但命运之手似乎暗中推着他们越来越靠近。冲动地求婚，很快后悔，犹豫不决地暂时接受，到现在他真心希望能有她陪着走完接下来的人生路。哪怕，黑暗中潜伏着那些见不得光的魔鬼。

万一，能避过呢？万一，够幸运呢？万一，真的有那种永无天日的秘密呢？

他开始贪心了。

“有什么疑问，你可以问我的。”计肇钧甩开思绪，拉起路小凡的左手，轻抚着上面那枚戒指，“你是我的未婚妻，不要总是忘记这一点。能说的，我会告诉你。倘若不能，也请你给我时间。”

“那么……傅敏是可以问的事吗？”路小凡低声问。

看到她小心翼翼的模样，计肇钧失笑：“女人的事都可以问。你之前在孙莹莹的授意下盯梢我那么久，该知道我的人际关系没那么复杂。”

“比我家复杂多了。”她感叹一句。

计肇钧想起住在三楼的二位，以及牛皮糖一样甩不脱的江东明，确实心烦。但他很快克制住情绪，缓缓说道：“傅敏，算是我的妹妹。她哥哥是个很差劲的人，不过却是我最好的朋友。在一次事故中，他为了救我……死了。”

路小凡猛然抬头望着计肇钧，认真地盯着他的眼睛。她发现，在提到这些时，他的眸光忽然黯淡下来，里面充满着嘲讽和鄙视。他的脸色也白了，嘴唇轻轻抿了抿。他心上，到底压了些什么沉重的东西啊？

“这件事讲出来，对我来说并不容易，那是我不堪回首的过去。”计肇钧伸手摸了摸路小凡的头发，感觉那柔软的发丝能给他温暖和安宁，“傅敏要我去医院，是看她的妈妈，那也是我唯一好友的妈妈。她的身体和精神本来就很差，听到儿子出事的消息，整个人都崩溃了。现在，她不大认得人，住在疗养院里。”

路小凡下意识地捂住嘴。

天哪！不认识人，住在疗养院，是说她疯了吗？她一定是很爱这个儿子，才在听到儿子去世后，受不了打击。那么计肇钧作为被救的人，好友因自己而死，他心里的内疚该多深多痛，心理负担该有多重，这一切要折磨他到什么时候？

所以，照顾好友生病的母亲和幼妹，本就是他应该做的！

对傅敏来说，自己的哥哥突然离世，母亲疯了，她的整个世界都坍塌了。那时候她大概还很小，高中都没毕业吧，心理上依赖强大的计肇钧是正常的，由依赖产生情意也是自然的。何况，计肇钧是如此优秀，哪个女人不喜欢？

她是要保卫她的男朋友，她的爱情不能容许他人染指，可是，她忽然觉得自己揭开他心头的伤疤是多么的残忍。她不想做圣母，对傅敏却应该有一份同情，没必要浑身是刺。

傅敏什么也没做，只是喜欢计肇钧罢了。

计肇钧什么也没做，只是照顾好友的家人而已。

刘春力说过："男人的心是长脚的。他想逃，就是守不住的。除非，他自愿留在你身边。"

"是不是五年前的那场车祸？"路小凡抱住计肇钧的腰，把头贴在他的胸口，拼命想把自己身上的热量传给他。

"车祸？朱迪告诉你的？"计肇钧的声音突然有点儿冷。

"是啊。"路小凡收紧了手臂。

计肇钧眉梢流露出涩意。

他没有对小凡撒谎，他讲的百分之九十是事实。掩盖的，都是不能说的。可是，车祸？好吧，就当是车祸好了，反正结果是一样的。

于是，他点了点头，然后说："明天我们就要回去了。"

"好。"路小凡答应，反正她也并不怎么喜欢计家大宅。

"要不要我陪你去医院？"她迟疑着问，感觉计肇钧的身体僵了一下。

"不，还不到时候。还有，这件事我不想四处宣扬。"

"放心，我会保守秘密的。"路小凡很郑重，"还有，我会对傅敏好一点儿。"

"为我赎罪？"

"不啊，我只是觉得她蛮可怜的，关心一下。当然，前提是她不伤害我。至于从前的事……"路小凡小心斟酌着词汇，"你也并不想的，所以不能怪你，你不要太自责了。"

"就是怪我。"计肇钧呢喃了一句，但很快就拍拍路小凡的背，换了轻松的话题，"回去后就好好做你的私人保姆兼私人厨师兼合格的未婚妻，出差好几天，吃得很差劲。"

"那不如，今天中午做一个松子鱼？"说起做饭，路小凡立即来了精神，"刺很少很少的。如果你还嫌吃起来麻烦，要不做个泰式鱼饼？啊，不行，时间有点儿来不及，干脆晚上吃吧？"

"我想吃虾怎么办？"

"哦哦，冰箱里也有的。"路小凡连忙接口，"你若喜欢带壳的做法，吃的时候我来帮你剥壳就好了。"

"你以为呢？"计肇钧挑眉，"就是要你伺候我吃饭。"

话题一下子欢快起来，两人说说笑笑的，都没留意茶几下面有一个窃听的装备，把他们的一举一动都传递到了某个地方，引来那人疯狂又仇恨的低声咒骂。

当天晚上，路小凡做的鱼虾大宴获得了一致好评。

江东明老皮老脸地吃了很多，一边吃还一边废话："我就说表弟眼光好，现在这种上得厅堂、下得厨房的姑娘简直凤毛麟角了。从前我不爱回来住，就是因为几位保姆阿姨做饭实在太难吃。现在，简直从地狱到了天堂。"

"吃你的饭吧。"姿态优雅的朱迪对江东明一贯冷淡，爱答不理，这时候似乎被餐桌气氛感染，不禁来了一句，"吃都堵不上你的嘴。"

"我在夸小凡美貌与贤惠并存。"江东明又夹了一块鱼。

计肇钧有点儿不爽。

小凡的手艺，应该只有他才能欣赏啊，顶多再加上她家的人。怎么就一时不察，让所有人都享用了？而且"小凡"这两个字，只有他和她的亲人能叫！

"我又不漂亮。"路小凡脸皮薄，被夸得不好意思，低声嘟哝了句。

江东明却听到了，一本正经地说："这你就不懂了，只要姿色在水平线以上的姑娘，打扮打扮都是美人，你自然也是。"他这样大快朵颐，居然还能保持整个人的清爽，"让我表弟给你张卡，没事去大百货公司刷刷，没多少日子他就配不上你了。"

"这个我同意。"刘春力接话。他一直觉得，自家外甥女是个宝，被幸运的计肇钧给捡走了。

坐在刘春力对面的陆瑜却瞪了他一眼："我老板也不错啊，很多人追的。我跟你讲，但凡我老板出现的地方，美女们就像苍蝇见到了有缝的蛋，不要命地往上扑。"

"你这什么破比喻，你小学语文是体育老师教的啊。"路小凡正手指灵巧地给计肇钧剥虾壳，闻言立即不满。

江东明哈哈哈就乐出来。

"食不言，寝不语。"计肇钧敲了敲桌子，"这么喜欢说话就别吃了。"他说话习惯了命令式语气，对别人有一种气场上的压迫感，这句话说完，餐桌边倒是安静了。

刚才一阵热闹，只有傅敏低头扒饭，一声不吭。

路小凡看在眼里，连忙用公筷给她夹菜，得到傅敏惊讶并小声的感谢，还有朱迪不为人见的淡淡冷笑。

收拾碗筷的时候，只有朱迪留下帮忙。她一边洗碗，一边不断从窗口向外张望。她的动作如此明显，让路小凡想不注意都难。

"你有事？还是等人？"路小凡问。

"没什么。"朱迪摇摇头，状似无意地说，"计老先生受了凉，气管和肺都有些问题，这几天用的药多了些。偏偏这不是他的常用药，家里储备的快没了，我下午派老钱去指定的医院拿了，怎么到现在还不回来？"

“打个电话问问？”路小凡提议。

“也好。”朱迪摘下乳胶手套，当着路小凡的面呼叫老钱。

很快，电话接通了，两人说了几句。当朱迪挂线的时候，她轻舒了一口气。

“怎么样了？”路小凡关心地问。

“他的车出了点儿小问题，坏在半路了，不过晚上八九点钟时应该能赶回来，不影响计老先生用药，你放心吧。”朱迪微笑，又看了看已经清空的洗碗槽，“这里不需要人帮忙了吧？那我就先上楼去照顾计老先生了。”她点头致意，转身走了。

路小凡沉吟了一下，重新打开冰箱找食材，打算做个简单的蛋包饭。

路小凡从朱迪的话里可以听出，老钱被困在路上了，为了生计不敢耽误时间，会马不停蹄地往家赶，绝对没时间吃饭。

路小凡本来心就好，老钱又几次对她表示了善意，总是令她联想到父亲，因而心理上对他有亲近感。她又想着老钱不能随便进大屋，晚上回来，指定要饿着肚子上床。都这把年纪了，胃很容易坏的。

路小凡在厨房里忙碌的身影，落在躲在暗处观察的朱迪眼里，朱迪脸上露出了冰冷嘲讽的笑容。

不出预料，老钱九点过一点儿的时候到家了。他在主屋门外，把药品交给了等在那里的朱迪后，就神情疲惫地回了后院的用人房。

路小凡从自己房间的窗子看到他回来后，连忙跑去厨房把早做好的饭热了一下，亲自给老钱送去。

白天的时候，计宅衬着青翠的山色，风景还是很美丽的。但一到晚上，因为山区灯火稀薄，看天上的繁星倒是很美，可地面上就比较黑了，四处更是寂静无声。偏偏计宅的小径两边立了灯柱，上面挂着类似于灯笼形状的灯，还是红颜色的，晚上看起来就阴森森的。到后院去的话，真有些走进鬼宅的感觉。

路小凡不想因为一点儿小事就找别人陪她，妈妈总是教育她，尽量不要给别人带去麻烦。所以，她想着快去快回的话就不会有事。何况，现在主屋里住了这么多人。

可她高估了自己的胆量，又低估了计宅树木的葱郁程度。出了主屋之后，她就感觉有什么跟在她后面，发出沙沙的声响。这种情况到花园小径上时就更加明显了，路小凡停下来向四周望去，却只看到花木婆娑，被夜风吹得轻轻摇摆，好像有什么在向她招手。大约是幻觉，她仿佛还看到一抹白影隐没在不远处。

“女鬼，好长的指甲，脸是黑的！”

“计夫人！计夫人你不要过来，不关我的事，你放过我……”

突然，那天老冯白日见鬼般的呼喊情形浮现在她的脑海里。甚至，那声音都像是在她耳边回响起来。

她跑了起来，想要快点儿找到老钱。那样，就可以要求他送自己回去。而且到了泳池边上会比较空旷，万一真有什么跟着，她也比较容易逃跑。

她想得很好，可当她好不容易看到那汪映照在星光下的碧水时，脚下毫无征兆地一痛，就像忽然抽筋了一样。她猝不及防，身子猛然向前扑倒。若在平时，顶多就是摔一跤，可现在她是在泳池边上，于是直接落水。

她不知道池水原来有这么深，她根本触不到底。要命的是，她不会游泳！

手中的餐篮也一同掉进了水里，她拼命挣扎想求救，可越是惊慌，双手想要抓住什么，情况就越是糟糕。她在水中越沉越深，发出的声响全变成了串串气泡。这时她心中疯狂地涌上了绝望与恐惧：计肇钧就在大屋里，泳池边的小屋已经能看到了，可她就要死在这里，无人知晓！

就在此时，黑影降临。

路小凡在水中睁大眼睛，穿透她扑腾出的水花，她看到池边慢悠悠走过来一个“人”。她穿着白色的拖地袍子，披散纠结的长发把五官都挡住了，只有惨白的“目光”从黑发缝隙中闪过。一双手十指漆黑，指甲尖长如枯枝，向水面伸了过来。

女鬼！计家真的有女鬼。

路小凡惊恐中再遇惊吓，张嘴要叫，池水却猛地冲进嘴巴、喉咙、胃里，呛进她的肺部，难受得她立即失去了知觉。

与此同时，计肇钧正去路小凡的房间找她，敲了两下门，里面没人应，他便轻轻推开了房门。

住在隔壁的刘春力却从自己房间中走了出来。

“虽然还不是很晚，可是也已经九点多了，你有什么事不能明天说？”刘春力摆出家长的谱儿来。

计肇钧有点儿尴尬：“只是想和她说一下明天的安排而已。”

“白天这么长时间不说，非要这时候？”

“才……想起来。”

“那明天早上再说吧。”刘春力挥挥手，“小凡这几天管着一大家子吃喝，也累得很了，别吵她休息。咦，她睡了吗？”

刘春力感觉有点儿不对劲，因为他们说话时，路小凡房间的门一直是半开着的，她居然没站出来帮着计大少说话？

计肇钧也发觉情况异常，和刘春力对视一眼，狐疑地进了房间。可是，屋里哪有人？甚至连床都没铺！

“咦，大晚上的，她去哪儿了？”刘春力自言自语，“你们家人口少，房子又大，貌似不太安全，我们小凡一直比较胆小，晚上从不敢出去的。”

计肇钧皱眉。他知道路小凡是兔子胆，从前在那间山间小屋里，他讲个恐怖故事都吓得她睡不安稳。

“打手机。”刘春力说。

计肇钧目光示意，路小凡的手机就放在床头柜上。

“那她没走远。”刘春力推断。

就在这时，他们听到一个尖厉的女声大叫：“来人，有人落水了！”

山区别墅的晚上九点，早就寂静非常。再加上上次雨后，夜晚变得非常凉爽，所以基本不用空调，每个房间的窗子都开着。于是，这一声有如尖利的锥子，穿透了空气和距离，直接刺到主屋每个人的耳朵里、心脏上，令人悚然而惊。

计肇钧和刘春力的脸色几乎同时变了！

“小凡……”

“是朱迪的声音。”计肇钧迅速判断，“在后院。”

“泳池！”他说出这两个字，人已经冲出屋子。

另一边，路小凡感觉自己的身体飘浮在空中，完全没有着落。

她什么都看不到，眼前一片漆黑，可能感觉到有声音在她耳边回响。

她感到身边的水流激荡，似乎有人跳进水来，迅速游到她身边。

她感到一只瘦而有力的手掐住了她，将她拖行，好疼啊。

“快帮忙，我没力了。”女人的声音响起来。

接着，她被一股大力拎出水面。可是还不能呼吸啊，她憋得肺都要炸了。而且她周围的声音也时近时远，仿佛隔着整个世界。

“快救她快救她！”好像是小舅的声音，急得要哭了。

接着，她感觉有人用力按她的肚子，还有热气吹进她的嘴里。

“小凡，你醒醒！”这个声音有些严厉，带着命令的语气。是计肇钧。

他的气息又强行灌进她的肺里。她大口呕吐，继而剧烈地咳嗽，最后终于可以呼吸。

“你没事吧？你没事吧？回答我，小凡，你别吓我，说话！”计肇钧不断地追问。

“没事。”路小凡感觉全身的力气都被抽空了，非常虚弱，却还是努力回答。

她想努力站起来，但未果。

当她的眼神终于能聚焦后，她才发现自己浑身湿淋淋地坐在泳池边上。计肇钧就跪在她旁边，双臂紧紧环着她。好像稍微放松，她就会消失似的。

他的体温，源源不断地传递到她身上，令她蓦然安心。再看站在一边的刘春力，嘴唇都失了血色，那种差点儿痛失至亲的惊恐，明明白白写在他脸上。

陆瑜、傅敏、老钱围在外圈，显然都受了惊。

江东明似乎才赶来，正气喘吁吁，眼神变幻莫测。

而最终引起路小凡注意的是朱迪，她站在最不起眼的地方，衣服和长发还在不断滴水，有小半边脸被红色覆盖，伤口不知在何处，有红色液体从她的额角处、发丝里冒出来。

“谢天谢地，你活过来了。幸好，朱小姐救了你。”刘春力终于能够开口说话，但声音还在发颤。说完，他回身，想正式表达由衷的感谢，才发现朱迪的状况，不禁大惊失色地叫道，“天哪，朱小姐你受伤了！”他吓了一跳，“你还在流血，这是怎么回事？伤在哪里？严不严重？”

“我太急了，力气又小，拖不动小凡。上岸时用力过猛，头不小心撞到了池壁。”朱迪轻描淡写，“没有多严重，大约有点儿撕裂伤。”

“那你快找医生看看！”陆瑜插嘴。

“你忘记了吗？我自己就是医护人员，真的不碍事，止血就好了。”她对陆瑜一笑，伸手按在头上。

素白的手，漆黑的发，鲜红的血，形成一幅特别诡异又特别脆弱的画面。

这里没有女鬼，似乎一切都是路小凡的幻觉。

这里只有朱迪。她救了人，她是英雄，所有人都对她生出了莫名的好感。

“山脚下就有一家医院，虽然是二甲，但附近的人都是去那里看病。”老钱忽然开口，脸上带着惶恐和紧张，“只需要二十分钟车程，并不远。我这就去开车，如果速度快点儿，说不定十五分钟就能到。”

“还是我去吧。”江东明忽然开口，自告奋勇，并在所有人都没注意到的情况下，对老钱丢了个眼色。

老钱垂下眼睛，接受了示意。

“一起去。”计肇钧把路小凡打横抱起来，“小凡也需要看医生，必须确保她没有事。先去山脚下的医院，明天再去市区大医院做检查。”

溺水的人被救上来后，当时可能没事，之后的 24 小时内肺部可能会出现问题，在岸上被溺死的情况也不是没有过。

“不行，计老先生不能没人照顾！”朱迪坚决反对，深明大义。

“从你的出血量来看，搞不好要缝针啊。”此时，江东明和计肇钧意见倒是一致了，“医者不自医，难道你想留下后遗症吗？你病了，以后就更没人照顾我姑父了。”当着众人的面，江东明忽然上前一步，在朱迪没反应过来时撩开了她贴在面颊上的湿发。

额头上没有创伤，但仍然有血迹缓缓下滑，显然伤处在头上，被头发掩盖住了。

“看，都这样了，你有多大本事能自己处理？”

看江东明一脸关心的模样，旁观者都觉得两人之间确实有与众不同的情分。

朱迪不着痕迹地后退一步，妥协道：“好吧好吧。我去山脚下的医院看看，止了血，拿点儿消炎药就好。我自己的伤，我自己清楚。”

“那就别磨蹭了，快点儿去。”刘春力催促，目光爱怜地落在路小凡脸上，“小凡气色好差，但愿真的没有内伤。”

于是大家分坐两辆车，向山脚医院疾驰而去。

计肇钧开车，路小凡倚靠在自家小舅那瘦弱的小肩膀上，坐在后排。

江东明开车，单独带着朱迪。陆瑜被计肇钧吩咐留下来，毕竟家里还有病人计维之以及女人傅敏需要他照顾，老钱则负责看门。

前一辆车上一片沉默，计肇钧全神贯注地往医院赶，刘春力紧张兮兮地照顾路小凡。后一辆车上，江东明和朱迪之间的气氛算得上古怪，完全没有送病人去医院的紧迫和担心，平静得像拼车的人一起去上班。

过了一会儿，江东明终于动了。他拿了条干净的毛巾，递给朱迪。

朱迪没有说话，把手直接按在了伤口处。真实的疼痛，令她轻轻皱眉。车灯照得她的脸半明半暗，有一种让人心惊的美感。

“小白兔真幸运，若不是你，她可能就淹死了。”江东明叹了口气。

朱迪的唇边挂上一丝冷笑：“你这是在感谢我吗？若真要感谢，只怕还轮不上你。”她流了这么多血，计肇钧却只顾着路小凡有没有落水后遗症，就像没看到她的牺牲一样。为什么她永远是被忽略的那个？

“我只是感叹巧合。”江东明耸耸肩。

“今天老钱去市区医院给你姑父拿药，我清点的时候发现少了一种，就到用人房去问。”朱迪哼了声，“哪想到看到泳池的水被扑腾得像开了锅，这才看到你的小白兔落水，难道我见死不救吗？”

“好心会有福报的。”江东明笑笑。

朱迪心里一紧，却又哼了声：“大晚上的不睡觉，她跑去后院干什么呢？计家人少，若非我路过，她真的会死！而且，死多久才会被人发现都不一定。”

“所以我才说她幸运啊。”江东明嘴上东拉西扯，开车却也认真，“但是她也挺倒霉的，那个泳池一边深一边浅，她怎么就偏偏掉在水深的那一边？若是另一边，她稍微踮点儿脚就能把嘴露出水面。”

“谁落水还会挑地方吗？”朱迪鄙夷江东明的智商，接着又“咦”了一声，“是不是那只总是跑来跑去的野猫吓到她了？不然平白无故怎么会掉进泳池？”

“天知道。”江东明似乎又不关心了。

朱迪却接着说，好像非常不满：“我早就说把那只猫打死，偏计先生就是不让。它这样赶也赶不走，每天神出鬼没的，又不发出声响，实在让人恼火。”

“我听老冯说，那只猫身上附着前小计夫人的鬼魂呢。”江东明脸上挂着淡淡的笑，眼里却闪过冷光，“可别小看这些脑子不正常的，说不定就能看到我们看不见的东西。我表弟，这是对亡妻还保持尊敬。”

“我是学医的，不相信鬼魂之说。”

“宁可信其有，不可信其无。再说了，一日夫妻百日恩，欣荣多爱我那位表弟啊，连计氏股份都愿意放弃，你是知道的。她很可能舍不得老公，在计宅流连不去。”

“戴欣荣是宣告死亡，说不定哪天会回来，又不确定是真死了。”朱迪冷笑道，“就算死，也不是死在计宅里，你表弟又不经常过来，她溜达个什么劲儿呢？”

“妒忌路小凡呗。”江东明一副理所当然的样子，“妒忌路小凡的人可真不少呢，这就叫作怀璧其罪。谁让我那人见人爱、车见爆胎、鬼见徘徊的表弟那么优秀，大把活凤凰、真孔雀、窝边草随着他挑，任他啃，他却玩高冷，连眼睛也不瞄一下，偏偏喜欢上不起眼的小白兔呢。”

“我怎么闻到一股酸味？只怕，妒忌计大少的也大有人在。”朱迪闭上了眼睛，似乎失血过多，不愿意说话了。

“也不知家里怎么样了？”江东明自言自语，脚踩油门，跟紧了前面的车。

此时的计家，陆瑜怕刚才的吵闹声惊醒神经衰弱的计维之，特意上楼去看了看，却见计维之昏沉沉地睡着。若非还有微弱的呼吸，旁边连接的各类医学仪器还闪着绿色小灯，他几乎以为这老爷子已经无声无息地挂掉了。

“这样活着，有什么意义？”陪他来的傅敏眼圈红了，脸上悲伤满溢，“还有我妈妈……我这样说真不孝，该遭雷劈。可是他们这样活着，真的不如直接离开。哪天解脱了，也就好了。”

“年纪轻轻的，别说这种没有生趣的话。”陆瑜轻轻带上计维之的房门，搂着傅敏的肩膀往楼下走，“以前我奶奶常说，人这辈子吃多少、用多少都是有定数的，欠了的，也一定会还。儿女债，一样得还。”

“那我妈妈呢？她连一只蚂蚁都不肯伤害！”傅敏突然激动起来。

“兰阿姨……兰阿姨她……”陆瑜突然语结，“老天也有犯错的时候吧。”他抓了抓头发，仓促转移话题道，“今天晚上也真危险，若不是朱迪出手，路小凡肯定完了。万幸的是游泳池的排水口没有坏掉。你听说过没？排水口的吸力是很大的，万一人被吸住的话，任你水性多好也逃不脱。你想想，那得多绝望，看得见光，水面近在咫尺，却像有只鬼手拉着你，你就是没办法活下来。所以你说，生命多美好啊。”

他一边说还一边配合着各种憋气、掐脖子以及挣扎的动作，等发现傅敏吓得脸色发白，又急忙改口：“我随便说说的，你别当真。别怕，真的，要不我们去游泳池那边看看，排除隐患？安全第一嘛。”

傅敏气得没理他，直接跑回自己的房间，陆瑜紧跟不放。

而此时在游泳池边，老钱正在打捞掉到里面的餐篮和食物，心中有了些猜测。接着，他小心沿着从主屋到泳池的花园小径来回走了好几遍，还仔细用强光手电在花丛中搜寻，最后在泳池那一侧的矮树后发现了一些凌乱的脚印。

雨后已经几天了，但泥地上还是有些潮湿。因此虽然脚印不明显，却还是看得出来。他熟练地丈量着，并用手机仔细拍照。随后又在附近反复进行地毯式排查，终于发现树枝上挂着一缕长发。他把长发放进一个小塑料袋里，这才回自己房间去打了几个电话。

第十四章　苦肉计

在这个注定不平静的夜里，几方人马各自做着自己的事。

还好，经过检查，又经过一夜的观察，路小凡除了受到惊吓，身体完全没有问题。倒是朱迪，额头上方一点儿的地方缝了十五针，头发被剪掉了一大片，连带得半边脸都肿了起来，美貌大打折扣。

“谢谢你，朱迪。”回到家，路小凡第一件事就是到朱迪的房间去，郑重地道谢。

说起来，对于救命恩人来说，她这点儿谢意还是太轻了。

“换成你是我，我是你，你也会救我的。”朱迪说话永远令人很舒服，“你再谢来谢去，我反而会不自在的。”

路小凡有些不好意思：“那你头上的伤怎么样？抱歉，害得你的头发……”

“没关系啦，头发会长的，我又不怎么出门。真不行的话，买个假发也挺好的。”朱迪善解人意地微笑。

“你没有假发吗？”江东明突然问了一句，没人知道江东明何时站在了门旁边。

见众人诧异地望着他，江东明赶紧补了一句：“现在女孩子们不都有几顶假发备着吗？换造型时用的。”

“我没那闲工夫。”朱迪顶了回去。

“好了，以后有机会再表达你的谢意吧。”计肇钧见朱迪流露出明显的疲惫之意，便对路小凡说，“她失血挺多的，又缝了那么多针，需要休息。”

“主要是我用的药里，有安眠成分。”朱迪打了个小小的哈欠，“但是计老先生那里……”

“我会照顾的。”计肇钧拦过话，“他什么时候用什么药，我很清楚。忘记了吗？他大病初期，我亲自伺候过的。”

不知是不是多心，反正路小凡觉得计肇钧一提起计维之，整个人都变得冷漠而坚硬，似乎在强烈地戒备着什么。

“那好吧，算是你们的亲子时间。”朱迪甚至开了句玩笑。可能笑得过大，牵动了伤口，她很快露出个微微痛苦的神情。

其他人见状，连忙退了出去。

路小凡心里有一种不安感，说不清是为什么。朱迪的房间在她的房间上面，照理说房间结构什么的应该一致才对。可是，她总是觉得哪里有些不对头。或许是因为朱迪的房间布置得太简单了，不像她房间的公主风，走的是北欧简约路线，可以说是太简约了，像是男人住的地方。

路小凡没有深想，牵着计肇钧的手，一起慢慢往楼下的大书房走。出了这档子落水事件，他们本打算回市区的计划泡汤，计肇钧需要去处理一些工作。

"我一直没来得及问，你怎么会掉到泳池里？"计肇钧一边走，一边侧头看向身边的路小凡。

路小凡赧然："昨天钱叔回来晚了……"

"钱叔？"

"就是司机老钱啦，新来的。你最近一直忙，没有回过家，可能没有正式见过面。"路小凡解释。

计肇钧迅速回忆起昨晚的事，当时身边是有个工作人员来着。那是个年纪不小的中年男子，老实厚道又很不起眼。哦，对了，他回家那天，是老钱帮他拎的行李。当时他只觉得面生，但家里的事全是朱迪在管，他对这些事情通常没有什么太深的印象。

"你跟他很熟？"他听得出路小凡语气里的好感。

"我来计家，是朱迪派钱叔去接的我。开始的时候，我有点儿怕这个宅子，也是钱叔安慰我的。"路小凡想起看到棺材的那个恐怖雨夜，老钱就像救星一样出现在她身边，心中生出暖意，"他一直对我很友好，看着他我总能想起我爸爸。可笑吧？人的感觉就是这样奇怪。"

"嗯，我明白。"计肇钧点头。

"钱叔昨天去市区医院给计伯伯取药，可车坏在了半路，这才回来晚了。我猜他可能没吃晚饭，朱迪又不许工作人员随便进大屋，我就想给他做点儿吃的东西送过去，免得他饿肚子。我爸爸就是饮食不规律，所以有严重的胃炎。"

计肇钧花了几秒时间才理解她说的"计伯伯"是谁，而后点了点头，示意路小凡接着说。

"可是到了晚上，计家花园里太清静了，还挺吓人的，我胆子小嘛。"路小凡更不好意思了，"于是，我就想快去快回，我……我用跑的。没想到跑到泳池边时，大约跑得太急了，我也不记得是绊了一下，还是腿抽筋了，就那么……那么掉水里了。"她很惭愧，转了转目光，"结果不但没送成饭，还给大家带来这么多麻烦，朱迪更是伤得那么厉害，真对不起。"

她没说本来在挣扎，本来可以求救，却看到女鬼，结果连吓带呛地晕过去的事。若她能出声，用人房离她出事的地方不到五十米，钱叔完全可以听见。

但，听说人在濒死状态时是会产生幻觉的。所以让她怎么能开口说，她看到了计宅有女鬼？毕竟她才来几天啊，计家其他人住了这么久也没遇到怪事，偏偏她一来就“招鬼”了？

“你又不是故意的。”计肇钧还没回话，他们身后就传来一句。

路小凡吓了一跳，回头一看，来人是江东明。

“你偷听？”计肇钧立即皱眉，那种厌烦的神情丝毫不加以掩饰。

“我只是在走路。”江东明摊开手，一脸无辜，“你们下楼，我也下楼。你们在前面走，我只是在后面走罢了。你们说话，声音无意中传入了我的耳朵里。表弟，我知道你对我不满，可我真的没有自动屏蔽功能的。”

“你偷听！”计肇钧不听解释，直接判决。

路小凡觉得也是，因为江东明的说辞看似有理，实际上是强词夺理。不过江东明有个本事，但凡是女人，只要不受到他的切实伤害，很少有人能生他的气。

江东明耸耸肩。

计肇钧正要再说什么，手机却响了。

“稍等下。”他摸摸路小凡的头，快走两步，进了书房去接电话。

“你有什么话没说，对不对？”只剩两人在外面时，江东明突然问。

路小凡愕然，一句“你怎么知道”，差点儿冲口而出。

“因为我有犀利的观察力。”就算路小凡没有说出口，她的表情说明了一切，所以江东明直接道，“人的眼睛会说话，往右下角和左上角看，那是回忆事实。而往右上角和左下角看，是在编造事实。你讲到落水原因时顿了顿，而且眼睛正是向左下角看的。来吧，你有什么不方便对我表弟说的，不妨告诉我。”

“我没有！”路小凡眼睛眨也不眨，眼神更不敢乱飞，近乎屏住呼吸回答。

“你看，说话时盯着对方也可能是在撒谎，因为你在渴望对方的信任。”江东明弹了一下路小凡的脑门，“你这种单纯生物就不要试着和别人斗心计了，其实你连我表弟也骗不过，若不是他太在意你，不会注意不到你的隐瞒。快告诉我，哎呀，好奇死了。放心吧，就算听到有外星人试图劫持你，你在反抗中落水，我也不会笑你。我会相信的。”

路小凡犹豫了一下。

从理智上来讲，她认为不能说。可不知是不是心中疑惑太大，恐惧太深，或者江东明的神态太具诱惑力了，她情不自禁就开了口：“我真的不知道为什么会突然腿软掉下水，但是……我穿过花园时，感觉有东西跟着我。我看到了白影，但也可能是山道上过路的车子闪过的灯光。”

“围墙那么高，院子那么深，闪不到的。”江东明认真起来，“然后呢。”

“然后我在水里想呼救，却看到……”

“看到什么？”江东明压低声音，忽然跟着紧张起来。

“好像是个女鬼。”路小凡自己都觉得这话说得太玄幻，可她就是说了，“白衣服，长过腰的头发，十指黑漆漆的，指甲又长又尖……”

忽然有阵不知哪里的风吹过来，幽然吹拂过路小凡的背后。

“为什么不告诉我表弟？”江东明再度发声，打破了路小凡没来由的紧张。

“我觉得很可能是我的幻觉。”路小凡长出了一口气，仿佛卸下了心头的重担，“在医院时我认真想过，之前我听过老冯的话，他的精神不算很正常。我这个人容易接受心理暗示，说不定当时就在心里存了诱因，呼吸断绝后大脑缺氧，就产生了类似的幻觉。”

“有可能哦。”江东明直起身子，凑近路小凡，“其实，我觉得你分析得很有道理。”

“我是不是很可笑？”路小凡有些沮丧。

“没什么可笑的啊，你还是个小姑娘嘛。”江东明笑起来，“小姑娘都爱胡思乱想，这是好事，证明年轻纯洁呀。哈哈。”

“我就知道你会笑我，我以后再也不相信你说的话了！”明知道会是这个结果，路小凡却还是很恼火。她瞪了江东明一眼，打算去厨房剁个肉糜，发泄一下自己的郁闷。

看着她的苗条背影，江东明露出若有所思的表情，趁着没人注意，去找了老钱。

“查得怎么样？”见到老钱后，江东明直截了当地问。

“江先生不怕被人发现你我的联系吗？”老钱透过落地大窗子望着外面说。

“现在没人顾得上我。”江东明露出一丝嘲讽的笑意，“出差加回家，好多天没去公司，公事就够计肇钧忙的了。朱迪伤得不轻，恐怕也没有精力。除了他们两个，这宅子里再没人会针对我。快说，到底是怎么回事？”

“路小凡根本不是正常落水。”老钱说出判断。

“我猜也是。”江东明把从朱迪和路小凡那里听来的说辞给老钱详细讲了一遍，“这些信息，加上你调查的内容，对推导出结论有帮助吗？”

老钱闭上眼睛想了想，说：“若我没有猜错，整个事件就是某人利用了路小姐的善良，我也成了被摆布的棋子。”

“你怀疑的是朱迪吧？”江东明看了看大屋的方向，“那个女人很厉害，最懂得操纵和谋算人心。我不知道她的目的，可在她眼里，有谁不是棋子呢？”

“是朱迪支使我去市区医院给计维之取药。”老钱接着说，“且不论那些药是不是急需，总之她早上没有反应，是下午才找的我。那时候，时间已经有些紧张了。”

“然后那么巧，你的车子出了问题？”

“毛病不大，只是水箱有点儿小小的裂缝。但若从市区到计家打个来回，需要四个小时，绝对是坚持不了的。我注意过，沿路一共有四家修车厂，无论在哪里修，加上往返车程，我必然会在晚上，甚至夜深才能回来。计家的车子都是顶配豪车，修车师傅看过后觉得应该不容易出现此类问题。”

“除非有人动手脚？”

“也可能是某些被吸进车里的小石子造成的，很隐蔽且不好确定。”老钱摊开了手，“而我，作为一个被雇的司机，没什么专业特长，家庭环境差，有个需要念大学、将来还得买房娶媳妇的儿子。一个这样的父亲、中老年男人，能找到如此轻松且高薪的工作，绝对不敢冒着耽误送药的风险在外面逗留，吃东西。”

“你可以随便买点儿在路上吃。”

“那不是正经吃饭，最大的可能是根本吃不上。”

“所以善良的路小姐会为你准备吃的，鉴于你不能随意进主屋，她才要给你送过去。她是那样体贴人，断然不会为了给司机送饭，还叫别人陪她过去。那么，在这段从主屋到用人房的路上，能动手脚的机会就多了。”

“朱迪的心思真是缜密，整件事设计得非常精巧，还需要提前知道路小姐不会游泳，并且洞悉她对我非常友好。”老钱有些赞叹。

江东明更关注细节：“问题是她怎么让路小凡落水呢？”

“照路小姐自己描述的情况，是不成立的。”老钱捏了捏眉头，眼睛精光四射，哪里还有老保安或者老司机的样子，简直神采飞扬，“她年轻、健康，经常劳动所以运动能力也不错。何况现在是夏末，就算夜晚有些凉爽，就算她因为感觉有东西跟着她而紧张，在奔跑的状态下也不至于抽筋到不能自控的程度。唯一的解释就是有外力刺激。鉴于落水处是泳池，四处空旷，不远处是树丛，估计是中距离的飞针一类的东西刺在腿上，产生了类似于抽筋的痛感。”

“要不要去检查一下她的腿？”

“经过这么久，如果凶器细小，以她这个年龄的皮肤自愈能力，只怕找不到针孔了。而随后弄个女鬼出来，是为了在惊慌中再施加惊吓。普通人在生死攸关的情况下绝对会失措，导致最可怕的后果。”

“忒狠了。”江东明抽了抽气，“这到底是什么仇什么怨？”

“还有，我在靠近泳池的树丛中发现了这个。”他拿出那个装着一缕长发的塑料袋，“还没找人去化验，但凭肉眼就可以看出这是化纤丝类。”

“长假发？女鬼的装备之一。”

“是。”

“我刚才无意中听说朱迪没有假发。或许，她是在说谎？”

老钱摇头：“她不是自己出马假扮女鬼的。一来，她是救人者，时间上她无法兼顾这两个身份。二来，我在泥地上发现了一些脚印，有点儿模糊，还没有时间具体分析，但比朱迪的脚小，体重却好像要大得多。”

“她有帮凶？是小个头的胖女人？”江东明努力回想，“计家不曾出现过这种人啊，工作人员中也没有符合特征的。”他沉吟了片刻又了然道，“也难讲，她比任何人都熟悉这个地方。她若要偷偷培养或者藏个助手什么的，别人真发现不了。”

“一切都是推理，没有证据。”老钱叹了口气，“我猜以她的精明，也不会把这些会露破绽的东西放在自己那里。所以这个帮凶是关键，找到这个人，就可能搜出相关的证据。当然，也可能被销毁了……我好奇的是她的目的。毕竟，是她救的人，还把自己伤成那样。但是如果稍懂司法鉴定，很容易就能推断出，她是自己故意撞到头的。”

“原来是苦肉计哦。”江东明失笑，“这女人真可怕，对自己都能这么狠，何况对别人？至于她的目的，当然不是想把自己摆在救命恩人的地位上，也不是想获得计肇钧的好感。我猜不透她和我那位表弟的真正关系，但咱们计少真的很讨厌她呢。这是男人的直觉，绝对不会错。所以我猜，她大概是想把路小凡留下来，这才下这么大的血本。她伤得不轻，以她那种身体状况，若是再发炎或者发烧什么的，没一两个月根本好不了。那时，谁照顾我姑父？路小凡必须留下来。”

“计家那么有钱，可以再高价请个护士。”

“钱，是不能解决所有问题的。计家秘密这么多，计肇钧不会同意来个不知根底的人。再说，时间这么紧迫，我姑父一天也离不得人，公司也不能长期没有掌舵者，所以花大把时间，仔细挑选合格新护士的方案也不成立。”

“朱迪想留路小姐，也得看计肇钧同意不同意。虽然看不出有多爱，但他至少对路小姐很认真。我活了半辈子，这点儿眼力还是有的。”老钱很肯定，“再者，以他那样强势的性格来说，未必会顺从别人的摆布。他又那么聪明，可能不能断定落水事件的真相，却未必不会产生怀疑。他真心待路小姐，怎么可能让自己的女人处在一个阴险女人的势力范围内，他自己却不在身边呢？”

“所以啊，他这么厌恶朱迪却不炒了她，除了朱迪长年照顾我姑父这件事情以外，我觉得他们之间有某种联系，这也正是我们要查清的问题之一。对于路小凡是否能留下，朱迪肯定也还有后招，只是我猜不透是什么。”

“你不帮路小姐吗？”老钱皱眉，“她是好姑娘，不该搅进这浑水里。如果我儿子能遇到这样的女孩子，我说什么也会把她留在老钱家。”

“是啊，这年头精明人遍地都是，找个傻子却难如登天了。别的不提，我表弟眼光真是好，看到小白兔就一口咬住了不撒嘴。”

“她不傻，只是心地纯净。”老钱很严肃，表示他是认真的，“你看她那双眼睛，都是干净无比的。不像朱迪，看着温柔端庄，其实带着天然的邪气。”

“我知道，我知道。可是，我也需要路小凡留下，你也需要。”江东明看着老钱的眼睛，“她留在这儿，计肇钧才会频繁跑回来。你不是一直比较烦恼和他接触少，不好调查吗？”

“但我不能允许你伤害路小姐。”老钱有自己的坚持，“江先生，我不是你的下属，我们只是合作。你想得到计氏，等到揭开这些迷雾，你就会得到。”

“我不会伤害她的，但是她爱上计肇钧，就已经站在这盘棋上了，这一点你无法否认。”江东明吊儿郎当的神情消失不见了，取而代之的是无比的认真，“我要的从来不是计氏，我要的是把戴欣荣找回来。我相信，她没有死。”

“我们最终的目的是一样的。”老钱认同。

“那就看朱迪下一步要怎么走，同时要找到她的帮凶，好找到物证。”江东明抬步往外走，到门口时又转回身，“我要戴欣荣，但公司的所有权，我当然也不会放手。”

在各种看不见、摸不着的谋算之中，计家大宅又迎来了几次日出日落。

路小凡的身体迅速恢复，又自觉是自己的缘故，给大家造成困扰，所以不顾刘春力的反对，再度接手了厨房。

而计肇钧因为要照顾计维之，不得不把工作搬到大书房去做，每天有看不完的文件，开不完的视频会。倒是其他人，要回市区了。刘春力有工作，傅敏还要上课，陆瑜是计肇钧的助理，得公司计家两头跑。于是很快，计家主屋里除了病重的计维之、受伤的朱迪，就只剩下计肇钧、路小凡和江东明。

不出江东明所料，朱迪的伤口感染发炎，高烧了好几天，被医生告知要休养至少一个月。

朱迪不能工作，计肇钧就只能公私兼顾，每天忙得觉也睡不够。路小凡看在眼里，心中内疚更深。她提出由她来照顾计维之，计肇钧却想也没想就拒绝了。

路小凡在给朱迪送粥的时候提起这事，朱迪假装无意地说：“计先生是心疼你啦，照顾病人很不容易。但其实，计老先生最近情况稳定，除了吃饭比较麻烦外，平时非常安静好伺候。药是定时定点定量的，每天给他按摩一下手脚，翻翻身，天气温暖阳光好的时候，推轮椅在阳台上坐坐，或者去花园转转。他虽然不能动不能说，脑筋也不太灵光，但对声音还挺敏感，说点儿计先生的事给他听，或者念念新闻，他都很开心的。至于擦身和处理排泄问题，老冯可以帮忙啊。”

“冯叔可以吗？”路小凡惊讶，因为在她心里，老冯也是个病人。

“完全没问题啊，他以前经常帮我。”朱迪轻松地说道，“虽然计老先生身体虚弱，新陈代谢很慢，平时不常洗澡，可到底也会洗啊。我是护士出身，不介意病人裸露身体，可是我力气不够。之前，一直是老冯帮我的。”

“哦，这样啊。”路小凡真没想到这个。

“他虽然看起来举止有些异常，可为人很细心很温和的。”朱迪态度温和地说，“只要不刺激到他，他从来不伤害任何人。”

路小凡想想老冯的样子，也觉得他温和无害，于是又问：“那用药啊，仪器啊，有什么特别难理解或者记忆的吗？”

“那倒是特别一些，但也没多难。”朱迪慢慢诱导，“若自家人帮忙，加上老冯搭把手，完全不成问题的。”

“那你先教教我呗。”路小凡做出请求时很不好意思。在她看来，将来她如果能和计肇钧修成正果，就算有贴身护士，她身为晚辈也不能完全不理会重病的长辈。再者，她从小就照顾老人，还是因长期病痛而脾气不好的瘫痪老人，所以很有心得。

她不知道，她的请求正合朱迪之意，所以很热情很细心地教她。因为用心，路小凡掌握得很快，那些难记的药名，很快就背得滚瓜烂熟。

然后很快，她就有了用武之地。

这天早上，计肇钧正在书房里忙翻天时，突然接到一个电话。随后，他立即放下了一切工作，叫路小凡收拾东西跟他回去。

“怎么了？”路小凡正在厨房准备午饭，蔬菜只切了一半，见计肇钧脸色非常不好，不禁吃惊地问。

计肇钧想了一下，决定还是告诉她：“小敏打电话来，说她妈妈突然有些不好。她在电话里哭得厉害，我必须赶过去。”

尽管那天在花房，路小凡听到了计肇钧和傅敏的对话后，心里有了小小的妒忌，但她很快就调整了心态，觉得自己小气又阴暗。可是，他说过不需要她出现，因为“还不到时候”。

“要我陪你一起去医院吗？”她试探着问。

“不。你回家，回我家。”计肇钧心急地说，“动作麻利点儿，我们十分钟后出发。”说完，他就大步向楼上走。

他人高腿长，路小凡连围裙都来不及脱掉，近乎小跑着跟在他身后，另一只手里还抓着一只彩椒。眼看到三楼了，她才小声问：“我……可不可以不回去？”

计肇钧蓦然转身。

路小凡跟得太紧，又没有提防，情不自禁地后退半步，但脚下一空，彩椒也扔了，整个人差点儿滚下楼梯。幸好计肇钧手疾眼快，伸臂捞住她，把她抱在怀里。

之后计肇钧也没松开，就那么皱着眉问：“理由？”

因为紧贴着他的胸膛，路小凡能感觉到两颗心脏似乎连在一起跳动，害得她羞红了脸，结结巴巴地说道：“你走了，我也走了，谁来照顾计伯伯啊？朱迪还没好，今天还要去换药的。”

计肇钧怔了怔，但很快就恢复冷静：“我安排陆瑜过来，你不用操心。”他放下路小凡，拉着她走。

“可是……”路小凡轻轻挣扎了一下，“可是计伯伯的药有十几种之多，各时间段的用法和用量都不一样，好几种只有英文说明，陆瑜又不知道怎么弄，临时学也来不及了。再说那天他出现，我看冯叔有点儿怕他，那要怎么合作呀？”

计肇钧再度停下来，回头看她，眼神奇怪，仿佛不相信她会这么说。

“你跟朱迪学了要怎么照顾他吗？”

“我怕你太累了，所以……学了一点儿，以后可以搭把手。”路小凡因为背着计肇钧做事而有点儿心虚，但马上又道，“朱迪说我已经完全掌握了，冯叔过来帮个忙的话，完全没问题。”

“我说过，并不需要你做这些事。”

“反正你也不需要我和你一起去医院看那位阿姨，那么，我觉得我留下来才是最好的安排呀。”路小凡说完，抬头望着计肇钧。她敏锐地发觉他不想让她单独留下，甚至是极端抵触和排斥。

“好吗？”见他半天不说话，她摇摇他的手。

“不好，你跟我走！”哪想到她的提议被断然拒绝。

“为什么？这是最理智的做法呀。”

“没有为什么，我就是不想让你单独待在这儿！”

“计家有什么秘密吗？”路小凡不知哪里来的勇气，冲口问出，“还是你有什么事瞒着我，怕被我知道？”

突然，两人都沉默了。

“对不起，我……我……”路小凡习惯性地道歉。

“我不喜欢命令被违背。”这一次，计肇钧没有像平时那样安抚她，而是生硬地说，“你有两个选择，第一是跟我走，过几天再跟我回来。第二，还是跟我走，区别只是不用再回来了。”

什么意思？分手？

路小凡愣住了，脑子还没分析清楚这是什么情况，心却率先一步尖锐地疼起来，于是眼泪不听话地迅速充满眼眶。

她瞪大眼睛，仰望着眼前的男人，可惜泪水模糊，她看不清。

事实上，在这一刻，他们彼此都觉得对方是如此陌生。

“对不起。”又有道歉，却是出自计肇钧。

一物降一物，她的眼泪就是他的魔咒，每一次都能击中他心头最柔软的命门。

他把她拥入怀中，心疼了。

她的泪水瞬间落下，她沉默着，却把脸紧贴在他胸口，双手搂紧他的腰。

以前她还对自己悄悄说过：他喜欢她，她就安静地待在他身边。哪天他不喜欢了，她就潇洒地离开，挥挥衣袖，不带走一片云彩。

可是他现在不过就是发个脾气，有点儿威胁要分手的意思，只这样就叫她心如刀绞。为什么啊？这是为什么啊？为什么连这个也受不了？

“对不起，我不是故意要这么说，对不起。”计肇钧轻轻拥着路小凡，满怀歉疚地解释，“我太心急了，我必须立即走。我必须，我真的必须……”他不断重复，有点儿语无伦次。

这时候，路小凡才感觉出计肇钧的混乱。

在路小凡的心目中，计肇钧似磐石般坚毅，仿佛意志不可摧毁。可是，他也是人，他也有情绪，以及情绪失控的时候。此时，他显然是受到了重大的打击。

傅敏的妈妈，他唯一好友的妈妈一定对他很重要。而且老人也一定病得非常厉害，不然他不可能这么急，急得快要失去理智！她虽是好意，想为他尽孝，让他可以安心做事，却太纠缠絮叨，也没有事先沟通，完全没有顾及他的感受。

就因为她弱小，他却是强大的，她就可以自以为是吗？

想到这里，路小凡开始自责、内疚、羞愧，特别是当她从他怀里抬起头，看到他那疲惫的眼神时，整颗心都揪起来了。

“是我不好，但是不说这个了。听你的，我们快走吧。”她泪痕未干，却反拉着他的手走。

随后十分钟不到，两人已经坐在车里了。

走出主屋大门时，不知出于什么原因，路小凡回头望了望朱迪的房间，看见朱迪正倚在窗边注视着他们离开。朱迪站在阴影里，雕塑般不动，看起来有点儿可怕。

也许是错觉吧。路小凡心想，是这个空荡荡的大屋给她的错觉。她很快甩掉这些不良情绪，提醒计肇钧：“别忘记打电话给陆瑜，让他过来接班。”

计肇钧专心开车，把自己的手机递给路小凡。

路小凡低头查看联系人名册，因为她和陆瑜姓氏的发音是一样的，所以从L看起，但是看了几遍也没找到她和陆瑜的。朱迪因为汉语拼音的字母是Z，排在最后，其余就是不认识的人了。

她狐疑地向上翻，发现她的名字被置顶加星，居然排在了陆瑜以及傅敏前面。

路小凡心里，忽然就被蜜灌满了似的。她不确定计肇钧有多爱她，但他确实是重视她的，刚才她居然还闹腾，真是羞愧死了。看着头像上的那只小白兔，她偷偷瞄了身边的计肇钧一眼，咬着唇笑了。

接着，她正了心神，拨通陆瑜的号码。

“他不接。”连响了十几声后，路小凡对计肇钧报告。

“不可能连我的电话也不接，不是有事就是没听到。”计肇钧车速飞快，却已经冷静下来，“不用管，他会打回来的。”

“嗯嗯。”路小凡点头，“就算他真有事，我想过了，江先生不是还在家里待着？计伯伯需要人的话，朱迪应该会找人帮忙吧？到底他还是计伯伯的内侄呢。”

计肇钧一僵，却没说话。

好在他们快开到山脚的时候，陆瑜的电话终于打回来了。

“怎么是你？”听到路小凡的声音，陆瑜很意外，“这是我老板的手机吧？”

“是他的手机，可是他在开车。”

“问他在哪儿，让他赶快过来。”计肇钧吩咐。

路小凡立即化身复读机，专心传达命令。

陆瑜却反问：“你们开车要去哪儿？不是下山吧？傅敏从疗养院打过电话了是不是？你们现在要过去对不对？”

“嗯，就是这样安排的，我们已经快到山脚了。”

“回去回去，赶紧回去！”陆瑜听完这句话，几乎吼起来。

路小凡下意识地把手机拿得离耳朵远了些，转头对计肇钧说：“他说让咱们回去，好像很急切的样子。”

“我听到了，他吼这么大声。”计肇钧伸出一只手，按了免提，“出什么事了？”

“媒体不知道怎么打听到钧哥你和路小姐在一起，而且还订了婚的消息，个个跟打了鸡血似的亢奋，现在全堵在山脚下，等着抓花边新闻呢。”陆瑜的嗓门仍然很大，“我正上山，刚才被困在外面，差点儿连车都开不进来。”

车子猛然停在路边。

路小凡的右手下意识地盖在左手上。

计肇钧前妻的死亡宣告还没生效，这意味着他现在还是已婚男人的身份，没有权利订婚。从道德层面上来说，甚至连恋爱也不许谈，那相当于外遇。

为什么，就觉得自己这么见不得人呢？明明戴欣荣已经失踪了四年，明明计肇钧是半点儿不花心的男人。那么多坏人他们不去报道，为什么要盯着他们呢？他们这样，并没有伤害到谁啊。

她怕计肇钧发现她的动作，又把盖手的动作收回，同时偷偷看向他。

计肇钧的眉头紧拧，呈现一个深深的“川”字，有怒火在他眼中一闪而过。

路小凡突然觉得，他这样隐忍其实并不好，应该时常发泄一下情绪，不然对身体真的非常不好。人，是不能太压抑的。

她想问现在怎么办呢？但张张嘴，终究没出声。

好在很快，陆瑜的车出现在前方，并排停在他们车子的旁边。

“钧哥，幸好我及时拦住你们！”陆瑜摇下窗子，打招呼，夸张地呼出一口气，“咱们是习惯了，可看狗仔们那疯狂劲儿，路小姐但凡敢露面，就会被那些鲨鱼给撕碎。”

他的话，成为压塌计肇钧心防的最后一根稻草。

“小凡，你暂时不能露面了。”计肇钧轻声说，内心的为难、纠结和挣扎，几乎令他喘不上气来，“我不想让你单独留在计宅，不是因为我有什么秘密怕被你发现，是担心你害怕，那里太阴森了，你又才落过水。但现在，我不得不留你在那儿，我甚至不能把陆瑜留给你。很抱歉，我不得不……”

原来，他是担心她，才那么顽固地要把她带在身边！

“我已经不怕了，习惯了嘛。再说，落水也是个意外。你走你的，我留在计家完全没问题。”她努力用轻快的语调说。

想到那个空空的房子，她确实会心神不宁，对落水事件也是心有余悸。但是，她知道他的压力，来自家庭的、来自公司的、来自冷漠古怪的亲情的，还有为他牺牲过的友情的，这种时候，她怎么可以流露出半点儿让他不放心的神色？

“我必须去疗养院看看……我必须……”他又来了，带着一种强迫自己的自虐感。

路小凡实在看不下去了，扑过去抱着他的脖子，在他唇上使劲亲了一下，阻止他继续往下说。

陆瑜对她的主动都惊呆了，没有别过脸，反而瞪大了眼睛。这举动，在别的姑娘那里也许只是寻常，但这一位是古典派啊，时常会让他觉得她是从古代穿越来的小家碧玉。难道他一直错了吗？

再看计肇钧，他居然奇异地被这个没什么技术含量的吻给安抚了，平静了下来。

“我一开始就想留下啊，是你那么霸道，一定要带我走。”路小凡的脸微微红着，显然吧唧一声亲完之后，她自己也吓了一跳，“其实说句实话，我更怕记者。你不让我下山，倒真是救了我呢。我正好躲一阵风头，反正他们上不了山，估计他们很快就会因为新的新闻而忘掉这件事的。”

计肇钧不说话，只看着她。他知道这丫头是怕他为难，所以才这么说的。

“我很怕成为众人注目的焦点的。”路小凡被计肇钧看得有些不自在，又说道。

计肇钧沉默片刻，终于伸臂抱住她：“好好保护你自己，等我回来，再由我来保护你。”

“好啊，我等你，会一直一直等的。”

“那我让陆瑜送你回去。”他松开她，摸摸她干净软滑的脸。

“不用啦，你现在肯定需要人手的。”路小凡欣喜于他眼中对她的不舍和担忧，微笑道，“我等在这儿，打电话叫钱叔来接我。这里离山上又不远，顶多等个十几分钟吧？如果不是怕你担心，天气这样好，我甚至可以散步回去。”

“叫老钱。”计肇钧决定。

“好。”路小凡用力点头，“你赶时间，先走吧，我马上叫钱叔过来。”

“无论什么事，都可以打电话叫我。”才打开车门，计肇钧又追着嘱咐。

其实，他这样很奇怪，反倒让她很紧张，好像计家里藏着一个可怕的魔鬼。但她没有多说什么，下车后一边呼叫钱叔，一边往回走。走了一段距离后回身看，却见计肇钧还留在原地，目光追随着她。

她心里甜丝丝的，对计肇钧挥手，努力露出最舒心的笑容。

“钧哥，不要担心啦。”陆瑜见计肇钧迟迟不开车，劝道，“路小姐真的不会有事啦，就算朱迪阴阳怪气的，也不会对她怎么样的。”

计肇钧不说话。

朱迪不会出手对付小凡吗？前几天的落水事件是怎么回事？实在是太巧合了。一切解释都说得通，却透着股刻意的味道。

而且，他怕的是朱迪对他的小白兔施加不好的影响。

还有，江东明似乎对小凡有不良企图。

“我就是纳闷，你和路小姐的事是谁透露给媒体的？”陆瑜烦恼地扒扒头发。

“很显然。”计肇钧咬了咬牙，终于收回目光，启动车子，“不是江东明，就是朱迪。”那两个人此时都在计宅里。

计肇钧只希望快点儿到疗养院，希望那里一切安好，这样他就可以很快回来。生平第一次，他有分身乏术的感觉。

而在计家，老钱在接到路小凡的电话后，立即动身。

在车库外，江东明摆了个画架，正对着一朵花画水彩画：“小凡要回来了？”

老钱应了声。

“早跟你说过，那个人会有后招的，她想让小凡留下，小凡就走不了。”

“不能伤害路小姐。”老钱皱眉。

“反正我不会。”江东明耸肩，说得意有所指，“我也会盯着的。”

老钱只“嗯”了声，很快出车，把路小凡接了回来。

同离开时一样，路小凡下意识地看向主屋的楼上。

朱迪竟然还站在那儿，明明穿着白色的丝织长裙，却仍然有如站在阴影里。

路小凡挥挥手，朱迪笑着回以同样的动作。

然后，朱迪赤着脚离开了窗边。已经没发出任何声响了，她却还下意识地尽量把脚步放轻。

这场伤病令本来就极为瘦削的她更瘦了，简直成了风一吹就倒的纸片人。她拿出手机，上面居然有偷拍的路小凡的照片。

照片里的女孩并没有惊艳的美，但笑起来温柔明朗，好像脸上有一层光晕，整个人看起来有种柔软温暖的感觉。

“男人就是喜欢你这种软乎乎没个性的女人。”朱迪哼了一声，轻轻放下手机，改拨打书桌上的座机。

“路小凡回来了。”她对着电话说，“我就说，她逃不开的。”

“干吗非要拉着她？一个没用的女人。”电话那边，传来沙哑的声音，雌雄莫辨。

“路小凡是计肇钧的弱点啊。”朱迪挑眉，“计大少那么强的对手，当然是掌握他的弱点越多越好。再者，她不是爱着计肇钧吗？爱一个男人，首先得了解他对不对？我这是帮她呢，行善啊。”

“得了，你想自己得到他。”

“随你怎么说。”

“你不怕他发现是你在搞鬼？”

“他发现不了。”朱迪自信地笑着，挂掉电话。

此时的计肇钧正钻在陆瑜车子的后备厢里，冲破记者的包围，离开山间别墅区。在确定没有人跟着他们之后，他再从后备厢中爬出来，改为他开车。

陆瑜则步行回原地，再把计肇钧停在那儿的另一辆车开到公司去。

在没人注意的时候，计肇钧神情焦急地开了几个小时的车，到达城市的另一端。

这个高级疗养院同样建在郊区，这里的环境相当好，就像一个大花园，绿草如茵，风景如画，白色的楼群建筑错落有致。这里还有全国最好的医疗条件和最负责任的医护人员。当然，收费也是极其昂贵的，普通人，甚至于小富之家，根本住不起这里。

快到达的时候，计肇钧打了个电话。他才停好车，跑进某一幢白色二层楼，傅敏已经眼泪汪汪地迎了上来。

“她怎么样了？”计肇钧迎上去问。

“医生说情况很不好。”傅敏见了计肇钧就哭起来，“你知道的，这二十多年来，她的身子本来就熬坏了，心肺功能都有些衰弱。这一次，不知怎么突然就……”

“她现在在哪儿？”

“监护室。”

计肇钧再不多说，拉着傅敏急急地赶去监护室。

当他看到躺在病床上的兰淑云时，心痛得要滴出血来。

这个还不到五十岁的女人，已经衰老得不成样子。曾经高挑窈窕的身子瘦得只剩下一把骨头，曾经令人惊艳的美貌荡然无存，只剩下暗黄憔悴，曾经乌黑浓密的秀发现在灰白稀疏，有气无力地耷在她的额头上。

她整个人陷入雪白的被褥中，除了那微微的起伏，不仔细看都找不到人。她就像秋天里一片挂在寒枝上的枯叶，叶片腐烂，只剩下叶脉，摇摇欲坠地在冷风中挣扎喘息，似乎随时会掉落，消散，零落成灰尘。

这时候，越是高档的病房和优美的环境反而越衬出病人的脆弱。周围那些闪烁的医疗器械和各种插在身上的管子，是她还存活着的唯一证据。

计肇钧情不自禁地伸出手，仿佛要触摸兰淑云的额头，可他的手颤抖得那样厉害，只得收回来。

兰淑云似乎心有所感，就在此时，缓缓把眼睛睁开一线。她的目光浑浊而茫然，带着深深的疑惑，好像不明白她身在何处，又为什么明明踩到死亡的边缘，却又活过来了。

计肇钧没提防病人突然醒来，居然吓得连退了两步。

“小敏。”好半天，兰淑云的目光终于聚焦，落在傅敏身上。她微笑着，残留的温柔映照出她年轻时的美丽。

“妈，妈，你好些了吗？”傅敏努力忍住眼泪，连忙快步上前，握住兰淑云枯瘦的手指，鼻音浓重。

“都上高中了，还这么爱哭，不怕被同学笑啊。”兰淑云慈爱地说。

傅敏忍不住回头看了眼计肇钧。

兰淑云真的没有半点儿好转，那残缺的记忆还停留在五年前。她已经上大学了，妈妈却还以为她才十六岁。

而她的动作仿佛是一条线，牵引着兰淑云的目光落在计肇钧身上。

兰淑云眼睛亮了亮，问傅敏：“这位是……这是谁家的孩子啊，长得真好。”

计肇钧的喉咙动了一下，抿紧唇，一言不发。

傅敏只得道：“妈，你不记得了？这是我哥的朋友。”

“哦，你哥的朋友啊。你哥……你哥……你哥哥呢？把他给我找来！”兰淑云呢喃了两句，猛然瞪大眼睛，叫了起来。

“妈，你别激动，别激动。”傅敏吓了一跳，试图安抚。

兰淑云却死盯着计肇钧，似乎回忆起了什么，腾一下坐起来。她那样虚弱不堪，谁能想到有这样的爆发力，一下就把傅敏掀倒在一边。

傅敏倒下时，撞到某仪器的小桌，发出巨响。而这响声，又刺激了兰淑云。

“朋友？”她尖声大叫，“什么朋友，不就是那群狐朋狗党！全是没出息的混子！街上的小流氓！早晚去坐牢！我早说不让他跟这群小浑蛋一处混，我早说了！我早说了！他怎么就是不听？”她一边说一边抓起床上以及桌边的东西，向计肇钧扔过去。

“你给我滚！离我儿子远一点儿！我家小诚很乖的，全让你们带坏了。小诚你到妈妈这里来！傅诚！傅诚！傅诚！”她拼命大叫，由于身上还连着各种管子和仪器，不仅带得管子被拔出，身体出血，仪器也东倒西歪，在医院这种安静的环境里，发出一连串惊天动地的响声。

计肇钧先是在傅敏倒下的时候，下意识地去扶，之后就完全处于震惊的状态。他平时那样冷静镇定，甚至冷酷无情，此时却手足无措，既无反应，也不反抗，任由兰淑云疯了一样要扑过来打他。为了避免兰淑云伤到，他摔倒在地上。兰淑云却拉下正在输的一瓶液体，隔空砸向他的头。

额头，有血流了下来……

“钧哥！”傅敏尖叫。

还好，听到动静的医护人员终于赶到了，计肇钧被挤到外围。

他坚毅黑沉的眸子中有水光泛起，一边后退，一边轻轻摇头，仿佛无法相信这一幕。他目视着兰淑云被强行按到床上，却仍然踢打叫骂。他看着她被注射镇静剂，被重新插上管子和仪器，慢慢安静下来，那种锥心之痛和被打击到绝望的感觉在他周身弥漫，似乎永远不会散去。

他机械地任由护士拉着，帮他处理头上的伤口。他好像感觉不到疼，因为心都痛得没有了知觉。

“钧哥，妈妈她……只是还想不起来。可是，她一定会想起来的。”尽管私下里对着陆瑜，傅敏对兰淑云的病情感到绝望，但对计肇钧，她只能安慰。

计肇钧摇摇头。

看着他悲伤却硬要强装无事的表情，傅敏忍不住痛哭：“为什么会这样？这简直是活在地狱里，比死了还难受。”

“没关系，我会在地狱里陪她的。”计肇钧笑笑，眼神里突然涌出一种无所谓，或者说是放弃后的苦涩。

“所以……”他抚抚傅敏的头，“你要好好地活着，活得幸福点儿。咱们这么多人不能都这么惨，是不是？那也太冤枉了。”

“你的伤？”傅敏抬头。

计肇钧偏过脸，不给她看，继续顺着自己的话说：“对陆瑜好点儿，你慢慢会发现他是很值得你认真对待的。”

“我和陆瑜不是……”

“我说了，我们的关系不会变。”计肇钧打断傅敏，神情虽然平静，可傅敏知道他的坚决和坚定，“钱，还够用吗？”

“我不要你的破钱！”傅敏气得大叫。

计肇钧却平静地拍拍傅敏的肩膀，向外走去。

“你别走！”傅敏在他身后喊。

“我不走。”他半回过身，“在她病情没有稳定之前，我就守在这儿。你放心吧，我只是去外面透透气。”

傅敏张着嘴，却发不出声，眼睁睁地看着计肇钧高大的背影慢慢远去。

温暖的阳光照在清静的走廊上，大理石地面把光线折射成浅金色，也把计肇钧的身影拉得越来越长，直到模糊不清。

第十五章　情敌

兰淑云的主治医生是当晚的值班医生，在入夜后，疗养院不怎么忙碌的时候，计肇钧找他谈了一次。

医生告诉计肇钧："兰淑云虽然身体很糟糕，内部的各项机能都很差，但如果保持稳定的话，还是可以好好活几年的。而且，她最近一年的情况也确实比较平静。昨天她的心脏衰弱症状突然加重，并伴随精神情况波动，具体诱因还不清楚，但今天因为剧烈的情绪变化所导致的再发作是很可怕的。"

"她这样会影响到寿命吗？"计肇钧问。

医生斟酌了半天才说："实话讲，病人所患生理上的疾病是不可逆的，加上身体底子已经全毁了，就像油尽灯枯。目前我们做的只是尽力保养，让火苗烧得小一些，油耗得慢一些。乐观点儿讲，暂时生命是有保障的。"

"我是刺激到她的因素吗？"

医生又斟酌了半天道："计先生尽量还是少出现在患者面前，至少……别在她情绪不稳定的时候露面……"

"哦。"计肇钧点头，"谢谢医生。"他起身离开，背影就连医生看了都感觉很是落寞。

医生也看财经杂志或者八卦新闻的，深知眼前的男人是谁。不过医院有严格的规定，为了保护病人的隐私，他们什么也不能对外透露。这是职业道德，也是不能违反的规则。

医生正翻着兰淑云的各项身体检查报告，发现她血钾含量过高。

"病人家属走了？"这时护士小胡探进身来问，又转过身，伸长脖子向计肇钧离开的方向看。

"跑过来看帅哥啊！"医生笑骂，自以为很了解这些小姑娘，"已经走了。不过你是兰淑云的专职护士，要留心她的情况，昨天那种情况再发生一次，患者会有生命危险。"

小胡脆生生地应了声，也走了。但当她转过走廊，看左右无人时便拿出手机，快速拨了个号码，只说了一句就挂断了。

她说："朱小姐，计大少已经过来了，三天内不会离开。"

而此时的计肇钧，正在走廊里犹豫徘徊。好半天，他最终还是决定去监护室看一看。他觉得这时候兰淑云应该已经睡了，然而他猜错了。傅敏是累得在监护室外的椅子上睡着了，兰淑云却醒着。

他吓了一跳，连忙闪到门后，又极小心地探出一点儿身子向里看。幸好兰淑云正半侧着身体，坐在床上，根本没有看到他。

她的身体微微向前倾，双手环在胸前，一晃一晃的也不知在干什么。

计肇钧换了个角度，终于看到兰淑云抱着个枕头，一下一下轻轻抚摸着，嘴里哼着摇篮曲。医院里明亮却无情的灯光下，她的侧脸温柔极了，就像一个年轻的妈妈在哄着自己的宝贝入睡。

计肇钧心中绞痛不已，站在那儿好一会儿，才慢慢向医院外面走去。

夜已经深了，因为是在郊区，外面繁星似海。

他站在楼门口的台阶上，点了一根烟，深深吸了一口，让那有毒的烟火气在肺部转了一圈，再彻底吐出来。

谜般的烟雾，氤氲着他的眼。

这是他在医院小卖部买的，因为他平时不抽烟。可在此时，他必须做点儿什么事来分散注意力，哪怕最小的事也行，不然他会被逼疯的。

为什么要活下来呢？为什么？不不，他必须活下来，还要拼命活得好些！否则，依靠他的那些人会如何，他简直不敢想象。

他得活着，不管多难，那是他的债！

计肇钧仰望着星空，那片干净的黑蓝色被星子点缀，美得无法形容。世上万般喧嚣纷乱，都无法打破它的宁静与宽广。

这美景让他突然就想起了路小凡，她的脸就那样浮现在他心里。就算在这样艰难的时刻，他也情不自禁地露出微笑。

他思念着她。

很奇怪是不是？他和她，几乎是不可能的。然而在他拒绝外界的时候，她就那么磨磨蹭蹭地闯进来了，因为没发出动静，那么小心翼翼，他甚至都没来得及提防，更没把她当回事，心防却一下就松了。然后就是莽撞的求婚，内心挣扎着相处。到如今，他们单独在一起的时间都很少，他却奇异地习惯了她的存在。

她就像春天的细雨，润物无声。不起眼，没什么存在感，一旦接受了她，却再也离不开，最后变成活命的那点儿水分。

此时，他就想坐在她身边，听她说些没底气的傻话，吃她做的美味可口的饭菜。那样身体会舒服，心灵会熨帖，仿佛再困难的事也会熬过去的。

他说不准爱不爱她，可现在他很清楚，他喜欢她，深深地喜欢。

他不知道的是，远在城市的那一边，身处计家大宅的路小凡也在思念着他。

朱迪就算在病床上，计老先生的饮食也只能她负责。伺候完一顿饭，朱迪差不多面色苍白得直打晃，只能立即上床躺着。她的病号饭是路小凡精心特制，而后亲自送上楼的。

于是，餐桌上就只有江东明和路小凡两个人。当时，天还没黑。

这让路小凡有点儿尴尬，特别是江东明吃饭的时候还不住地望着她，脸上笑眯眯的，看得人心里发麻。

“我吃好了。”不得已，她放下碗筷。

“吃那么少啊。”江东明挑挑眉，“你已经很苗条了，不必节食。真瘦成朱迪那样就没有女人味了，钢笔画似的，到处是棱角。”

“江先生，别在背后说人家坏话啦。”路小凡提醒。

“表哥！跟阿钧一起叫我表哥。”江东明不满，“一家人，叫什么先生！还是你这是拿我当外人，要赶我走？”

“没有没有。”路小凡连忙摆手，“绝对不是那个意思。”

“叫表哥。”

“表……哥……”

“乖。”江东明笑得像只偷到腥的猫，“你等我会儿，我吃完陪你一起给老钱和老冯送饭。”

“啊？”路小凡抬头，疑惑。

自从她接手了厨房的工作，每天来上工的阿姨们就乐得少些任务。她们平时是要把老冯和老钱的饭一起做出来的，现在路小凡自然也不能落下。鉴于老冯和老钱未经召唤不得进大屋，她只能送过去。

“才落过水，你不怕吗？”江东明问得意味难明。

她当然怕，心有余悸。

不过，除了那天的例外，计家的晚餐时间都比较早。下午五点在夏末时天还大亮着呢。一般来说，就算有鬼也不会大白天跑出来吧。

再说，她还可以打电话叫钱叔到大门口来取。

“所以，我陪你吧。”她还没回答，江东明又说。

路小凡心软，善良，脸皮薄，不太懂得拒绝。现在江东明这样说，还加快了吃饭的速度，她也只能默许了。虽然这个男人总让她不自在，好在从主屋到用人房的路也不远。而且看样子江东明暂时会住在计家，每天抬头不见低头见的，她也得适应和他见面。

“你是在这儿遇鬼的？”走到一半的时候，江东明突然问。

周围花木婆娑。即便天气微热，身处花园里也凉爽起来。

路小凡心里咯噔一下，脚步也骤然停下。但随即，她不满道：“那天……那就是幻觉啦。既然不是真事，还问干吗？”

“幻觉？幻觉也分时间地点呀。”江东明说得真假难辨。事实上，他这个人说话一向让人琢磨不透。

“这里的花枝和树丛是茂密了些，光线不好的时候看起来是影影绰绰的，但白影一闪什么的……”他向四周看去。

如果说幻觉是大脑缺氧造成的，那应该是她溺水之后。但之前，她确实感觉有东西跟着她来着。难道，是视线欺骗了她？

路小凡不愿意多想，干脆也不理江东明了，提着食篮往前走。可是到游泳池边的时候，江东明又站定了，问她是从哪里掉下水的，然后又回身向树丛深处看，甚至自己还钻进去，像是测量与路小凡之间的距离。

“这不好玩。”路小凡有点儿生气了，“你这样子像是警察在查案。”

“我小时候的梦想还真是当警察。”江东明很会察言观色，看出路小凡的不开心，立即停止了一切行为，“你怎么知道的？啊，你还真是善解人意。”

“我乱猜的。”路小凡下意识地离游泳池远了点儿。

“那你猜下阿钧小时候想做什么？”江东明追上来说，“我比他大三岁多点儿，小时候算是一起长大的。”

“他？想当军人吗？”路小凡脑海里浮现计肇钧的样子，以及他那雷厉风行的风格和永远笔直的腰板。

“他想当皇帝。”江东明笑笑，“因为皇帝可以有后宫啊，这样他就可以同时拥有很多女人了。当他对我说这个时才五岁，哈哈，这么小就有这么大的色心。”

路小凡一怔，没想到计肇钧儿时的梦想是这样伟大且与众不同。

“他做到了哦。”江东明继续说，“对于计氏王国来说，他一直就是无可争议的皇太子、未来的皇帝。奇怪的是，车祸之前他是有名的花花大少，你可以翻翻五年前的八卦新闻，那时候他换女朋友就像换衬衣。可车祸后，他突然转了性，几乎不近女色，性格也走向另一个极端，变得冷酷无情，话也非常少。”

路小凡想想，计肇钧确实惜字如金，整个就是冰山霸道总裁范儿。想到他以前有很多女朋友，她感觉又是沮丧又是幸运。

沮丧的是，跟他比起来，她的恋爱经验真是少得可怜。说实话，她跟他在一起很紧张，一是因为他身上的压迫性气势，二就是因为她不知道恋人之间要怎么相处。

幸运的是，他浪子回头。如今她遇到的，是个经历过繁华的沉淀，滤去残渣的绝好男人，专一、负责又坚定，很难被诱惑。

“听说那起车祸差点儿要了他的命。”路小凡把食篮换了只手拿着，“人经历过生死，总会发生改变吧。”

“说得是。”江东明很绅士地把篮子接到了自己手里，“不过他转变得太剧烈了，我都怀疑他是被人冒充的。”

“怎么可能？”路小凡惊讶。

“怎么不可能啊？你要知道，生活有时候比影视剧还夸张呢。”江东明又露出那种神秘莫测的神情，“你知道那车祸严重到什么程度吗？据说，他整个身体都差点儿给撞碎了。”

“据说？”

“当时我因公务身在国外。”江东明叹了口气道，“是我姑父在朱迪的陪同下赶到医院，看到他那样子，我姑父当场就发病了。我赶回去的时候，他差不多全身都裹在石膏和绷带里，若不是朱迪确信他就是计肇钧，我根本认不出那是我表弟。”

路小凡顿住脚：“天哪，那得多严重？”她心疼了。

“是啊，他在鬼门关前转了一圈，还是好大的一圈。”江东明夸张地比画了一下，“因为撞车时伴随爆炸，他的脸上多处骨折，扭曲得看不出原貌，还有不算太严重的烧伤。虽说现代的医学技术发达，朱迪又从巴西请来了世界上项尖的整形专家，在最短的时间内为他做了恢复性的手术，但你仔细看，过了五年多了，他脸上还是有非常浅的印迹的。”

真的有！路小凡想起那次两人在床上并排而卧时，因为他们的脸近到几乎贴在一起，她看到了那极浅极淡的痕迹。

还有，他左肋下那处无法去掉的伤疤，是那么狰狞可怕。

“所以你怀疑他不是他？”她问，心中却关注到那句话：朱迪确信。

朱迪确信？朱迪凭什么确信呢？她只是家庭护士，这种事应该是最亲近的人才能确信吧？比如夫妻、情侣、父母。照理说，脸无法分辨，就得从身体的细节和特征处下手，那是连亲生的兄弟姐妹也没办法知道的呀。

朱迪和计肇钧到底是什么关系？她看得出计肇钧对朱迪特别冷淡，之前还觉得是他性格使然，但细想起来，对一个为计家工作八年的人，哪怕只是普通的员工，他也不应该是那么不近人情的样子。何况，朱迪是尽心照顾他父亲的人啊。

“你要知道，我表弟的身份关系到整个计氏集团，几百亿的身家，不得不慎重。”江东明站定，因为他们已经到了用人房前面，“我姑父那时虽然中风了，但公司有律师，有元老，为了准确无误地确定继承权，就算朱迪一再确信，还是验了DNA。结果很自然，当时躺在病床上那个不知死活的人，绝对是我姑父的亲生儿子。而我姑父，此生就一个独子。”

不知为什么，路小凡暗中松了一口气。大概是因为，他终于被承认了。

“之后整整一个月他才苏醒，又过了一个月才能开口说话。然后……”江东明顿了顿，“他亲口承认，他就是计肇钧，公司和家里的所有事，他都记得。又过了一个月，戴欣荣和病床上的他结了婚。”

路小凡闻言，又是吃惊，又是紧张。

其实，她对计肇钧的过去，尤其是过去的婚姻是很好奇的。当你爱上一个男人，自然就想了解他的过去，特别是他的感情生活。但因为戴欣荣是被法律宣告死亡的，从某种程度上可以说是活不见人死不见尸，她一直怕这件事是计肇钧内心的伤口，于是她说服自己，从来不曾尝试去触碰他的这一段婚姻。现在江东明主动提起，她的注意力一下子被吸引了。

然而这时，老钱却从房间内看到他们，迎了出来。

对话被迫中断，接下来就再没机会提起了。可这件事就像楔子，牢牢钉在了路小凡的心里，到了很晚的时候，她仍然觉得被压得透不过气。

她走上宽大的阳台，感觉夜风从四面八方吹来，花草暗香浮动，空气中似乎有泥土的芬芳，令人无比惬意。就是在这一刻，在同一苍穹下，她和计肇钧在彼此思念。她拿着手机犹豫半天，尽管那么想听到他的声音，可考虑到计肇钧在探望病人，电话还是没有打出去。

而后，她感觉皮肤发紧，鸡皮疙瘩似乎从脚底迅速爬了上来。她感觉有什么东西正在暗处盯着她，有点儿毛骨悚然。

路小凡猛然四望，黑暗深处有点点幽光闪过，看不清是什么，转瞬即逝。

又有幻觉了！“路小凡，你别再自己吓自己了，很可笑的，知道吗？”她对自己说。

其实她对计家大宅算是熟悉了，但夜深人静的时候，整幢房子都黑漆漆的，只有几个房间有闪烁的灯光，令她有不安和恐惧感。此时她站在阳台上，更像个靶子，不知道看不清楚的地方隐藏着什么危机和阴谋等着她。

于是她赶紧回屋，把窗帘都紧紧拉上，宁愿不享受夏末的凉风，也要隔绝或许并不存在的窥探。这样，总没事了吧？

路小凡洗漱完毕，铺好了床，又躺在那里翻了会儿白天从大书房找到的一本书——爱尔兰小说家詹姆斯·乔伊斯的《尤利西斯》。这本书以晦涩难懂著称于世，曾被翻译家们称为“天书”。她故意找这一本，因为看不懂的内容容易让人入睡。

说到底，她看书是为了催眠，结果她却失眠了。毫无办法之下，她戴上耳机，改用手机听音乐。她希望那些舒缓的钢琴曲能助眠。可是正当她终于听得迷迷糊糊，感觉就像躺在花丛里，鼻端全是好闻的香气，就要进入梦乡的时候，耳边传来敲门声。

路小凡心惊肉跳，下意识地扯掉耳塞。

敲门声没了。

难道是做梦？她轻轻长出了口气，打算把手机关掉。然而那敲门声虽然微弱，却又传来。

当当……当当……当当……

路小凡的心脏揪紧，全身的感官都警惕起来。她大气也不敢出，用力分辨着声音的来源。原来不是真的有人敲门啊。

当当……当当……当当……

居然是手机里传出来的!

她很确定，她的手机铃声、短信、微信、QQ 提示音里面都没有敲门的声音!

然而催命般，那声音还是不紧不慢地响着，响着。

路小凡一咬牙，猛地抓起手机，逼自己低头看。

是有短信过来，但时间已经是凌晨一点了!

路小凡抖着手，感觉手指比冰还凉，手机却热得烫手。点开短信时，还有新的短信不断发过来，手机振动得差点儿脱手，连着她的心一起发颤。

是陌生的号码，一条短信就只有一个字，一条条看下去，连起来就是:我是戴欣荣。救我！救我！救我……

一连串的“救我”，字字触目，句句惊心，就像有人在地狱里无助地哭喊。

路小凡惊出一身冷汗。

她从床上跳下来，直接冲了出去。

江东明就住在这一层最里面的房间，她必须向他求助。她必须!

门轰然打开，她拼命向外跑。可脚下一空，她掉下了无底的悬崖。

然后，她在床上醒来，一身冷汗，头痛欲裂，嘴里发苦。

做噩梦了！一定是今天江东明跟她说起戴欣荣的关系，她是很容易接受心理暗示的人，说白了就是特别容易被催眠，所以自己吓自己了。

她坐起来，感觉睡衣都湿透了，也不知是噩梦带来的冷汗，还是窗帘挂得太密闭引起的热汗。

身上黏黏的，她决定去浴室擦洗一下。

可是双脚才落地，当当当的敲击声又来了!

这回不是手机，而是来自门边，轻悄悄的，她却绝对没有听错。

路小凡像被施了定身法，整个人都僵了。

怎么回事？梦中梦？她还睡着吗？她使劲掐了自己一下。幸运没有如约降临，她没有醒。或者说，她一直是醒着的。

当当……当当……当当……

同样的节奏，不同的方向，这一次会是谁？有人找她？还是戴欣荣的鬼魂?

路小凡很想躲起来，但她挪不动步。她心跳如擂鼓，恐惧就像鼓槌，一下下用力砸在她的心鼓上，令她的血液都随着那节奏跳动，忽紧忽慢，忽动忽停。

最后她实在绷不住了，冲过去一把拉开房门。

门外，空空如也。

她视线向下，看到黑黑的一团，有一蓝一绿两只诡异的眼睛。

是那只黑猫在敲门。

路小凡下意识地猛地把门摔上。

静夜中，发出了咣的一声巨响。随后就是很轻微的撞击声，接着是一下紧似一下的挠门声，还有黑猫发出的叫声。它似乎很急切，可它为什么一定要进到她的房间？

路小凡情不自禁地往后退，直到跌坐在床上。

老冯说黑猫会附身鬼魂，这一只附身了前小计夫人的鬼魂。此前她做噩梦也梦到了戴欣荣，这一切有什么关联吗？如果有的话，戴欣荣为什么找她？因为她胆子特别小，还是有什么话要对她说？

她抱住头，捂住耳朵，因为那挠门声刺耳至极，抓在她心上似的，令她坐立难安。可这时候，清晰的敲门声又响了起来。

这一次没有明显的节奏感，杂乱中夹杂着呼叫："小凡？小凡你没事吧？"

江东明！路小凡听出来是他。

她跳起来冲过去，手按在门把手上却没有立即开门，而是问："你是谁？"

"小凡凡，是表哥我啊。"江东明说着，同时伴随着赶猫声，"死猫，快走快走，不然我明天带条狗来！我有一只海盗眼牛头梗，连黑背都怕的，专门收拾猫。"

路小凡惊恐之下，本来还想让江东明再说句话以证明他确实是本人。不然的话，万一是"鬼魂"冒充的呢？模仿声音对那种飘来飘去的生物不是大问题吧？

当听到后面的话时，她没有再怀疑。因为除了江东明，没人对她说话用这种贱贱的语气。而且，还有黑猫发出的不满声、愤怒声及惨叫声，显然它是被拎起来远远丢开了。

她打开门，看到大活人，简直像见了救星一样。

"你怎么了，脸这么白？瞧你这一头汗，头发都湿了。"江东明摸了一下路小凡的额头，动作自然极了，就好像两人有多亲近似的。

不过路小凡惊魂未定，根本没有注意到这些小动作。

"你怎么来了？"她定了定心神问。

"刚才是你关的门吧？声音超级响，我还以为是打雷呢，自然被吵醒了啊。然后，这死猫就一直叫叫叫。话说回来，你怎么它了，它这么拼命想要进你的房间？"

路小凡嗫嚅了两下，却没说出话，因为真的不知从何说起。她只闪开身子，让江东明进来。

"什么味？哪里来的鱼腥味？你在屋里偷偷摸摸烤鱼吃了吗？"他一面往屋里走，一面抽抽鼻子。

路小凡看了一眼那门，已经被黑猫抓出了好多痕迹。

"没有啊。"路小凡心不在焉，也确实没有闻到。

江东明皱眉，疑惑地又盯了那扇门两眼，反手关上，"三更半夜不睡觉，你到底是怎么了？发噩梦？”

这一句说到了路小凡的心坎上，她点了点头，眼睛情不自禁地瞄向手机。

“梦到了什么？”江东明和路小凡并排坐在床上，绅士地保持了距离，并没有借机揩油什么的，而是轻轻拍了拍路小凡的手，“讲出来就不怕了。”

“我梦到……”路小凡犹豫了一下，“梦到戴欣荣。”哪怕有人在身边，大半夜的说起这个名字，她还是有点儿心头发寒。

路小凡看了看表，是凌晨三点。

戴欣荣是被宣告死亡的，说不定是横死。听说，横死的灵魂很凶的。

“你见过她？或者她的照片？”江东明有些吃惊。

“没有。”路小凡摇摇头。

“也对，有时梦里的人虽然看不清脸，心里却明明白白知道她是谁，并不需要你真正见过她。”

“不，我没看到她！”路小凡再摇头，“我只是梦到她发短信给我，短信铃声设置的是敲门声那种。她告诉我她是谁，然后……她求我救她。”

江东明蓦地转过脸看向路小凡，那震惊感藏都藏不住。接着，他慢慢皱起眉来。

他本来就怀疑戴欣荣没死，所以才和老钱合作，拼命要找她出来。但她失踪了几年，他就找了几年，至今一点儿信息和线索也没有。一只蚂蚁爬过都会留下痕迹，这么个大活人，凭空就消失了？他不信！

他拿起手机，塞到路小凡手里：“解开密码，我看看鬼来电。”

“我看过，并没有什么短信。”路小凡嘴上虽然这样说，却还是点了几下屏幕，递了过去。

江东明认真翻了翻。

“怎么样？”路小凡问，有点儿紧张。

“果然没有你说的短信。”江东明这么说着，又去听里面保存的铃声。

各种短促的铃音依次欢快地响起，路小凡很快听到了熟悉的声音。

“你确定这个敲门声不是你下载的吗？”江东明把玩着手机。

“我绝对没有主动下载过，但是……”路小凡犹疑着，“你知道的，现在流氓软件这么多，我下载别的软件时被捆绑也有可能。”

“这么说，你真的是被噩梦吓醒，然后，那只黑猫偏偏又来捣乱？”

“那只黑猫好奇怪，它干吗要半夜挠我的门？你觉得小动物会敲门吗？”路小凡心里毛毛地说，“当时我清醒着，我敢保证它是敲了门的。”

江东明的目光闪了闪，但他很快低下头，双手把手机夹在掌心中，掩饰了过去。

“动物的感觉和嗅觉都是很灵敏的。”他慢吞吞地说着，似乎在努力解释，实际上脑子飞速转着，把各处疑点串起来，“那只黑猫感觉得出你是这大宅里最善良最温柔的人，所以它喜欢你，今晚是来找你睡吧。你不开门，它脾气那么坏，当然挠门啊，没挠你就不错了。”

“不，我能确定……”

“你不能确定啊，宝贝，人的大脑是很有欺骗性的。”江东明打断她，“今天晚饭时咱们聊天聊到了戴欣荣，可是话没说完，你心里留下了疑惑。她曾经又是和我表弟关系那么亲近的人，你心里自然会惦记。正所谓‘日有所思，夜有所梦’，加上这个大屋给你太多的不安全感，所以你就做了古怪的噩梦。”

“这个我知道，但是……”

“但是，敲门声是很形式化和符号化的声音，又那么有节奏，你从梦中带入现实是很可能的。”江东明再度打断路小凡，“你噩梦才醒，误听很正常。试问一只猫就算再聪明又怎么会敲门？是它的挠门声把你惊醒，之后你混乱了现实和梦境，这噩梦又反过来混乱了思维和感觉。”

是这样吗？路小凡没有再坚持，心里却半信半疑。

她有一种奇怪的感觉，貌似江东明要掩盖什么，他才是试图混淆她的人。换个角度想，又觉得他没有必要这样做，那么就一定是她被自己吓得疑神疑鬼了。

“才三点多，睡吧。”江东明哄她。

路小凡难得地坚持：“不，我睡不着了。”但她也不好意思直接说让江东明留下来陪她，毕竟计肇钧不在，孤男寡女的半夜独处一室不太好。何况，计肇钧那么不喜欢他。

于是她试探着说：“聊聊天好不好？”

“聊什么呢？谈人生还是理想？”江东明有些不正经。

路小凡假装没听见，正了正神色说：“有句名言‘疑惑的事不要留到明天太阳升起的时候’，干脆你给我说说戴欣荣的事吧？”

“她啊……你这么想听她的事吗？”

“是。”

“不后悔吗？”

“为什么要后悔？为什么这么问？”路小凡愕然。

有什么不能听的隐秘吗？听了之后会被杀人灭口？可是，她太想知道计肇钧的事了，却不想直接问他，那么侧面了解一下是她最好的选择。

江东明犹豫了一下，没有正面回答她，而是直接道：“听说脑电波会呼唤灵魂的，咱们这时候提戴欣荣的事，你不怕她就躲在一边偷听，看咱们有没有背地里说她的坏话？”他开玩笑，还故意压低了声音，果然搞得路小凡心头发毛。

看到她忐忑的样子，江东明笑了：“你要这样想，平生不做亏心事，半夜敲门心不惊。你心地这么好，总是照顾别人，从没有欺负或辜负别人，就算是鬼也不会伤害你的。倒是，你要提防人。”

他说着站起来，把窗帘都拉开，让夜风吹进来。

瞬间，路小凡觉得不仅空气里的闷热被吹散了，还包括心头的恐惧。

对啊，她都不认识戴欣荣，又怕什么呢？再说经过江东明一分析，她觉得自己是紧张过度了，就像她落水时见到的所谓女鬼，是幻觉，是梦境，不是真实的！

“我认识戴欣荣要比我表弟早多了。”江东明面向阳台站着，“我跟她，也算是青梅竹马吧，江家和戴家是世交。本来我以为，到了一定年龄，我是会娶她做妻子的。别惊讶，世家通婚这种事现代也有的。而且我承认，我很喜欢她。她长得很美，胆子又大，虽然有点儿尖酸刻薄，可很多贱骨头的男人就是喜欢她那股劲儿，不好把握，任性自私，什么也不在乎。”

“然后呢？”在江东明停顿了一会儿后，路小凡追问，她感觉戴欣荣的形象在她脑海里丰满了起来。

“然后？然后她见到了我表弟，一下子就爱上他了。悲催的是，还是我介绍他们一起玩的。”江东明的手插在睡衣口袋里，头也不回，路小凡却觉得他在苦笑，“我觉得戴欣荣很没有眼光啊，毕竟当年我表弟还是花花大少，不知她为什么喜欢。我就算再败类，好歹还装装样子，算是斯文败类吧？其实，有时候我觉得她古怪得有些变态，是那种有自虐倾向的人。一般来说，喜欢坏男人的女人都是有圣母情节的那种，以为爱会改变一切。”

“不会吗？”路小凡忍不住接口。

江东明呵呵笑：“别信那个，小说里忽悠小少女的。爱什么也改变不了，强烈的恨才可以。不过，戴欣荣却相反，她就是喜欢我表弟那么坏呀。我表弟车祸后变成绝世好男人，她倒不喜欢了呢。”

“不喜欢还要嫁给他？”路小凡倒不觉得喜欢渣男的爱好有什么奇怪的。这种配对甚至有个官方的说法叫：贱女渣男。她是女生，接触得最多的也是女生。可以说，她什么奇葩都见过。她只是好奇，之前据江东明讲，戴欣荣是和病床上的计肇钧结的婚。照理说，如果这不是商业上的原因，得很深的感情才行。毕竟，当时计肇钧要从那样重的伤病中慢慢恢复，能恢复到什么状态还不一定。这样义无反顾地结婚，肯定是有理由的呀。

“为了得到吧。谁知道？戴欣荣的占有欲是很强的，偏偏我表弟从小被宠得不像话，很难被控制。”江东明耸耸肩，“女人心，海底针，当初我还以为她会属于我，最后还不是转头就去找我表弟了？何况我表弟重伤之前，不管我姑父如何施加压力，他都不肯好好结婚的。戴欣荣大概是想利用人在伤病中的脆弱，结果真让她赌到，我表弟没怎么犹豫就答应了结婚的事。戴欣荣怕夜长梦多，甚至等不及新郎官出院就举行了仪式，还合法地领了证。从这个角度上来说，我和我表弟是情敌啊。”

“那她很快就后悔了吗？”路小凡关心的是这个。

“可不是？”江东明半转过身，露出有点儿幸灾乐祸的笑意，“戴欣荣很快发现她的心上人性情大变，别说甜言蜜语了，平时连话都很少说。问他十句，顶多能答应你一句就算不错了。不管多漂亮的小护士往跟前凑，他眼皮都不抬一下，更别说勾搭了。这可不是以前的他。你猜当初给我姑父选贴身护士，为什么我表弟做主选了朱迪？还不是因为朱迪长得漂亮！当年朱迪更年轻，也没这么瘦，是真正的大美女，还是治愈系的。”

他在暗示什么？是暗示朱迪和计肇钧之前有暧昧关系，甚至曾经是情侣？

路小凡心里一阵纷乱，不知为什么，格外不舒服起来。

“我喜欢浪子回头的他。”她低声嘟哝。

江东明也不知有没有听到，反正顺着自己的话茬儿说了下去：“戴欣荣认为变了性情之后的计大少不好玩了，开始后悔结婚。他们在车祸前同居过一阵，戴欣荣貌似很满意，但车祸后就算我表弟身体大好了，却也总是找借口不交公粮……”

“公粮？”路小凡疑惑。

江东明仍然保持半转身的姿态，挑了挑眉。

于是路小凡在愣怔了片刻后，涨红了脸。

按江东明给人的轻浮印象来说，这时候他应该会调戏路小凡，至少也得调笑两句才对，可是他居然没有。而他的不理会，缓解了路小凡的尴尬。

“他们……吵架了？”路小凡问。

以一个旁观者的身份去了解计肇钧的过去，她发现自己远没有那么淡定。听到他之前有很多女人，她会犯酸，尽管知道那些都是往事。但听说计肇钧车祸后没有碰过自己的合法妻子，她心里虽然觉得古怪，却也有些暗喜。

不过，戴欣荣连这些夫妻间的私密事都和江东明说，显然他们之间的关系也很不一般。

“没吵，因为我表弟都不理我表弟媳妇，怎么吵得起来？”江东明似是开了句玩笑，“于是，戴欣荣提出了离婚。但离婚，意味着戴氏掌握的那些股票回不到计氏手里，我表弟当然是不答应的。正僵持着，戴欣荣不见了。”

“什么……什么叫不见了？”路小凡惊问，不知是不是心理作用，她觉得凉风习习，似乎有呜咽声在黑暗中传送。

“就是四年前的某天，在两人大吵一架之后，戴欣荣离开了家。从此，就再也没有回来。”江东明从阳台门边转身，慢慢地走回房间正中，“就是在这个大屋里，她突然就消失了，好像从来没有存在过。”他抬着头，向四处望着，似乎能从这些墙壁中找到戴欣荣曾经的影子。他是那么怅然，声音里有着深深的遗憾。

路小凡则目瞪口呆。

尽管知道结局，但故事以这样的方式戛然而止，还是令人有意想不到的突兀感觉。

而且她敏锐地感觉到，江东明说起往事时，虽然看似有些吊儿郎当的，但他心里对戴欣荣一定有几分真正的感情。

人非草木，除非十恶不赦的大奸大恶之人，一般人对着张桌子超过三年都会觉得习惯了，何况是青梅竹马，两小无猜？

所以，计肇钧讨厌江东明，其实江东明也讨厌计肇钧吧？可他们又是姻亲的关系，表面上还得保持合作，这两个男人也都蛮难为的。

“没有找……”

“当然找过！”江东明似乎知道路小凡要说什么，干脆截断，“山上山下，她所有可能去的地方，所有通讯可能到达的角落，都地毯式地寻找过了。任何高科技的手段，各种民间方法，包括方术和巫术，都试过了。你想想，计氏财势多大？戴家不显山不露水，却也不是平凡人家，怎么可能不倾尽全力？”

“现在，所有人都放弃了吗？”不管戴欣荣是什么样的人，曾经扮演着什么样的角色，路小凡都觉得一个活生生的人以这种方式离开这个世界是很可怜的。

“能如何？”江东明苦笑，“不然，咱们计大少作为第一利害关系人向法院申请宣告死亡，戴家怎么会没有反应？你以为他们是能忍气吞声的人吗？就是因为他们放弃了！再怎么不愿意承认，能用的方法都用了，却还是找不到，该怀疑的也彻底排除了，于是在理智上早就放弃了。没有证据却还要再纠缠下去，伤害的不仅是两家的感情，还有商业上巨大的利益。在商言商，感情上可以疏远，买卖却不能不做。特别是我表弟全面接手公司以来，公司的业务简直算是蒸蒸日上。”

原来如此！怪不得自从申请宣告死亡的新闻出来后，戴家上下一声不吭。原来表面上平静，是因为私底下已经汹涌了四年之久。该煎熬的、该博斗的都已经过去，世人眼里的是不断妥协和平衡后的结果。

路小凡终于了然，却忍不住泛起了同情心。

江东明望着这样的她，心里忽然乱了起来。四年来第一次，他不知道自己做的是对还是错。

他没有告诉她：所有人都停止了追寻，可他没有放弃！他还在怀疑！

可是他也知道，自己这么痛快地给路小凡讲解这段往事，并不是纯粹的好心。

自从戴欣荣失踪，或者说得更早些，自从那场车祸以后，他就在寻找计肇钧的破绽。可是无论他明攻还是暗打，计肇钧就像一块坚硬的石壁，牢牢矗立在他的眼前、他的路上，从未倒下，甚至从未有过摇晃。就算他有足够的耐心，也知道再这样下去是不行的。

他必须找到计肇钧的弱点。就像千里长堤会毁于蚁穴一样，坚强到能抵挡惊涛骇浪的宽广堤坝，可能会因一个小小的裂纹而倒塌。

计肇钧钢铁意志和超高智商上从没有过裂纹，直到路小凡出现。

他其实也不是很确定路小凡就是计肇钧的弱点，但，这是目前他唯一的突破口。其实，决定权仍然掌握在计肇钧手里。计肇钧会不会倒下，会不会被抓住把柄，全看他对路小凡到底有多爱。

所以，路小凡才重要！

所以，朱迪也才针对她！

这就是怀璧其罪。路小凡本身并没有什么，渺小平凡到对谁也构不成真正的威胁，可谁让她爱上了计肇钧？偏偏，计肇钧似乎对她也很在意。

成为坚强者的弱点，自然会首先被攻击，这就是弱点的宿命。从某种程度上来说，江东明和朱迪其实有一个共同的目标，两人也根本就是一路人。

非要找出不同点，那就是：他真心不想伤害到路小凡。

第十六章　妙不可言

“你们怀疑计肇钧是伤害戴欣荣的人？”沉默了半晌，路小凡忽然问。

江东明耸耸肩：“是人都会这么怀疑吧？毕竟，戴欣荣死，他会得到最大的利益。毕竟，他之前不想结婚，差不多算是被逼婚。后来因为在病床上点头，怎么看怎么像是被趁火打劫。”

“他不会的！”路小凡突然站起来，有点儿生气。

“喂喂，你理智一点儿，不要感情用事好吗？”江东明被路小凡那种莫名其妙的信任和坚持逗笑了，“你平时看书和影视剧吧？但凡一个姑娘出事，首先被怀疑的就是她的老公或男朋友，警方也会从这方面入手。毕竟熟人作案的可能性很大，陌生人其实很安全。”

“你也看书和电影吧？知道什么是第六感吗？”路小凡很少和人这样针锋相对，但是为了维护计肇钧，她都没发觉自己突然变得勇敢起来，“我的第六感告诉我，他没有伤害过任何人！”虽然他看起来是那么冷酷无情，可他隐藏得很深的内心，她能感觉到。

他有那样一颗温柔的心，有那样骄傲的个性，怎么会为了利益去杀人？这不合逻辑。

“好吧，我不和你争论。”江东明举手做投降状，“但是我很好奇，你难道希望戴欣荣还活得好好的，不知哪一天就跑回来，然后要求恢复她与我表弟的婚姻关系吗？你真的这样希望吗？”

路小凡怔住，内心差点儿被羞愧淹没。

她当然不希望戴欣荣死，可也不希望她回来。那样，她所有的美梦都将停止。

原来她并没有想象中那么善良。

“我不回答这种假设性的问题。”最后，她只得说。

还好经过这一番倾谈，她内心深处的恐惧慢慢消散了，这一晚顺利度过。第二天早上她去给老钱送早餐时，正听到江东明大嘴巴地跟老钱说起昨晚她遇到的事，当笑话八卦讲出来。

路小凡气得不行。

昨晚她确实吓得够呛，但正所谓好了伤疤忘了疼，现在她又觉得是自己大惊小怪了，真是糗死了。

“猫真的会敲门的，真的会，真的……”无人留意之下，也不知老冯怎么蹲在了旁边，而且全听到了。他面露惊恐之色地念叨着，之后抢过自己的早餐就跑。

“他总这样神出鬼没吗？”江东明问。

“冯叔经常这样暴饮暴食吗？”路小凡问。

因为她注意到，老冯平时总是吃多少、拿多少，从不浪费食物，而且饭量比较小。但偶尔，他也会占用两人份，也并没见他剩下，非常不规律。

“是。”老钱用一个字回答两个问题，“老冯是这样的，除了伺候花草，平时找不到他在哪里，似乎这个家里到处是他能躲藏的地方。吃东西嘛，他这样一顿多一顿少的确实不好。但是，自从我来计家，他就已经这样了。”

随后老钱取出个一寸大小、上面绣着平安两个字的小福袋对路小凡说：“这是我老婆给我求的道家平安符，气场很正，很灵验的。如果路小姐不嫌弃，就带在身上，害怕的时候念十字天经：九天应元雷声普化天尊。雷祖会保佑你不受邪祟的侵害，这样你就不怕啦。”

路小凡一想，神宵雷霆，鬼怪们都会害怕躲避，虽然有点儿不好意思，却还是不客气地收下了，并默念了两遍天经，以保证自己牢牢记住。

“谢谢钱叔。”她道了谢。她觉得老钱对她非常友善，至少，对今晚夜色降临后的隐约恐惧，别人没考虑过，老钱却为她想到了。

毕竟，在计肇钧回来之前，不管有多怕，她也不能离开计家大宅。当初她留下，就是向他承诺会照顾计维之的。但今天晚上，她不能再找借口，拉着人家江东明聊通宵了吧？

“你攥着平安符求保佑，不如晚上锁门。”江东明看路小凡喜滋滋的，不禁来了一句。还真容易满足啊这个姑娘，看她开心的样子，他的心情似乎也跟着好了起来。怪不得计肇钧把她当宝一样，果然有让人动心的地方。

“我喜欢平安符，不行吗？”路小凡呛了江东明一句，对老钱挥挥手，走了。

她很忙的好不好？早饭过去，还得准备午饭。再说这个时候，计维之该吃药了，之后还得按摩手脚，这些折腾下来得一个半小时。做完这些，她还得给刘春力打电话。这周刘春力上晚班，她要给他叫早，顺便汇报前一天的情况。刘春力说了，这是向家长报备，路小凡却觉得他是控制欲太强。不过她向来随和，就由他摆足小舅的款好了。

“门锁有用吗？”她前脚走，后脚老钱就冲着她的背影说。

“回头我给她换一把插销锁，十几块钱，又简单又管用。”江东明咬牙切齿地说，“计家这种高科技的锁看着好看，华丽又贵到死，可惜不利于防盗。万一有人掌握着所有钥匙……”

“你想说……”老钱立即意识到了什么，毕竟有人长年生活在这里，有的是时间动手脚。

“就是你想的那样。”江东明下意识地抽抽鼻子，“昨天我还闻到小凡房间的门上有鱼腥味，这就可以解释为什么那只黑猫要使劲扑挠。假如，它很饿，又有人故意把它放进大屋的话。”

“这是江湖手法。”老钱点点头，“老年间有人在仇家门前涂王八血，引得蝙蝠半夜去啄，就像敲门。主人一开门，蝙蝠快速飞走，门外自然看不到人。久而久之，加上过去的人迷信，生生把人吓死了。”

“但我猜猫不会敲门。”江东明眯了眯眼，“如果掌握很多钥匙的话，敲几下门再迅速躲到别的房间，丢只猫在门前蹲着，也挺能唬人。计家这个大宅，空房间可多得很哪。可惜啊，又不是在户外泥地，无法提取脚印，也就无法证明。”

“只要有仪器，用静电粉尘法也可以提取脚印，但那样有必要吗？”老钱也眯起眼，“吓唬人不违法，尤其是在没有后果的时候，只能证明某人是陷害者。”

“所以我没打算揭穿。”

“我比较好奇的是，手机短信是怎么回事？难道，真是心理暗示下做的噩梦？”

“那个太随机了。”江东明摇头，“我怀疑是小凡的手机被盗装了某些能自动发短信并删掉，顺便伪造号码的软件。因为，昨天我摸了一下她的手机，有点儿热，耗电也非常快。”

“应该拿手机来，找专业人员查一查。”

“她大概在等计肇钧的电话……”江东明无奈地笑笑，“她的手机一直带着，从不肯离开视线，我没有办法动手。若再耽误些时间，恐怕以那一位的谨慎，已经给删掉了。”

“那一位到底要干什么呀？”老钱皱紧了眉。

“也未必有原因，有的人，做损人不利己的事，只是喜欢那种折磨人的乐趣而已。不过……”江东明的声音和神情都冷下来，“我就是搞不懂她和计肇钧有什么瓜葛，所以一直没有去刺她。”

“你不是怀疑她和计肇钧联手对付戴欣荣？”

“没有证据，也找不到动机……”不知为什么，江东明脑海里浮现路小凡说的话。

“他不会的！”

“我的第六感告诉我，他没有伤害过任何人！”

“我以前一直试探，不愿意破釜沉舟。”江东明深吸一口气，“现在我棋差一着，惹怒了计肇钧，被他踢出了公司。这样，我以后会越来越远离权力中心和真相。其实这算是撕破脸了，那就干脆借这个机会，大家把这件事寻个了断吧。怎么样，最近心脏还好吧？”

“还好。”老钱轻轻按着自己的左胸，“我只希望这件事过后，我可以安安心心地退休，不留下遗憾。”

在老钱和江东明说这番话的时候，路小凡已经上楼去照顾病人了。计维之的吞咽能力越发差，朱迪说再过些日子，搞不好只能靠鼻饲了。

那样得多难受啊。

路小凡很同情。即便是现在，她也觉得计维之在饮食上非常没有营养，就算不能吞咽，好歹是进胃的东西，流质食品也可以做得丰富一些啊。可现在呢，看起来糨糊不像糨糊，米汤不像米汤，闻起来尝起来都没滋没味。她是照顾过年老的病人的，很清楚吃这种东西能养好身体才怪。

不过她没敢多嘴，毕竟是朱迪亲手做的，哪怕是在生病中也没假手他人。万一人家里面有营养素呢？国外进口那种，贵得吓死人的。万一这是人家贴身照顾了八年之后，总结出来的最佳方案呢？她不过是帮把手，没有深入了解之前，不好随意提意见的。

尽管，她坚定地认为药补不如食补。

她只是觉得，计维之每天这样只是“活着”而已，完全没有“生活”，总是会让她产生深深的怜悯之心。而且，她发现了一个现象：计家的男人都拥有着钢铁般的意志。

换成任何一个人，在这种活死人的状态下持续了这么多年，都会觉得生不如死，对人生不会再有期待，求生的意志也不会这么顽强了吧？可计维之不是。

别的事情就罢了，单指吃饭这一条。她看得出计老爷子有多么厌恶每天这黏稠的一坨东西，经常是才吃下去又呕吐出来，可他总是很努力地吃完它。

他明明说不了话，据朱迪说脑筋也在逐渐退化、萎缩，但路小凡敢肯定不是自己眼花，她有好多次看到他浑浊黯淡的眼睛里闪过坚定的光芒，那是一种要抗争和不服输的神情。

所以，路小凡觉得他从来没有放弃，他在努力恢复，他好像有话要说。他有一种不管多么痛苦，也要活下去的信念！

“没有考虑给他做复健吗？”路小凡问朱迪，随即就后悔了，觉得自己纯粹是多此一问。

计家那么有钱，什么样的复健做不了呢？什么样的高级理疗师请不起呢？

果然，朱迪点了点头道：“一切有利于计老先生健康的事，我们都做过。可惜不但没有效果，而且对于他越来越衰弱的体力来讲是种折磨，不得不放弃。”

路小凡尴尬地抓抓头发，侧过脸看着计维之。

似乎吃个饭就耗尽了他的体力，计维之的头像往常那样歪斜着，眼皮有气无力地耷拉着，他现在是清醒还是半梦半醒，从外表根本看不出来。

“我只是觉得他这样太辛苦了。”她情不自禁地辩解了一句。

“你是个善良的好姑娘，怪不得计先生喜欢你。”朱迪笑，笑意却未达眼底，敷衍得很，“把你的手机给我，把蓝牙打开，我传点儿东西给你。”她伸出手。

路小凡不疑有他，照做。

朱迪神态平静地操作了一下，因为隔得远，路小凡也没留意她做了什么。

很快手机还回来，朱迪才说：“给你传了一份文档，上面写着护理的基本常识。我看你很细心，将来你长久住到这个家里，照顾计老先生时说不定有用的。”

这意思是说，将来她嫁进计家？路小凡心里甜丝丝的，果然看到手机被传进一个足有百页的文档。她决定没事的时候好好研究一下，又见朱迪露出疲惫的神色，鉴于她的身体还没完全恢复，计维之也吃完了“饭”，她就提议朱迪回房休息。

“那就劳烦你多给计老先生按摩按摩。”朱迪临离开前说，“帮助他促进下血液循环也是好的。”

“放心吧，交给我。”

朱迪走后，路小凡立即动手。

计维之年轻的时候一定跟计肇钧一样，是个身材高大的男人，只是现在骨头外面就包裹着一层皱巴巴的皮肤。可惜，就连这层外皮也是很脆弱的，严重缺乏弹性和韧性，前几天老冯在给他擦身时，不小心撞了铁床架一下，他的手臂上就被磕掉一块皮，指甲盖那么大，没流多少血，却露出了淡红色的皮下组织，看起来吓人得很。

路小凡严格执行朱迪的要求，给计维之按摩的时候，会跟他说说话。因为不知说什么好，开始只东拉西扯地说点儿社会新闻，读一些她认为老年人会喜欢的书籍，甚至把当下最火的影视剧拿来当故事讲。

她从不会不耐烦，毕竟本身性格就是温柔有爱心的，何况还从五岁起就照顾长年卧床的外婆，直到十几年后外婆去世。不过，计维之很明显对这些不感兴趣，很漠然、很厌烦的样子。于是，路小凡就试探性地跟他提了提计肇钧，然后果然在他的眼睛里看到了明亮的闪光。

似乎是泪意吧？

路小凡很心酸，她知道计维之非常爱自己的独子，绝不比别的做父亲的爱得少，甚至更多。只是他现在生了重病，根本表达不出感情。

路家虽然穷，却父慈母爱，弟顺女孝，亲情对于路家人来说格外珍贵。所以以己推人，路小凡就更想缓和计氏父子之间的僵硬关系了。

路小凡有意地挑着计肇钧的事情来讲，计维之听得非常认真。不过她和计肇钧相处的时间并不太长，虽然她是一往情深，所能讲的却实在不多，只好反复描绘她所见到的有关于他的一切细节。

就在这个反复描述的过程中，她发觉计肇钧在她脑海里和心里的印象更加深刻了，就像有一把看不见的刀子，把他深深地刻在了她的灵魂深处。

她不知道的是，她说起计肇钧时脸颊微红、眼睛明亮又温柔，那深情不用言语也表达得出来。

计维之虽然口不能言，却度过了漫长又波折的一生，见惯风雨，又有什么看不明白的？然后路小凡就见到计维之某些特别不一样的神情，其实他脸上肌肉没有丝毫变化，但她就是觉得他在微笑，很开心的样子。

“您不要笑话我啦，因为他就是很好很好啊。”路小凡厚着脸皮说，“我有时候觉得我能遇到他是一场最美好的梦，是月老喝高了，乱点鸳鸯谱。因为我那么平凡不起眼，根本就配不上他呀。所以，有时我会很害怕，怕有一天梦会醒来。”说着，她低下了头。

这些话，她一直放在心里，当然不能对计肇钧吐露，对刘春力也没说过，如今她却把一个活死人般的老者，还是心上人的长辈，当成闺密般，全说了出来，她怎么能不羞惭呢？一定是计肇钧走了几天没回来，她太思念了，所以才做了这种错事。现在她真的希望计维之记性不好，很快就忘记这些傻话。或者，没听到最好。

但是，计维之听到了。

他不仅听到，他的食指还极轻微地动了一下。因为路小凡正在给他按摩手掌，所以立即感觉到了。她先是愣了愣，之后就惊喜得瞪大眼睛。

“您……您能动了？这太好了！能不能再动一下？”

计维之闭了闭眼睛，好像是积蓄力量。好半天，正当路小凡以为刚才只是她误解了的时候，他真的又动了一下。

路小凡高兴地跳起来：“我去告诉朱迪！跟她商量下，要不要安排一些复健治疗。我就说嘛，植物人都可以醒来，霍金都能靠特殊的仪器说话，您也可以的！”

她是善良的，所以从心底里为计维之感到高兴。好在她还没昏头，跑到门边时，她听到计维之喉咙里发出一个声响，就好像里面有东西卡住了。

路小凡吓了一跳，又赶紧跑回来。

以计维之这种身体状况来说，任何一点儿疏忽都可能致命！

“您怎么样？”路小凡给计维之按摩胸口，让他顺了顺气，随后发觉他的脸色有不正常的潮红，呼吸却没有问题，“是被什么呛着了吗？”

知道计维之回答不了，路小凡只好面对面地观察他的表情，试图猜测出他的真实意思。之前朱迪说过，因为长达八年的相处，通过病人的一个眼神，她就能知道对方要什么。路小凡和计维之之间没有那种长时间相处的默契，但此时她也没有别的办法。

她看到，计维之用尽力量闭了下眼睛。虽然他所谓的用力，在路小凡看来也只是轻描淡写，但那意思是明确的。

“您让我先别急着走？”她试探着猜测。

计维之没表情，却似乎长出了口气。

路小凡有点儿中标的开心感，于是继续猜：“您……是不想我把您手指能动的好消息告诉别人？”

计维之再次闭了下眼睛，没有用力，而且随即睁开，这是很明显的同意的表示。

“可是为什么？这是大喜事啊。”路小凡不明白。

计维之眼睛瞪着，眨也不眨。

路小凡有点儿茫然，很想把朱迪叫来做翻译，免得自己乱猜。可她觉得计维之望着她的眼神里有恳切，甚至恳求之意，很不忍心，只好硬着头皮继续。

不过只凭对方不清晰的眼神，她得不到太多提示信息，只能自己按照正常的逻辑去想：人为什么会想保密呢？

要么是想成功后给特定人群以惊喜，就像朋友们瞒着主人筹备生日派对什么的。要么就是要做什么事，怕被人发觉后阻挠和捣乱，必须装疯卖傻。路小凡想来想去，觉得第一种的可能性更大些。

“好吧，我帮您保密。那，复健还要不要做呢？”她再度试探性地问。

计维之再度用力闭眼。

路小凡这回明白了，这是有规律的，是点头同意的意思。

“总结起来就是，我不对任何人说出您手指能动的事，然后我再偷偷帮您做复健，等有了效果后再公开宣布，给计肇钧他们一个惊喜？”

计维之似乎犹豫了一下，最终还是用力闭了闭眼。

那么，这是基本正确的意思。路小凡欣喜地想。

她觉得，她有点儿理解老人的心理了。毕竟当活死人这么久了，好不容易有点儿希望，不管这希望是从什么时候开始的，也不知积聚了多久的力量，更不知耗费了多少生命的能量，但他一定怕别人失望，怕自己也失望，所以才要在暗中进行。这样的愿望，应该得到尊重。

“好，咱们说定了，您完全可以信任我。”她郑重地向计维之承诺，“我保证打死也不说出这秘密，哪怕是对阿钧。但是，您要答应我一件事好吗？”

计维之又努力睁着眼睛，不让眼皮动一下。他这是认真倾听，表示听过后才能决定答应不答应她。

“我希望您不要责怪我多管闲事。”路小凡斟酌着词句，“我觉得您和阿钧之间的关系不怎么好，虽然我不知道您和他之间有什么误会，造成了什么隔阂，但我希望您能和他和解。哪怕他倔强着不愿意，您也多给他一些机会好不好？”

其实她的这个要求有点儿过分，她毕竟还不是计肇钧的妻子，算是与计家不相干的人。再说以现在计维之的这种情况，她这样说有点儿像讹诈。可她的本意是好的，希望父子和好，于是说得坦然。

她觉得计维之这种人高高在上一辈子，习惯于掌握很多人的生杀大权，个性是很强的，就算在病床上八年了，也会被她的条件激怒。

可她猜错了，当她惴惴不安地看向计维之，计维之却近乎迫不及待地用了比刚才还大的力气，闭了闭眼睛。

于是路小凡懂了，计维之强烈地希望改善和计肇钧的父子关系。

问题，只在于计肇钧。

“希望您别觉得我没有礼貌。”她有点儿不好意思，握住老人的手，“那您等我准备一下，明天就开始做复健！”

当天晚上，老钱给她的那个平安符她都没用着，因为她来不及害怕，通宵都在网上搜索各种复健的方法。自然，她不认为上网查一查就能成为理疗师，但计维之生病的程度太重，她要做的也不复杂，只是最基本的内容，所以赶鸭子上架也能顶一阵子。

如果真的有效果，老爷子会愿意宣布好消息了吧？那时她会让计肇钧再和老爷子商量商量，请个真正的复健医生。

“我研究过，觉得还是应该从您那根率先能动的右手食指开始。”第二天她顶着一对熊猫眼，兴奋地对计维之说，“如果这根手指能灵活运用，就算您的语言功能还不能恢复，您也可以玩一指禅。”

计维之露出疑惑的神色。

“就是一根手指打字啦。”因为和计维之共同保守了一个秘密，路小凡突然觉得两人的关系亲近起来，就像忘年交一样，所以说话相对随意了些，“手机是不太行，屏幕太小，电脑的话又太大不方便，用 iPad 最好，但我又没有……”她抓了抓下巴，“我没有钱，但可以让阿钧买给我对不对？跟他订婚以来，我还没主动要过什么东西呢。要个 iPad，不过分吧？”

她看向计维之，计维之也望着她。

她好像又看到老人眼里有一丝笑意，令她心里暖洋洋的。

奇怪的是，那晚经历了猫敲门的噩梦之后，她居然没再遇到恐怖的事了。这让她越发怀疑是自己的问题，或者是白天太忙，晚上倒头就睡，反而不会胡思乱想，再或者是老钱给的平安符真的起了作用。

何况，她每天临睡前还念几遍十字天经呢。

她没注意到，江东明住的二楼最里面那间的房门一直开着。这让那些“暗鬼”不得不收敛手脚，不管以后再想什么花招，至少暂时不能轻举妄动了。

而在城市的另一边，几天来没离开过医院的计肇钧也终于松了口气。

兰淑云恢复的时间比预想的长，他虽然不能在她面前露面，还是守在了一边。直到医生把兰淑云换到她原来住的专属病房，他才算安心。

他的债，得还。他的罪，得赎。所以，他没有怨言。

“这里就交给你了。”离开前，他嘱咐傅敏，“有什么需要就找陆瑜。”

“不能直接找你吗？”傅敏低头看着自己的鞋尖，“你有了喜欢的人，也没必要就此赶走我。”

“英文别丢下。”计肇钧不直接回答傅敏的话，而是拍拍她的头，“你移民的事正在办，陆瑜经手的，别到了国外两眼一抹黑，语言很重要的。”

“我说了，我不去国外！”傅敏很抵触地向后退了一步，“我又不是你的附属品，你不能帮我做决定！”

“不是我帮你做决定，是我需要你的帮助。”计肇钧很平静，因为这些天他已经想得再清楚不过了，“所以，你必须走。不然，你也可以从此不认识我。”

“你不能这样对我！”傅敏要哭了。

“对不起。”他的声音很轻，但他很真诚。说完，头也不回地走出医院。

道歉，是因为刚才的话太狠，可他没有办法。他早就在做准备，只是从没有一刻，这样认真和坚定。

他本来想回自己的单身公寓，他很疲倦，心也累。可不知为什么，车越开越快，他的心却越来越偏了，偏去了城市遥远的另一边，那个他最厌恶的计家大宅。

他不得不承认，他想念路小凡。这时候他得了自由，那种渴望就更加强烈了。

于是他观察了一下后视镜，猛然把车掉头。

车子发出刺耳的声响，向着山区别墅而去。

两个多小时后，计肇钧终于到达。

当他走在那条通向主屋的林荫道上时，一想到立即就能见到路小凡，他突然觉得这个平时让他讨厌的地方变得没那么可憎了。甚至，他的心情也瞬间好转起来。所有的压力和阴暗都烟消云散，等着他的只有蓝天白云。

哪怕这只是个短暂的美梦，哪怕到头来可能是虚妄，他也只顾现在！

可惜此时路小凡正在准备午饭，第一个看到计肇钧的是江东明。江东明穿着明蓝色西装上衣和短裤，光脚穿着沙滩凉鞋，夹着画架，配了副有学呆气质的黑框眼镜，正打算去找朵花画一画什么的。事实上，他是为了思考、平静，只有画画才能做到这些。但当他看到计肇钧大步走来，犹豫了一下，就快步回屋里去了。

“小凡凡，你的心上人回来了！”他倚着门框说。

路小凡从正进行到腌制入味阶段的烤肉上抬起头来，反射弧比较长的她还茫然了片刻，随后才意识到“心上人”是指谁、“回来了”又意味着什么，当即开心地丢掉肉块，连围裙也没来得及脱下来，就急匆匆地向门外跑去。

“这是让我妒忌吗？虐单身狗啊！”江东明喃喃自语了一句，正巧看到朱迪走进来，就又接着补道，“你呢？妒忌还是恨？”

“你这么无聊，不如去找个工作。”朱迪哼了声，从冰箱里拿出一瓶饮料，头也不回地走了。

朱迪出了厨房，疾跑回自己的卧室，站在窗子边，清楚地看到了前院的情景。她看到路小凡像一只欢快的小鸟，直接扑到了计肇钧怀里。这一次没有傅敏的瞎搅和，路小凡很顺利地投入了那个她日思夜想的怀抱。

“你都没打电话。”路小凡用力攀住他的肩膀，鼻子发酸。

“你都没洗手。”见到路小凡跑过来，计肇钧紧紧拥着纤瘦却温暖的身子，心中柔情四起。

差点儿哭了的路小凡破涕为笑：“对不起嘛，把你的西装弄脏了。”话虽是这么说，手却没舍得放开，仍然把他的脖子抱得紧紧的，也不理会围裙上的污物沾到了他的前胸，“大不了，我帮你洗干净好了。”

计肇钧轻轻笑起来。

因为两人是拥抱在一起的姿势，所以他的笑声听起来那么接近，就像是从心底发出，直接到达了她的心底。他身体的颤动，第一时间传递给了路小凡。

“不用管西装，我多的是。”

“对哦，忘记你是大富翁了。那……那我还想要个 iPad 行不行？”她借机提要求。

“明天就买给你。”她主动找他要东西是第一次，他没想到自己居然会感觉开心。

“谢谢你。”路小凡侧过脸，在他脸上亲了一口。

然后，她感觉他的身子僵了僵，喉结上下滚动了一下。但更多的注意力，她放在了“口感”上。

咦，怎么这么扎？

终于，她轻轻松开手，拉开了一点儿距离看计肇钧，这才发现他的高档手工定制西装皱巴巴的，也不知几天没刮胡子了，下巴上满是青茬儿。他明显瘦了，眼窝深陷，显得疲惫而憔悴。

“对不起。”她心疼了，伸手蹭蹭他的下巴。

“为什么又道歉啊？”他简直无奈了。

“没什么。”她摇摇头，拉着他往屋里走，“你先去洗个澡，换件衣服。然后小睡一下，再睁开眼，我保证午饭就做好了。现在时间还富余，我再加个你喜欢的红酒蕃茄虾好不好？”

“唔，最近两天貌似有点儿干。”

“那……就做个鲜虾蛋饺汤？”

“这个可以有。”计大少终于纡尊降贵地点头确认了。

为此，路小凡甚至低低地欢呼了一声。

计肇钧感觉到自己的心被她牵着，真是喜欢她这样子啊，对他满满的柔顺和迁就，全身心都为着他，没有心机和要求地爱着他。

生平第一次，他感觉自己是那么重要，是被捧在心尖上的人，不再有嫌弃厌恶，不会再觉得自己多余碍眼，不用再努力让自己融入扭曲的人生。

“你要在这里住几天啊？”

“你头疼不疼，我会按摩哦。”

“晚上要不要去散个步，气象预报今天天气很好。昨天我看到晚霞，真的好美，你看到过没？”

“你手机是不是没电了，为什么回来也不提早告诉我一声？”

两人手牵着手，漫步而行。

路小凡稍向前一步，面对着计肇钧，背身退着走。一面走一面不断地说，拉着计肇钧的手晃啊晃，也不知哪里有这么多话。

计肇钧却沉默着，只回个单音节，看似不耐烦，但他是愉快的，脸上挂着放松的笑。

他们走在一起的画面无比和谐，岁月静好。

两人从相识到订婚，所有的一切都那么突兀和戏剧化，没有自然而然或者水到渠成的感觉，总像是命运之手在强行推动，总似有些刻意。

于是，别说路小凡有点儿不知怎么对待计肇钧，计肇钧又何尝不是呢？但这次的分别似乎起了神奇的作用，打破了他们之间无形的尴尬和隔阂，令他们一下子亲近起来。

感情，总是如此神奇又无法捉摸。所以，它才妙不可言。

站在二楼小厅阳台上的江东明，这一次是真的妒忌了

“亲爱的表弟，你为什么总是那么幸运？”他酸溜溜地感叹道，“在家业上是，戴欣荣那里是，如今路小凡还是。你总是赢，只是不知这一次如何？”他抬头望望楼顶。

在他看不见的上方，朱迪也在自己的房间里看着前院的这一对。她掩身于厚重的窗帘后面，眼里的妒火能焚烧掉整个大屋。

她抄起那部古典漂亮得有如古董的座机，拨出号码：“我忍不了了！”不等对方发声，她就低声嘶吼起来，“秀恩爱，死得快！他们不知道适可而止，咱们的计大少也不知道要玩火到什么时候。再这样下去，我就顾不得他的情绪，做我自己该做的了。”

“你别惹火他！”那个嘶哑的声音阻止道，听起来很是急切。

“我管不了了！”朱迪有点儿失去理智，“我警告过路小凡，警告过好几次！可她不肯离开计肇钧，计肇钧也不放手，我能怎么办？计肇钧难道不明白，他必须跟我们合作？他敢不听话吗？他不能属于别人，只能属于我们！我们两个！”

这话要是被别人听到，会觉得这是多么变态。一男一女，外加一个分不清男女至今不露面的隐形人，要怎么在一起？要怎么相互属于？朱迪却说得那么理所当然，她平时看起来美丽而文雅的眼睛里，染上了莫名的疯狂。

计家大宅内，暗流涌动。

路小凡却无知无觉，因为心爱的人回来了，所以她连做饭时都哼着歌，开心得不得了。

计肇钧听话地彻底洗了澡，刮胡子，找出了换洗衣服。不过他没有小睡，而是利用这点儿时间打电话给陆瑜："买个最新款的 iPad，明天一早送过来。"

"我的老板，亲爱的钧哥，你不是从不喜欢那玩意儿吗？"

想让陆瑜不废话是不行的，他的好奇心必须满足。

"这是礼物。"

"送给路小姐吗？"

"你很多话啊。"

"不是，我不是八卦。"陆瑜连忙解释，"如果是送给姑娘，要选择比较可爱的套子，或者再弄个礼品盒，加个蝴蝶结什么的。"

"唔，你看着弄。"计肇钧一边擦头发一边说，"还有小敏和你的移民手续，你尽快弄好。如果还需要等很长时间，先办个留学手续也可以。"

"怎么突然要加速？"陆瑜怔了怔，却没多问，只说，"但是你知道我有前科，这一点比较难……"

"总有办法。"计肇钧轻声叹了口气。

"好吧。"陆瑜应得倒干脆，"不过钧哥这是回计家了吗？狗仔们还赌在上山的路口吗？"

"我回来的时候，他们已经撤了。"

"不要掉以轻心啊，我看公司外面还有偷偷蹲着的。他们还试图挖出路小姐的真身，但当初放料的人有意隐瞒了重要信息，所以，媒体只知道钧哥你有个女人，但这女人是谁，他们暂时不知情。否则的话，现在人肉搜索那么厉害，路小姐就算能躲，她的祖宗十八代也会被挖出来。那样她一定会难过的，你知道她有多在乎家人……"

计肇钧闻言，皱紧了眉。但他一向果断刚毅，只沉默了片刻就说道："这边的事我来处理，外面……知道这件事的只有那个……应该是叫孙莹莹，你去警告她一下。"

"好，交给我！"听声音，陆瑜已经摩拳擦掌了，"我就说，如果她胆敢透露半个字，立即毁她的容！"

"别动粗，那样很没品。"计肇钧哭笑不得，"稍微透露一点儿意思就行，就说秘密只有她知道，若泄露了就是她做的。她在娱乐圈混，精明会做人，绝不会自找麻烦的。那个女人，也就欺负一下小凡那样的小白兔。"

想到路小凡，计肇钧的心情立刻又好了。他看了看表，麻利地穿好衣服，到楼下餐厅去吃饭。

难得的，人都在。

"事情都办好了？"大家坐好，才开始吃饭，朱迪突然出声。她看起来仍然很病弱，虽然还有需要忌口的，却不必每天待在床上吃病号饭了。

计肇钧吃饭的动作顿了顿，却连头也没抬，没有回答她，只是继续吃。

“以他的个性，办不好怎么会回来？”江东明接口，“不过，到底是什么事？”

“与你有关吗？”计肇钧仍然没抬头，却回了句。

“我这是关心。”江东明耸耸肩，虽然被呛声，他却无所谓似的。

“貌似关心也轮不到你吧？”朱迪哼了一句。

“那肯定。”江东明老实地点头，“好在也轮不上你，对吧，小凡凡？”

路小凡尴尬，觉得饭桌上有了点儿火药味。于是，她只能笑笑，借着给计肇钧夹菜的机会，掩饰了过去。

不过，她觉得朱迪今天有些不同。至于江东明嘛，他从来都是令人琢磨不透的，表现出什么样也不会让人感到意外。

饭后，路小凡收拾完了碗筷，便去照顾计维之，帮他按摩，并继续偷偷给他做复健。

复健这种事，是一天也不能停的。

当然，其间她告诉了计维之，计肇钧已经回来了的消息。她明显感到老爷子听完消息后，做复健时很用心，甚至额头上都冒汗了。

“您一定有很多话要对他说，对不对？”路小凡安抚计维之，她能感觉到他的那种焦虑，“但是欲速则不达嘛，您不要太着急。只要手指能动了，完全可以打字交流。对了，忘记告诉您了，他答应给我买个 iPad 呢。”

计维之闭上眼睛，是那种无能为力、不得不接受现实的无奈。

伺候完计维之，路小凡便退了出去，把房间留给了计肇钧。和父亲单独说一会儿话，是计肇钧每次回家例行的事情。今天他在计维之房间里待的时间有点儿长，等他们谈完，又到了晚饭时间。

第十七章　八秒钟

晚饭之后，路小凡才有了和计肇钧单独相处的时间。

他们手牵手在山道上散了会儿步，眼见天色黑了下来，就回了计家大宅。

一路上，计肇钧的话非常少，不过他的神情是放松的，握着路小凡的手也是温暖的，显然很享受这样宁静的时光。路小凡尽管有一肚子的话要对他说，但不忍心打扰，于是也沉默着。

此时无声胜有声，大概就是这种感觉吧？虽然他们没有交谈，情感却在无形地交流着。

进院门时，计肇钧有电子门卡，并没有惊动旁人。但他们不知道，有人一直盯着前院的方向，所以他们的行踪是瞒不了人的。

计肇钧没有立即进大屋，他拉着路小凡在计宅内慢慢地走着。

曲径通幽的花园、迷蒙灯火下掩映的小径，在夜色降临的时候从没给过路小凡美好的印象和回忆。以前的她对这些感到害怕，每当暮色降临，她连房间门也不出，更不用说像今天这样满庭院溜达了。

今天不同，今天她有计肇钧陪在身边，所以她完全没有恐惧感。其实若真的有鬼，计大少再强大也没用，他又不是天师，能怎么样呢？可路小凡就是从内心深处相信，只要两个人在一起，就能战胜一切。

“其实……”走到泳池边时，她终于忍不住开口，“你觉不觉得，计家有时候太奢侈了吗？”

“怎么了？”计肇钧失笑。这小白兔难道从现在就开始为他省钱，进入持家的状态了？

路小凡看懂了计肇钧的神色，有些不好意思，连忙解释道：“我是觉得，这一池水也要很多水费吧？如果有人经常来游泳倒也没什么，可我来了这么久，从没看见有人在这里游过泳。就算放着不用，时间久了水也会脏，到时候又要换，一来一去真的很浪费。”

“我没注意过这些，但是，计家应该承担得起。”计肇钧无所谓地说。

“有句话说得好，钱是你的，可资源是全世界的啊。”路小凡认真道，“中国是个很缺水的国家，你不知道吗？”

她那一本正经的表情和那捍卫正义的眼神，突然让计肇钧觉得她简直可爱极了，可爱到他想立刻抱紧她。

“你说得对。”计肇钧深吸了一口气，屏掉脑海里那些凭空而来的粉色泡泡，认真地点头道，“有钱人也得有社会责任感。但是，水已经在这儿了，直接抽掉也很浪费。”

“那怎么办？”路小凡的反射弧很长。

“能怎么办？我们游泳吧！”

“可是我不会，真的不会！”路小凡被惊到，连忙反对。

“我教你。”计肇钧一旦决定了要做什么事，就很难动摇。

“我……我没有泳衣啊。”

“山脚就有家超市，开车过去不过二十分钟。但是……”计肇钧上下打量路小凡，“谁规定游泳就一定要穿泳衣？”

“啊？”

就在路小凡还“啊”的时候，计肇钧已经迅速脱掉鞋袜和上衣。

还好他没脱裤子，但眼前那穿衣显瘦、脱衣有肉的健美身材已足够路小凡流口水的了。

“鞋。”计肇钧蹲下身。

“哦。”路小凡已经完全傻掉了，迷迷糊糊地抬起脚，让他把她的鞋子脱掉，扔在一边。

不会让她脱上衣吧？她忽然很紧张。她对自己的外形一点儿自信也没有，何况是要在他面前展露，路小凡想到这些，内心就慌乱起来。

计肇钧看到她局促的样子，连忙温言道：“你别怕，我游泳的水平还不错，我会保护你，不会让你呛一点点水的。”

他的眉目那样温柔，说话的声音都低了下去，带着哄小孩子的口吻，让路小凡瞬间就心软了。她干脆一咬牙，点了点头。

出来散步时，计肇钧穿着家常的浅灰色T恤和深灰色休闲裤。她穿的是白色短裤、人字拖和海军条纹的无袖短款小背心，隐约露出一截小腰。

正当路小凡傻乎乎地想着自己的内衣是什么颜色、要不要也像计肇钧那样脱掉上衣的时候，耳边却传来一句“闭气”。

她习惯性地服从，屏住呼吸。接着，她还没搞清楚状况，身子已经腾空，整个人就这样被计肇钧紧紧抱着，跳进了泳池。

她惊叫一声，没有恐惧，反而感到一阵兴奋和快乐。然后她猛然睁眼，看到他也很开心的样子。他没有大笑，嘴角好看地歪向一边，居然有些孩子气，帅得令她动心不已。

“看，我说过没事的，对不对？”他已经在水中站稳，他的力量把路小凡紧紧包围，让她感觉很安全。

水的浮力令路小凡感觉自己身轻如燕，她的两条手臂缠在计肇钧的脖子上。这一池碧水曾经差点儿要了她的命，现在忽然变得美好起来，轻柔得像把她托在云上。

“来，拉着我的手，我们从练习漂浮开始。”计肇钧轻轻放开她一点儿，“不要怕，我会一直拉着你的手。”

这句话温暖了路小凡的心，她尝试着后退几步，直到两人的手臂都伸直，才猛然憋住一口气，沉入水中。

一开始她还是有些慌的，以至于她在水中睁开了眼睛。但他的手那么有力，牢牢牵着她，让她很快平静下来。

透过清澈的池水，她看到干净的池底，看到计肇钧漂亮的八块腹肌和强健的腰身。甚至，他左肋下那块狰狞的伤疤都因为水波柔和的涌动而虚化了。

“好啦好啦，你得换气。”路小凡正在水中走神，计肇钧的声音从头顶传来。

同时，她感觉身上一重，她被重新拉回了水面。

“并不难对不对？水是很好玩的。”计肇钧抿了抿唇说，“你很快就能学会。”

“你会教到我会吗？”

“只要你愿意。”计肇钧说着，指了指泳池的另一侧，“我们去那边吧。”

计家游泳池的池底是个斜坡，所以一侧水深，一侧水浅，以路小凡的身高来说，最深的地方有她一人半高，而水浅的那侧，她站在水里可以勉强露出头来。

“怎么过去？”路小凡环着计肇钧的脖子。

此时他们还在池中央，她双脚落不到实地，计肇钧就一直揽着她的腰。

“放轻松。”计肇钧对她眨眨眼，然后整个人向水里一沉。

接着，他采取了仰泳的姿势，让路小凡枕在他的胸膛上，就这样带她游走。

天，已经全黑了。

这是个晴朗的月夜，由于不像繁华都市那样灯火阑珊，星月就显得格外明亮。路小凡只觉得这夜色全部映在自己眼睛里，而脸旁就是计肇钧强有力的稳定心跳，这让她忽然有一种做梦般头重脚轻的感觉。

那些心灵鸡汤类的书里总是说，要与心爱的人手牵手走一辈子。她觉得她可以换个方式，如果，能与他游泳一辈子，那该多好。

她很想多体味一下这种亲密无间的感觉，可惜泳池长度有限，他们很快就到了岸边，她终于能在水中站立了。但，她仍然紧抓着计肇钧的手臂，没有放开。

他好高，这么近的距离，她只能努力仰望他。

因为游了一下，他浓密的黑发全浸湿了，被他单手向后一梳，全部服服帖帖的，露出他饱满的额头和长长的剑眉。有水珠从他的湿发上滚落，滑过他挺直的鼻子和性感的唇边，更有的就悬在他的睫毛上，将落未落。

出水芙蓉？哈哈，有这么形容男人的吗？路小凡心里转着念头，脸上笑了出来。

她不知道她迷迷瞪瞪的笑容和她的身姿，同时也落在对面人的眼里。

没想到他家小白兔瘦归瘦，该有肉的地方倒真的没长含糊，也没省略。她的海军纹背心被水浸湿，全贴在身上，曲线玲珑，看起来很柔软纤细。背心的下摆有点儿向上翻卷，露出一大截腰身，短裤下是两条细白的小腿。

还有，她毫无心机的笑容是那么诱人……

“希望你学起来不要太久。”他说着，忍不住伸出手，帮她把一缕贴在额头上的湿发拢到耳后。

她的头发也很柔软，沾了水后手感更好。

但是，他的声音怎么了？貌似有点儿沙哑，很不正常！

他不是没碰过女人，也不是青涩冲动的少年，由于身份地位和金钱的关系，投怀送抱的美女有很多。但，他心里压着太多的黑暗，只觉得疲倦，没心情也没兴趣再和女人有什么交流。可是面前的这只小白兔，看起来毛茸茸、暖乎乎，软软白白，让他焕发出“勃勃生机”，就像冰封多年的土地上突然冒出了绿芽。

“我脑子笨，可是我运动能力不错的。”听完他的话后，路小凡难得地自夸起来。

计肇钧没有再说话，因为心里乱了，好像有很多小手在抓挠，可他又不明白自己到底想要什么。

于是，他只望着她。

路小凡敏锐地感觉到他的凝视，立即局促起来。她的心越跳越快，似乎心头的血正慢慢向脸上涌去。她觉得计肇钧的目光有点儿灼热，虽然还没到烫人那种地步，也足以让她手足无措了。

于是她想也不想地脱口而出：“喂，你不要这样盯着我看啊。”

甚至，她还伸手挡了一下计肇钧的眼睛，但马上又收回手。因为他眨眼的时候，长长的睫毛刷了一下她的手心，好像是在她心尖上扫过，痒痒的。

“你知道八秒钟定律吗？”她最大的问题是没有停口，反而继续说了下去。

计肇钧挑了挑眉。

“那是一个心理测试，是考验男女之间的感情的。”路小凡的手指无意识地划过计肇钧的手臂，“是说男女如果对视超过八秒钟，不笑场的话，就会亲吻对方。那样，表明他们之间有爱情。”

话一说完，路小凡就被自己吓得愣住了。

而计肇钧已经开始倒计时：“八、七、六、五……”

路小凡完全呆掉了，她听到那个男人数数的声音越来越低沉和缓，当他数到“一”的时候，那嗓音简直就像最浓烈的深红色美酒，能把人活活醉死其中。

“到八了。”计肇钧屏住呼吸，“所以，我要吻你了。”

没有等到路小凡同意，甚至没等到她反应过来，他就吻了下去。

不是之前的嘴唇相碰，不是之前的大力吧唧，不是之前的蜻蜓点水。

这是一个真正的吻，她的茫然恰好让他长驱直入。

路小凡只觉得他双手捧起她的脸，他火热的唇舌就缠上了她。一阵类似于电击的酥麻感猛然袭击了她，令她感觉自己好像瞬间就融化了。

她突然就明白了，原来她与他的爱情，只隔着八秒钟的距离。

她无法呼吸，无法思考，只感觉池水微冷，而他那样热。她的身、她的心和灵魂深处，都被他搅动得乱了套，心跳得似乎能冲出喉咙，直接溜进他的胸膛。

她本能地生涩回应，更惹得他勾着她的舌尖热情纠缠，激烈到池水仿佛都要沸腾了。

那样冷冰冰的一个男人，平时连话都少得可怜，貌似无情，谁能想到他心里的闷火能烧得这样旺盛，爆发出来的感情能这样奔放。

不知过了多久，好像有一辈子，又好像只是一息，他终于放开她的唇，双臂却仍然把她圈在怀中。

他喘息得那样厉害，路小凡则像要断了气。由于两人穿得非常少，又湿了衣服，她能感觉到他身体上的明显变化。

“你先上去好不好？”他的声音沙哑低沉，“我需要……冷静一下。”

他似乎是不想再踏出下一步，路小凡说不清自己是松了口气，还是有点儿失望。她羞涩得连看都不敢看他一眼，头埋在他胸前，手轻轻环着他的腰，努力平息着气喘，努力恢复着气力。

就算如此，她仍然没能登上水梯，要计肇钧连扶带抱，才能勉强爬上岸。这样一来，她倒是头也不敢回地跑掉了，可亲密的肢体接触害得计肇钧在水里游了很长时间，才消耗掉极端旺盛的精力和被引起的强烈欲望。

仰望夜空，计肇钧不禁苦笑，真不知道他和路小凡之间到底是有什么孽缘，永远是各种意外。意外的相逢，意外的相处，意外的求婚，意外的吻……

她整个人，都是他人生中的意外。可是他，真喜欢这个意外。

都说恋爱让女人的智商下降为零，其实对男人来说也好不到哪里去。因为被感情占据了全部身心，他没注意到泳池中的一切都落入了两个有心人的眼睛里。

江东明的房间是在二楼最里面，所以从侧窗看泳池的视线良好。那火辣的一幕被他看个正着。

“天哪，计大少那号称钢铁般的意志就这么被瓦解了？”他没留意到自己语气中的羡慕，或者说是小小的妒忌，“男人能吻成这样，基本上是很动情啊。”

他看着路小凡狼狈跑走，笑骂：“小傻蛋，跑什么，再加把劲儿，计大少绝对能被你拆着吃了，明天早上连渣儿都剩不下。啧啧，倒是我亲爱的表弟，定力也太好了，这样的情况也能紧急刹车？佩服！”

他向后退了两步，躺倒在自己的大床上，眼睛盯着天花板：“但愿楼上的病人没有看到，不然好戏要提前开锣了，我这还没准备好呢。”

事实上，楼上的病人不仅看到了，看得比他还要多，还要真。甚至，她还拍了照片。若非还残存理智，心里的妒火几乎令在屋顶偷窥的她直接一跃而下。

“计肇钧，是你逼我的！”朱迪咬牙切齿，夜风吹得她的白睡袍和黑长发轻轻飘扬，搭配着她疯狂的神情，说不出的诡异，“以为你只是玩玩，一时软弱罢了。可你竟然要玩出火，那我只好帮你扑灭！”

月色下，计家大宅花木扶疏，暗香浮动。

地面上一池碧水，年轻、健壮的男人身体映着星月在水中徜徉，完美的肌肉在水中闪闪发光。而临近的三层小楼的屋顶上，黑暗笼罩，一个宛如女鬼的女人在低声咒骂，怨气森然。

于是美景在下，怖图于上，就好像天堂和地狱倒了个儿。

第二天早上，天才蒙蒙亮，路小凡就醒了。

事实上昨晚她就没睡好，感觉心软软的，身上软软的，连呼吸都变得软软的，整个人都还浸泡在那种无以言表的幸福感中，哪里睡得着？

梦里，他的吻如影随形。

她不知道这算不算春梦，她像有了上帝视角，把那一幕反反复复地回放，从各种角度定格，就好像他吻了她一整夜。晚上她甚至为是不是留门而犹豫了很久。

因为前几天江东明不知犯了什么病，亲手给她装了一把传统的插销锁，说是这样就算别人有钥匙，也打不开她的房门。前几天她都是闩上插销锁的，昨晚却犯了难。

她一会儿把门虚掩着，打算给计肇钧一个暗示。一会儿又觉得太轻佻了，把门锁上。一会儿只关上了门，却拔开了锁……她听到他上楼的脚步声，听到他停留在她的房门口，她吓得大气也不敢出，躲在床上装死。直到听清楚他回了隔壁自己的房间，并且半天没有动静时，她才踏实下来，也才迷迷糊糊地睡了会儿。

路小凡睡不着，便早早起床洗漱。她感觉自己浑身充满了力量，就算昨晚没睡好也神采奕奕的。然后，她从浴室的镜子里发现自己变得漂亮起来，脸颊粉扑扑的，眼睛明亮亮的，仿佛变了样子。

果然人家说得对，爱情是最好的保养品和化妆品。女人就像花，没有爱的滋润会枯萎，有了爱的滋润就能长得水灵灵的。

想到花，她决定去花房剪一些风铃草和满天星，来布置计氏父子的房间。

风铃草代表温柔的爱。

满天星代表鼓励和关怀。

这两种花草对应计氏父子，正是最合适的。

然而在花房门口，她猛然看到了白袍黑发赤脚的女人正背对着她，就像女鬼忘记了在天亮前回到地狱去。

路小凡吓了一大跳，猛然停住脚步。

她悄悄揉眼，生怕又是自己的幻觉，因为她不明白，女鬼为什么总是在她面前出现，而且是在她独自一人的时候。

她阳气弱？她好欺负？

“是小凡？”那女鬼头也不回，突然发了声。

哦，原来是朱迪。路小凡松了口气。

“是我，早上好啊，你在看什么？”见朱迪仍然没有回头，似乎在专注地看着什么，路小凡一边问，一边轻轻走过去，好心地说，“怎么不穿鞋子啊，山区早上的露水还是很重的，脚会很冷吧？”

“没关系。”朱迪轻声回答，“我不怕冷。”

她站在花丛之中，而非小径之上，脚下全是泥土，湿冷之气更重。她之所以走那么深，是因为正垂首于一棵不起眼的矮树边，低头凝视着一根朝阴的树枝。

路小凡好奇地凑过去，并没看到什么，但随后就眼尖地发现，朱迪正在看树枝夹角上一张张开的蜘蛛网。此时的网上沾了一只不起眼的小飞虫，正拼命又徒劳地挣扎着。

“你看它，多么可怜可悲。”朱迪的眼睛盯着网上的小虫，露出一点儿残忍的笑意，“这么大的花园不飞，偏偏要一头撞在人家早就编好的网上。现在它想逃也逃不掉了，只能等着蜘蛛来吃掉它。这到底要怪谁呢？”

“它是不小心吧？”路小凡也看着蛛网里的小虫，所以没注意朱迪的神情，“就算是小虫，也不想死吧？要不……帮它一把？”

“为什么要帮呢？天作孽犹可恕，自作孽不可活。用现在流行的术语来说就是‘不作死就不会死’，自己错了，就得付出代价才对，凭什么受到眷顾？”她的声音里有一种幸灾乐祸，却偏偏带着一丝笑意，令人极不舒服，违和感强烈，引得路小凡情不自禁地看向她。

这样的朱迪忽然让路小凡觉得陌生，有股子寒意从她的骨头缝中冒出来，也不知是清晨山露的缘故，还是她心理上发生了什么变化。

路小凡再转头，果然见到一只蜘蛛正沿着蛛丝，慢慢爬了过来。它走得那样漫不经心，这样复杂的网于它而言却是小菜一碟，仿佛蛛网就是它的王国，任何闯入者都会被消灭！

路小凡没研究过昆虫学，所以她搞不清楚是不是她的错觉，她看到那只小飞虫明白了自己有生命危险，在网上拼命挣扎，以至于蛛网震颤了起来。可是，完全没有用。

它无法挣扎出那困着它的网，只能绝望地等死。

一个没忍住，路小凡伸出食指，轻轻把蛛网割断。

那小飞虫得到外力，立即落到旁边的叶片上，因为少了大部分蛛丝的缠绕，显然慢慢就能挣扎出去。而那只蜘蛛突然失了着力点，倒吊着一根丝线，倒也安然荡到了阴暗的树丛中。

“你！”朱迪突然发怒。

朱迪平日里温和清秀的脸，此时露出了些狰狞的意味，吓了路小凡一跳。

“我只是想救那只小虫。”她嗫嚅着，有点儿尴尬地解释。

“那你想过没有，蜘蛛没了小虫为食，也是会死的。小虫是生命，难道蜘蛛就不是吗？至少它努力织了自己的网，你知道那有多么费力，你却让它白辛苦了一场。你凭什么决定它们之间的生死和命运？你以为，你这是善良吗？你这明明是多管闲事！”

“我没想那么多……”

“怎么能不想呢？你这么做，相当于破坏者。”朱迪的脸色平静了下来，但态度还是有点儿激烈。

“那……其他的我管不了，大自然有它自己的法则。但既然我看到了，就不想让其在我眼前发生。能帮的就帮，帮不到的，是我无能为力。”路小凡想了想，才认真地说，因为她觉得朱迪很认真，那么出于礼貌，她也不能太随意，也许朱迪是以此思考一些哲学和人生问题呢。

朱迪侧过头，望着路小凡。她不说话，直看到路小凡有点儿发毛了，才笑了笑，同时伸手拍拍路小凡的肩膀，又恢复了那无可挑剔的和善态度：“你是个破坏者。”她像是要确定，又像是在开玩笑，搞得路小凡一头雾水。

不过朱迪很快就走了，路小凡去摘了花草，随后要忙乎早饭，便把这件事彻底抛到九霄云外了。人们都有情绪高潮和低潮期，心情不好的时候看到什么有感而发，也是很正常的。她胆小，对生活要求不多，于是心胸也宽，并不觉得这是多了不起的事。

早饭时，朱迪没来，只有计肇钧、路小凡和江东明三人。

由于昨晚的亲吻，路小凡还有点儿不好意思。计肇钧虽然镇静，可到底眼神也有些不同了。于是两人眼神或手指无意中一碰，计肇钧便会有意停留片刻，路小凡却立即转开。偏偏，她还忍不住去偷看他，搞得餐桌气氛很暧昧。

“你们够了啊。”江东明受不了了，拿勺子敲敲咖啡杯，“这么眉来眼去的，大早上的就腻得慌啊。”

“你可以滚。”计肇钧言简意赅。

路小凡觉得好笑，忍不住想对计肇钧翻白眼。好歹是姻亲啊，他就不能客气一点儿？

还好这时陆瑜来了，他不仅成功地令早餐变成了稀缺品，还把计肇钧给路小凡买的 iPad 送来了。

“我昨天接了电话立刻去买了，今天天没亮就出了门。”他拿过牛奶就喝，根本不管那是路小凡的，“我还带来一些老板你必须签的文件，签完了，我晚点儿再带回去。看看，看看，还有我这么勤劳的员工吗？我要求加薪。那什么，老板你这两天不回市里了吧？”

“你老板现在被甜丝丝的糖粘住了嘴，暂时挪不了窝了。”江东明阴阳怪气地来了一句。

她被计肇钧吻得七荤八素的时候，江东明看到了吗？路小凡正处在敏感期，于是立即猜中了答案。

这让她有些羞涩，只得立即拿起 iPad，快速说道：“你们慢慢聊，我去研究一下这个。”于是在脸没彻底红起来之前，很没胆子地跑掉了。餐厅，就留给男人们掐架吧。

男人们其实并没有吵，而是各吃各的，风卷残云后，又去各做各的事。

路小凡回到了自己的房间，研究了一下 iPad 的使用方法，随后就到计维之的房间去了。

就算计维之既不能动弹也不能说话，路小凡每次进去的时候，还是会先敲几下门，然后隔数秒再进去。

她估算过时间，这时候计维之应该已经被朱迪喂完早饭了，房间里应该只有他一个人。哪想到今天朱迪晚了，她进门时，朱迪正给计维之擦嘴，似乎是才吃完。

“要帮忙吗？”路小凡殷勤地问。

“谢谢，已经好了。”朱迪端着碗，“下面的事就麻烦你了，我要先去休息一下。”

路小凡见她的脸白里透青，确实虚弱得很，连忙点头：“你去吧，如果不舒服的话，你打电话给我，午饭我帮你送上来。”

“好。”朱迪微笑点头，离开房间。

路小凡有片刻的愣怔：眼前文雅温和的朱迪，和早上那个偏执而凶狠的女人仿佛根本不是同一个人。

难道又出现幻觉了？

还有，她为什么感觉刚才朱迪拿的碗是空的呢？不是吃空了，而是本来就是空的。也就是说，朱迪真的给计老爷子喂过饭吗？朱迪个子比她高不少，手臂又有意抬着，她并不太确定。

就算确定朱迪没有遵守职业道德，没有好好照顾计维之，她也应该去和计肇钧商量这件事。在这个家里，她并没有资格直接发表意见。为了不给计肇钧带来麻烦，她需要时刻注意行事的分寸。

“计伯伯，您儿子把 iPad 买来了。”关上房门后，路小凡努力做出高兴的样子，对计维之笑着说，“您卧床这么多年，大概都没玩过这个，现在科技的发展真是太快了。”

计维之死气沉沉的眼睛明亮了一下，很快又黯淡下去。

“您不要灰心嘛，只要能动一根手指，有了高科技的帮忙，您就可以和别人交流了。想说什么话、做什么事都方便多了。”其实路小凡很理解计维之这种渴望与外界联络的心情。毕竟封闭在自己的世界里，是多么孤独的事啊。

她很耐心地一点点给计维之讲解 iPad 的各项功能，半天后发现计维之似乎并没有那么专注，反而一直望着她。当她意识到这些，疑惑地反望回去，才感觉出计维之眼里有调侃的笑意。

“您想问我和计肇钧的事？”也不知为什么，路小凡很有倾诉的欲望，特别是对着计维之。

照理说不应该的，如果她的爱情能修成正果，计维之会是她的公爹。哪有拿公爹当闺密的？可是，她身边没有朋友，很多话不方便和刘春力说，加上计维之现在也说不了话，倒是很好的倾听者。

“您叫朱迪把我找来，是知道我和计肇钧的关系对吧？”她垂下眼睛，下意识地扭了扭左手无名指上的订婚戒指，“但是，我总感觉我和他之间有一种看不见的鸿沟。就像隔着透明的玻璃，明明看得到，却无法靠近。”

计维之听得很认真，甚至是专注的。

“不怕您笑话，其实是我一直在喜欢他，是我追着他的背影跑，是我总想留在他身边。他呢？他向我求婚，大概只是凑巧累了，凑巧感到孤单，而我正好在那里。或者，是他觉得我有点儿可怜。说到底，是我特别幸运，才会得到他的垂青。我不是说他不好，他一直努力做个好未婚夫，他是世界上最好的男人了，很拼命很负责，我只是觉得我没办法得到他的心。”

“但是这次他回来……”路小凡露出了沉醉的微笑，她自己并不知道她这副沉浸在爱情里的模样有多可爱。

“我感觉……他似乎……似乎有一点点喜欢我了。虽然喜欢的程度可能很小很小，可是他正在开始向我敞开心扉，开始真正地……接受我。所以我很开心啊，我觉得我心里一直在笑，只是不敢露在脸上，那太傻了。”说完，她低下头去。

过了一会儿再抬头，她看见计维之眨了一下眼睛，神情中似乎有鼓励之意。

路小凡很高兴，长长嘘了一口气：“不说闲话啦，我们做正事。您要好好做复健，等将来能打字，甚至能说话了，争取吓计肇钧一跳！”

整个上午，她都泡在计维之的房间里，不厌其烦地一遍遍让计维之试着做动食指的动作。

此刻的她不是不想和计肇钧相处，只是她觉得代他尽孝也是应该的。再者，她知道计肇钧必定是在一楼的大书房里忙着工作，她不想去打扰他。

路小凡没有猜错，计肇钧确实是在大书房中处理几日来积压的工作，还开了几个电话会议。他才忙完，连口气还没来得及喘，不速之客就到了。

“有事吗？”计肇钧皱起眉头。

朱迪连日来都是病号的模样，憔悴而黯淡，今天这是第一次打扮得这么漂亮。吊带的碎花长裙一直到脚踝，搭配平底鞋，另外还化了淡妆，头发披散着。她个子瘦高，特别适合这样的装扮，显得非常优雅和飘逸，能呈现出她最美的一面。

“我们来谈谈路小凡。”她走到窗边。

一楼大书房的窗子正对着后花园的一块平地。那里，老冯没有种花，结果被老钱种了几种蔬菜。因为没用化肥农药，菜的样子看起来蔫巴巴的，瘦瘦小小。

“我不想从你那里听到她的名字。”计肇钧的眉头皱得更紧了，成了一个“川”字形。

“就这么喜欢吗？连说一下名字都不可以？”朱迪的神情没什么波动，反倒是笑嘻嘻地歪过头来。

“有什么话就直说。”计肇钧有些不耐烦。

朱迪唇边的笑意更深，搭配着她瘦削美丽的脸，看起来有几分魅惑。但对这别样的美丽，计肇钧完全无动于衷。

“你连跟我多相处一下也不愿意，是要跟我撇清关系？”朱迪轻声道，“可惜我们早就是一条绳上的蚂蚱，注定要拴在一起的。”

“那你该知道，我从不接受威胁，哪怕是最困难的时候。”计肇钧的语气和神情比往常冷十倍，“我做的事，完全出于自己的意愿，不会接受任何人的操纵。而且，我和你也从没有拴在一起过。”他顿了顿，“我们只是不巧坐在了一条船上，而这条船早晚会沉。那时，要么各奔东西，要么一起去死！”

这话说得太狠，也太决绝，就算朱迪进这间书房之前已经胸有成竹，这时也免不了愣了片刻。

“那么，既然结局这么悲惨，为什么你要拉上路小凡陪葬？”她聪明地转了话锋，因为她知道这个男人太过于强硬，正面对抗是不可能的，只能从他的弱点下手。

经过这么多年的暗中观察，她仅发现了他的两个弱点。一个，住在城市那端的疗养院里；另一个，如今就待在计宅里，是一个对外界环境和内在秘密一无所知的笨蛋。

果然，听她这么说，计肇钧沉默了。

她就知道他在纠结和挣扎！她就知道他无法那么笃定！她就知道他越是喜欢，越是在意，就越会退缩！她什么都知道，她从来都能掌控一切！

朱迪心里兴奋极了，差点儿笑出声来，可表面上还维持着悲悯的神色：“说到底，我是好心。”

“那真是……谢谢。”

“你不必对我如此。”朱迪突然有点儿生气，挑高了眉尾，“正像你所说，没人操纵得了你。如果这是恶，也是我们一起作下的，你何必那么厌恶我呢？”

“不，我厌恶的是我自己。”计肇钧很平静，或者说是一种绝望和放弃，“所以就当你行行好，别在我面前晃，让我的厌恶感加倍。”

“为了这个，你才不喜欢我？”

“我从来都不喜欢你，以前、现在、将来。”

男人这样说，简直是对女人彻底无视，更谈不上半点儿尊重了。换作平时，计肇钧冷酷无情，却也不会如此没有风度品格。他就算再讨厌那个人，顶多就是不理罢了。但朱迪于他而言，就像是递给他刀子的怂恿者，促使他割舍掉了良知、善念、无愧于心的过去，还有清白无辜的将来。所以，他连看她一眼都不愿意。

“我知道你是真心喜欢路小凡的。”朱迪心中怒火滔滔，情绪却控制得极好，“所以我才假托你父亲，把她接到计家来。”

“我知道是你。”

陆瑜问过，为什么他那么不放心路小凡在计家待着。其实，就是因为他知道这一切是朱迪的安排，偏偏他不能摆脱她，所以才担心。

这个女人从来不需要亲自动手，她会蛊惑人心，让别人落在她织的网里。而路小凡，就是她的猎物之一，路小凡太单纯了，只会傻傻地一头撞进来。

想到路小凡，计肇钧心里蓦然一软，随后就是一阵疼痛。

泳池那一吻之后，说他不想再进一步是假的。她没有引诱他的举动，却足以让他欲火中烧。当此刻朱迪站在他面前，他才明白为什么当时没有继续下去。因为潜意识里明白，他是戴着枷锁的人，不配拥有她。

“这不能怪我。”朱迪耸耸肩，“就按你的比喻好了，我们同船。当你钓上了一条大鱼，至少我得靠近看看那是什么东西，会不会让船提早沉下去。”

“跟她没关系。”计肇钧的态度仍然冷冰冰的，这却是他今天说的唯一的一句软话。

“应该是跟我没关系才对，但我好心提醒你。”朱迪的眼睛瞄了瞄窗外，“不管你要做什么事，你想没想过路小凡会怎样呢？”

计肇钧再度沉默。

只要牵扯到那只小白兔，他真的是无话可说。因为，她就是他的人生难题。

“以我这些日子的观察来看……”朱迪继续说，“你得承认，我看人还是很准的。她是个坚贞的人，看似温和，认准了什么就一根筋。所以你是幸福了，因为无论如何她都会等你、陪你的。可是，你确定要她如此吗？要她为了你的错误和罪恶，搭上自己清白的人生？跟着你沉船？或者……陪着你去死！”

计肇钧伸手按住额头，只感觉身心疲惫不堪。

他知道这是朱迪的策略，他甚至知道朱迪是在故意攻击他的弱点。可是，他没有办法反驳，也没有办法得到解脱。

是他太自私了！开始是冲动，后来就贪图那一点儿温暖，贪心地想着可以找到两全的方法，在不伤害她的前提下，给自己也找到心灵的落脚之处。

然而，到底是痴人说梦吗？到底是作茧自缚吗？到底还是不行吗？

“你要知道，压倒巨人的，往往就是最后一根稻草。”朱迪见计谋生效，立即加码，“所以我不管你的鱼钓得是大是小，我都必须强迫你扔掉。你不怕沉船，可是我怕。人为了自己能活命，是什么都做得出来的。那是本能。”

“是你通知媒体的！”计肇钧突然明白了，“你从江东明那里知道了小凡的存在，然后用尽各种办法，把她强留在这儿。我警告你，此事到此为止，你不能泄露她的真实身份！”

守在山路入口的记者已经撤了，只要再过几天，他们就会失去兴趣，没有新的消息来源的话，小凡就安全了。

“那怎么办呢，真的有点儿晚了。”朱迪露出挑衅的笑容，“我今天早上把更详尽的消息透露给媒体了。”

计肇钧顿时大怒，两步来到窗边，再也控制不住自己，单手掐住朱迪的脖子。

这脖子是多么细弱，他用点儿力就能捏断。

那时，就再没人知道他的罪恶、他的秘密，他就有可能获得彻底的自由了。

可是他下不了手，真的下不了手，他有做人的底限。他可以罪孽满身，却不包括杀人这一条。

但，他太愤怒了，全身的力气都灌注在胳膊上，令他的肌肉鼓起，又因为强力控制而颤抖着，一时收不回，就僵持在那儿。

“是你乱了规矩，乱了平衡，没事找事！”朱迪瞪着计肇钧，因为他强有力的大手并没有真正用力，她可以勉强保持呼吸，“而路小凡，是破坏者！所以，怪不得别人！”她一时也挣脱不开，只能双手握住那只铁腕，努力保持站立。

这情形让她有一丝慌乱，有一点儿后悔。计肇钧的力量太强大，他的心智，也是她所见过的人里最难控制的。今天她冒险走了这一步，往后却不能再这样了。就算逼迫，也要留余地，不然真的会鱼死网破。

她还不想死！她这么辛苦才在乱局中看到了希望，她一定要坚持下去！

这么想着，朱迪的眼睛向外一瞄，正看到路小凡和陆瑜向这边而来。

呵，终于……时间果然跟平时差不多！朱迪眯起眼睛，聚焦在路小凡身上。

第十八章　他不爱我

路小凡给计维之做了两个多小时的复健，哪怕只是动动手指，计维之也耗尽了精力。路小凡服侍老人家休息了，想着是快做午饭的时间了，就下了楼。

这几天老钱种的菜长出了一茬儿，她每天都过来摘一把新鲜的做配菜用。她才出大屋的门就看到陆瑜，他正闲得难受，于是自告奋勇要来帮她拔菜。

“你要小心哦，不能乱走。如果踩坏了钱叔的菜，他会很不开心的。”路小凡嘱咐。

“放心吧，我走得很稳当的。不过，我总觉得你那钱叔有点儿面熟啊，不知在哪里见过。”陆瑜抓抓头发，因为一时想不起来，就给自己找台阶下，“也许他长得太普通了，国际脸，谁看着都熟。”

路小凡笑起来。两人轻轻松松来到菜地，从没想过等着他们的会是什么画面。

书房内，朱迪看到路小凡和陆瑜已经走了过来，连忙对计肇钧说：“难道我说得不对吗？你该知道什么对你才是最重要的，并不是你伟大的爱情！如果真的出了状况，我损失得起，你呢？何况，你会拉路小凡下水，这是你希望的吗？”

“我不需要你为我做决定。”计肇钧阴沉地说。

“那你就自己快做决定。”朱迪感觉到脖子上的铁手松了些，她胆子就又大了些，“与其在这里犹豫着要不要掐死我，不如想办法怎么平息媒体的好奇心，别让他们挖出你心上人的家人，免得她伤心。”

计肇钧盯着朱迪的脸，如此美丽，却只让他感到恶心。

他更恨的是自己，恨自己的无能为力，恨自己明明不愿意被操纵，却不得不顺着早就安排好的轨道走下去。

“你没有多少时间犹豫和耽误了。”朱迪又说。

终于，计肇钧松开了手，那一瞬间的无奈像世上最尖锐的刀子，直接穿透他的心。

“长痛不如短痛。”朱迪却并没有跑开，而是站在原地，抚着自己被捏痛的脖子，蛊惑般说着，“别回头，你的心上人正往后窗这边来呢。不如让她误会咱们有奸情，那样纯洁无辜的小白兔大概会非常伤心吧？可那之后，只要你别再愚蠢和软弱，她就会自动退出你的生活。她这样的人都很天真，把感情看得不容侵犯，比天还大，所以排他性特别强，无法接受你的三心二意。虽然这方法很残忍，却胜于最后她被牵连。”

计肇钧用了最大的意志力，才克制住自己没有回头。他僵硬地站着，目光闪烁，心就像被放在了滚油里，被沸腾的油花推着，上下翻滚，起起落落，无处安放。

他要这样吗？他真的要这样做吗？这是个好办法。不是他赞同朱迪说的话，而是他确实应该找个机会了断这段情。今天他终于看清了，他和她没有未来，为什么要拖着她一起受煎熬？让她把青春浪费在自己身上？对女人而言，青春是多么宝贵。

而他，不是要保护她吗？不是要让她免受伤害吗？可她最重视的家人，很快就会被大批记者骚扰，那全是他带给她的灾难。

朱迪见路小凡越走越近，可计肇钧迟迟没有决定，干脆伸臂把计肇钧抱住。

“别动！”她低笑着，“既然你无法做出决定，我干脆替你做吧。只要你不反抗，她就会看在眼里，记在心里。哈，你看我对你多好，什么都为你想到，什么都为你做了。”

计肇钧伸出手，想把身上的女人拉开，丢到遥远的外太空去。可终究，手在落到朱迪的肩膀上时，又落了下来。

有一句话朱迪说对了，长痛不如短痛。若不是他在冲动求婚后就一直没有把话说清楚，怎么会有昨晚的热吻，怎么会给小凡带来明天的痛苦？

他的错！一切都是他的错！

他暗中的谋划就算成功了，也逃脱不了既定的命运。那么，就让他一个人到地狱里去，不要拉着任何人，尤其是小凡。

计肇钧虽然全身都散发着拒绝的气息，但肢体终究是没有动作，朱迪不禁得意，不禁想起早上看到的那只蛛网上的小飞虫。

若她编织了这张大网，计肇钧被迫陷入网中。这一次，路小凡就再不是个破坏者，顶多是个闯入者罢了。因为，路小凡没有机会，也没有能力把网打破，救出这个男人。

她和计肇钧于窗前静静“相拥”，听到路小凡软软的声音和陆瑜傻了吧唧的笑声越来越近。然后，一切声音戛然而止。

朱迪和计肇钧都知道，路小凡看到了书房里的一幕。

路小凡震惊地停下脚步，整个人都石化了，简直无法相信亲眼所见的一幕，以为自己又出现了幻觉。愣了半天后，她才意识到这是真的，整个人仿佛遭到了雷击。

陆瑜也傻了。

朱迪偷笑着。

而计肇钧，假装不知道他喜欢的人就在附近，心里有如刀绞。

“小凡，你怎么在这儿？”诡异的沉默中，气氛紧张极了，朱迪却突然开口，并放开计肇钧，后退两步，还露出适当的惊慌神情，完全是被现场抓包的正常反应。

计肇钧僵硬地回过头。

阳光下，路小凡平日里的好气色全无，脸孔雪白，那不知所措的模样令他差点儿冲上去，把她抱在怀里安慰，告诉她一切都是误会。为了控制自己，最后他只是双手抓住了窗框，一声不吭。

他这模样看在路小凡眼里就是冷漠、不在乎、理所当然和拒绝解释。

“我来……我摘菜。”一切太突然了，她大脑宕机，只来得及找了个拙劣的借口，她弯下身，随便抓了一把什么，转身跑掉了。

“那是……那是……”陆瑜结结巴巴地说着。

路小凡连看也没看，当然不知道自己揪的是几根离菜地一步远的草坪上的草。

“钧哥，你这是……什么情况？”陆瑜面向计肇钧，还没有回过神来。

路小凡一走，计肇钧抓着窗框的动作就变成了撑在上面，否则他无法站直身体。

“去看看。”他以眼神示意。

陆瑜站了片刻，有些茫然。但他和计肇钧相处多年，很快搞明白了计肇钧是怕路小凡有事，于是他跺了跺脚，转头去追了。

计肇钧身边的朱迪差点儿笑出来，却忍着说道：“恭喜你做出了正确的决定。”

“滚吧。”计肇钧连回头看这个女人一眼也不愿意。

“我只是想说，你看，只要开始，就不会再艰难了。”

“我说了滚，别再让我说第三次。”计肇钧隐隐露出暴躁之意。

朱迪耸耸肩，迅速退出书房。

她不介意计肇钧的态度，她今天大获全胜，还计较什么呢？计肇钧是个态度强硬的男人，之前经历过那么多事也没有打倒他，再之前更多的打击也没有让他改变。可惜，现在他有了弱点。今天是他第一次低头，难免要发脾气的。

朱迪回到自己的房间，立即用那个座机打电话汇报。

“今天我威逼利诱，终于迫使计肇钧决定和路小凡分手。”她得意扬扬。

“你不怕他恨你吗？”电话那边沙哑的女声笑道。

“反正他也不会爱我，我还介意他恨吗？”朱迪耸肩，“只是，我得不到的东西和男人，别人也别想得到。怎么办呢，我就是这样损人不利己的脾气。”

“计肇钧太愚蠢了。”

“他不愚蠢。他之所以没提防我，只是因为他到底是个正人君子。哼，只有卑鄙才能对付卑鄙，这是这个世界的规则。”朱迪的神情里有一点儿古怪的怜惜和欣赏之意，“我一直想让他变坏，他所面临的命运也一直想压着他低头，可是他居然没有！”她似乎又觉得好笑，“他这一局输给了我，因为他是个男人。”

“是啊。”电话那边的人感叹，“男人们总以为可以理智地和女人谈判，或者讲讲条件。殊不知，女人疯起来是没边儿的。朱迪，你疯了。”

“不是我疯，是他要保护的人太多了。以前是疗养院的那一位，现在又加上个路小凡。只要他心里有在乎的人，就永远会被我们捏在手里。”说着，她哈哈笑起来。房间里没有其他人，于是笑声显得有点儿阴森诡异。

与此同时，路小凡飞快地走回厨房，忙着淘米、洗菜。不过她心里早就乱了套，做这些只是机械行为，她不仅把米直接倒进了洗菜池里，菜叶也随便揪了揪就直接丢在地上。

其实，她完全不知道自己要做什么，只是本能地让自己忙起来，就是怕回忆那锥心的一幕，就是不愿意面对，不愿意去理智地分析和细想。

紧跟她回来的陆瑜直围着她转，都不知说什么好，最后实在看不下去了，一把拉住她拿起刀的手。在这种混乱的情况下，她居然还试图切菜。

“路小凡，你给我清醒点儿！”陆瑜吼了一嗓子。

路小凡的眼睛立即红了，很努力才能不流下眼泪。

她不想清醒啊，一清醒，脑海里就是计肇钧和朱迪“深情相拥”的画面，她的心很痛，真的受不了啊。

“我觉得你……钧哥不是这样的人！”陆瑜有些不忍心，“有时候就算是你亲眼看到的也未必是真相，所以你觉不觉得你伤心气愤得有点儿早？”

“你也……看见了。”路小凡哽咽，说得含混不清。

陆瑜却听明白了，懊恼地挥挥手：“我看见也不证明什么！你喜欢我老板吗？喜欢对不对？你就是这样喜欢的啊？不相信他，只看表象，你甚至都没亲口问问他，自己就给了答案。你说说，你这样做对吗？”

路小凡怔了怔。

“亏我还以为你是个好姑娘，现在看来，你还真配不上我老板！”

“那……我要给他个机会解释？”她抽了抽气，问。

可是，当时他看到她了啊。他抿着唇，看起来就像是在心虚，明显是无话可说啊。

“废话！”陆瑜觉得自己简直为别人操碎了心，“俗话说，话不说不明，木不钻不透，砂锅子不打一辈子不漏。你什么也不问，凡事藏自己心里，然后演化出似是而非的答案，你说你笨不笨。这就是你伟大的爱情？太脆弱了，经不起一丁点儿考验。你看我和傅敏，她有时候为了让我知难而退，故意和男生……”

他还没说完，路小凡已经跑走了，没听到他后面说的金玉良言。

路小凡闯入书房，发现此处已经是人去屋空，计肇钧不知跑到哪里去了。

谁也想不到，计肇钧此时正在最不可能的地方，和他最不想理会的人摊牌。

“哇，计大少纡尊降贵，怎么跑到我这个打秋风的穷亲戚这儿来了？”江东明打开门，发现来者是计肇钧，颇为意外。

计肇钧对他调侃的语气不予理会，直接走了进去，还咣的一下反手把房门摔上了。

“这是要跟我密谈的意思？”江东明更意外了，“事关小凡？”

“媒体知道小凡的存在，前几天一直堵在山道入口，这件事想必你知道吧？”计肇钧直截了当地问。

江东明有时间打太极，他却没有。朱迪釜底抽薪，他必须要担起责任，保护小凡的家人。那样，也就是保护她。

“虽然住在山区别墅，方圆三五里才有一两户邻居，但好在世界上还有网络这回事，所以我的消息倒不闭塞。”江东明抱着手臂，站到计肇钧对面。

这样，就有了点儿对峙的感觉。

计肇钧皱眉，他很讨厌江东明吊儿郎当的模样，永远不会好好说话或者正面回答问题。

“现在朱迪把小凡的身份也泄露出去了，你是公司公关部的负责人，和媒体关系一向密切。现在去想办法，让他们别挖出小凡的家人来。”

“这女人这招可真狠。”江东明啧啧两声，也不知是赞叹还是咬牙，紧接着话锋一转，“可是我为什么要帮你？是你把我踢出公司的，还记得吗？”

“是你先触到我的底限，本来大家井水不犯河水！”计肇钧有点儿恼火，但他很快恢复了理智，因为他知道目前什么才是最重要的，“不要在这些问题上纠缠，我们只做交易。你帮忙平息这件事，就可以官复原位。如果你不帮……不要以为你手里还攥着一部分公司股份就高枕无忧了。我能让你平平安安过日子，也能让你一贫如洗，到立交桥下面去睡纸板。”

“听起来像威胁。”江东明扶了扶眼镜，笑着，眼里却是挑衅、不服，直欲一战的强硬态度。

“这是威逼利诱。”计肇钧不退缩，仍然直面他，“再者，难道小凡遭遇危机，你不要负上责任吗？”

江东明目光闪烁：“跟我有什么关系？”

“你滚出公司，回家吃老本的原因，不用我提醒你吧？”计肇钧反问，“你找人跟踪我，知道了小凡的存在，并且透露给了朱迪。且不管你最终的目的是什么，如果小凡受到什么伤害，难道你敢说自己不是始作俑者？”

“你并没有证据这么说。”江东明耸耸肩，抵赖。

“以我的能力而言，我不需要证据就能为所欲为。”计肇钧冷笑。在他的弱点没有被控制的时候，他从来没有向任何人低过头，包括命运。

江东明皱眉，却没有接话。

“小凡受到伤害，我不确定自己会做出什么事。”计肇钧也并非一味态度强硬，他知道什么时候该退一步，给对手留余地，所以适当放软了语气，给江东明一个台阶下，“我也不想内斗，给敌人机会。而且这是你欠小凡的，不该还吗？”

江东明的内心又挣扎了一会儿。他想到老钱态度认真的要求，想到路小凡的无辜和可爱，心忽然软了：“好吧，我会尽力。”他点点头。

“不是尽力，是必须阻止，动手的速度也必须快。媒体知道消息，是今天早上的事，已经过去快四个小时了。”

“那你知道怎么才能让新闻变旧闻吗？”江东明想了想道，“很简单，那就是有更大、更劲爆的消息。现在媒体关注小凡是因为你，那么你能不能提供一条更大的饵，让这帮子鲨鱼不要命地追逐过去。那样，你的小白兔就安全了。”

计肇钧沉吟片刻，眉头便展开了：“朱迪！你透出消息，就说我的新欢是朱迪。放心，我会配合，会承认。至于小凡……”一想到那个柔软的身影，他的心就像被一只无形的手猛捏了一把，疼得迅速又剧烈，连呼吸都似停了一下，“就说她是我为父亲请的营养师，咱们的计董事长身体那么差，需要有人为他合理搭配饮食。”

“这个办法好！”江东明几乎要为计肇钧的果决和机智鼓掌了，“以彼之道，还彼之身。太赞了！”

“那就快点儿办。”计肇钧对他的夸奖无动于衷。

“几个电话而已，分分钟的事。”递小道消息这种事，又轻松又便宜，又隐秘又有好处，“放心吧，午饭之后，整个舆论的枪口就会掉转过来了。”他抄起手机，快速翻看电话簿。他心里有些兴奋，突然觉得他调查了四年的铁板终于有了裂纹。纵然很小很小，但这是好的开始。

而计肇钧见江东明开始操作，转身就离开了，一点儿也不拖泥带水。他是讨厌江东明这个人，因为知道对方不怀好意而时时戒备，但他从不怀疑对方的能力。

另一方面，朱迪不是喜欢操控一切吗？很好，就让她站在前面当靶子挡箭好了。虽然此举会令小凡伤心，但他既然已经决定不牵连她，也只能忍痛让她尽快远离。顺便，也起起朱迪的底，往后她凡事再想暗中下手是不能的了。有人帮他盯着那女人，于他而言不是好事吗？

要了解你的朋友，也要了解你的敌人和对手，这个道理他从小就明白。对朱迪，他也调查过的。但再怎么详细，恐怕也有遗漏的地方，因为他之前没有接触过公司业务，接手后要全身心投入在工作上，根本没有那么多的精力。但他相信，狗仔们挖掘隐秘的能力比他强多了，他何乐而不为？

这叫什么？搬起石头砸自己的脚。谁意图伤害他在意的人，就必须付出代价。

计肇钧仰起头，仿佛目光能穿透两层楼板看到三楼那个卧在病床上的父亲。

他在意的东西不多，他能拥有的东西更少，所以他所爱的，就特别特别珍贵。哪怕做恶事的人是计维之，他也不会手下留情！

他慢慢地走回书房，他不知道怎么面对路小凡，生平第一次他想逃避。

其实此时的路小凡因为找不到他，犹豫了半晌，干脆去找了朱迪。

“我想跟你谈谈，可以吗？”她对朱迪说，努力让自己不怯场。

朱迪似乎知道她会来，房间门居然是敞开着的。当路小凡走到朱迪门前时，一眼就看到她坐在飘窗上看书，闲逸得很，大方又镇定，衬得她自己像是来找碴的。她这也才注意到，朱迪今天是特意打扮过的，美得文雅而知性。

眼前，似乎又出现朱迪和计肇钧拥抱在一起的场景，虽然刺眼，她却不得不承认，那似乎比她和他在一起更登对。

“进来坐吧，我知道你心里有疑问，所以一直在等你。”朱迪放下书，请路小凡进来，大方得很。

路小凡哪里坐得下，只站在屋子中间。

然后，那种违和感又来了。她的房间是在朱迪的房间下面，照理说两间房的大小和格局应该是一致的，但她就是觉得哪里不对劲儿。路小凡余光一瞥，那部古董一样精致的座机便落入眼中，而周围的装饰品都很简朴，更显得这部电话特别刺目。

“我希望你不要误会。”朱迪看到了路小凡的反应，有意无意地走过去，挡在那部电话前，“如果需要，我可以向你道歉，我们只是一时情不自禁罢了，我并不想插足你们的感情。”

这话，说得真是意味深长，若仔细琢磨，意思有好多层。

首先，说是误会，却没有进一步地去解释。这就相当于间接承认路小凡没有看错，她和计肇钧确实抱在一起来着。

其次，什么叫情不自禁？而且还是“我们”。这只能让路小凡想起当时的情景，计肇钧没有反抗，因为角度问题，看起来还好像是他在抱朱迪。而所谓情不自禁，必须先得有“情”才行。朱迪这是在暗示她和计肇钧有一段过去吗？

最后，朱迪率先道了歉，表情却是那么隐忍，好像挺苦情的，越发显得路小凡才是外来闯入者。

“你喜欢他对不对？”路小凡沉默了片刻才开口，虽然她知道在这样摊牌的时候，脸皮厚的一方更占优势，她却做不到，于是直接问，“我知道这很容易，他那么优秀。”

“我只能说，我喜欢过……”朱迪貌似真诚地承认，但这个“过”字，又暗示他们有过去。

“你干脆直说吧。”路小凡抬高了一点儿声音。

她就算脾气再好，这时候也有点儿恼了。她又不是笨蛋，女人之间那种唇枪舌剑，她即便不会说却也听得明白。那是本能，无需学习，是每个女人天生就会的。只是有的人心地纯良，不稀罕去用罢了。

“我在计家八年，女人短暂青春里最宝贵的八年！当年，还是计先生把我招进计家的。”朱迪想也不想就说，好像那些话一直压在心里，如今逼得不得不说一样，“你不要为此生气，或者责怪计先生。只是……相处了这么长时间，就是草木也有感情了，何况是人呢？他和戴欣荣结婚，我能理解。因为身在他那个位置，婚姻有时候是不能自己做主的。”

“就是说，你们曾经恋爱过？”路小凡想知道的是这个。

“这不重要。”聪明的朱迪不直接回答，只含混各种概念，混乱路小凡的思路，“重要的是前段时间，我们之间有争执和分歧，是关于计老先生的。你知道他的，脾气又硬，有什么事都喜欢放在心里，不说出来。我不知道他是怎么想的，只知道他很生气，几乎连家也不回了。我之前是想过让他消气的，可当我知道你们在那么短的时间里就订了婚，又看到你们在泳池里……今天本来是想和他说清楚的。”

这意思很明显，说明他们两个人没有根本的矛盾，只是因为在计维之的治疗问题上意见相左。然后，计肇钧因为性格不好，赌气离家，两人分手。

不，甚至没有正式分手，只是冷战而已。

恋人之间的爱情没有破碎，到底彼此还是爱着的，现在冷静下来，有机会相处，自然冰释前嫌。那路小凡算什么呢？只是人家爱情路上的考验罢了。她正巧在计肇钧的空窗期出现，说得阴谋一点儿，可以说是乘虚而入。那么快就订婚，根本没有感情基础，一切只是计肇钧在不理智的情况下做出的冲动举动。所以，她才是小三！就连那个发生在泳池里热辣的吻，也可能是计肇钧真心的试金石。不然为什么那种情况下，他还能冷静下来，没有继续下去呢？

最重要的是，人家的感情长达八年，为了公司利益，苦情女主角还心甘情愿地让道。现在好不容易苦尽甘来，结果让她横插一杠子！

朱迪这番话说得隐晦不明，就是要引导路小凡这样想。若她和计肇钧对质，从字面上看，也没有什么让人抓把柄的地方，因为朱迪根本就没有直接承认什么，一切都是倾听者的自行解读。而且路小凡也确实上了当，落入陷阱。

“他从没对我说过。”路小凡心中翻腾了片刻，成功地保持了冷静，并没有丧失理智，“我想，他现在应该有话对我说了。无论如何，谢谢你肯跟我说这么多。”她点了点头，转身走出这个令她感到窒息的房间。

朱迪很惊讶。在她看来，路小凡那样软弱愚蠢，只是个会伺候病人和在厨房里干活的女人罢了。这种时候，路小凡不是应该痛哭流涕，被打击到体无完肤才对吗？然后跟计肇钧大吵一架，灰溜溜地离开计宅。

果然，真的不能小看任何一个人啊！

想当年，她也曾以为计肇钧是可以随她摆布的，然而并不是。如今她更是没想到，路小凡在这种情况下还能保持镇定。不过照情况看，路小凡已经接受了她话里故意透露的隐含意思，只是并没有立刻相信，而是去找计肇钧求证。

偏偏，那是没有用的啊。计肇钧已经和她达成了共识，为了保护路小凡，计肇钧会顺着她的意思撒谎。她现在真是迫不及待地想看到路小凡离开时的狼狈相。

路小凡并没有直接去找计肇钧谈话，而是把自己关在了房间里。

她很乱，心乱，脑子也乱，她必须认真想一想。如果她才是插足者，她要继续留在计肇钧身边吗？

路小凡在房间里痛定思痛，把做中午饭的事情忘得一干二净，于是全家人中午都没有午饭吃了。

“真的没有可以吃的东西吗？”江东明打完电话，安排好一切，就在厨房里对着冰箱的生食哀叹。

“你的心真大！”陆瑜气不打一处来，自己翻出一包泡面，解决肚子问题去了。

江东明摊手。这一次，他只是旁观者，真的和他没有半毛钱关系。所以，他为什么要饿着肚子自虐？吃饱了才有精神看好戏，才有力气在适当的时候出手啊。

不过好在路小凡并没有因为自己心情不好而影响别人，下午负责地给大家做了晚饭。只是，她做完晚饭后就快速消失了，并没有吃。

计肇钧也是一样，整天把自己关在书房里。陆瑜试图去给他送点儿吃的，结果垂头丧气地退了出来。

“怎么样？拍马屁，结果拍马脚上了吧？”江东明站在走廊里等陆瑜，见陆瑜出来后，立即幸灾乐祸，“该，让你去献殷勤！要不要去医院检查一下，你主人这一脚有没有把你踢到内伤？”

“拜托你积点儿口德吧。”陆瑜没好气，“我老板根本没骂我，好吗？是他浑身散发着那种冷冰冰、生人熟人都勿近的气息，我才自动闪退的。”

江东明“嘁”了一声：“他大概没你想的那么郁闷。这世上不管多坏的事，其中都能找出一点儿好的地方。”

好的地方就是，上午的时候各大娱乐媒体还摩拳擦掌地打算挖出一个叫路小凡的姑娘的底，到下午，全体紧急改为起底那个名为朱迪的家庭女护士。

显然，八年地下情、婚内出轨、为公司利益抛弃初恋情人、某女百忍成金，这些都比琼瑶奶奶的苦情三角恋小说好看多啦！谁这时候还会在乎那个路小凡是谁。

计肇钧在书房里浏览的正是这样的新闻，他的唇边不禁漾出冷笑。

才半天而已，朱迪的人生经历便被扒了个大概，而他相信这之后还会有更有意思的东西被陆续报道出来。就算媒体再查不出什么有用的细节，也能演绎出想象力丰富的花边新闻，这些足以让朱迪疲于奔命，再没有精力去针对小凡。

想必，晚上朱迪看到新闻的时候，就该明白自己付出了什么样的代价。

“让江东明回公司上班，还是原来的职位。”计肇钧给陆瑜打了电话。才放下电话，门就被敲响了。那声音是那样轻巧，透着小心翼翼和体贴温柔，只听这敲门声，他就知道来者是谁了。

计肇钧忽然有些胆怯，他居然有些不敢面对接下来要发生的事。然而当敲门声迟疑了片刻后又坚定地响起，他终于站起身，亲自去开门。

就算决定分手，他仍然不忍心对她呼来喝去。

“你……吃饭了吗？”

哪想到路小凡开口居然问的是这个。

才半天没见而已，两人因为心里都有事，再看见对方时，都有些不能直视。于是路小凡低着头，露出一截白嫩的后颈，看起来脆弱无比。

计肇钧心中柔情四起，伸出手，却又缩回。他知道，他必须克制住自己的软弱贪心，所以声音显得有点儿生硬：“饭的事不用管。”

“那我要管什么呢？”路小凡突然有点儿激烈地问，“还是，我什么都不用管了？”

这一天，她想了很多。她要感谢江东明给她装的那把没什么科技含量的插销锁，令她可以把自己反锁起来。可是趴在床上，她的脑海里全是和计肇钧相处的点点滴滴，根本无法思考其他。

她发现她和计肇钧的交流真的很少很少，他们的相处模式，自始至终是她在追着他跑。

“小凡，别绕圈子。”计肇钧咬着牙，努力显得很冷漠。

“那你就告诉我，我看到的不是真的。”路小凡本想好好谈的，可是冲出口的只有这一句话。眼泪随之夺眶而出。

不管她做了多少心理建设，到底还是伤心、不舍。既然她是逃避的性格，那么就让她再逃一次好不好？

只要他说那不是真的，她就可以当一切没有发生过。

她又不是白痴，心里明白朱迪说那些话，是故意让她难过的。她可以不在乎朱迪，但她不能不在乎他。

只要他否认，只要他摇摇头，她就可以像以前一样，义无反顾地跟着他走！

然而，她这样的哀求眼神和坚定神情，反而让计肇钧更下定了决心。船沉的时候，他很可能随时死去，但他不能拉着她陪葬。绝不能！

于是他听到自己的声音说：“对不起，小凡，就是……你看到的样子。”

“那我算什么？”路小凡感觉心坠到了深渊里，“你打算把我怎么办？”

“你可以恨我。”计肇钧的喉结滚动了几下，才说出他人生中说得最艰难、心中最纠结、表面上却最冷酷无情的几个字。

他要让她死心。不止是她，他也一样。

说不清是巨大的失望还是彻底的绝望，路小凡只觉得有冷雨从她头上猛然淋下来，瞬间就浇灭了她所有的期待，还有心底那最柔软的温情。

这是分手的意思吗？这是间接证明朱迪暗示她的那些事情全是真的？这说明她只是个备胎，在他最孤独的时候自动送上了门，而现在已经过期了？当真正的主角回归，她这个替补就得黯然下场？

她就知道，上天但凡给她一点点希望和美好，就会立即又收回去，她怎么会那么幸运，拥有这样的爱情呢？所以，一切甜蜜都是逗她玩的吧？

够了，真的够了！从小到大，她遇到的挫折够多了。除了亲情以外，在她身上就没发生过任何快乐的事。

“我不恨你。”她听到一个声音对计肇钧说，“但是，我要走了。”

她已经分不清楚这些话是不是她说出来的，是不是出自她的喉咙。这时候，她反而哭不出来了，漠然得像是在处理别人的感情。原来，这就是难过到极致的感觉。

她转过身，缓步走出书房。她努力保持理智和冷静，可计肇钧看得出来，她脚步发飘，走路没办法成一条直线，像是醉了，又像是魂魄已经无法守住她的肉身。

“陆瑜。”他立即打电话给自己的助理，感觉自己整个人都麻木了，“你去看着小凡。无论她说什么，你都听从。但是不要离开她身边，直到……把她交到亲人手里。”

“什么什么……什么意思？”陆瑜整个人都蒙了。

计肇钧挂掉电话，站在书房里。没人看得到他的失魂落魄，没人知道他现在内心承受着怎样的煎熬。

“到底怎么回事啊？”陆瑜摔下电话，烦躁地抓抓头发。

不过他习惯了服从计肇钧的命令，所以尽管心里满是疑惑和震惊，还隐隐猜测到了什么，却还是先去找了路小凡。

路小凡的房间门大开着，让他连敲门都省了，直接走进去。结果他发现路小凡正在慢吞吞，或者说是神情恍惚地收拾行李，脸上无喜无忧，反而更显得悲伤，比她大吵大闹的看起来还吓人。

“路小姐。”他轻轻喊了声。

“啊，你来得正好，可不可以送我回家？”路小凡头也不抬地问。

“回家？回哪个家？”陆瑜愕然，“你……你们到底是怎么回事啊？”他差点儿就要为计肇钧辩解，可随即又想他老板的秘密太多，不知道这么做有什么意图，他很怕自己破坏了计肇钧的计划，于是硬生生改口。

“我只是想回家找我小舅。”路小凡的声音哽了一下。

陆瑜不敢再问了，因为他看得出，再多说一个字，路小凡都会哭出来。他怕女孩子哭。

很快，路小凡收拾完了。

她带来的东西本来就不多，大部分还被刘春力整理成套了，所以归置起来特别方便。她也并不打算把计肇钧送的衣物全还回去，那样太矫情了。东西是买给她的，他既不在乎那些财物，别人也穿不了，她也没必要以退还东西来表示与他一刀两断。既然他对她没有感情，那这些衣服就更不算什么了。

“我们走吧。”她站起来，想去拎行李箱，却根本拎不动，浑身的力气好像都被抽走了。

陆瑜赶紧帮路小凡拎起箱子，路小凡则头也不回地直接走出房间，一路出了计家那扇华丽厚重的大铁门。

第十九章　有关那个人的一切

这一天注定要在不平静中度过，在路小凡离开的时候，计家大宅里的人都在不同角落，目送她走出计家大门。当然，有人是真心想送，有人是心怀鬼胎。

老钱站在花园入口处，松了口气。在他看来，计家不是个好地方，路小凡那么单纯，能远离这种地方是幸运。这样，他也可以放手调查了，再不用顾忌伤及无辜。

二楼小厅的阳台上，江东明弯着腰，双肘支在栏杆上，表情看似轻松，实际上心里却隐约有些担忧。路小凡走了，计肇钧在这个家怕也待不住了。他已经接到了回公司就职的通知。绕了一圈，他真正要做的事似乎又回到了原点，他要查的真相在重重迷雾中闪了一下身影后，又要隐藏起来。这怎么行？他必须想到新办法。

而在三楼的房间里，朱迪正俯视着载着路小凡的车子远离，心中高兴之余又很是不爽。她的目的确实达到了，她赶走了计肇钧身边的一切女人。她本来很想看到路小凡像丧家犬一样哭泣着狼狈逃走的，没想到那个愚蠢的丫头居然挺直了脊背，骄傲地离开了。

计肇钧干脆爬上了楼顶。这样，他就能看得远一些，再远一些。

夜风吹拂着他浓密的发，间或有细雨落在他宽阔的肩头。路小凡来的时候暴雨倾盆，此时的雨却是细密绵绵，好像他那剪不断、理还乱的心绪。

看着路小凡安静地坐在后座上，看着那车子在黑夜中缓缓滑行出计宅，计肇钧觉得她逃出了一个魔窟。

他很开心能让她远离未来那些可以预见的痛苦，可他现在感觉很孤单。她不经意间给予他的温暖，也随着她一起离去了。

“小凡，希望你幸福。你值得最好的一切，我会尽所有的力量帮你，但请你别再回头了。”他轻声呢喃着。

路小凡坐在车上，车子已经开出去很远了，她却仿佛听到了计肇钧的声音。

她下意识地蓦然回头，却只看到一片黑暗，以及山路上不断快速向后延伸的路灯。

“怎么了？落下什么东西了？要不要回去取？”陆瑜特别想掉头，万一出现奇迹，钧哥想通了某些事，开口把他们留下来呢？

路小凡却叹息着摇摇头："走吧，我没落下什么。"

晚上道路通畅，他们用了两个小时就到达市区了。陆瑜本来习惯性地要往计肇钧的单身公寓那边走，幸好路小凡及时纠正，才得以顺利回到她的小租屋。

路小凡抬头望着那破旧的小楼，感受着周遭世俗却鲜活的气息，听着那嘈杂纷乱的各种声音，她心中不禁苦笑：果然她是属于这里的。就算梦做得再美，终究有醒来的一天。

她不是怕贫穷，只是很遗憾，满是憧憬地出走，却遍体鳞伤地归来。

"我送你上去吧？"陆瑜觉得自己应该这样做，不过想到会看见刘春力，又不禁有点发怵。

路小凡看出了他的心思，努力笑了下，道："不用，我自己上去就好。"

"真的可以吗？"陆瑜迟疑。

"没问题的。"路小凡挥挥手，经过两个小时的恢复，她终于有了力气提行李。

陆瑜看她深一脚浅一脚地踩过楼门口坑洼不平的道路，突然间就不忍心了，连忙向前跑了两步，抢过她的箱子："我还是要送你。"说完，率先走在前面。

路小凡拗不过，只好跟着。到了楼上才发现，她租的那个小房子锁着门。

"刘春力不是搬家了吧？"陆瑜愕然。

"不可能的！就算是搬，也不可能不跟我说。"路小凡想也不想就否定了，"我猜，小舅可能是上晚班，这时候还没到家。你先走吧，我在这里等他回来就好。这里都是老租户，我不会遇到坏人的。"

"不行。"陆瑜不同意，计肇钧说过，要他亲手把路小凡交到刘春力手里。

"可是我想一个人静一静。"路小凡只得这样说，还故意做出不耐烦的神情，"你在我眼前晃，我很烦啊。"

听她这么说，陆瑜怔住了。他犹豫了一会儿，一言不发，转身就走。他走得那样急，脚步噔噔噔的，很快就没了声音。

路小凡不禁有些纠结，很怕自己伤了陆瑜的自尊，毕竟人家是好意。可没过五分钟，陆瑜又返了回来，手里拎着一个鸡蛋灌饼和一杯奶茶。

"你想自己等你小舅，我不耽误你。"他把吃的塞在路小凡手里，"不过你一天没怎么吃东西，胃会受不了的。别说你吃不下，勉强自己也得吃！你不是想静一静吗？肚子饿的话也会吵你的。"

路小凡拿着东西，怔怔的。趁着这空当，陆瑜又走了，没再回来。

"他身边的人都这么好，他怎么可能是三心二意的坏人？"路小凡有一点儿感动，模糊而没什么概念地想着。

这念头没有停留，而是很快闪过大脑，令她忽略掉自己的行事可能有些草率。而后，她所有的想法又被巨大的、汹涌而来的悲伤所掩埋。

离开计家前后，她一直没有掉眼泪，这时候却控制不住地哭了起来。

现在只剩下她自己了，不需要自尊和骄傲，可以什么都不在乎了。只是她仍然不敢哭得太大声，怕吵到邻居，于是抓着那些吃的东西，蹲在黑暗的角落里，躲在大大的行李箱后，尽量把自己缩成一团，只希望世界就这么大，彻底把她包裹起来才好。

她哭了很久，根本就止不住悲伤和心痛。与计肇钧相处时的那些小心翼翼、那些委曲求全、那些别无所求，此刻都化成了眼泪。只有这些全流干净了，她的心才能不那么沉重，才能让她透口气。

当刘春力回到家时，先是被角落里的阴影吓了一跳，他还以为是什么大型流浪动物坐在了自家门口。随后，他才发现，原来是那个只比他小半岁的外甥女，而她正哭得肝肠寸断。

“小凡，你怎么在这儿？怎么了怎么了？”刘春力大吃一惊，扶起路小凡问。

“他不要我了。”路小凡扔掉手里一口没吃的灌饼和奶茶，起身搂住刘春力的脖子，哭着说，“他不要我了……他不要我了……”反反复复就呢喃这一句。

“谁啊？谁？谁不要你？”刘春力一时没反应过来，但很快就明白了，“是计肇钧？你先别哭，把话说清楚，到底发生什么事了，什么叫他不要你了？”

“分……手，我们……分手。”路小凡眼泪汹涌，哽咽得说不出成串的话。见到亲人后，她所有的委屈和难过再也掩藏不住。

“妈的，计肇钧，我去找他！”刘春力心疼得不得了，直接的结果就是暴怒。

他怒气冲冲地想下楼，背后的衣服却被路小凡扯住。路小凡哭得说不出话来，却不住地摇头。

“那咱们先进屋，好吧？”刘春力忍着气，温言劝慰，又逗她，“打断了胳膊折袖里，脑袋掉了碗大的疤。要哭也别在这儿哭，楼道里黑咕隆咚的，你偏还在这儿嘤嘤嘤，不知道的还以为在演聊斋呢。”

他打开房门，一手搂着路小凡的肩膀，一手拎着行李箱，好歹先把路小凡哄进屋再说。

进了屋，开了灯，刘春力见路小凡脸色苍白，眼睛红肿，头发也乱了，让他想起上小学的时候。那时小凡带的午餐被高年级同学抢了，她自己倒不怕饿肚子，却怕他也没的吃，于是又气又怕，也像这样哭着。

那时候，那顿午餐就是她的全部。

现在，计肇钧是她的全部。

午饭没有了，只是伤了胃，可那个男人伤了小凡的心。

刘春力越发心疼，也越发愤怒。不过他现在暂时冷静了下来，他不想在路小凡的伤口上撒盐，于是强忍着心头火，继续哄道：“别哭了，水分流失太多会变丑的哦，为个男人不值当的。这年头，什么男人也比不上自己的脸重要。再说，不过是失恋嘛，比我强啊。我想失，还没的失呢。乖啦，听话，先去洗个澡，然后换上睡衣，舒舒服服睡一觉。等明早上起来，又是一条女汉子！”

“水分流干了才好……我不想洗……”路小凡继续哽咽。

她的泪水像是打开的水龙头，她不知道原来自己这么能哭。她以前不爱哭，只是因为没有真正伤心吗？

“那就给我说说，到底是怎么回事？”刘春力放柔了声音，一手还在路小凡背上轻轻顺着气，极大地安抚了她。

于是，路小凡断断续续地把今天发生的事说了。

大体就是：计肇钧与朱迪是恋爱关系，两人相好了八年，中间就算计肇钧结婚都没有断过。只是后来两人因为一点儿小事吵翻了，计肇钧生了气，正好她这个“备胎”出现，于是她就暂时填补了他身边的位置。现在人家冰释前嫌，她就成了多余的，只能自动消失。

她越说，刘春力越气，死死忍着才没有当场爆炸：“小凡你不是备胎，是计肇钧没福气，所以只能出现在你长长人生中的小小一段，没机会一直陪你。他损失这么大，该哭的是他才对啊。跟你说吧，我之前看那个朱迪就不是个好人！一脸‘老子长得丑，就要毁所有’的阴险德行，瞎了眼的男人才会觉得她又知性又漂亮。你听我说，做女孩要有自尊，要学会放弃那个放弃你的男人，懂？”

路小凡其实完全不懂，甚至这些话都没听进去，心已经被失落和挫败塞得满满的了。她胡乱点着头，觉得眼泪都快流干了，只剩下不住吸气呼气。

“去，听我的，先去洗个热水澡。解决不了的事，就放在明天，调整不了的情绪，也放到明大。”刘春力连说带比画，又轻轻地连推带拉，好半天才成功地让路小凡拿了换洗的衣服和洗浴用品，进了那间仅容人转身的小浴室。听到淋浴喷出水声，他才轻手轻脚地到楼道里去了。

他没有计肇钧的电话，在怒拨了某人的号码后，整个人都变了，气得七窍冒烟。

“把计肇钧的行程告诉我，我去宰了他！”他对着电话低吼。

电话那边，陆瑜把手机挪得离耳朵远了些。他也很郁闷好吗？这时候他正在路边摊吃烤串，喝啤酒，就是因为不知道怎么办才好呀。

他老板的事，他插不上手。可是看着路小凡，又觉得这姑娘好可怜。

“你冷静点儿。”陆瑜闷闷地说。

“我杀你全家，再叫你冷静，你冷静一个我看看？”刘春力恨不得把手机咬碎，“要不就告诉我你在哪儿，我得跟你谈谈！”

“咱俩谈有什么用啊。”陆瑜简直哭笑不得，“男女之间的感情事，外人插得了手吗？再说，你现在的任务是找谁算账吗？是先看好路小凡，开解她，免得她想不开。这才是你要做的正事，正事！”

刘春力愣了愣，倒没想到这一层。他犹豫了一下，退到门边，竖起耳朵。当他听到浴室的水还正常地流着时，松了口气，转回来继续讲。

“那这事也不能就这么算了！计肇钧那个浑蛋，当初是怎么答应我的？看来他说的话比放屁还不如，放屁还有臭味呢！”

“你得尊重当事人的意见，看路小凡要怎么样。”陆瑜难得正经起来，非常理智地说，“你上蹿下跳的，搞得别人尴尬不说，也不怕让路小凡难堪？”

“呵，你里里外外就是在给你那猪狗不如的老板辩解是吧？”刘春力冷笑，“当初婚是他求的，也是他哭着喊着把我们小凡接到他们家去的。现在怎么着？高兴就抢过来，不高兴就扔掉，他当我们小凡是什么人！你给我转告他，别以为贫不与富斗，我说过，谁伤害我家小凡，我豁出命也要跟他拼！”

“我老板也不想的！你以为他就不痛苦吗？”陆瑜冲口而出。随即又想起计肇钧有太多不能向别人讲明的情况，于是后面的话生生哽在了喉咙里，接着猛地挂掉了电话。

陆瑜坐这儿想半天了，也回忆半天了。现在他能断定，他老板对路小凡是动了真心真情的，那一幕幕，他这个旁观者都看在眼里。他们认识了这么多年，他太了解和熟悉计肇钧了。计肇钧平时是对人冷漠、戒备，但这种人一旦对谁有了真感情，就会格外难得和认真。计肇钧放弃路小凡，表面上看是那么轻易，实际上一定是有什么了不得的苦衷。

“妈的，老天你到底长没长眼睛啊，有没有天理啊？钧哥上辈子到底做了什么坏事，这辈子要让他遭受这些折磨？从小就这样，青春期是这样，现在成年了还这样！”陆瑜面向天空呐喊，引来周围食客的侧目和议论。郁闷中，他只得再饮尽一杯酒。

而租屋那边，刘春力拿着手机，先是发愣，随后生气：“那个死卤鱼干，居然敢挂我电话！”骂完又皱眉，“他刚才说什么？是说计肇钧也不好过？喊，一个花心男难过个屁，说得好听！”他由于太生气，又不太确定刚才听到的话，于是追拨了个电话过去，哪想到对方彻底关机了。

“做贼心虚的一对主仆！”刘春力对着电话吼了声，最后还是回屋了。

这时候的路小凡已经洗完澡出来了，她早已没有力气再哭，整个人跟虚脱了一样，侧躺在自己的小床上，生气全无。

“先把头发弄干，湿着头发睡觉会生病的。”刘春力叫她。

可是她不理。

刘春力没办法，只好叹了口气，拿了吹风机，又搬了小凳子，坐在床边给她吹头发：“好吧，就让小舅伺候伺候你。你乖乖闭上眼，一会儿就睡着了。”

路小凡仍然不出声，却也毫无睡意。她的眼睛睁得大大的，失神地盯着面前有点儿发黄的墙面，心里想着：计肇钧在做什么？和朱迪在一起吗？他为什么突然就变了？

为什么为什么为什么？

远在郊区的计肇钧当然不可能和朱迪在一起。路小凡走后，他在屋顶坐了好久才下来。他不想看见朱迪，不想想到她，甚至受不了和她待在同一屋檐下。所以，他先去了计维之的房间，机械地说起和路小凡分手的过程。他是在自嘲，或者说是在自虐，好像再和别人说说，才能让自己确信那些已经发生了的是事实，而不是他的想象。

这一次，他的目光不愿意对上那个重病老人，所以也没看到计维之眼里非同寻常的焦急，以及眼睛努力斜到一边的举动。

那边的窗台上，路小凡忘记把 iPad 拿走了。因为窗帘半掩半遮，所以若非格外注意，根本不可能发现。

“看，整个计家就像是在一团漆黑的烟雾笼罩之下，除了你和我，没有人进得来。这样也挺好，只是不知咱们父子两个，到最后谁先耗死谁！”最后计肇钧笑笑，那悲凉和无奈令计维之这种半植物人都感觉到了。当他孤寂的背影消失在门外时，老人无神的双目中，缓缓落下一滴浑浊的泪水。

计肇钧出了门，没有开车，一个人往山脚下走去。他记得在没到进山路口的地方有一个小酒馆，卖当地人自酿的白酒。那酒品质低下，酒性却很烈。此时的他需要那酒来麻醉。

但是，为什么怎么喝都喝不醉啊？他计肇钧还能再倒霉一点儿吗？想醉一场都这么难。

大把钱撒下来，本来深夜该打烊的小酒馆，为他一个人开到了天明。整夜的自我折磨后，他终于有了些晕乎乎的感觉。

他站起来，向外望去。雾蒙蒙的晨霭像薄纱一样，把山色衬得朦朦胧胧的。他明白，他的自怨自艾只能到此为止。不管他多么厌恶，还是得回到那个令他喘不过气来的计宅和现实生活中。

出了小酒馆的门，被晨风一吹，他难免走得有些踉跄，但他很快就调整好了脚步。没跨出两步，他就听到有模模糊糊的喧哗声从不远处传来，他疑惑地转身。

这个酒馆位置特殊，正在山路的转角处，站在这里，听得见那边的声音却看不到人影。

“怎么回事？”他皱眉，被吵得有点儿头疼。

“从昨晚开始，就又有一大批记者堵在山道口那边了。”店老板打了个哈欠，“听说计家又出新闻了，是关于一个什么女护士的。”

“是吗？”计肇钧低声反问，更像是自语，嘴角露出一丝冷笑。

“是啊，那个女护士我还见过，长得真挺漂亮的，人也和气。”店老板来了一点儿精神，“真不知道好好的姑娘，又惹着那帮狗仔什么了。不过也好，天大亮后我就搬点儿早餐过去卖，倒能小赚一笔呢。狗仔也得吃饭对不对？吃得还不少。"

店老板开始絮絮叨叨，计肇钧却挥挥手，走了。

他心里有一丝轻快，哪怕只有一丝，却也像阴云密布的天空透出了微弱的天光。现在，所有的舆论压力都转嫁到了朱迪头上。

看，他觉得分手是保护路小凡，果然他是对的。

其实他很想打电话给陆瑜，问问小凡怎么样了。自从她走出这个家门，他就一直担心着。

直到他内心纠结地走到计宅，还是忍下了这个冲动，没有打电话。因为他知道拖泥带水，只能更伤人。

"亲爱的表弟，你这是借酒浇愁去了吗？"江东明闻了闻计肇钧身上，伸手在鼻子前面扇了扇，"我的老天，你这是喝了不少啊，酒味这么冲。"

计肇钧垂着眼睛闪开，径直去冰箱拿了水喝，一声不吭。

他没想到朱迪和江东明都来了。他看看腕表，已经是早上七点半了！也不知怎么走的，他竟然在平坦的山路上走了几个小时！

江东明耸耸肩，被当成透明人，他一点儿也不尴尬。反正计肇钧总是这样，问他十句话，能回答一句就算他大少爷开恩了。

倒是朱迪接过话来："没被记者看到吧？"她面上云淡风轻的，语气却阴阳怪气，"计大少代表着计氏的形象，这么落魄会不会影响市场信心？"

计肇钧瞄了一眼朱迪放在饭桌上的笔记本电脑，心情略好，因而很给面子地回答了一句："跟你有关系吗？"

江东明"哈"一声就乐了出来："怎么没关系呀？八年地下夫人啊。"很显然，他也看过新闻了。

"你不过拿我给路小凡当挡箭牌罢了。"朱迪啪一下合上电脑，"这招祸水东引真好啊。可她上岸了，也没必要把我踢进水里吧？计大少，你的风度呢？"说着，她还意味深长地瞄了江东明一眼。她今天早上网浏览新闻，万没想到，看到的竟全是自己的信息，从小到大的照片、学历和经历，甚至个人简历、家庭成员……简直是铺天盖地。

生平第一次，朱迪庆幸自己的父母死得早，她又没有兄弟姐妹。至于那几个亲戚，倒真不用担心，他们还巴不得接受记者采访呢，在视频上露露脸，说不定还有钱拿。他们说着好多似是而非的她从前的事，有些连她自己都不知道。十之八九是受到媒体的引导，观众想听什么他们就说什么。于他们而言，讲这些完全没有心理负担，只不过是上下嘴唇一碰的事。

亲戚相处好了是人生的温暖，若处得不好，就是这世界上最可怕的一群人！而就这么东一榔头西一棒子的，她这个隐忍苦情的小三形象，妥妥地被建立了起来。

她太清楚人们的心理了，形象一旦建立，再想打破就困难了。她感觉自己好像被绑在了耻辱柱上，一辈子也无法翻身。在无人注意的时候，她控制不住暴怒，几乎要把电脑砸碎。

她不过逼迫了计肇钧一下而已，就招致他如此凶猛的报复，这个男人也太不好惹了。而且，他轻轻巧巧就令路小凡得到了解脱。最重要的是，在很长一段时间内，她都会被记者们死盯着，出门和行事都极不方便。她的秘密那么多，若再被神通广大的狗仔挖出来怎么办？

计肇钧一石二鸟，江东明和媒体关系好，必定是帮了忙的。这说明，他们两个在适当的时候联手了。

她是成功地把路小凡赶走了，却得到了三个坏后果，很有得不偿失的感觉。是她太冲动了吧？她就是受不了计肇钧喜欢路小凡，受不了他们秀恩爱，所以没听那个人的劝，提早出手。本来在计划中，路小凡是可以再多留一段时间的。

这一局，她甚至不知道到底是谁赢了。

“你不是想取代她的位置，当整个计家大宅的女王？放心，我会向媒体认真承认的。”计肇钧的嘴角微微向一侧扯了扯，看起来像是个嘲讽的笑，“恭喜你如愿以偿。反正到头来，所有的事都能如你所愿的。”计肇钧把杯中的水一饮而尽，故意从朱迪身边走过，凑到她耳边低声说。

随后，计肇钧头也不回地走了。

“别介意我表弟的态度，他就是不会说好听的话。”江东明从桌上拿了个苹果，在空中抛了两抛，同样从朱迪身边走过，也凑近了说，“谎言是奇怪的东西，说不定说啊说啊就成真了呢？他要真娶了你，你就是我表弟媳妇了。”

“我只是家庭女护士，没那么大的野心，你有必要误会成这样吗？”朱迪平静了一下心绪，淡淡地说。

“你明知道我知道你在说谎，你却还要说，亲爱的，你这是自我催眠还是心理暗示，还是变笨了呢？”江东明绕口令似的说道，“你着魔了哦，我认识你八年了，你一直是聪明的旁观者。怎么，一个路小凡就激得你露出原形了？居然急吼吼地直接插手，白骨精还要孙悟空三打呢。啊，这么说来，那只傻乎乎、胆子又小的小白兔其实还挺有本事的嘛。古言道‘有容乃大，无欲则刚’，她那种纯善的人看似无用，其实有很大的力量是不是？”

“不懂你在说什么。”朱迪哼了声。

“你应该懂。”江东明说得很有暗示性，之后也走了。

江东明啃着苹果，假装散步，慢慢走到了后花园，看到老钱正在摆弄他种的那些水灵灵的小菜。再看向紧邻的书房后窗，计肇钧已经重新洗漱过了，头发还湿着，就在电脑前忙碌起来。

“真是工作狂。”江东明低声自语，也不知是赞美还是自愧不如。

此时，正好老钱望过来，江东明给他丢了个眼色。一分钟后，两人已经在泳池那里的空旷处说话了。

“你不回公司吗？不是官复原职了？”老钱有点儿纳闷。

“小凡走了，朱迪的病不是还没好利索吗？谁照顾我姑父啊？我好歹也是内侄，内侄也是侄，帮忙伺候一下也是应该的。”江东明找起借口来顺溜至极，“我得待到路小凡回来。她必须回来。”

“说好不牵连她的。”老钱皱眉。

“老钱，我知道你看到她就像看到了自己的孩子，不舍得她受伤害。但我上回也说了，她爱上了计肇钧，就已经被牵扯进来了，逃不掉的。”

“如果没有这个女孩子，难道我们要做的事就不做了，要查的真相就不查了？”老钱反问，很不认同江东明的观点。

“那你以为她现在就很好过吗？”江东明摇摇头，“通常说的笨蛋，有一种是不计较得失的。这种人付出了就是全部，现在热辣辣、硬生生地让她收回来，她承受得住吗？”

“已经拔出脚了，就不要再让她踩进来。”老钱很坚决。他是真把路小凡当女儿看了，如果他的女儿还活着，现在也是路小凡这般大了，也会这么温柔善良又可爱，也会每天惦记着他的吃喝。

“那你看这样如何？”江东明不得不再退一步，“我们让路小凡自己做决定。”

老钱不是他的手下，是他的合作者，很重要的合作者。甚至可以说，他们的调查是以老钱为主的。所以，他必须尊重老钱的意见。

“她怎么做决定？”

“这些日子，我会随时关注她的情绪，看她有没有可能从情伤中走出来。如果她能做到，那就依你所说，我们再不牵连她，让她跟计家从此桥归桥，路归路。我还会当心，不让计肇钧和朱迪再有接近她的机会。”

“如果她一蹶不振呢？”老钱问，不知道为什么，他心里觉得这种可能性更大。

“那样，我会适当向她透露一点儿消息，由她自己决定要不要来帮忙。”

“帮忙？”老钱惊讶。

江东明耸耸肩，解释给老钱听：“我们都知道计肇钧一定和朱迪有某种暗中的攻守同盟，戴欣荣的消失也一定和他们有关系。只是查了四年，我们就像进入了死胡同，一点儿线索也没有找到。”

“那是因为计肇钧为人冷淡，习惯拒人于千里之外。而且他精明又很有戒备心，做事滴水不漏。四年了，无论在公司还是家里，都没找到他的破绽。”老钱点头，“所以，我们才在原地打转。”

“偏偏，他是计家之谜的中心。”江东明坐在池边，随手脱了鞋袜，把腿浸在池水中，“所以，路小凡才能帮上大忙。因为只有她，才能接近计肇钧，继而触碰到他的内心秘密。当然，前提是她想不想救她的心上人。”

“你还在怀疑他不是真的计肇钧？”老钱弯下身，轻轻给江东明捏肩膀，远远看来就像是在巴结这位表少爷，“你别忘了，他的DNA是和计维之的比对过的，而且因为怀疑，有人还悄悄地不止比对了一次。DNA检测是没人能做手脚的。”

“对，我甚至还从我表弟的‘遗物’中搜到几根头发，跟计肇钧的DNA也反复比对过，也完全是一样的。从科学数据上来说，我的怀疑很可笑。但我是从常识上来推测的，就算经历过生死，一个人的习惯和性格也不会变化这么大。正所谓江山易改，本性难移。有些细节外人发觉不了，但我们是从小一起长大的！”

“除非他们是同卵双胞胎，DNA才能完全一致，但这个推测也被你否定了。”

“因为我知道我姑父就只有一个独子。”江东明皱眉，也很纠结，“我这样确定，并非基于我在这个家这么多年的所闻所见，而是基于我姑父这个人的性格。别看他现在衰弱不堪，从前可是个很霸道很厉害的人。他把计氏从巨大危机中带了出来，通过婚姻解决了问题却没被反控制。生意人，谁没有点儿黑历史？可我姑父这个人在人品和道德上就是没有任何瑕疵，算得上众口交赞，这种人简单得了吗？别看他平时很慷慨，顶着慈善家的名头，可对自己真正在意的东西，却绝不会允许别人染指半分。计家子嗣这么单薄，别说是一个儿子，就算是他遗留在外的一颗精子，他都会找回来。有钱有势家的女人不会跟他苟且，他为了自己的人脉也不会招惹，无钱无势的女人谁斗得过他？谁又能在他眼皮子底下弄怪？还珠格格什么的，在计家演不下去。”

“你忘记最关键的一点了。”老钱沉默了片刻，接着说，“你对计肇钧再熟悉，毕竟只是姻亲表兄弟。可是，最亲莫如父子。事故之后，计肇钧整个人全毁了，完全辨认不出，计维之那时候的身体还没差到这么严重，他亲自确认过病床上的人就是他的独子！”

“不会认错吗？”

“你还没成家，也没孩子，无法理解这种父子之间的血脉相连。他是不会认错的，就像当年我儿子才出生时那样，虽然护士推了一车的宝宝出来，新生儿又都长得几乎一模一样，可我一眼就认出了哪个是我亲生的。”说到这里的时候，老钱脸上流露出父爱的温柔。

看着这样的老钱，江东明突然有些羡慕。他年纪不小了，不管他所调查的有没有结果，也许他也应该正经谈个恋爱，娶妻生子，体会一下什么叫血脉相连。

不知为什么，他的脑海里闪出路小凡的身影。但他很快甩甩头，把这种不靠谱的影像挥开。那只小白兔明显就是贤妻良母范儿，男人但凡想结婚，十之八九会选这种。他只是不能免俗罢了。

“你看，又是死局。”江东明转回心思，摊手。

老钱叹了口气：“找戴欣荣的时候，戴家拼尽了精力和人脉，结果一无所获。若失踪案真的和计肇钧与朱迪有联系，确实必须从计肇钧入手。以我多年的识人经验来看，他有骄傲有底限，只怕还有苦衷。那个朱迪就不一样了，看似不动声色，可我总感觉她有点儿可怕。”

“所以，你也不想坏人得逞是不是？”江东明从水中收回脚，就那么盘腿坐着，抓住对自己有利的话尾，“就算是共同犯罪，也有主犯及从犯一说。路小凡如果放不下和计肇钧的感情，她那么正派善良，应该会愿意帮忙的。”

“总觉得假手于这姑娘，实在有些不道德。”老钱做最后的总结。

“可是你想没想过？你既然把她当自己的孩子看，要不要给她一个机会？免得计肇钧出事，她以后遗憾，甚至恨你！真相大白之时，你的身份也瞒不住了。”

老钱怔了怔，直起身子。好半天，他才伸出手，借着把江东明拉起来的时机，与他相握，算是达成了共识：“江先生，我不得不说，你真的很会说服别人。”

“那是，我们公司的谈判都应该由我来，我可以让对方连妈妈都卖了。”江东明耸肩，说得好听，“不过也是因为路小凡太可爱了，我想给她一个机会。就算是我积点儿阴德吧，如果计肇钧不是主犯，至少没有死罪。我姑父病得重，又这么大年纪了，将来看着计家子弟失去公司的掌控权就算了，再没人给他送终，那未免也太令他绝望了。”

老钱望着江东明，突然觉得他有一种猫哭耗子的假慈悲。

（上卷完）